中国少数民族
文学之星丛书

相爱不畏伤

红娘子 著

作家出版社

编委会名单

以民族的情意，打造文学的星辰

——“中国少数民族文学之星丛书”总序

邱华栋　彭学明

“中国少数民族文学之星丛书”是中国作家协会少数民族文学发展工程的一个新项目，于2018年开始实施，由中国作家协会创作联络部具体组织落实。出版“中国少数民族文学之星丛书”的目的，是重点培养少数民族文学中青年作家，打造少数民族文学精品，为那些已经在少数民族文学界和全国文学界成绩斐然、广有影响的少数民族中青年作家，再助一力，再送一程，从而把少数民族文学最优秀的中青年作家集结在一起，以最整齐的队伍、最有力的步伐、最亮丽的身影，走向文学的新高地，迈向文学的高峰，让少数民族文学的星空星光灿烂，少数民族文学的长河奔流不息。以文学的初心，繁荣民族的事业；以民族的情意，打造文学的星辰。

入选“中国少数民族文学之星丛书”的作家，必须是年龄在50岁以下的在少数民族文学界和全国文学界广有影响的少数民族作家。不管是否出版过文学书籍，只要其作品经过本人申请申报、各团体会员单位推荐报送、专家评审论证和中国作协书记处审批而入选的，中国作协将在出版前为其召开改稿会，请专家为其作品望闻问切，以修改作品存在的不足，减少作品出版后无法弥补的遗憾。待其作品修改好后，由中国作协统一安排出版，并进行广泛的宣传推广。

中国是一个多民族的大家庭。每一个民族都沐浴着党的民族政策的光辉、感受着党的民族政策的温暖，都在党的民族政策关怀下，蓬勃发展，欣欣向荣。在这个伟大的新时代，我们正创造着中华民族的新辉煌。每一个民族的发展与巨变，每一个民族的气象与品质，都给我们提供了生生不息的创作源泉。我们每一个民族作家，都应该以一种民族自豪感，去拥抱我们的民族；以一种民族责任感，为我们的民族奉献。用崇高的文学理想，去书写民族的幸福与荣光、讴歌民族的伟大与高尚；以文学的民族情怀，去观照民族的人心与人生、传递民族的精神与力量。

我们期待每一位少数民族作家，都能够到火热的生活中去，到广大的人民中去，立心，扎根，有为，为初心千回百转，为文学千锤百炼，写出拿得出、立得住、走得远、留得下的文学精品。不负时代。不负民族。不负使命。

2019年5月18日

序

次仁罗布

作者红娘子的这部长篇小说被列入了2018年“中国少数民族文学之星丛书”，这是评选专家对这部作品的认可，也是对作家辛苦耕耘的一个褒奖。

为《相爱不畏伤》写序的任务落到我肩上时，的确有些忐忑不安。因为我很少读网络作家的作品，加之红娘子现在已是较有名气的一名网络作家，担心自己跟她有代沟，不能完全领会作家的意图。但是认真读完这部作品时，先前的这些顾虑一下释然了。文学所关注的个体命运、尊严、真爱等在作品里呈现得是如此的真诚、自然，读后令人感到一种欣慰与亲切。

我在网上搜索红娘子的信息时，知道她已完成了《红缎》《渡灵师》《绿门》《这个猪头会魔法》《橙子》《青丝》《穿越公主我最大》《大唐一号美容医馆》等十六部作品，真可谓是艰辛创作，成绩斐然。作者自己在写作感悟里坦然写道：“这一路走来只有自己最清楚，我并不是科班出身，学的专业和写作相隔十万八千里。刚开始决定写作的时候，完全因为生活所迫，实在是找不到挣钱的方法，打工又感觉没有出路，做老板又没有本钱，想来想去只好做自由撰稿人。”可是她这一写，一发而不可收拾，不仅拥有了一批忠实的读者粉丝，同时也得到了业内专家的肯定和关注。之前，我也认识几位网络作家，他们的名气也很盛，但他们每天必须要完成三四千字，然后更新自己的页面。看到他们这般辛劳地写作，我对他们由衷地肃然起敬。我们姑且不论其内容写得怎样怎样，这种坚忍不拔的精神，使我这个体制内的作者感到汗颜。红娘子也是他们中的一位有耐性，又甘于寂寞的人。

《相爱不畏伤》这部长篇小说文字简洁、流畅，叙事沉稳，在平实的文字下掩藏着作家对主人公安彤的深挚情感，将其塑造成一个现实生活中奋斗不止的理想职场女性。安彤在小说中出场时已是一位婚姻失败、带着一名男孩的单亲妈妈。她为了更好地照顾儿子优优，从海韵广告公司的行政部门，转岗到工作更加自由的公司营销部。在这个岗位上她的人生开始发生转变，情感的大门也一再被人叩击。但她因为第一次婚姻的失败，对感情始终保持着一种淡定和审慎，对爱情有自己独特而深刻的理解。连辰、秦晋阳等对她的示爱，她都能理性地看待，葆有对爱情最圣洁的认知。在对情感这般坚持的同时，对身边的人也是以真诚和善良来相待。即使在工作中被陷害，不得已辞职离开海韵广告公司，她都能以一种洒脱和超然来面对，从不怨天尤人。到后来安彤不顾个人的生命危险，相救曾经处处刁难自己、陷害自己的柳遥；对故意破坏她和连辰之间爱情的余希希，也采取包容和谅解。小说通过这些小的细节，塑造出了在职场上打拼，但坚守道德底线的一名女性形象。小说的丰富性不仅仅在于对安彤这个人物的塑造，与之相对应的是其他两个人物孙晓俏和夏晴晴。她们虽然跟安彤是高中同学，后来成为闺蜜，但对感情的态度却是截然不一样的。这种观念上的不同，也导致了各自的不幸婚姻，在对比中我们更真切地喜爱拥有独立人格的安彤。作家在字里行间也溢出对安彤所赋予的所有美好想象。

这部小说的价值在于，它不是给我们呈现职场上人与人之间的倾轧、设计，而是将奋斗与坚持、善良与坚韧、对美好情感的追求给呈现了出来。这些元素使得《相爱不畏伤》这部作品，带给了我们温暖、希望、美好。文学作品本应拥有这样的责任，它不是对生活阴暗的复制，而是要把人世间的美好表达出来，照亮人生，抚慰人心。

一、优优出事了

“人来了，快进去！”鼎北汽车集团的洗手间里，一身红色正装的孙晓俏一边拍着胸口，一边对着洗手台前的安彤说，说完又拉住安彤，“千万不要透露我们之间的关系啊。”

“你当我傻呀，你又不是总经理，说了有用吗？”安彤说着便低下头在包里翻着口红，但嘴却还是不停，“你们公司干吗要给你们弄这么红的职业装啊？像仪仗队似的。”

“这不是为了红火嘛，多好的象征。”孙晓俏有一个优点，不管她从事什么工作，只要她选择了，就会很卖力地去做，并且热爱与这个工作有关的一切。安彤曾经说过，如果每一个人都像孙晓俏这样工作，那中国的 GDP 肯定会飙升。

不过此刻安彤却想不了那么多，她一心一意都在一会儿的见面上，为了这个机会，她和孙晓俏“密谋”了好久，什么时候过来，怎样待在洗手间里守株待兔，过程堪比《潜伏》，只是时间待久了，又有些紧张，脸上似乎有些脱妆。

孙晓俏倚在洗手间的门框上看着安彤在脸上忙活，不禁摇头："咱们销售行业真是苦，不但十八般武艺样样皆通，还要搞得像女特务似的。"

安彤一愣，觉得孙晓俏这话对极了：自从进了海韵广告的媒介部，以前连汽车的品牌都弄不明白，现在居然连哪辆车用什么发动机都一清二楚，待人接物方面直接从小门小户的小家碧玉升级到了大家闺秀的阶段。

"你说你们这个吴副总，真的是比兔子还难逮，怎么整天出差啊？"安彤对着镜子仔细地看了一眼，其实她也没什么要折腾的，一方面是早化好妆了，不过是重新抹一下口红，补一下粉；另外一方面是，她化妆技术也就那样，顶多弄个粉底描个眉什么的，连眼线都不会画，就算从头来过也用不了多少时间。

不过，冲着孙晓俏的这十八般武艺，安彤还是决定在美容化妆方面多加修炼。当然孙晓俏的投入她是不能比的——为了学好化妆，孙晓俏是直接报了一个化妆班学了一整个月的。

安彤又整了整自己身上的套装，这样的行为被同事陆成称为受罪：哪个跑业务的，像她这样穿得像是去参加国际谈判似的，一身高档的职业装，还穿着一双高跟鞋？！

可，安彤却固执地认为，即使是跑业务的，也应该穿得职业一些，这样会赢得更多的信任，谁都愿意找一个更职业的人来谈工作，在深入了解之前，当然要先看衣冠。

听了安彤这话，孙晓俏撇了撇嘴，她对于这个吴副总一直抱着鄙视的态度，觉得这人就是个马屁精，所以经常跟安彤发牢骚，怎么私企里也是马屁精的天下，于是便没好话："嗨，谁知道是不是真的出差，反正没人管还有补贴。副总出差，除非跟着总经理，要不谁管？"

安彤觉得实在是没什么需要再折腾的，扭头要赴“战场”，却见孙晓俏那窈窕的身段就算是靠在洗手间的门框上都弱柳扶风似的，不免又有些眼红：明明是同龄人，孙晓俏看上去却和刚毕业的时候没什么太大的区别。

“还是不结婚好。”安彤忽然说，倒是唬了孙晓俏一跳，她刚还在想着晚上被她妈逼着去相亲的事，于是白了她一眼道：“你这想法如果让我妈知道了，指定要我们绝交。”

“其实你妈现在就希望我们绝交的吧。”安彤笑了笑。孙晓俏一愣，她妈还的确说过这样的话，怕她过了安彤“离婚妇女”的气儿，以后弄得自己也离婚。当然，孙晓俏对这种说法完全没放在心上，但不代表安彤也能够如此淡定。

安彤哪知道孙晓俏想的是什么，她现在一门心思就想着上二楼去第一句应该说什么，吴副总又会答什么，接下来又应该怎么办，可却越想越乱，短短的几十步台阶，硬是让她走出了爬长城的节奏。

好歹总算到了总经理办公室，安彤深呼一口气，告诉自己，里面坐着的也就是个普通男人而已，而且还是个有些谢顶的普通男人。

深吸一口气，安彤昂首挺胸，不轻不重地敲了敲办公室的门，直到里面传出“请进”的声音，她终于头皮一紧，却也不管不顾地钻了进去。

当安彤把自己的来意像电子机器人似的说明白以后，吴副总那稀稀疏疏的几根眉毛紧紧地拧在了一块儿，有些不耐烦地说：“关于宣传方面的工作，还是请找我们公司负责市场部的王经理。”

“哦，那冒昧了，那我就去王经理那儿，就不打扰您了。”安彤笑着说，吴副总却懒得吭一声，只是挥了挥手。安彤也不在意，轻轻地起身，把椅子摆正，然后又轻手轻脚地走出了副总办公室。

一出副总办公室的门，安彤便瞥见孙晓俏在一楼大厅转着圈。鼎北汽车集团的4S店是两层结构，一层卖车，二层是行政，站在二楼办公室外面的走廊上，一层的情况便一览无余。

孙晓俏向安彤打了个手势，便再一次闪进洗手间。当看到安彤轻巧地进来后，她忍不住激动地问道："怎么说的？"

安彤把过程说了一遍，孙晓俏忍不住急道："他让你找老王你就找老王啊？怎么这么老实？你得跟他磨啊，好不容易都进了他办公室了……真是浪费机会。"

"这种小事儿我早知道他不会管的……"安彤的话还没说完，孙晓俏便抢白道："早知道还让我帮你打掩护，你要是闲得慌就找你的第二个春天去，别在这儿耽误我的时间。"

"听不听人把话说完？我要的只是他的一句话而已。"安彤无奈地瞅了孙晓俏一眼，还是低声地把自己的打算说了。孙晓俏则频频点头："你说得也有道理，是得这么办，不过说起来我也真佩服你，如果我是你，老王拒绝你的次数怕是数都数不清了吧，要是我，早就把老王骂一通，然后老死不相往来，没他这业务还不能活命了不成？"孙晓俏冲着二楼某个方向翻了翻白眼。

安彤见孙晓俏这样倒乐了，不过也就那么一下子，她的情绪又忍不住低落下来："你一个人吃饱全家不饿，我还得养优优呢。孩子，真是个甜蜜的负担，再受委屈再累我也心甘情愿。"

孙晓俏懒得跟安彤抒情，一下子就抓到了关键点："许凉又拖欠优优的抚养费了？"

"我都懒得问他要了，像追债的似的。"安彤叹了口气。许凉也不知怎么回事，按道理说，他的工资虽然不稳定，但平均下来也不低，怎么就那么攒不起钱来？这男人啊不知道什么时候才能长大。

“赶紧办事去吧，有人来了。”孙晓俏拉了安彤一把，示意她还是先上楼办正事儿要紧，聊天什么时候不行呢？

鼎北集团的市场部安彤已经来过很多次了，第一次来的时候王经理还挺客气，一副特职业的模样。但几次之后，他几乎连最起码的礼貌都省了，甚至连眼皮子都懒得抬一下，使得安彤悄悄地问孙晓俏：“我是不是长了一副不讨人喜欢的脸啊？”直到孙晓俏再三肯定她其实长了一张非常具有“亲和力”的圆脸才罢休。

此时，穿着鼎北公司西装制服的王经理用笔敲着桌子不耐烦地说：“我早说了我们公司目前没有广告投放计划，听不懂吗？”

安彤点点头，她觉得此刻王经理的脾气正在巅峰状态，自己还是不开口的好，但心里还是忍不住嘀咕：没广告投放计划？你骗鬼，没广告投放计划你这位置也不用坐了。本来就是嘛，市场部就是花钱的，你不花钱，要你干吗？！

“那你干吗还来呢？咱们除了工作之外，难道还有什么私人关系吗？”王经理又用笔敲了敲桌子，旁边的几个市场专员听了都有些不好意思。刚开始的时候他们都挺乐呵，后来安彤来的次数多了，虽然没有业务，但也都混得比较熟，所以不再看她笑话，还有些愤愤不平，甚至有一个市场专员还安慰她道：“姐，你和王经理没缘分，如果是我的话，我肯定给你做了。”

其实安彤也知道，不是没缘分，而是自己没塞好处。但这好处也不是好塞的，王经理也不是个傻子，塞他就接，这种事和一家保持联系最稳妥，多了难免会有漏风的墙。

安彤给王经理念叨得火起，觉得他身上的这一身职业装怎么看怎么不职业，有这么说话的吗？顿时那份小心翼翼的感觉也没了，替代的是心底里蹿出来的小火苗，于是态度也没之前那么恭敬，淡淡地说：“本不想来的，可是……吴副总却让我来，说这事儿您管得着。”

安彤没说“这事儿该您管”，这一听便是吴副总的推托之词嘛，而是说“这事儿您管得着”，这话便有一点指示的意思了。

要是之前，安彤说这些肯定心虚，但现在倒说得顺溜，反正不成的话，她也不想再接着死磕下去了，东边不亮西边亮。可偏这无所谓的模样，倒是使王经理信了，他抬了抬眼镜道：“吴……吴副总？”

集团老总很多，不是每个老总说话都有人听，可吴副总的话王经理却必须得听，因为他是市场部的主管领导，可以说王经理的前程就捏在他的手上。

见安彤点头，王经理半晌没说出话来，只是拿起安彤带过来的资料细细地看了起来，看了一会儿又抬头问：“请问您和吴副总是……”

王经理身子往前凑了凑，那表情有些疑惑，又有些急切，而且还带着一点恭维，这让安彤明白这时候自己一定要稳住，要不就前功尽弃了。

“我和吴副总……”安彤故意做出一副想说又不能说的样子，迟疑了半晌才开口，“咱们都是职场中人，工作还是归工作，我想吴副总肯定也是这样想的，您说呢？您看看，我可是花了好几天的时间，给咱们鼎北汽车做了最合理的宣传整体计划，绝对是为了咱鼎北汽车着想，要不咱们一起研究一下，看需不需要补充？”

门外摸上来偷听的孙晓俏笑得花枝乱颤，没想到安彤这几个月还真磨出来了，以往最讨厌与人打交道，现在居然还有这么狡猾的一面。这下老王再怎么转也不敢轻视她了，就他那小胆儿，还敢去向吴副总核实不成？

可就在这时候，安彤调到静音的手机却很不合时宜地振动了，她偷偷看了一眼，竟然是幼儿园打来的。别的电话可以不接，但幼儿园打的却不能不接。任你再大的官儿，在老师面前都得小心着点儿，更何况安彤？

“对不起王经理，我有个非常要紧的电话要接。”得到王经理的同意，安彤走出市场部，一接通电话，那边便传来幼儿园刘老师非常不满的声音：“许优妈妈，请你现在立刻马上到幼儿园来一趟。”

“怎……怎么啦？发生什么事了吗？”安彤心里顿时“突突”直跳。都说做妈的是上辈子欠了孩子的，她觉得极对，就算是当初和许凉离婚，她都是一鼓作气干净利落地解决了，可是一碰到优优的事儿，她总觉得要气短三分。

“许优把班上的小姑娘打了，而且还坚决不肯认错，现在人家孩子家已经来人了，非要见许优家长，你赶紧过来吧。”刘老师说完便把电话挂断了，一副你来也得来不来也得来的架势。

安彤无语地拿着手机，这才发现孙晓俏站在一边。

“怎么啦？”孙晓俏见安彤那着急上火的样子，不禁也紧张了起来。

安彤摇头，她是真的不知道怎么回事，当初买这房子就是为了以后生了孩子好进这个幼儿园。

这幼儿园的老师对孩子倒也挺亲切，可是对家长的态度还真是耐人寻味。渐渐安彤也看出来了，这幼儿园有钱有势的家长多，像她这类小白领，则是属于那种不受待见的。

拿着手机回到市场部办公室，王经理见安彤欲言又止，忍不住问：“安小姐，怎么啦？”

安彤咬咬牙，真诚地对王经理道：“是这样的，有件事我必须现在去解决一下。您看要不这样，我把计划书放这儿，您先看看，我办完事第一时间来听您的指导意见？”安彤说得很客气，王经理也不知道她到底什么来头，只能点头答应。

火急火燎地跑出鼎北汽车集团，刚一上的士安彤便接到孙晓俏的电话：“到底出什么事了？招呼也不打一个就跑人了。”就孙晓俏对安彤的了解，不至于事情还没谈完撂下就走，她肯定会一鼓作气的。两人好不容易搞了这一场“潜伏”，怎么着也不能半途而废。

“好俏儿对不起啊，优优在学校里把小朋友给打了，老师让我现在必须得赶过去，你说我怎么办？”安彤叹了一口气，离婚的女人累，工作不能丢，要不娘儿俩没生活来源，孩子不能不管，那可是自己身上掉下来的肉。

孙晓俏知道，只要涉及优优的事，再冷静理智的安彤也会慌神。

“你先别着急，优优是你生的，你还不清楚，不把他逼急了他怎么会打人？肯定别人招他了，你别不问青红皂白地就骂他，再说优优打人也不会打重，别担心。”孙晓俏先是安慰了一下安彤，但接下来又不满意地问，“你找的这幼儿园怎么回事啊？孩子在那里出了事，却把家长呼来喝去的。”

安彤也觉得挺无奈，有什么办法？哪有放在家旁边条件好的幼儿园不去，去更远地方条件差的幼儿园的？不过虽然对家长这样，但对孩子还是不错的。

不过孙晓俏的电话让安彤也清醒过来了，优优怎么会打人呢？他连看到蚂蚁被晒死了都会难过。

纵然如此，安彤还是得急匆匆地往幼儿园赶，因为自己经常晚接优优，幼儿园已经很有意见了，所以她三个月前不得不从朝九晚五的行政岗换到时间自由但竞争激烈的销售岗。虽然辛苦很多，但为了优优，她怎么着也得撑好了。

拿出手机，安彤情不自禁地翻出了许凉的电话，可是想想她还是放下了：打给许凉有什么用呢？以前在一起的时候，他也是经常不见人，有事找他就是忙，只是自己习惯了有事情就找一个人说说，可是现在那个人她再也不能找了。

安彤不禁想，自己和许凉怎么就走到这一步了？想当初谈恋爱的时候也曾浓情蜜意。可婚姻却和恋爱不是一回事，婚后的许凉还和婚前一样，该吃吃该喝喝该玩玩，这却显得有些不合时宜了，让安彤总觉得累，于是渐渐地两个人的感觉磨没了，离婚似乎也就成了顺理成章的事。

可这婚是怎么离的？安彤在脑子里回放了好几遍才想起整个过程来。那天许凉喝了很多酒，于是有朋友给他送回来，正好安彤发烧便请了一天假，于是拖着昏昏沉沉的身子去小区门口接许凉。

把许凉接到家，他直接扑倒在地板上，然后吐了一地，接着一滚……那一幕安彤现在想起来都恶心，当时正在发烧的她不知怎么地，忽然大哭起来。哭过了，居然也不烧了。等到许凉醒来，照样找安彤要吃要喝，这让安彤顿时寒了心，抱怨了几句。许凉便不耐烦地想要离婚，于是安彤也就答应了。

现在想想，如果当时优优不是因为自己发烧送到婆婆家去了，许凉当时的态度但凡好一点儿，说句软话儿，会不会日子还在过着呢？

安彤叹息着，心里有那么一点儿失落，但好在因为不是上下班时间，路上不堵，幼儿园很快就到了，她也没时间继续在过去的岁月里思索什么了。

一走进幼儿园，安彤便听到朗朗的童音，有唱歌的，有读书的，有说话的。以往这个时候她总觉得很美好，可今天却三步并做两步地去了二楼。

优优的苗苗班就在二楼的第三个教室，刘老师用剪纸什么的把教室装扮得像个童话世界，但现在气氛却有些凝重。小女孩的哭泣声断断续续，很是委屈，这让安彤听着有些揪心，也有些紧张，难道优优真的把人家打狠啦？而且还是个小女孩？小女孩比小男孩可金贵得多。

刘老师一直在朝教室门口望，因此安彤一出现她就看到了，立即喊："许优妈妈你可算是来了，你看看你看看，许优把连花儿的脸都划伤了。"也许是跟孩子说话说多了，刘老师那又细又尖的嗓子让安彤听了很不舒服。

不舒服归不舒服，事情还是要处理。安彤听到刘老师这样说，赶紧去看被划伤的小女孩的脸，可人家就趴在一个五十多岁脸色极其难看的女人身上，任她怎么哄都不抬头。

回过身，安彤虎着脸问优优："你怎么回事啊？怎么还学会打架了呢？"说着又瞪了优优一眼，可那小子却一脸的倔强，看来叫他道歉似乎是不大可能的事。

但刘老师听了却不舒服，什么叫"学会"打架了，敢情还是自己教的不成？于是撇撇嘴道："优优一直都挺乖的，今天也不知道是怎么啦，是不是在家里受了委屈啊？"

安彤抚额，自己虽然离婚了，但还没有把气往孩子身上撒的习惯，但也只能朝刘老师笑了笑，然后又蹲下身子想去哄那个穿着白色公主裙名叫连花儿的小姑娘。可还没碰到她的身子，她便扭到另一边。

"娇气！"一旁的优优嘀咕着，不想被连花儿听见了，顿时哭得直跺脚，在女人怀里撒娇道："他又骂我！"女人赶紧又是拍又是哄，这情景让安彤看着都觉得优优没说错，是真的很娇气。

不过连花儿这一哭，却让安彤看到她的脸上虽然有一条划痕，微微有些充血，但却没有破皮，应该不会太严重，这让她稍稍安心了些。

"连花儿奶奶……"安彤刚一出声，小女孩便立即停住哭声，扭过头瞪了她一眼："她不是我奶奶，她是我家保姆王妈。"

那女人顿时有些尴尬，但却把脾气发到安彤身上，虎着脸说：“连花儿可是她爸爸妈妈的宝贝，这还不知道会不会有内伤，得去医院看看。”

安彤顿时瞪圆了眼睛，这小孩之间打打闹闹的，怎么会有内伤？刘老师一听这样说，也觉得有点小题大做，于是说：“优优才多大？不可能打出内伤的。”

可王妈却说：“我也就是个保姆，万一出点什么事就说不清楚了，主家是找我呀，还是找你呀？”

“你……”安彤给气得说不出话来，有这么二百五不讲理的主家吗？但看到连花儿娇气成那样，也觉得说不准。

“反正得去医院，要不这话说不清楚。”王妈木着一张脸，态度很坚决。

安彤深吸一口气，咬了咬牙说：“行，去医院。”她就不信一个小孩能出什么事。

“真去医院呀？”刘老师轻轻地问。她本意叫安彤过来，双方大人调解一下就行了，谁知道竟然还要去医院。

安彤冲着刘老师点点头，说去趟医院查个清楚一了百了，免得以后有什么事情找上门来说不清。而且现在人家小女孩脸上有明显的痕迹，优优是一点事没有，去医院检查了如果没事更好说。

在去医院的途中，安彤悄悄地问了优优事情的经过。原来是连花儿今天也不知道怎么就跟优优杠上了，优优玩什么，她就要什么，最后优优不耐烦地推了她一下，不小心手上拿的玩具就在她脸上划了一下。

“妈，一点儿都不痛。”优优说，却被安彤点了一下脑袋：“伤的不是你，你当然不痛。”

孙晓俏又打来了电话，她对于婚姻态度虽然一直像是过山车似的，一会儿想结一会儿抗拒，但对优优却疼得不行，听安彤说了事情的经过，提醒道："你得注意了，幼儿园这么重视这小孩，估计是有背景的，小心点儿。"

安彤一愣，想想也真是，按常理来说小孩子在一起哪有不闹的？如果都这样，估计幼儿园门口全是家长了。她之前着急也没想这么多，不过现在想也没用，既然来了医院，反悔人家也不依啊。

可是到了医院，安彤拿着这一堆单子便有些晕，抚了抚额道："王妈，连花儿是脸上被划了一下，是不是直接挂皮肤科啊？"看看这些单子，不但有验血的，居然还有量体重和身高的，这明明就是小儿体检嘛。

"光挂皮肤科怎么行呢？小孩子没轻没重的，万一不是我们眼睛能看到的怎么办？"王妈毫不相让。

"可毕竟是孩子，做这么多检查受得了吗？"安彤虽然心疼钱，但也心疼孩子，好不好的还得扎上几针是干吗？

"如果我们家孩子出了什么问题，你受得了吗？"王妈说话很不客气，没好气地瞪了安彤一眼，可连花儿却在一旁大喊："我不要做这些检查。"

"抽血可痛啦。"优优在连花儿旁边撮火，两个小家伙就这一丁点儿时间又好上了，在一旁嘀嘀咕咕的不知道说什么，看得安彤和王妈大眼瞪小眼。

"花儿，你万一出什么事，你爸可是要冲王妈发火的。"王妈弯下身子耐着性子劝说着连花儿，可连花儿死活不依。

安彤一听这话，感觉似乎有什么不对劲，但听到连花儿说："你让我痛我爸才会冲你发火呢。"不禁明白了，敢情这孩子的爸是个暴脾气，所以这王妈才小心翼翼，于是对王妈说："我觉得应该把孩子的爸妈叫过来，否则这事儿我可不敢答应你。"万一这孩子真被扎痛了撒起泼来，自己可怎么办?

“你是想赖账怎么地?”王妈正被连花儿闹得不知怎么办，一听安彤这话，顿时把火都往她这儿撒了。

安彤明白了是怎么回事，倒也不怵她，不过也理解她的一番心思，还是耐心地说:“你不是她的监护人，你也看到其实连花儿没什么事，万一她爸妈不同意检查，我是没关系，倒是你会更麻烦。”老话说了:做事不由东，劳死也无功。连花儿也算她半个东家，孩子不愿意，她还能硬来吗?

王妈一听这话也愣住了，她刚只是想着一方面规避责任，另一方面也让主家知道她是个心细的人，却没想到主家万一心疼孩子呢?毕竟连花儿真的没什么事儿，脸上那个痕迹也越来越淡了。

正纠结着，却听到连花儿大喊一声:“爸爸妈妈!”然后像只小蝴蝶一般飞了过去，差点儿把一旁的安彤冲倒了。不过这也让安彤放心了，现在孩子娇气，万一有个隐疾也够她麻烦的，看连花儿这么活泼，应该没什么事儿。

走近了，安彤才看清连花儿的爸爸，不禁微晕了一下，这男人不但个子高，而且身材挺不错，最要紧的是气质超群，一身极为高档的西装在他身上，也只是一个好的陪衬。最要命的是，还长了一张特招蜂引蝶的脸。

估计婚前也是个花花公子，安彤瞧着心里便莫名其妙地有些心疼连花儿的妈妈，嫁给拥有一副这样皮囊的男人，得需要建立多强大的心理防线，才承受得起日日防偷防盗般的生活?

再看连花儿的妈妈，自然也是大美女一枚，而且还是个性感美女，一身红色的紧身裙，齐腰的波浪卷发，十厘米的高跟鞋，这身材光看背影就让人血脉偾张。不过和这男人站在一块儿，却显得不那么和谐，气质完全不搭。

不过，这男人的喜好谁能说得准呢？所谓燕瘦环肥，都是所爱呀！

安彤正欣赏着个个像画儿一样漂亮的一家三口，不想连花儿妈妈回头看到她之后，竟然大喊：“安彤，你是安彤吧？”她不禁有些蒙。

二、卖火柴的孙晓俏

“你不记得我啦？”连花儿妈妈漂亮的脸上表情丰富，既有失望也有遗憾，然后叉着腰叹了一口气，“你居然忘了我，我就这么不招人待见吗？”

就这一个动作，便诠释了什么叫“风情万种”。安彤不禁暗汗：您这么一个尤物，谁敢忘记？她铁定自己如果见过连花儿的妈妈一定会记得。

“你再看看我。”连花儿妈妈见安彤审视自己，又在她眼前转了一圈，示意她好好想想。

安彤眨了眨眼睛，真的仔仔细细地瞧了一遍，眉眼倒是有些熟悉，可看那身打扮又否定了。她很确信自己这三十二年的生活中，没有和这么张扬又性感的美人儿打过交道。

连花儿妈妈见安彤实在想不起自己，无奈，只得用纤纤玉指急急地指着自己道：“我是夏晴晴啊，咱们是高中同学。”

夏，晴，晴？！听到这三个字，安彤恨不得捏自己一把，看是不是在做梦。眼前的人居然是夏晴晴，她怎么可能是夏晴晴？

虽然安彤承认自己的记性是越来越差了，但说起夏晴晴，她还是记得的。不但如此，她还非常确信所有的高中同学都会记得夏晴晴，即使记不起校花，也会记得夏晴晴。因为，那时候的夏晴晴很胖，胖得你想忽略都不行，最能说明问题的便是，她没有同桌，一个人就占了两个座位。

安彤记得自己和夏晴晴来往并不多，最深刻的记忆是高二那年的冬天，下了一整天的雪，她坐在窗前遥遥地看到夏晴晴穿着大红的棉袄在雪地里玩，那感觉就像是一个红色的球从这边滚到那边，又从那边滚到这边，让她心里隐隐有些羡慕，羡慕夏晴晴的没心没肺，乐观开朗，而且胖点儿也很好，至少不怕冷……而那个夏晴晴和眼前的这个夏晴晴完全没办法重叠……

“想起来啦？”夏晴晴见安彤眼睛一亮，也开心起来。而安彤想的却是，原来那句话说得果真没错：每个胖子瘦了之后都是美女一枚。

“没想到是你啊。”安彤感慨着。夏晴晴倒真是开心，在安彤面前转了一圈道：“认不出我来了吧？真是的，咱们可是同桌啊。”夏晴晴瘦身成功后，最喜欢干的事便是遇到高中同学，然后看看大家惊讶的表情。

不过，安彤对于和夏晴晴同桌的事情真的没印象啊，夏晴晴不是一直自己占两个课桌的吗？什么时候自己有这个荣幸和她同桌？

“那时候你瘦得像麻秆儿，老师说咱俩正好搭配。”夏晴晴妩媚一笑，安彤隐隐也想起来了，不过也就和夏晴晴坐了几天而已，后来变天了，大家都穿上棉袄，老师便把她们调开了，所以她就没什么印象了。

“叙完旧了吗？”旁边传来虽然冷但却很好听的声音，不用想也知道是连花儿的爸爸。

夏晴晴也回过神来，想着今天是为了连花儿来的，于是对安彤介绍道：“这是……花儿的爸爸连辰。”然后又紧张兮兮地说：“我们家连花儿真是被你儿子打了？”

安彤无可奈何地点点头，然后又摇头：“其实不是打，是闹着玩儿，然后不小心划到了。”又把优优拉过来说：“赶紧给阿姨道歉。”

“可……是她先抢我东西的。”优优还是不道歉，让安彤恨不得揍他一顿，心想你态度好点儿，这事儿能过去不就过去了吗？

夏晴晴微微弯下腰，摸着优优的大脑袋说：“别说，你儿子还真像你，一个模子刻出来的。”说完又从包里掏出几张百元大钞递给优优说，“阿姨也没想到会见到你，也没给你买礼物，这个给你去买东西吃。”

安彤顿时不知道该怎么办才好，夏晴晴这见面礼也太张扬了些，但来而不往非礼也，难道自己也要掏出票子来塞给连花儿？这可真是个难题。

优优抬起头看着安彤，他也被夏晴晴这豪爽的举动给吓到了。

还没等安彤反应过来，一只修长的手便把钱接了过去，然后扔进了夏晴晴的怀里。连辰没好气地说：“先把事情说清楚。”

听了这话，安彤本能地想，难怪王妈吓成那样，这连花儿爸的脾气与相貌估计是呈反比的，便又仔仔细细地把事情的经过说了一遍，不想连辰却问：“你看到了？”

深吸一口气，安彤笑着摇头道：“我没看到，但幼儿园老师和优优都是这样说的。”

“他们说了能算吗？”连辰紧拧着眉头看着安彤。

安彤觉得这男人有点儿不讲理，但还是本着大事化小的目的，强迫自己冷静：“连先生，那您说谁说了算？”

连辰被安彤这一问也怔了。他只是在气头上，自己正在谈判桌上，被夏晴晴的电话给找了来，还以为连花儿有多严重呢，可看到连花儿活蹦乱跳的样子，也知道没什么事，顿时气不打一处来。

“我看着连花儿也还好，要……要不，咱们去皮肤科看看？”安彤怕事情越弄越僵，于是再次开口，自己都要求去检查了，总没错吧？

可，连辰却皱着眉头对夏晴晴道：“回头给刘老师打个电话，有事先和家长沟通一下，好好的折腾到医院来干吗？”

安彤一听这话，气不打一处来，明明是你家保姆要来医院的好不好？但她张了张嘴，还是决定沉默，看连辰这意思是要息事宁人，自己又何必多此一举？

此时，连花儿含着泪抱着连辰大腿道：“爸爸，我不要检查，不要抽血，不要打针。”

连辰神色一软，连花儿却已经被夏晴晴拉过去了，宠溺地哄着：“宝贝，不打针不抽血啊。”然后又把连花儿的脸捧在手上左看右看，吹了吹道：“宝贝儿还疼吗？没事儿吧？妈妈吹吹就好了。”

“妈妈，我心里不舒服。”连花儿抬起头娇滴滴地说，然后又扑进夏晴晴的怀里。

“先生，您看这都心里不舒服了，不会有内伤吧……”王妈趁机上前添油加醋，以证明自己的决定没错。现下安彤是没倒出她来，万一她忍不住告自己一状，后悔都来不及，还是先下手为强的好。

“这……怎么会打出内伤来？”安彤觉得这王妈一而再再而三地强调内伤，实在是滑稽，难道优优一出生就练了童子功吗？

夏晴晴看了安彤一眼，也没说什么，只是听连花儿说心里不舒服有些着急。

连辰也皱着眉看了安彤一眼，这一眼虽然谈不上瞪，却准确地表达了他的不满，这种不满不是对结果，而是对安彤的态度。

安彤正想解释，连辰却蹲下来问连花儿：“告诉爸爸，心里怎么不舒服了？”那温柔的样子，让安彤都怀疑这人是不是有多重性格。

“看到你们吵架，就特别难受。”连花儿说，顿时大家都有些无语。

正在这时候，连辰的手机响了，他便走到一边去打电话。夏晴晴起身对安彤说：“孩子没事，不用检查了。”

“没什么其他的毛病吧？”安彤觉得还是问一下的好，连辰和那保姆似乎都不是好惹的。

夏晴晴笑着摇头：“我生的孩子我清楚，身体好得很，没什么毛病。”

安彤想想也是，夏晴晴大雪天里在外面玩几个小时都不带感冒的，这样的身体生出来的孩子估计体质也是“杠杠”的。

连花儿要去洗手间，夏晴晴便让王妈带她去了，又抱歉地对安彤说：“孩子太娇气，这保姆又太小心，你看这折腾一上午的，耽误你时间了吧？”

“孩子没事比什么都好。”安彤说完，想了想还是问夏晴晴，“连花儿是不是一直是你们家保姆在带啊？”

“是啊，我也不会带，一直都是保姆带。这孩子脾气可大了，换了好几个……”夏晴晴说起连花儿忍不住吐槽，她这亲妈都不知道该怎么对付这女儿，以后可怎么办？

见夏晴晴神情恹恹的，安彤以为她是为了连花儿的教育发愁，于是拍了拍她的肩膀说：“你也别着急，孩子慢慢教，她现在还小，总会教好的，而且我觉得连花儿其实挺懂道理的，就是娇气了些……”

安彤的话还没说完，身后便传来冷冷的一句：“我的女儿用不着别人管。”

一听这话，安彤心里又堵了，这人是吃了枪药吧？于是扭过头郑重地对连辰说：“我没想要管你的女儿，也犯不着，只是夏晴晴是我同学，我们聊到这儿，我就说一句……”

安彤的话还没说完，连辰便跟了一句：“她也管不着。”

“你怎么这样呢？她是当妈的怎么就管不着？”安彤是越来越看不惯连辰，转个什么劲儿？装什么高富帅？再说了，就算你是真的高富帅，跟我有毛关系？真是一点儿人事儿都不懂。

夏晴晴苦笑地咧了咧嘴，拉了一下安彤的胳膊道："没事儿了，你回去吧。"

安彤也懒得再理这家人，既然人家叫自己走就走吧，没想到却听到连辰说："这一次就算了，别让我知道有下一次。"

连辰心里的火正没处发，安彤像是堵机枪眼似的，自己不要命地往上撞，他也尽情地发泄一通。

安彤一听这话就哽住了，什么叫别让他知道有下一次？有下一次他还想怎么着吗？于是感觉自己的好脾气已经挥发完了，剩下的全是火药渣，于是脱口而出："你是不是男人？怎么这么得理不饶人？小孩在一起哪有不磕磕碰碰的？你女儿这么娇贵就别送到幼儿园来。这次有优优，下次不知道有谁呢。要不你拿把枪守在教室门口，看谁挨她近了就给一枪？"

连辰愣了，然后也气得不行，这还是第一次有人说他不是男人。

"是不是要检查？要检查就赶紧去找医院开单子。"安彤准备去拉连花儿，却被连辰拦住。他皱眉道："怎么这么死缠烂打？谁说要检查啦？"

安彤终于知道什么叫"肺都给气炸了"。可连辰心情非常的不爽，他觉得这女人是不是煞星投胎，养出个惹事的儿子，使自己搞不好要损失上千万，而且她还如此牙尖嘴利。

"不检查是吧？不检查我们就走了。"安彤气哼哼地拉起优优，然后对夏晴晴说："今天我就不奉陪了，爱检查不检查。我还说一句，是你们家保姆一定要过来的。不过老实说夏晴晴，你老公可真不怎么像男人。"

她居然又说自己不像男人，连辰咬了咬牙，又握紧了拳头，但还是控制住了，他怎么着都不能用拳头去招呼一个女人。但，真的好憋气呀!

一直目瞪口呆地看着安彤吵架的夏晴晴听到这话情不自禁地出口解释:“他不是我老公。”

夏晴晴做梦都没想到连辰居然会跟一个陌生女人吵架,按照连辰正常的处理方式,知道花儿没事后,他应该是瞧都不瞧安彤一眼,抱起花儿就走的呀。

连辰再一次被气着了,自己的前妻居然这么迫不及待地跟自己撇清关系,再一次在这个女人面前证明了自己有多差劲。

安彤则被夏晴晴的话镇住了,然后便有些尴尬,不好意思地说:“对不起啊,我……不知道。”

夏晴晴却无奈地摇摇头,瞬间又开朗起来,拿出手机说:“你留个电话给我吧,我们好歹是闺蜜啊,回头我联系你啊。”

“闺蜜”两个字让安彤的脑子又有些拐不过弯来。她什么时候和夏晴晴成闺蜜了?难道现在对于“闺蜜”又有了新的定义吗?安彤哪知道,对于夏晴晴来说,整个高中生涯除了寂寞就是孤单,工作后又因为身材饱受歧视,瘦身成功后也明白了,职场上的同事能够交心的真的不多,所以有个高中同桌真的相当于“闺蜜”了。

安彤很快便把电话号码报给了夏晴晴,目的是想早些离开这里。一想到身边站着一个虎视眈眈且冰气袭人的男人,她就觉得不舒服。不过离开前,安彤忍不住嘀咕了一句:“幸好你离婚了,这是你的福气。”

拉着优优离开的安彤自然不知道,身后那男人的一双眼睛如果是飞刀,估计是想把她给剁了。

哪个男人喜欢听到别人说和自己离婚是有福气的?尤其是连辰,但他也没办法,对方毕竟是个女人。对方,竟然是个女人!

安彤带着优优回到家,却发现孙晓俏正坐在自己单元楼道口,旁边还放着她的行李箱。不过尽管如此，但身着上好的棉质白衬衫和磨旧牛仔裤的孙晓俏还是吸引了来来往往N多人的目光，有几个单身小伙子还上来搭讪，恨不得把这惹人怜爱却别有风情的女孩领回家去。

“你这是怎么啦，跟卖火柴的小女孩似的？”安彤好奇地看着孙晓俏。在她的记忆里，孙晓俏一直是张扬得像棵合欢树，这软弱样儿在她失恋的时候都没出现过。

孙晓俏表情痛苦地艰难起身，安彤赶紧上去扶了一把：“怎么啦你这是，出什么事啦？”

“坐久了，脚麻了，你们家这楼道的门槛儿怎么这么矮呀？”伸了伸脚舒展了一下，孙晓俏接着抱怨：“你怎么这么晚才回来呀？我都坐这儿快睡一觉了。”

“嗯，下次我让物业在这里修个椅子，以备你常来坐坐。”安彤白了孙晓俏一眼，见她瞬间又满血复活，便知道刚才那关于“可怜”的感觉其实是错觉，或者说只是无意中撞见了孙晓俏短暂的情绪休息时间。

“快快快，饿死我了，进去拿点东西招待我这个可怜的小女孩吧。”孙晓俏催促着，安彤眼皮跳了跳，一边拿钥匙开门一边说：“真好意思说自己是小女孩啊？优优过几年就要上小学了。”

“优优是你生的，又不是我生的。”孙晓俏不服气地说。优优在一边不乐意了：“干妈，你不要我当你儿子啊？”

“没有没有，干妈最喜欢优优了，你当然是我儿子，我只是说你不是我生的而已。”孙晓俏赶紧安抚优优。安彤却拎起她的行李接着补刀：“没生孩子，难道年龄就不长啊？”

“别提年龄，提年龄我跟你翻脸。”孙晓俏一边进门一边踢了一下门，却听到安彤急道：“乱踢什么呀，我家可没男人，门踢坏了你修啊？”

“哎哟，找个修门的还不容易呀？你说你真是的，我不喜欢什么你老提什么，什么年龄什么男人，不想听。”孙晓俏走过去一屁股坐到沙发上，当初这沙发还是她和安彤去选的，淡淡的青绿色，宁静，再疲惫，一坐到这沙发上，便舒服得不行。

“鞋！”安彤扔了一双拖鞋过来，示意孙晓俏赶紧换。

安彤把房间的电视打开让优优去看动画片，然后从冰箱里拿出一盒酸奶扔给孙晓俏：“怎么还拎着行李来我这儿啦，看你这架势是想长住啊？”

孙晓俏有自己的房子，虽然不大，却是她自己买的，而且装修图是她自己设计的，不知道的还以为进了咖啡馆，所以如果不是遇到了非常情况，她肯定不会到安彤这儿来挤。

“反正你家又没别人，长住怎么啦？大不了付你房租。”孙晓俏将身子放平，找了个最舒服的角度窝着。

在孙晓俏看来，闺蜜是什么？是聊得来吃得来笑得来哭得来，连家都住得来，所以她一直都觉得自己有两个家，一个是自己家，另外一个便是安彤的家。哪怕之前安彤还没有离婚，孙晓俏都是常来的，反正许凉是经常不回家。

安彤家的气息和孙晓俏的小窝不一样：安彤家很温暖，每个窗台都种着些小花小草，而且被她侍弄得郁郁葱葱。之前孙晓俏不解，安彤又是工作又是家里，许凉也靠不住，怎么还有心思来种花养草？可安彤却说花草比男人靠谱，对它好它就发芽开花，尽它最大的努力来回馈。所以，安彤离婚的时候，孙晓俏是沉默的，这个男人连花草都不如，何必留在身边？

孙晓俏舒服地晃着二郎腿，眼睛盯着墙角那盆茂盛的吊兰，可安彤却挤在她身边道：“看一盆吊兰也能看得那么入迷？”

“养眼睛呢。”孙晓俏继续养眼，安彤也继续问：“你不会是惹了什么不该惹的男人了吧？我告诉你啊，我和优优孤儿寡母的，你可千万别给我……”

“呸，许凉又没死，你这在古代也就是个和离，还可以一别两宽各生欢喜呢。”孙晓俏踹了安彤一脚，然后叹道，“我躲的是女人。”

“女人？孙晓俏，你不会是看上已婚男人了吧？我可告诉你，这类生物太生猛了，你可别沾上啊。”安彤抬起身子，难以置信地看着孙晓俏，她还担心孙晓俏会“生冷不忌”，最后吃亏的可是她自己。

可，看见孙晓俏一副想杀了自己的样子，安彤又觉得她不可能这样没眼色，于是主动挪了挪身子，离孙晓俏远了点儿，做出害怕的样子道：“你难道是看上女人啦？”

孙晓俏见安彤这副模样，伸手去掐了她的脸一把：“你都是离婚妇女啦，能不能别这么天真啊？我今天不想开玩笑。”

“是你说女人的，这也不是那也不是，我能怎么想？”安彤嘀咕着。

“是我妈。”孙晓俏懒得打马虎眼，直接揭晓谜底。安彤果然一脸失望：“你妈又逼你相亲啦？”

见孙晓俏无奈地点头，一副日子没法过的样子，便劝道：“那就相呗，又不是没相过，骗一顿饭吃也行，实在不行带上我和优优，我还省了一餐。”

“你觉得那场合适合带优优去吗？”孙晓俏瞥了安彤一眼。那些男人个个都是奇葩一枚，虽然她知道其实并不是每个人都真的奇葩，有的也像自己一样反感家里安排相亲，所以装奇葩，但对于孩子来说影响还是不好的吧。

安彤却不以为然：“有什么不合适的呀？指不定优优长大了也要面临这一幕呢。”

“有你这么当妈的吗？咱们优优以后肯定是挑人的，哪用得着相亲？”孙晓俏感慨了一下，可安彤仍然觉得这不是多大的事，不过她忽然想起一个问题：“你妈要你相亲，你躲我这儿来干吗？哦天，难道你跟你妈说，你喜欢上我啦？”

安彤可以想象，如果真是这样，孙妈妈估计刀都来不及磨，就会冲到自己这儿来拼命。

“安彤，你好歹儿子也这么大了，正常一点行不行啊？”孙晓俏面对这样的安彤真的很无奈。在别人看来，安彤可以是实在的，可以是知性的，可以是优雅的，可以是贤惠的，可以具有任何传统优秀女性的特质，可只有自己知道，她有的时候是有多不靠谱。

为避免安彤再瞎想，孙晓俏不得不赶紧把话一次性说完：“是我妈住到我这儿来了，说是以后每天给我安排一个。”说完冲安彤努了努嘴：“每天一个，你受得了吗？能不躲吗？”

“一天一个啊？”安彤抖了抖，笑了笑道，“对于我来说不是受不受得了的问题，而是时间不允许啊。”每天花上几个小时去人海捞男人，这浪费的不是时间而是生命。

“你妈如果像我妈那样，是不会考虑你的时间问题的。”孙晓俏强调，她其实也很珍惜时间的，也不愿意去和陌生男人吃饭，也不想这样摧残自己。

安彤瞥了孙晓俏一眼，闷闷地笑道：“我没那福，我妈心里只有我姐，我是野生的。”

孙晓俏听了心里有些酸涩，揽着安彤道：“野生的好，够坚强。”

安彤扯了扯嘴角，想笑，却又笑不出来。其实女人的坚强都是被逼的好吗？之所以坚强，是因为没别的指望，只能靠自己。如果可以，谁希望总这么坚强着？

这个话题略显沉重，安彤扭过头问孙晓俏：“你怎么跟你妈说的？”

“这还用问？”孙晓俏耸耸肩，“当然是要出差学习喽。”

现代的这些妈都非常明白，除非自家钱多得不愁用，否则对于女人来说，工作还是非常重要的，它甚至决定着你找个什么样的男人。

“你妈要是知道你到我这儿来学习，得愁死！”安彤嘻嘻笑，“你在我这儿能学习什么？学习怎么离婚吗？”

安彤虽然笑着，却叫孙晓俏听了有些难过，没好气地说：“离婚怎么啦？二婚女人才知道自己想要的是什么。安彤你放心，你如果再婚，肯定会很幸福很幸福的。”

孙晓俏说完，便伸手抱住了安彤，俩闺蜜就这么着谁也没说话，但忽然安彤跳起来说：“你这理论不对啊，我姐她怎么就不幸福？”

安彤的姐姐安迪今年三十四岁了，从十五岁起就开始恋爱，到三十四岁已经是阅男无数。近二十年间，谈了N次恋爱结了两次婚又离了两次婚，在情感的这条路上一直磕磕绊绊的，弄得安家老两口就像是救火队员似的。

“你姐吧，怎么说呢？瞧着她那小样儿男人就心疼，可是娶回家呢，又只是个摆设。”孙晓俏想起安迪便叹气，“你姐三十四了吧，但怎么瞧着还是十八岁的心理，天天巴不得有白马王子带着水晶鞋忽然出现在家门口。”

“也是，你说我姐……我都不知道怎么说她，我每次回家她都在迎风落泪感慨命运的不公，你说她是不是林黛玉投胎啊？”安彤想到安迪那样子，心头便情不自禁地浮现了那句“两弯似蹙非蹙罥烟眉”，便认为安迪是生错了年代，她该生活在古代的大户人家，吃喝拉撒有人养着，每天没事便作作词感慨一下花谢花开，可她却投生在这轰轰烈烈的21世纪，简直是要把安爸安妈折腾坏了。

孙晓俏听安彤这么说，忍不住哧哧地笑：“你姐啊，不定是古代穿越来的。”

安彤也无语，有这么一个姐姐，她都不好意思去跟她争宠，只好自己管着自己。不过虽然相对于安迪来说，安爸安妈对她的关心和照顾少一些，但也自由得多，她的生活完全可以自己做主。

“算了，这事儿管不了，就让我爸我妈操心去吧，他们喜欢管她，这也叫老有所乐。”安彤倒是想得开。孙晓俏心疼地安慰她道：“不是还有我嘛，算了，我不结婚，陪你。”

“你还是算了，你要是没结婚，你妈的怨念隔千里之外都能杀了我。”安彤悠悠地说，又问孙晓俏，“你说我爸妈会不会，偶尔也担心我一下？”

孙晓俏听了一愣，立即点头：“会的，你也是你妈生的，不过他们太相信你能够处理好自己的事情，而且你和你姐差距太大，是个人都会偏疼你姐一些。”坚强的女孩总是容易被忽略，听了太多男人在两个女人中选择，大多选择弱势的女人，因为她离不开自己呀。

所以，想了想孙晓俏还是说：“你以后也别太坚强了。不过我觉得吧，你比你姐强，你姐虽然招男人喜欢，但有欺骗性，看着清纯得不得了，实际感情上比你丰富多了。可惜她呀，没有幸福的气质。”

安彤听了撇嘴道：“我比我姐强？照你这样说我有幸福气质？我不也和她一样离婚了吗？！”

“那是你找男人的眼光不行，经过这一次，你该磨炼出来了。”一提起许凉，孙晓俏便觉得不爽，她到现在都不明白安彤当初怎么就选中许凉了。当初许凉去她们寝室找安彤的时候，她就挺不喜欢的，觉得这男人性格怎么那么不讨喜啊？没钱没本事还总自认为是个才子，兼之不知道心疼人，所以孙晓俏没少搞破坏。但没办法，安彤还是被他拿住了。

“不是选中，是除了他，也没什么人追我。”安彤不是第一次更正孙晓俏的说法，可孙晓俏一直认为不是没人喜欢安彤，只是她自己太麻木了而已，非得要人家明确地表示喜欢她才知道。可是人家男孩也是要脸的好吧？你一点儿暗示都没有，他敢随便表白吗？何况安彤又没有倾国倾城让人失去理智的美貌。

三、夏晴晴的心思

不管孙晓俏怎么说，安彤也觉得自己没亏，虽然离婚了，但不是还有个好儿子嘛，这世上本来就有很多事情是不可能兼得的。

正闲聊着，安彤的手机提示有短信进来，正好在手边，她便拿起来看了一眼，边看还边说："不定是哪个什么破公司发的广告……"可话没说完却呆了，对孙晓俏说："夏晴晴约我明天去喝咖啡。"

"哪个夏晴晴？"孙晓俏不解。

安彤这才想起来，她还没把夏晴晴的事情告诉孙晓俏。

可当安彤把事情的经过一说，孙晓俏却一脸疑惑地看着她说："夏晴晴瘦身成功？她那样子瘦身成功想不红都不行。你知道吗？她身上的肉我感觉是铁做的，那得熔才化得掉。"不知道夏晴晴经过了怎样炼狱般的磨炼才瘦了身，想想孙晓俏便打了个寒战。

说起高中生活，孙晓俏总还记得上体育课的时候，她正在为自己中意的男孩加油呢，却不知道怎么的就让夏晴晴给撞了一下，她当时就给撞趴到地上去了。尽管事后夏晴晴拼命向她道歉，但自那以后，她还是和夏晴晴之间一直保持着至少一米远的距离，有些人是撞都撞不起的呀。

"你说夏晴晴当时撞我，是不是和我喜欢上了同一个人啊？"孙晓俏还徜徉在高中生活那简单又美好的情愫中，扭头却见安彤一脸无语地看着自己，不由得有些不好意思："看着我干吗，没有这个可能啊？！"

"不是没这个可能，是她的心和她的体重是不呈正比的，她哪会故意去撞你？"安彤现在对夏晴晴读书时的形象越来越清晰，其实她是个挺单纯的小女孩。

这以前的事情说起来也没什么意思，在无聊的时候回忆一下而已，所以孙晓俏也没再纠结。安彤又急着问："你说，夏晴晴为什么要约我喝咖啡？"

安彤告诉孙晓俏，在她看来，在一起喝咖啡的要么很熟，要么就是有事。她和夏晴晴虽然是同学，可是真的不熟，所以只能是有事咯。可夏晴晴现在是要钱有钱要貌有貌，她找自己能有什么事？

"按你这么说，她现在缺老公，搞不好是在撒网，让你有好的给她介绍。"孙晓俏越说越觉得有可能，见安彤一脸不信，顿时气恼，"很多女人离婚后都这么干，遍撒网力求找个更好的，一是为着自己，二是为着气气前任。"

"猪脑子，有好的我不自己留着啊？"安彤白了孙晓俏一眼。

孙晓俏觉得也是那么回事，只好说："也许你们喜欢的类型不同嘛，不过约就去呗，去了不就知道了？她那一身肉都能减下来，做什么奇葩的事都不奇怪。再说了，又不是男人约你喝咖啡，这么警惕干吗？"

孙晓俏觉得安彤的纠结有时候真让她无语，她现在最关心的是夏晴晴是怎么减肥的，于是想了想又说："问她要一下减肥秘诀。"

"要不你明天跟我一起去？"安彤觉得夏晴晴找自己也可能就是叙叙旧。有钱人都这样，自己闲着便以为全世界的人都闲着，尤其自己和她还是同类人。但是她很不擅长和不熟的人闲聊，如果孙晓俏去就一点问题都没有了。

"行，看明天有没有事吧。"孙晓俏点头，然后打趣安彤，"她和你感情不浅啊，这一接上头，马上就约上了。还好是个女同学，要不我还以为那会儿对你有意思呢。”

安彤伸着懒腰：“你和我姐倒真是有共同点，什么事儿都能往那上头想。”

“你少恶心我，我才不跟你姐有共同点呢，我做不来她那样。”孙晓俏对安迪不是一般的不喜欢，而且还是旗鼓相当的情敌——还是读高中的时候，孙晓俏喜欢一个男生，可那男生居然对来接安彤放学的安迪有好感，那时候安迪都读大学了，这让一直骄傲的她到现在都觉得是一件挺耻辱的事情。最关键的是，她觉得安迪是故意去接安彤放学的，要不怎么好好的会接安彤放学，还特意穿一件白色的连衣裙站在柳树下？一看就是别有用心。

安彤懒得再说，反正安迪就是孙晓俏最不喜欢的那类，仿佛是天生有仇。刚开始她还为安迪辩解了两次，竟让孙晓俏一周不理她，后来也就什么都不说。其实孙晓俏说的也差不离儿，安迪经常闲着无事就想展示一下自己的羽毛，虽然不一定是有针对性。

有些女人，没有男人的欣赏便没办法过日子，安迪无疑便是这类，但她偏偏还要装出一种目无下尘的样子，也难怪孙晓俏不喜欢。

安彤情不自禁地又想起许凉，她之所以选择许凉，会不会跟许凉对安迪无感有关？她还记得许凉第一次到自己家的时候，安迪也是摆出一副楚楚可怜的美女模样，可是许凉回头却对安彤说：“那是你姐吗？我没得罪她吧？她看我的那样子，好像我欠了她钱似的。”

安彤当时听了笑得都快蹲地上了，当时便觉得许凉可以嫁，虽然不大懂风情，但这也是一个优点啊，多踏实啊。但事实证明，婚姻真的是复杂的，他眼里没有的东西太多了，即使是一个好人，但不一定是个好老公。

眼见着天就要黑了，安彤起身去厨房做饭。孙晓俏也跟着过来，倚在门边说：“你们那个总经理秦什么的，是不是对你有意思啊？怎么你说换岗他就给你换啊？”

“秦晋阳。”安彤系上印有草莓图案的围裙，然后切着番茄解释，“人家就可怜我一个离婚女人还带着个孩子，而且，可能觉得我有做销售的潜质。”

“就你还有做销售的潜质？”孙晓俏撇撇嘴，刻薄地说，“你就是团队里那猪一般的队友，早点儿认清自己吧。”

“那我就做一头勤快一点的猪。”安彤刚刚转岗的时候纠结了很长时间，但现在成了事实，她倒没想太多。除了勤奋工作，还能怎样呢？那可是她和优优的饭碗，许凉的赡养费就像是快用完的牙膏，想挤出来可不容易，更何况她还想让优优过得更好些。

“要不我说秦晋阳对你有意思呢，这方面我比你厉害。”孙晓俏从案板上拿了一个西红柿正准备吃，却被安彤抢下来：“这是炒鸡蛋的。”

“生吃更有营养。”孙晓俏觉得安彤太不会保养自己了，可安彤却三下两下给切了，说：“优优喜欢吃番茄炒鸡蛋。”

一提到优优，孙晓俏就没脾气了，于是又跑到房间去闹优优。

两个女人一个小孩一晚上倒也热热闹闹的，只是孙晓俏第二天被吵醒的时候实在是不爽。她穿着非常“卡哇伊”风格的睡衣站在房间门口没好气地说：“安彤你打仗啊？一早上咣当咣当的。”

“有了孩子可不就是打仗嘛。”安彤一边往餐桌上放早点，一边让孙晓俏也赶紧换衣服，这儿离她那4S店远着呢。

孙晓俏这才回过神来，从今天起她也得起早了，但想想老妈那成天碎碎念的嘴，还是觉得哪怕就是起早，也得扛过去。她倒要看看她那不动一下就浑身不舒服的老妈能在她那儿待多久。

两人一起送优优上幼儿园，然后分头各自上班，约好中午十一点半到夏晴晴定的咖啡馆门口见。

夏晴晴约的咖啡馆就在安彤公司的对面，这一点让安彤觉得很贴心，她不用走太远，公司有什么事情还可以及时赶回去。

咖啡馆以前安彤常去，有一个挺文艺的名字，叫“时光”。

安彤很喜欢咖啡馆的名字，每次看到都要感慨。从最初的怀念，到现如今的愤慨，时光最不是东西了，最最无情。以前还在行政部的时候，安彤中午的休息时间都会来这儿坐坐，哪怕就是看看来来往往的人都觉得不错，甚至和这里的老板娘米娜都成了姐们儿。

离婚后，安彤极少来，除非米娜打电话。

离婚对安彤的改变真的是处处都在，以前是在“时光”里行走，现在改成在时光里奔跑了，跑得没时间坐下来歇歇。

走到咖啡馆门口，接到孙晓俏的电话，说过不来了，遇上了一个奇葩的客户，为了一个坐垫的材质在那里跟人吵架，怎么着她也得把这人耗走。

安彤觉得好笑，孙晓俏总是能遇到奇葩客户。几年前她在一家品牌鞋的专卖店工作，一位顾客拿着一双皮鞋问她怎么不是全棉的，她当时都不知道该怎么回答，因为店里规定面对顾客的问题，一定要认真细致地回答。为此，孙晓俏辞职了。

孙晓俏不来，安彤只好自己一个人去见夏晴晴。

夏晴晴的座位在窗边，背对着门。安彤只看到她一个背影，有些消瘦，还有些孤独，和那天看到的印象完全不一样，甚至很是陌生。

“夏晴晴，等好久了吗？”安彤调整了一下状态，让自己尽量热情一点，多少和夏晴晴看上去反差不那么大。

“没有没有，反正我也没什么事。”夏晴晴竟起身相迎，然后嗔怪道，“什么夏晴晴啊，多生疏，叫我晴晴。”

安彤注意了一下夏晴晴的衣着，白色无袖上衣，黑色条纹长裙，简洁大方，脖子上的项链安彤也不认识是什么牌子的，但一看就知价格不菲。

见夏晴晴还在注视自己，安彤只得从善如流：“好的，晴晴。”

两人不着边际地寒暄了几句，安彤忍不住问：“晴晴，你找我是不是有事啊？”

夏晴晴却摇头道：“没什么事，就是想找人聊聊天。昨天回去后听花儿说你也离婚了，我便特别想和你聊聊。”

安彤一听心里顿时苦笑，果然是富贵闲人，没事儿在工作时间找自己聊天，而且自己和她能有什么聊的呢？孩子一个是儿子，一个是女儿，教育方法肯定是不一样，唯一可聊的便是离婚后的生活，可也是一个天一个地啊。何况她现在最不想做的便是和人聊自己离婚的事了，离都离了，有什么可聊的呢？不论是追忆还是追悔都没意义。

“你说我怎么就闹到离婚的地步了呢？让花儿也跟着遭罪。”夏晴晴叹道，还是聊到了离婚这件事情，水汪汪的大眼睛里像是起了一层雾，既蒙眬又清亮，让安彤看着也觉得心酸。

安彤也不知道该说什么，婚姻是这个世界上最说不清道不明的，真如那句“鞋好不好穿只有穿的人知道”。

“你知道我为什么要离婚吗？”夏晴晴忽然问安彤。

安彤没想到夏晴晴会这样问，因为她一直认为应该是连辰提出离婚的，男人对于婚姻总要看得淡些，而且夏晴晴家庭条件并不是很好，如果不是特别让她觉得为难的事情，她肯定不会要离婚，于是轻声问：“是他出轨？”她觉得只有这个理由了。

夏晴晴看着安彤张了张嘴，却摇头苦笑道：“他出轨？怎么可能？

天底下所有的男人都会出轨，就他不会。”

安彤张了张嘴，觉得这男人还不错啊。她一直觉得婚姻中最难接受的便是背叛，这是不可原谅的，其他的都可以咬牙忍了。如果不是许凉主动提出离婚，她肯定还会忍下去的。

“为什么？那你是因为什么离婚？”安彤现在真的很好奇，女人天性中的八卦之火破壳而出，觉得夏晴晴一定有个惊天的理由。

“他如果有喜欢的女人，肯定直接会跟我提出离婚的，一旦发现喜欢了，就会提出，怎么会到出轨的地步？”夏晴晴叹道，失神地望着杯子里的咖啡道，“我离婚是因为，我觉得我还年轻，我想找个真正爱我的人过一辈子。”

安彤眨了眨眼睛，傻傻地又问：“他不爱你吗？不爱你为什么会结婚呢？”

“可能是他觉得应该结婚了，而我正好合适吧。”夏晴晴很是沮丧，觉得自己像一个物件似的，只是合适摆在某个位置，所以就摆上了。可是她现在不想当这个物件了，她想自己去找真正适合自己的地方。但，会有人理解吗？

安彤其实是理解夏晴晴的，就像她理解许凉一样。许凉把自由看得比天还大，他想象中的婚姻应该是浪漫的，不食人间烟火的。后来两个人真正在一起，才发现光有“爱”是不行的，还得要赚钱，还得要吃饭，还得要交电费水费燃气费，儿子出生后更是鸡飞狗跳，这不是他想过的日子。

有许凉这种为了自由而要离婚的，自然也应该有夏晴晴这样为了爱情而离婚的，真的没什么好奇怪的。

“我觉得，哪怕我自己一个人过，也比在家里当一个摆设要强。”夏晴晴的表情就像是一个小姑娘告诉别人：我的理想是这样的，我一定会去实现它，你必须要相信我。

安彤只好点头，要不怎样？她婚都离了，而且谁也不能跟人说“其实你过得不错”，过得好不好只有自己知道。

“你既然已经做了决定，而且有了结果，还想这些干什么呢？”安彤真的不明白，既然那么想离婚，那现在已经离了，不是应该很开心吗？就像许凉那样，恨不得再办几桌酒席庆祝一下他恢复自由了。

可，夏晴晴这样子很明显地告诉大家，她离婚了，但并不开心。

夏晴晴还在絮叨：“回头想想，以前的那种日子过得都叫人害怕。我不知道他什么时候回家，不知道他又要去哪里，不知道他开心还是不开心，不知道未来是怎样的……我，其实也不知道为什么这样，总是忍不住要跟别人说这些。”

安彤叹了口气，夏晴晴的事儿如果在某论坛里，肯定会有一部分人骂她是公主病：又希望男人养家糊口，又希望男人温柔体贴外加像超人一样，想什么时候出现就什么时候出现。这谈恋爱的时候还可以有，结婚后就真的比较难了。

“如果，你下一个也不是你想象中的那样好呢？”安彤试探着问，把生活想象得太过美好的人，总是不那么容易幸福的。

夏晴晴突然瞪大了眼睛，看着安彤：“其实我没把婚姻想象得有多好，我只要他把我放在心里，每天一起吃饭，如果有应酬能跟我说一声，他和我说话的时候要看着我，可以记不住这个那个纪念日什么的，但我不喜欢吃什么他要明白，我们可以吵架，也可以一起去旅行，可以为了钱着急，也可以为了想要的东西奢侈一回……其实，这样就很好了。”

“你以前过的又是什么日子？”安彤差点脱口而出，又觉得好像有些不好，便闭了嘴，但心里却在奇怪，夏晴晴这前夫是个什么样的奇葩？就算地位再高，难道总不在一起吃饭？出去了也不告诉老婆？尤其是说话的时候不看人，这眼睛是长在头顶上了吗?

“其实我也想将就来着……”夏晴晴说。安彤心里对连辰意见颇大，听了这话不满道：“婚都离了，还提将就，将就个什么劲儿！”

不过安彤还是羡慕夏晴晴，至少她心里满是期待和憧憬，未来的日子应该是怎样的，在她心里总有那样的一个画面。可安彤发现自己对爱情不再期待了，爱了之后再结婚，婚后的日子不都一样吗?凑合着过，能凑合就过下去了，不能凑合就离。想想，也怪没意思的。

“你又想开始新生活，对过去又念念不忘，是恋也好是怨也罢，你总得放下吧？要不你这算怎么回事呢?”安彤觉得夏晴晴的脑子现在有些乱。

可夏晴晴却摇头道：“不是，我不是念念不忘，我是担心花儿。”

说到孩子，安彤顿时觉得自己很庆幸。再如何辛苦，优优总和自己在一块儿，晚上睡前抱一抱那个肉乎乎的小家伙，心里总是安稳踏实的。像夏晴晴这样的，如果可以放得下也就罢了，如果放不下偏要放，这感觉对于一个当妈的来说，的确是不好受。

安彤由此心里对许凉有了些许的感谢。在孩子方面，他没有和自己较劲，房子也很大方地给了自己，只是带走了为数不多的存款。

“你为什么不自己带花儿呢?”花儿是个女孩子，肯定是跟着妈妈要更好一些，安彤觉得这一点是毋庸置疑的，不知道夏晴晴纠结个什么劲。想了想她又问，“你很怕你前夫吗?”

夏晴晴怔了一下，却点头道：“是啊，我是挺怕他的，谁不怕他呀?”

安彤看着眼前有些天真的夏晴晴，脑海里又出现了连辰那副拒人于千里之外，仿佛谁都欠了他家八百吊钱的样子，但她还是忍不住嘀咕：“你不曾经是他老婆吗，怎么这么怕他?”

“所以我离婚了嘛，我一直在想，老婆到底是怎么样的……安彤，我以后可以经常找你吗？”夏晴晴忽然放下杯子，向前倾了一下身子问安彤，眼睛里的期待让安彤觉得这似乎是一个缺爱的小孩，叫人没办法不点头。

“你以后想找个什么样的男人？”夏晴晴问安彤，在她看来安彤这么年轻，不可能不再结婚的，问题是想找个什么样的人结婚。

安彤自然也知道这个道理，但找个什么样的还真不清楚。男人不是可以私人定制的，想要什么样的就有什么样的，还不是得看缘分？

“那你觉得你前夫会找个什么样的？”安彤觉得夏晴晴其实应该关心的是这个问题。

可夏晴晴却摇头道：“这个真不知道，他又不会谈恋爱，所以什么样的都有可能，要不我这么担心干吗？”

不会谈恋爱？安彤觉得这话让人太难理解，那他们俩又是怎么结婚的？

夏晴晴看出安彤的怀疑，只得无奈地说：“我当时在他的公司上班，当秘书，他见我单纯，就向我求婚了。”

“就……这样？”安彤觉得这太不符合人们的想象了，霸道总裁与小秘书，浪漫的开始却是悲剧的结尾。

夏晴晴苦笑，可不就是这样？可当初她还是开心得不得了，一个女孩哪里懂得婚姻到底是什么？她现在终于走出来了，知道自己想要的是什么，但是花儿怎么办？

安彤都不知道怎么安慰夏晴晴，孩子要不回来，连辰三十多岁的大男人，你总不能让他不结婚吧。不过，还真不知道他这一次又会拉个什么人来结婚。至于自己，安彤还真没想过，她只是想先把工作做好，其他的事情顺其自然。

眼看着夏晴晴的眼眶都红了，安彤便觉得自己不是一个好的销售人员。她想万一对面是自己的客户，自己也这样手足无措，多不体贴，多不讨人喜欢，这业务不就黄了吗？

安彤眼睛瞟向桌子一边的纸巾，想着只要夏晴晴的眼泪流下来，她就赶紧递过去。

孙晓俏昨天还说，安彤现在是走火入魔了，和谁在一起，都把对方幻想为客户，长此以往，优优怕是没有亲妈了。

“你……你觉得连辰怎样？”安彤还没有行动，夏晴晴倒是把她的手握住了。

“你前夫？”安彤问，她其实是觉得夏晴晴这问题问得十分诡异，连辰怎样和自己有什么关系呢？

“外形还不错，也有钱，但脾气暴躁。”安彤实话实说。

夏晴晴皱了皱眉：“其实，他不是个脾气暴躁的人，那天也是特殊情况。”然后把那天连辰发脾气的原因说了一遍，见安彤没说话，于是试探着说，“要不，你俩处处？”

“处……我和你前夫？”安彤觉得这个笑话真是……让人无语。她深吸了一口气才让自己平静下来，“夏晴晴，你脑子不会是抽了吧？”

“我……没有啊，我觉得你们俩气场很对啊。”夏晴晴缩了缩脖子，但还是不怕死地说，“如果你当了花儿的后妈，我就没什么可担心的了，你读书的时候就好。”

“夏晴晴，你为了你女儿要毁我一辈子啊？再说了，人是会变的，我现在是个坏人。”安彤真的觉得气不打一处来。

可奇葩夏晴晴还挥手道：“江山易改，本性难移，你肯定是好人。”

安彤有一种无语问苍天的感觉，在心底来回平复了N次才开口：“你这想法，你前夫知道吗？他同意吗？”

一句话让夏晴晴哑了炮，但惆怅半天之后来了一句：“我会帮你制造机会的。”

如果有手雷，安彤肯定毫不迟疑地朝夏晴晴扔过去。可就在这个时候媒介部总监柳遥打来电话，让她赶紧回公司，有事找。

安彤现在心情很不好，觉得柳遥后面少说了一个“碴”字。柳遥找她，基本就是找碴儿的。

临走前，夏晴晴再三强调下周再约，并握着安彤的手说：“我可没什么朋友，我们可是闺蜜呀，以后可不能再断了联系。”

又是闺蜜！如果安彤以前听了觉得别扭，现在则觉得夏晴晴是别有用心，居然想让自己为了她女儿给渣男当老婆，真是岂有此理！何况，安彤一直觉得只有孙晓俏才是闺蜜，她们一起吃一起喝一起骂渣男一起哭过笑过，可是和夏晴晴……但安彤不想再招惹夏晴晴了，这女人搞不好是外星来的，只好点头答应以求脱身。

从地下通道回到公司，坐上电梯的时候，安彤心里还在愤愤不平：我是砖吗？你想往哪儿搬就往哪儿搬，也不怕砸着自己！

电梯门打开那一刻，安彤才想起工作上的事，心情更是低落到不行。她现在有一种小时候转学，然后被学习委员黑着脸检查作业的感觉，让她几次都忍不住想转回行政部，可为了优优，她还是咬牙忍住了。

尽管柳遥总是斜视安彤，一副等着她提出滚蛋的样子，可安彤知道，自己想在媒介部待下去，还得跟柳遥搞好关系，至少不能交恶。

尽管，这真的很难。

柳遥办公室的门虚掩着，安彤控制了一下力度，轻轻地敲了敲，直到里面传出“请进”两个字才推门而入，不过又差点儿被迎面扑来的香水味熏回去了。柳遥的香水当然很高档，但再高档的香水如果像花露水那样喷，就真的成了花露水。

屏住呼吸，安彤微微扬了扬唇角，还没开口，身着宝蓝色套裙、妆容精致的柳遥便甩给她一摞资料。

安彤有的时候真的不明白，柳遥明明品位不错呀，为什么对于香水的密度那么执着，莫非小时候有心理阴影？

安彤正津津有味地沉浸在臆想中，却听到柳遥不冷不热地说："秦总点名要你跟这个单，拿去好好看看。"

安彤看了一下封面上"名城置业"几个字便愣了，不敢相信地问："要……要我看这个？"

本市没人不知道名城置业的，当初安彤刚毕业的时候还去名城置业的上级公司名城集团应聘过。或者没有哪个大学生不想毕业了之后去名城集团上班的，只要应聘上了，那就是毕业生中的人生赢家呀。

只是，名城置业的单子怎么会沦落到海韵广告，而且还沦落到海韵广告目前最差的她头上？！

这件事，太诡异了，安彤的直觉便是三个字——有阴谋。

"怎么？你不愿意？"柳遥瞟了安彤一眼，红艳的嘴唇蹦出一个"喊"字，这个字倒让安彤心里稍稍踏实了些，因为柳遥是正常的。

"柳总监，是不是有些文字方面的工作需要我做？"安彤非常谦逊地问柳遥，她猜想可能是整理一下文字资料什么的。

柳遥翻了个白眼，不紧不慢地说："名城置业的资料哪里是你整理得了的？但秦总相信你，你就看着办吧。"说完挑了挑锥子似的下巴，就差说"我就等着看你笑话"了。

其实此刻柳遥的心里很愤怒。她就不明白了，安彤不过是一个年过三十的离婚女人，而且还有一个孩子，工作能力也没看出有什么不一样，怎么就让秦总那么看重，直接把她从行政部转到媒介部不说，还把这么重要的业务交到她手上？

想到这些，柳遥就感觉胸口闷得慌。虽然她料到安彤早晚会交出来，但秦晋阳这样的安排仍然叫她咬牙切齿。

四、这是一个坑

安彤脑子里还回荡着柳遥的那句“你看着办吧”，这怎么看着办呢？

“怎么，还有事？”柳遥虽然这样问，却在端着杯子起身出门，快走出办公室的时候，丢下一句话：“记得关门。”

安彤只好怏怏地抱着一摞文件夹回到自己的格子间。

见安彤情绪不好，一边的设计师陆成赶紧凑了过来问：“姐，柳妖找你干吗呀？”

陆成年纪不大，却是安彤调到销售部后跟她关系最好的一个，时不时地给予一些小帮助。于是她亮了亮手里的资料，又把“名城置业”几个字特意给陆成看了一下，便见陆成的嘴张成了一个O形。

“这……名城置业？”陆成急急地问安彤，见她点点头，顿时倒吸了一口气：“你还真接了呀，我的天，你这就是拿你的头往墙上撞啊。”

安彤耸耸肩：“能不接吗？她也没问我的意见啊。”不过她也没告诉陆成，柳遥说是秦总让她接的，在办公室来说，头儿的“特别对待”绝对是一个禁地。

“你说，名城置业的案子怎么会到咱们公司来？”安彤琢磨不透到底是名城置业市场部的人脑袋被门夹了，还是海韵广告真的被天上掉下来的馅饼给砸了。

“姐，你想得太多了，人家名城置业现在少东家接手，要换换气象，所以进行项目招标，凡是有一级广告公司资质的都可以参与竞标。”陆成的消息渠道一直比安彤多。

安彤一听，忍不住自语道：“一级广告公司资质就行啊，那门槛还真是不高。”以往名城集团所有的业务可都是只找4A公司合作的，而且还是排名前几位的。

“姐，你怎么就抓不住重点呢？”一旁的陆成急得不行，转着椅子道，“门槛不高代表竞争也很大，咱们公司虽然发展势头是不错，可毕竟没什么底蕴啊，你觉得咱们有可能吗？”

安彤仔细想了想，然后诚心地摇头，她真的觉得没可能。

陆成打了个响指道：“对，没可能，你现在知道为什么叫你做了吧？”

“死马当成活马医？”安彤眨了眨眼睛。陆成一脸悲悯地看着她：“这业务大公司接下来可以半年不干活，咱们公司接下来就不知道是怎样的飞黄腾达……”

陆成都不忍心说下去了，谁都想飞黄腾达，可是这个世界上真正能够飞黄腾达的又有几个？

“既然本来就不指望我，那我还就没什么压力了。”安彤这样一想，却又乐了，心情倒没刚才那样沉重。

“姐，你这脑子……哎呀，小时候被驴踢过吗？你指定是死，但你一死，柳妖会怎么做？”陆成恨铁不成钢地问。

安彤顿时愣了，难道柳遥竟然打的是这个主意？她看着陆成，瞪着眼睛道：“还真有可能，柳妖可能前世和我有怨，所以她看着我的眼神都是带刀的，肯定会把我赶回行政部。”

“如果是赶回行政部那还算是好的，至少你虽死犹生，也能够入土为安；可万一她直接开了你呢？那就是暴尸荒野了。”陆成说得安彤毛骨悚然，觉得事情复杂得就像宫斗似的，脑子都不够用了。

“那，我……我退回去？”安彤试着问陆成。

“你都拿过来了，再怎么退啊？”陆成有点儿泄气，到这份儿上了，他也没办法，柳遥才不会让她退回去呢。

想了想，安彤把资料往桌上一拍，豪气干云地说："不管了，既然接了就好好做吧，就算是死了又怎样？此处不埋爷自有埋爷处，说不定爷还能另找块风水宝地呢。"

"姐，你真牛，佩服！"陆成冲安彤竖了竖大拇指，但那眼睛里明显是无奈外加不信，然后低下头打开手机团购APP，打算给安彤预订个实惠又好吃的送行宴。

安彤挺鄙视地看着陆成，见他微皱着眉，极度认真地看各酒店的评论，忍不住拍了拍他的肩膀说："别纠结了，姐要真的暴尸荒野了，哪还需要吃饭？直接餐风饮露成仙了。"

"唉，你说你这么大年纪了，怎么一点心眼儿都没有啊？"陆成放下手机，苦恼地摇了摇头，拍了拍桌上的资料说，"行吧，有需要你找我。"

安彤点点头，看着身材高大的陆成垂头丧气地回到自己的位置上，忍不住想逗逗他："你看你也是帅哥一个，干吗弄得那么颓废？你谈恋爱了吗？要不要姐帮帮你？"

陆成抬起头，甩了甩前额的头发道："我不颓废，客户会相信我的实力吗？"

安彤顿时无语，还真有那么些客户就喜欢陆成这样看上去极有个性的，越被他虐越踏实，没实力的人谁敢给客户脸色？所以陆成逐渐从受客户欺负的小设计师成长为颇具大师外表的大设计师。

当然，这个"大"是指年纪越来越大。

一打开名城置业的资料，安彤便呆了。她刚才净想着这业务是怎么拿到手的，却忘了名城集团现在的董事长叫连辰。或许，是她从来没想到她眼中的渣男，居然是名城集团的董事长。

世界的巧事不少，但安彤从来没想到自己会碰到，可现在想不到也不行了。

“安姐，不会吧，你居然也喜欢看帅哥？”菲娜端着咖啡走了过来。她是媒介部最时尚的潮妹，每天咖啡不离手，手上脖子上叮叮当当挂一堆东西，最喜欢的事情便是欣赏帅哥，电脑桌面上的屏保全是帅哥，从李敏镐到金秀贤一天换一个。

安彤拿起资料，看着菲娜，指了指电脑上的那张照片问菲娜：“这也是你的菜？”她记得菲娜说过现在流行暖男，她喜欢的也是那种非常懂得体贴的美男，可连辰，和暖男别说挨边，恐怕差了十万八千里了。

菲娜躬下身子看着安彤道：“这种菜才是好菜，虽然也不现实，可是近啊。韩剧里的男主角倒是暖，但他知道我是谁呀？”

“这棵菜也不知道你是谁。”安彤提醒菲娜。

菲娜却不生气，反而很陶醉地说：“虽然他的确是不认识我，但同在一片蓝天下，呼吸着同样的雾霾也是幸福的……对了安姐，你还真厉害，居然能让秦总把这么大的业务交给你做。”

“这是柳妖交给我的。”安彤听到菲娜那酸不溜丢的话，顿时有些烦。本来这事就是一个坑，现在见到是连辰的公司，更是不愿意，保不准没赚到经验，反被羞辱一顿呢。

安彤虽然很勤奋很努力，也挺有牺牲精神，但对于这种毫无希望的事，也是不大乐意做的。

菲娜哪知道安彤心里想的是什么，她柔若无骨地靠在格子间的挡板上撇了撇嘴说：“这么大的业务，柳妖敢做主交给你？虽然我比你年轻这么多，但也不是这么不懂人情世故的。”

“那要不我去跟柳妖说交给你做？”安彤说的倒是真心话，只要菲娜愿意接，她马上交出去，然后老老实实去啃那些汽车4S店，至少人家出招，她只须要接招就OK，而且现在也啃下几家了。

“别呀安姐，我可不想找骂去，既然交你做总有交你做的理由，也许是想重点培养你呢，你这待人接物的比我可强多了。”菲娜表面上诚恳，实际却暗藏讽刺，安彤也不是听不出来，只是懒得计较。

安彤以前是做行政的，她最懂得什么部门什么最重要了。媒介部和客户沟通最重要，只要和客户的关系做好了，头儿都愿意护着，和同事之间争来斗去实在是没什么意思。

只是，安彤懒得开口，陆成却忍不住，脚一蹬，椅子就滑过来了，然后撑着大长腿冲着菲娜嚷嚷：“你怎么那么八卦呀？自己的业务都没搞定呢，你管那么多干吗？哟，不会像电视剧里演的那样，你是秦总家的什么远房亲戚到咱们这儿来蹲点了吧？”

菲娜听了直瞪陆成，还没来得及开口，陆成又说了：“这个推测应该也不对，因为这不可能，也不科学。你如果真的是富二代，手上也不可能戴着那么没品的东西。”

“我手上这个没品吗？你知道这是什么牌子吗？”菲娜气得抬起手上的手链直往陆成眼前晃。

“晃什么晃啊？不就是水钻，敢不敢是真钻啊？”陆成撇了撇嘴。

“是什么钻跟你有关系吗？再说了，我跟安姐说话呢，你插的哪门子话呀？想教训我，等你坐到那里再说。”菲娜瞪着陆成，手却指着总监办公室，却没想到正巧柳遥从外面进来。

柳遥以为几个人在闲聊，顿时没好气道：“这个月的业绩都完成了是不是啊？聊得还挺欢，都给我写一份业绩分解表明天交给我！”

见柳遥风情万种地踩着高跟鞋唱着歌回了办公室，菲娜不禁撇了撇嘴道：“肯定是找秦总去了。”

“多管闲事。”陆成嗤笑了一下，却不想菲娜猛推了一下他的椅背，怒道：“你还真是丑人多作怪，什么都有你。”

陆成不可思议地瞟了菲娜一眼，然后扯了扯衣领说："你有没有眼光啊？我读书的时候可是我们学校的校草。"

"你们那是什么学校啊，都长得这么歪瓜裂枣还是校草？那其他人得有多惊悚！"菲娜反唇相讥，两人正大眼瞪小眼，却听到柳遥的高跟鞋从办公室里出来了，于是赶紧各自坐回自己的座位。

终于安静了，安彤又拿起连辰的照片看了看，从五官来说是挺帅的，长得跟金城武似的，可是整体上来看，哪有金城武的那种浪漫气质？分明各个角度似乎都在叫嚣：离我远点！

安彤拿起资料，敲了敲连辰的照片，小声问陆成："我是不是搞定这个人就行了？"

"是，但是你能搞定吗？"陆成看了看照片，又看了看安彤，表情纠结了一下说，"姐，如果咱们只是卖车的，估计搞定他老婆就可以，可如果想做他楼盘的广告代理，能搞定他自然是万无一失……但，姐，你还是放弃得了，别浪费精力了。"

安彤的一张脸顿时有些不好看，如果不认识连辰倒也罢了，可明明认识，而且还是这样认识的，这让她有点儿不知道从哪儿下口。

"姐，你认识连辰？"陆成从安彤的表情读出了点儿什么。

安彤点头，却无奈道："不算什么，一面之缘而已。"而且，还是不怎么好的缘。

"认识就好，咱们这行只需要认识，而且连辰在业内的风评挺好的，比那些谈业务一定要年轻美女上门的衣冠禽兽要强得多。要是碰到那样的，你连门都进不去，加油姐！"陆成冲安彤举了举拳头，但安彤也只能感谢他的好意，可越想越不对劲，陆成这意思是说自己又老又丑吗？

这会儿陆成似乎也回过神来了，赶紧道歉说："姐你别误会，你有你自己的风韵，只是咱不靠这个。”

“瞧你这嘴巴甜的，你女朋友肯定被你哄得团团转。”安彤笑道。

“你有女朋友？”菲娜凑过来问。陆成却转过身去，一副高冷范儿：“关你什么事？你是我的绝缘体。”

两人正斗着嘴，柳遥又扭回来了，把安彤叫进了办公室，指了指门外：“外面挺热闹的哈，你看得怎么样了？”

安彤看了看自己手里的资料，决定实话实说：“没怎么样。”

“那你岂不是浪费了这么久的时间？”柳遥一脸的轻蔑。

哈？安彤都不知道该怎么办才好，对于这样一个项目来说，一个下午就是浪费时间了吗？她不由得有些恼：“柳总，您要觉得我不适合跟这个单，可以拿去给别人跟，或者您自己跟。”

要说安彤这也是实话实说，她本来就觉得自己不合适跟这么大的项目，现在这猛地一下塞给自己，还蒙着呢，能有什么结果？如果真的这么快地就要结果，那就不是自己能干的事。

柳遥听了安彤这话气不打一处来，咬牙道：“你别忘记自己的身份，还没做出什么成绩来就这么横，如果真的有了业绩，你是不是得坐上我这个位置啊？”

安彤低下头没说话。她对柳遥这位置还真的不感兴趣，可她如果真的说出来，估计柳遥会气得跳起来也说不定。

看柳遥瞧着自己那“秋风扫落叶”般的样子，安彤冷静了一下还是尽量真诚地说：“柳总监，我说的是心里话，这个单我怎么可能有希望？”

“那你和秦总说去吧，又不是我安排你做的。”柳遥的气还没下来，冷哼一声道，“上面指定要你跟，你还撂挑子，都当我是什么？有问题自己解决去。”说完，拿起一份文件来琢磨，再也不搭理安彤。

无论如何，安彤都不愿意去跟秦晋阳说自己不敢接这个单。她记得当初想调岗的时候，秦晋阳对她说过这个岗位有多辛苦，安彤当时恨不得立军令状，保证一定能够克服种种困难。现在一遇到困难就退缩，自己都觉得没脸。

“既然秦总……和柳总监对我这么信任，那我就试一试吧！”安彤觉得这也是命吧。结婚是命，离婚是命，工作其实也是命，甚至碰到这样一个女上司，也是命吧。

回到办公桌前，陆成和菲娜还在有一句没一句地斗嘴，而墙上的时钟已经指向了下班时间。

公司没有直达自己家的地铁，安彤每天都得挤公交车。以往安彤都会提前下班，公交车上倒还很宽松，但今天却等了三辆车都没挤上去，这让她不禁有些着急，好在今天不用接优优。

等公交的时候，安彤已经接到孙晓俏的电话，说她去幼儿园接优优了，但也知道孙晓俏是个十指不沾阳春水的大小姐，肯定还等着自己回去做饭呢。再晚回去，优优估计吃饼干都吃饱了。

安彤决定下一趟公交车来怎么着也得挤上去，可是打开手机的“掌上公交”一查，好几辆公交车一起堵在了新华路。

公交过不来，的士也够呛，能过来的车都坐上人了。安彤决定还是先坐地铁再转公交，虽然时间久了点儿，但好歹能到家。

安彤刚准备去地铁站，却见一辆凯迪拉克停在眼前，车里探出一张好看的脸，温和地说：“上车吧！”

“秦总，这……不好吧？”安彤总觉得私下里，还是和上司保持一定距离的好。可秦晋阳却再一次强调：“快上车！”

想着如果再矫情，说不定就被同事看到了更麻烦，安彤只好硬着头皮上了车。

“秦总，有事吗？”安彤一上车就问，倒让秦晋阳很意外：“你不是在等车回家？”

安彤点头：“是啊，这会儿公交车可真不好坐。”

秦晋阳发动汽车道：“所以，我送你回家。”

“顺路吗？”安彤觉得让老总专程送回家的待遇不可能出现在自己身上，柳遥还差不多，只要那风情万种的小腰一扭，是个男人都会乐意送她回家。

“嗯，是，我要去你那边办点事，正好顺路。”秦晋阳说完又冲着安彤一笑。这一笑让安彤情不自禁地在想，不论是男人还是女人，还是多笑笑的好，像连辰那冷气袭人的样子，多别扭。

“想什么呢？”秦晋阳问，他从汽车后视镜上看到安彤的脸部表情很是古怪。

这一问，让安彤有些尴尬，赶紧说：“没什么，只是觉得这趟路今天还不错，居然没什么车。”

“因为车都堵在新华路了。”秦晋阳笑了，安彤一愣，也笑。

安彤打心眼里觉得秦晋阳是位不错的头儿，脸上总是挂着温和的笑容，看谁都是如沐春风般的温暖。想到这儿她不禁心里一动，秦晋阳应该就是菲娜说的，现在流行的那种暖男吧。

安彤忍不住多看了秦晋阳一眼，只见夕阳斜斜地照在他身上——才发现他今天穿着一身浅灰色的西装，里面是天蓝色衬衣，打着比西装深几个色系的领带，显得特别的温文尔雅，甚至跟她脑海里曾出现过的白马王子的形象差不了多远。

真是够胡思乱想的，安彤偷偷地掐了一下自己。

“怎么啦？”秦晋阳一脸诧异地看着安彤。

安彤也不解，反问："我怎么啦？"

"你干吗掐自己？"秦晋阳没想收着藏着，倒是安彤觉得丢脸，就这么一个小动作也被他发现了。

"哦，是……手痒。"安彤知道自己的解释很蹩脚，于是想着得赶紧转移话题，但除了名城置业的事，她真不知道该说什么，于是问："秦总，名城置业为什么交给我来做？"

前面正好是红灯，秦晋阳停好车，侧过身来看着安彤，见她极其不解地皱着眉头，考虑了一下才回道："因为我觉得你有优秀营销人员的潜质，名城置业这个单子能让你快速提高，也许不会成功，但对于你来说，都是一种难得的经历，以后再面对其他的业务，都不在话下，反正你不会失去什么。"

"啊？"安彤完全料想不到秦晋阳竟然是这个意思，甚至让她莫名其妙地想起了贾宝玉拿出扇子来让晴雯撕着玩。自己真有这么好命？

"可是……如果我失败了，对公司总归是不大好。"安彤说出了自己的顾虑。虽然对于一个员工来说，失败了只是代表失去了一笔业务提成，也不会影响到其他，但对于公司来说就不一样了，这一笔单如果成了，对于海韵广告来说却有着不可预估的影响力，她不信秦晋阳真的像他说的那样不在乎。

"该我考虑的问题你就不要多想了，我成立海韵广告至今从来没想过一步登天，踏实点走更稳当些。"秦晋阳说得很是轻松，但安彤却没办法真的如他说的去想。很多人对虚无缥缈的东西都竭尽全力地去争取，何况名城集团已经在这个项目上把自己拉到了极低的姿态，放弃了这一次，海韵广告不一定还有同样好的机会。

不过，安彤还是很感动，甚至生出一种"士为知己者死"的感觉。

"我会努力！"安彤郑重地说，她目前也只有说这四个字的资格。

秦晋阳笑出了声，柔声道："你别太有压力，就当玩个游戏，好玩就玩下去，不好玩就不玩，咱们又不是只有一个游戏可玩的。"

这话，连辰听到会不会又黑脸？安彤想象着连辰的样子，忍不住乐了。

虽然不知道安彤为什么忽然开心起来，但秦晋阳也松了一口气。他也不知道为什么，自认识安彤到现在，就一直这么患得患失，怕她不高兴，怕她伤心难过，怕她离开。

"你放心，咱们不会没饭吃的，目前来说咱们公司前景还是不错的。"秦晋阳还是怕安彤多想，忍不住想安抚她。

安彤却觉得秦晋阳有些妄自菲薄。海韵广告何止是还不错？尽管还没有跻身本市一线大型广告公司之列，但却绝对是本地广告业的一匹黑马，其上升的速度叫业内人士瞠目结舌。

快到家的时候，路上的车却多了起来，大家几乎是用"蹭"的方式在前进，安彤不禁有些着急，手机却不合时宜地响起来了。

安彤本以为是孙晓俏催她赶紧回去做饭的，可是拿出手机，上面却显示是前婆婆刘桂芳。

曾经，说刘桂芳是安彤的噩梦也不为过，她从来没见过这样一个护儿子的人：她每天早晨六点半便会被刘桂芳的电话叫醒，可是却吩咐她一定要让许凉睡着；一旦优优生病，绝对是她的错，许凉则是一丁点儿责任都没有。那几年，安彤无数次想把刘桂芳的电话拉进黑名单。

现在虽然离婚了，但看到刘桂芳的电话，安彤本能地会觉得不舒服，会有抗拒。

"那个……有事吗？"安彤含含糊糊地问。

刚离婚的时候，没好意思改口，还是叫刘桂芳"妈"，但却被她误会，以为自己还稀罕许凉，于是天天琢磨着怎么让他们复婚，甚至使计把他们骗到一屋堵上一整天，一定要他们好好聊聊。

后来还是优优趁着刘桂芳不注意，偷偷把许凉和安彤放了出来。安彤黑着脸问刘桂芳为什么这么干，她却理直气壮地说：“你难道不想复婚？你不想复婚为什么叫我妈？”自那以后，安彤再也不敢管刘桂芳叫妈。

刘桂芳对于安彤的这种态度很不满意，觉得她不识时务，自己都站在她这一边儿了，只要她上道儿，和自己亲亲热热的，许凉还能不和她复婚？在刘桂芳的眼里，她的儿子是最好的，安彤肯定再也找不着比许凉更好的，自己这一片好心真的是叫狗吃了。

但再恨，刘桂芳一想到优优心便软了，所以她压着脾气对安彤说，只要她愿意复婚，许凉没承担的责任由她来补，每个月她给他们小家庭补贴两千块钱的伙食费。可安彤却不答应，因为她要的是能够过一辈子的男人，而不是两千块钱。

这事让刘桂芳心里一直不爽，但有什么办法？人家现在不是她儿媳妇了。

其实，面对刘桂芳这样的，安彤有些哭笑不得。离婚前她对自己的那种挑剔可以说是鸡蛋里挑骨头，她给优优蒸个鱼，她都嫌蒸老了，现在为了让他们有一个完整的家，又是诸多退让。可自己如果真的是为了钱，当初何必嫁许凉？何况自己也没穷到需要啃老的地步。

“明天是周末，你带优优回来吃饭吧，我在超市买着上好的子排了，给你们做糖醋排骨吃。”电话中刘桂芳近乎讨好地说，语速很快，生怕安彤挂电话。

糖醋排骨是安彤喜欢吃的，以前刘桂芳很少做，说太贵，做起来又特别麻烦，甚至抱怨安彤是小姐身子丫鬟命。其实这种贵也只是针对安彤，许凉喜欢吃桂鱼，优优喜欢吃基围虾，每次桌子上都少不了这两道菜。

刘桂芳不傻，她心里很清楚，优优虽然还叫自己奶奶，但却没以前那么好见了。现在想见优优，就必须讨好安彤。安彤但凡有一丁点儿不乐意，他们老两口说不定什么时候就见不到孙子了。因此刘桂芳心里很没有安全感，便不遗余力也不顾及当事人的想法，有些不管不顾地撮合他们复婚。

“你们就保持着形式上的婚姻也好啊，至少优优有个现成的家。”当初刘桂芳说出这话的时候，安彤真的是吓一跳，觉得刘桂芳都没有底线了。

不过，安彤从来没想过要去为难一对想见孙子的老人。她其实每次都非常愉快地回应了刘桂芳，虽然他们对优优的溺爱总让她有些担心。可却没想到，她的心意在刘桂芳那里却成了糖醋排骨的功劳，让人哭笑不得。

安彤说：“好，周末我就带他过去，你们放心好了。”再忙也不能不让优优见爷爷奶奶，她和许凉的婚离了，但优优和他们的亲情关系不可能不存在。而且每个孩子都需要亲情，来自父母的和来自爷爷奶奶的爱其实是同样重要的。

只是，安彤心底又冒出对许凉的不满。这个男人都三十岁了，怎么还是独立不起来？成天神龙见首不见尾，安彤现在也不好过问。

五、冤家路窄

车很快停在了小区门口，安彤透过后车窗，看到孙晓俏穿着一身休闲装，牵着优优的手像是从外面回来，一副挺悠闲的样子，在往小区门口的方向溜达。

安彤下车，优优赶紧迎了上来：“妈妈，我和干妈给你带了好吃的。”

安彤一见优优手里的袋子，就知道孙晓俏又带他去吃肯德基了，忍不住皱了皱眉。

“你什么也别说，我下次不带他吃这种垃圾食品。”孙晓俏赶在安彤开口之前说，然后冲优优挤挤眼睛，“下次如果妈妈再晚回来，咱们再吃别的。”

安彤懒得理会孙晓俏，回过身问车里的秦晋阳：“秦总，要不要上楼坐坐？”

“好啊！”秦晋阳笑了，眼睛里熠熠生辉，一时竟叫安彤怔了，看不明白他的话是真是假。

倒是孙晓俏，见两人都愣在那儿，很不客气地说：“真想上楼，怎么不下车啊？”

秦晋阳冲孙晓俏点点头，却对安彤说：“我如果真下车了，这台阶可就下不了了，不是跟你说了我有事，只是顺路送你的吗？”说完，冲安彤和优优摆摆手，关上车窗便发动汽车扬长而去。

“这人，可真够傲的，我这么个大活人他看不见吗？”孙晓俏嘀咕着，安彤笑着没答话。漂亮姑娘都有这毛病，恨不得自己站在下水道里也能照耀全世界。

倒是优优，他认真地对孙晓俏说：“肯定看见了，站在对面都能看见干妈。”

“是不是因为干妈漂亮啊？”孙晓俏又高兴了。

优优有些迟疑，说：“是因为干妈是个人啊，这么近都看不见，那是瞎子吗？”

安彤笑得腰都弯下去了，孙晓俏一把抢过食品袋，瞪着优优说：“以后不买好吃的给你了。”

“你刚才都说了下次不买。”优优耸耸肩，不觉得有什么损失。

孙晓俏点了点优优的脑袋：“小没良心的。”

这时安彤才想起来，秦晋阳怎么知道自己家住哪儿？

“这帅哥是谁啊？”孙晓俏碰了一下安彤的胳膊，指了指秦晋阳刚离开的方向。

“我们公司老总，秦晋阳。”安彤回过身牵着优优往家走，孙晓俏却跟在后面说：“这就是喜欢你的那个秦晋阳啊？”

安彤顿住脚步，皱着眉：“优优在呢，瞎说什么呢？”

孙晓俏举起双手道：“是是是，我错了，下次再也不敢了。”说完自己却又笑了，“多么天使般的男人啊，真难得，长得也跟天使似的。”

“你看清楚了吗？就长得跟天使般的。”安彤笑孙晓俏太夸张。一旁的优优却说：“干妈说得不对，天使都是小孩子，是长着翅膀的。”

孙晓俏乐了，紧跟几步跑上来抱起优优道：“优优说得没错，但天使也会长大呀，帅哥都是天使变的。”

“你还抱他，别闪了腰。”安彤赶紧提醒孙晓俏，却被她白了一眼：“你是在变相地说我老吗？”可下一刻，她便放下了优优，她这细胳膊细腿的，抱着这一胖小子还真是吃力。

晚饭后，安彤把餐桌收拾了一下，直接趴在上面加班，可看着看着却又笑了，自言自语道：“钱的魅力真是大呀，居然让我来研究名城置业，而且想着怎么帮他挣钱，真是太可笑了。”

“你叨叨什么呢？”孙晓俏正巧从房间出来泡牛奶，见一向睡得早的安彤居然还在工作，以为有什么要紧的事。

安彤忍不住把今天和夏晴晴见面，以及下午在公司的事情告诉了孙晓俏，然后摊着手说：“你说这个世界是怎么啦？这城市也不小啊，怎么兜兜转转的，却转到他头上去了？”

“不是我说你，你这脾气得改改。”孙晓俏坐到安彤对面，表情颇为沉痛地说。

“你不知道连辰那人……”安彤的话没说完便被孙晓俏打断：“不论他是怎样的人，你现在是搞销售的，每个人都有可能是你的潜在客户。”

“他不是潜在的，是我现在的主要客户，虽然肯定只是暂时的，就我，怎么可能搞得定名城置业？”安彤叹了一口气，又愣愣地看着孙晓俏，半晌撇了撇嘴说，“难道，做了销售就没有选择？”

“比如说呢？”孙晓俏悠闲地看着安彤。

安彤把资料往桌上一拍：“比如说……如果是许凉，我打死也不做他业务。”

“那如果他拍给你几千万呢？”孙晓俏冲安彤挤挤眼。

几千万啊？安彤有些迟疑了，考虑了会儿才恨恨地说：“做，凭什么不做，有钱当然要赚，又不是拍几千万要我复婚。”

“傻啊，有几千万给你你还不复婚？那你要什么呢？”孙晓俏以一脸不可救药的样子看着安彤。

安彤转了转眼睛，点头道：“也是，有几千万，他许凉就是个附属品，管他好不好呢。嗯，有几千万也是可以复婚的。”

孙晓俏顿时笑得趴在了桌子上：“恭喜你安彤，你已经无底线无节操了，有优秀销售人员的潜质。”

尽管如此，但孙晓俏还是知道，这只是一说，如果真的有几千万，安彤也不会和许凉复婚。有些时候，安彤是非常固执的。

“你都可以折腰折到如此地步，为什么不再厚着脸皮，通过夏晴晴去接触连辰呢？”孙晓俏问安彤。

安彤想了想孙晓俏说的可能性，但这种行为似乎不是“无节操”三个字可以形容的，毕竟连辰是夏晴晴的前夫啊，再没有人比她知道前夫和前妻的距离了，没成为仇人算不错了。

“你以为全世界人都像你这样楚河汉界？你以为全世界男人都是许凉那么不负责任啊？”孙晓俏一说起许凉便像是程序自带的系统似的，不由自主地鄙视。即使当初安彤没和许凉离婚，她也是这样的态度。

“真是成也萧何败也萧何，我现在还得感谢许凉不负责任呢，要不优优怎么会跟着我呢？”安彤一想到优优，就又满是能量，挥手赶孙晓俏去睡觉，自己继续努力。

孙晓俏白了安彤一眼，站在她的角度是不赞成要优优的，拖着个儿子的女人再婚有多难啊。可是优优又太可爱了，她又说不出口，偶尔提了那么一点意见，收获的便是安彤那不可思议的表情，好像她是狼外婆似的。

“不愿意走关系，还想凭自己的努力得到认可，你怎么这么天真？”孙晓俏撇撇嘴。

“我没想得到认可。”安彤告诉孙晓俏，她只是接了这活就得认真做，至于结果，她就没打算成功过，而且把秦晋阳的话也告诉了孙晓俏，不但她没指望着，连秦晋阳也没指望呢。

“你真是一朵奇葩，虽然秦晋阳那话也不错，但是你平白无故地给自己竖一个失败的案例干吗？”孙晓俏就算是谈恋爱，也会在对方有蛛丝马迹之前先提出分手，何况是工作。

不过安彤不是孙晓俏，她无所谓地笑笑说：“我的人生从来不缺少失败，也不怕再多这一个。”

孙晓俏只好无奈地去睡觉，在她眼里，安彤就是那不开窍的牛，又笨又倔又死忠。

安彤和连辰的照片相伴了大半夜，也对着照片吐槽了大半夜，却还是没什么头绪。第二天顶着个黑眼圈对孙晓俏说：“我觉得我还是去攻你们市场部那老王比较靠谱。”

“老王那儿你当然不能扔啊，那才是主食，名城置业顶多就是一个马卡龙甜点，看一眼就成了，真要靠那个，你和优优都得喝西北风。”孙晓俏一边吃全麦吐司一边强调：“你得记住，跑业务跟收藏差不多，以藏养藏，以小业务养大业务。”

临出门时，孙晓俏还问安彤要不要跟她一起去4S店。4S店周末可是不休息的，因为周末人更多。

“那优优怎么办？”安彤问孙晓俏。

“我们那儿有儿童乐园，再说了，老王也没太多的时间给你。”孙晓俏这样一说，安彤便同意了，既可以照顾到儿子，又可以工作，两全其美的事。

4S店里有滑滑梯，还有专门堆积木的儿童室，隔段时间工作人员便来给孩子倒果汁喝。安彤见优优看到积木两眼放光，也就不担心了，她完全可以放心地去干自己的事，孙晓俏也冲她挥手，说还有自己在这儿守着呢。

安彤本想去二楼市场部，却见王经理已经下楼来到了销售厅，于是赶紧迎上去。

这次见到安彤，王经理的态度明显好多了，而且挺关心地问：“你上次急匆匆地走了，没什么要紧的事吧？”

“家里的事，已经解决了，谢您关心！”安彤赶紧解释，又问，“王经理这是出去有事吗？”

“没事，一个朋友来买车，想试试车，要不要一起去？”王经理这次倒是洒脱，但也许只是一句客套话，可安彤想起业务员“脸皮厚”的这个三字经，咬咬牙说：“行，我就跟着也去享受一下驾驶的乐趣。”

王经理的朋友看着比安彤小不了多少，但却穿得很青春，蓝色背带裤配枣红色短T，脚下是一双匡威鞋，头上扎着长马尾，皮肤又白又嫩，让安彤想到了“吹弹可破”四个字。

“小安，这位是余希希小姐。”王经理给安彤做介绍，安彤赶紧伸出手去并自我介绍：“你好，我叫安彤！”

“你好！”余希希一只手柔若无骨地轻轻地握了一下安彤的指尖便放下了。

就在这时候，安彤便看到了一个戴墨镜的人朝余希希走来。她顿时头皮一麻：这不是连辰吗？昨晚对着他的照片看了一晚，今天看到真人，安彤心里莫名地别扭，情不自禁地自语：“这不是冤家路窄吗？”

整得自己像个大明星似的，还戴墨镜，怕别人认不出来还是怎样？因为偏见，安彤忽略掉了其实今天的太阳真的很大。

可余希希却很开心，小跑着迎过去，挽着连辰的胳膊雀跃地说：“表哥你终于来啦？我还以为你不来呢。”

连辰抽出自己的胳膊，淡淡地说：“答应你了，怎么会不来？”可是脸却朝着安彤这个方向。安彤也不知道他是不是看着自己的，但不管怎样，她都不想和他对视，所以把脸侧向另一边。

“余小姐，你朋友来了？那我们就上车吧。”王经理招呼着余希希，又示意安彤上车。

安彤见到连辰，本来不想上车，但却堵了一口气，最后还是坐到了后排，可刚坐定，连辰也坐到了旁边。

安彤扭头看着连辰，觉得这人真不识趣，但她发现余希希今天是试车，王经理坐在副驾驶，好像连辰也只能坐后座，便没再开口。

“小安啊，要不一会儿你也试试？”王经理像是怕冷落了安彤，扭过头来问安彤。

“啊？我……我不会。”安彤有些尴尬地说，脸上火烧火燎的。做汽车业务却不会开车，的确也是不多见的。

王经理似乎也没想到安彤的答案是这样，毕竟她不是小姑娘了，也不懂得找个借口，于是故意打趣道：“跑汽车行业的业务，居然不会开车，小安，你业务不精啊。”

“王经理，我不会开车没关系呀，我又不是您这里的销售，我的专业是广告，我能把您的广告费用在最合理的地方这才是最重要的，您说是不是？”安彤说得王经理倒是频频点头，但旁边倒是出现了很不协调的一声“嘁”！

安彤侧脸瞪着连辰，可连辰却看都懒得看她一眼，只是看着窗外。安彤这才发现连辰今天穿着一身休闲装，比上次看着要年轻许多，但一想到前面那个漂亮的女孩，便有些明白了，敢情是有情况啊。

不过听那余希希叫连辰“表哥”，可神情明显又不对劲，难道现在流行情侣之间叫“表哥”？

安彤正胡思乱想得欢，手机却响了，她以为是刘桂芳来催了，不想却是夏晴晴。

“安彤，我是晴晴啊，有件事儿昨天忘了跟你说，下周末是我家连花儿的生日，我们准备在新城广场给她办一个Party，到时候你带着优优一定要来啊。”夏晴晴在那边喜气洋洋，不知道的还以为她要嫁女儿。

安彤瞟了身边的连辰一眼，真的很想对夏晴晴说：你前夫在泡美女，你要不要来看看啊？

可最终，也只能想想。

也许是安彤的手机用得太久，就算不用免提声音都挺大，连辰在一旁把夏晴晴的话听了个清清楚楚，见安彤没说话，顿时皱了眉，道：“凑什么热闹！”

安彤本来还在想，是不是要带优优过去，万一这俩孩子关系不好，到时候又闹矛盾多不好，但听到连辰这一句，便有些不乐意，又不是你请的，你们还离了婚呢，管得着吗？于是故意一字一句地对着手机说：“晴晴你放心，我那天一定会带着优优去的，肯定不迟到！”

挂断电话，安彤挑衅地看着连辰，冷笑一声，并白了他一眼。

连辰看着安彤这样子，情不自禁地就想到连花儿，她长大后不会也这样吧？想想便不能忍，于是脱口而出：“不能去。”

正在前面紧张地握着方向盘的余希希听到连辰这一声吼，顿时猛地踩了个刹车，然后转过身，煞白着一张小脸问：“表哥，不……不……不能去哪儿？”但当她看到安彤扑倒在连辰怀里，顿时脑子跟脸一样白。

安彤也不想这样窝在连辰的怀里，但余希希这么忽然一刹车，她别说控制自己了，如果不是连辰拉着她，她恐怕就要和前面的椅背极为亲密地接触了，还不知道会是怎样的结局。

这连辰，是救了自己？

“喂！”连辰戳了一下安彤，痛得她叫了出来。

连辰哪遇到过这样的情况，不免也有些紧张，探过头去问：“要不要去医院？”可这样他几乎就把安彤抱在怀里了。

安彤感觉自己浑身骨架都要散了，但听到连辰这样问，心里舒服了些，便摇摇头，然后慢慢地从连辰身上爬起来，却不想摁到了不该摁的地方，顿时脸腾地红了，人也呆了。

“你快点！”连辰咬牙切齿道，安彤的手再不拿开，他怕是也控制不了自己，到时候就……想到这儿，他又觉得这女人是不是故意占自己便宜，真是可恶。

余希希在前排，有椅背挡着，视野受限，而且还系着安全带，只是觉得安彤似乎受伤了，但后座的气氛好像又不对，于是一边解安全带，一边着急地问：“表哥，你们没事吧？”

余希希是无心的，可她这样一问，让连辰和安彤更不自在。

安彤一慌，急着起身，没想到手下一撑，力量更重了，痛得连辰也忍不住弓起了身子，手用力一挥，把安彤直接甩到了她自己的座位上。

这下连辰知道安彤不是故意占自己便宜了，但安彤也被他甩得说不出话来。

“这是……”余希希急得眼泪都出来了，怎么自己一个刹车，后面的两个人都痛苦成这样，可她还没明白连辰刚刚说的“不能去”是什么意思。

一旁的王经理也是目瞪口呆，他虽然觉得这刹车是猛了点，新手嘛，都有这毛病，但看到后座上的两个人，像是车祸现场似的，也让他有点蒙。

“这个……这个……我们还是去医院看看好不好？”王经理揉了揉脑袋，如果不是余希希和名城集团非同一般的关系，他也不会跟着出来试车，谁知道这一出来，却出现这样的事。

“不用……”安彤感觉自己有点岔气了，所以动作轻轻的，说话也轻轻的，但她知道的确是没必要去医院折腾。

自离婚后，安彤便视医院为禁地，去了医院优优怎么办？

连辰也是挥挥手，话都懒得说。

余希希见连辰这个样子，又是愧疚又是心疼：“表哥，我把这车买了，我送你回家。”

安彤不禁瞪大了眼睛，这是买车吗？这分明就是买白菜嘛。

“不用！”连辰皱着眉，看都没看余希希，心里不免有些抱怨远在美国的连母，这丫头买辆车，都要打越洋电话让自己陪。

王经理见这情形，征求了余希希的意见，便和她换了位置把车开回了4S店。

连辰下车，余希希亦步亦趋，可他却视而不见。觉得自己刚刚把安彤甩得有些重了，心里不免有些愧疚，于是他鬼使神差地说："我送你回去？"

安彤立即感受到了余希希冷刀子似的目光，忍不住往后躲了躲，可连辰也是好意，她正想着怎么回答，却又接到刘桂芳的电话，问她和优优什么时候到。听到汽车的声音，忍不住又开始叨叨："安彤啊，不是我说你，女人还是不要太拼命了……"

谁没事儿喜欢拼命？安彤直想翻白眼，但她知道如果打断刘桂芳的话，她肯定又从头再说一遍；如果挂断她的电话，那她一定会接着拨过来，然后训斥的话一定会比正事儿要多得多。

如果不是在这种场合，安彤都想提醒一下刘桂芳：我和您儿子已经离婚了，您真没资格这样来批评我，我不拼命，谁养活我们娘儿俩？

"好了，我们马上就到，优优饿了。"安彤知道刘桂芳的死穴在哪儿，一说到优优，她便立即把其他的事情都抛诸脑后，忙不迭地说："那赶紧带他来。"

连辰还在等安彤回复，如果不是看在她刚刚似乎不大好，他才懒得管她死活。

安彤正要开口，却见吴副总从二楼下来，正朝自己这群人走过来，而王经理当然是赶紧迎了上去。

怎么办？安彤自发现吴副总的身影便忐忑不安，不会露馅吧？

走近了，王经理让出安彤，对吴副总说："吴总，安小姐……"只是话还没说完，吴副总却伸出手臂朝连辰热情洋溢地走了过去。

"连董事长，怎么大驾光临都不到我那儿去坐坐？"吴副总对连辰的态度过于谦卑，这让王经理很是惊讶，虽然坐了一路车，可是他根本不知道连辰的身份。虽然余希希叫他表哥，但王经理和安彤是一样的想法，以为只是个肉麻的昵称。

连辰随意地握了一下吴副总的手，无所谓地说：“用不着麻烦，试试车而已。”

“那……”吴副总看向安彤，安彤立即抢话道：“吴副总，您不会不记得我了吧？我是安彤啊。”说完又看了连辰一眼。

吴副总见这情形，有些摸不准安彤和连辰的关系，又觉得安彤似乎有些眼熟，于是笑眯眯地说：“记得记得，怎么会不记得？你怎么和连董事长……”说到这儿便停住了，分明是等着安彤接话。

“我和连董事长也是在您这儿碰到的，不过我们挺熟的。”安彤说完就觉得自己脸皮真的是厚多了。如果不是余希希在，她连前面的那句都不想说，反正又不是撒谎。

只是，连辰会不会故意使坏，说他根本不认识自己？真的不排除有这种可能，这男人分明不是那么愿意成全别人的人。想到这儿，安彤忍不住又看了连辰一眼。

余希希一直审视地看了看连辰，又盯着安彤，觉得她似乎没有什么竞争力，心里略略放心了些。

连辰就算是个傻子，也明白安彤的意思，他本以为安彤是那种不为五斗米折腰，宁愿不做这单业务，也会和自己撇清关系的人，却没想到她居然主动和自己拉上关系。

其实连辰阅人无数，当然不会看错安彤，但安彤为了给优优一个不错的生活，早就把以前的那些所谓的原则和骨气扔到太平洋那边儿了。

虽然很鄙视，但连辰还是不置可否地笑了笑，并没有揭穿安彤。

“表哥……你们真的挺熟啊？”余希希还是有些戒心，宁可错过，也不可放过啊。

安彤被余希希时不时瞟来的目光弄得挺紧张，耳边却听得连辰问：

“安小姐，要不你来说说，咱们怎么个熟法儿？”

这分明是个难题，他们这才第二次见面，能有多熟？能怎么介绍？

不过做了一段时间业务，安彤反应也挺快，对吴副总说：“哦，是这样的，我和连董事长家是世交。”

安彤的这句话不但把吴副总惊到了，连辰也给惊到了，这女人还真敢说啊。余希希却是瞪大了眼睛，世交？

王经理听了这话，心里也倒腾开了，安彤和连辰是世交，但怎么是一个天上一个地下呢？不过见连辰没反对，转念间也想明白了，皇帝还有三门穷亲戚呢，只要连辰承认就行。

吴副总听到安彤的话，倒想也没想，扭头就对王经理说：“安小姐一直由你接待，要好好地当个事情来抓。”

王经理哪有不点头的道理？自此再也不敢为难安彤，这单业务算是借连辰的光，一举攻破了。

只是被安彤这一搅和，余希希也没有了买车的兴致，本来她的目的就不是买车。

一行人寒暄了几句后，连辰便表示有事要离开，余希希当然也要走，吴副总一直把连辰送到门外。

“谢谢你的好意，我还要去见一下王经理，就不麻烦你了。”安彤难得和善地对连辰说话，但说完也不等他回应，便扭头去找王经理，生怕耽误一会儿就又找不着他了。

连辰揉了揉眉心，这女人怎么这么蠢？她若坐上了自己的车，还怕没有业务吗？

大厅里，王经理明确告诉安彤，让她明天上午再过来深谈，安彤自然也不好再在快吃午饭的时候堵住他不放。

带优优走出 4S 店，安彤立即便被白得发亮的阳光晃花了眼，于是赶紧捂着优优的眼睛。这里比较偏，买车的大多会有朋友送，修车的也自己有车，所以出租车极少过来，只能等公交车了。

怕优优中暑，安彤拿出折扇给他扇风，对于自己满头满脑的汗，则丝毫不在意。

此时，一辆宾利停在安彤面前，车窗落下，一阵凉风迎面扑来，安彤赶紧深吸了一口气，能凉快一下是一下。

戴着墨镜的连辰探过头来问："要不要带你一程？"

"不用。"安彤话刚落音，车便启动，瞬间飙远了。

"嘁，原来不过是跟我客气的。"安彤接着带优优一起等公交车，可一会儿，宾利又兜回来停在她的面前，车窗再次落下，连辰问："真不坐？这么大的太阳，孩子可受不了。"

安彤看了看优优，小脸已经晒红了，蔫头奄脑的，还扯了扯安彤的衣角，意思是想坐车。

"那就……麻烦你了。"带着优优上了车，安彤忍不住感叹自己现在真的是脸皮比城墙都厚了，之前还跟连辰横鼻子竖眼的呢。她叹了一口气，双手捂在脸上。

"系好安全带！"连辰想到之前的事，便忍不住提醒安彤。

安彤脸一红，不但自己系好了安全带，给优优也扣住了。这才注意到车里只有连辰一个人，于是好奇地问："你表妹呢？"

"你怎么那么喜欢管闲事？"连辰不耐烦地说，见安彤难得没有反唇相讥，倒是又自己解释道，"已经叫司机过来接她了。"

安彤想笑不笑地扯了扯嘴角，不想被连辰看到，不满道："想说什么呢？想说就说。"

"人家明明就是想你送，你却找个司机来接，真不善解人意。"安彤说着，又觉得好笑。连辰却道："是个人的意就要我来解，当我是什么？"

安彤扬起的唇角又落了下去，她发现连辰这人的嘴又贱又毒。

车内一阵安静，最终还是连辰先开口问安彤要去哪里，优优却抢先道："去我奶奶家。"

"你们不是离婚了吗？"连辰问，安彤也听不出他的情绪，正要解释，优优又说："我妈妈说，她和我爸离婚了，但我奶奶还是我奶奶，我还是得孝敬我爷爷奶奶。"

半晌，连辰忽然来了一句："好孩子！"

是个孩子都喜欢被人夸，而优优又因为许凉长期失职，所以对于男性有一种莫名的期待，于是便和连辰你一句我一句，把自己家有几条小金鱼、安彤养死了一只小乌龟的事都说了出来。

好在刘桂芳家并不在市中心，尽管是周末，路上也不太堵，开了四十多分钟也快到了。安彤这才松了一口气，她怕路再远点儿，这小子能把自己这当妈的都卖了。

到了刘桂芳住的小区门口，竟意外地看到许凉站在岗亭太阳伞的阴凉处，似乎是在等人。

六、一地鸡毛

"爸爸！"优优开心地大喊，他好久没看到许凉，所以也不管自己还在车里，许凉根本就听不见。

连辰原本开得好好的，但忽然拐了一个弧度，直接拐到许凉的跟前停下，吓得他往后退了几步。

打开门锁后，优优便抢先开了车门，直朝许凉扑了过去。

"真的很谢谢你。"安彤在车上向连辰道了谢。

"顺带手的，别客气。"连辰难得说了句正常的话，倒叫安彤觉得有些不适应。

下车后，见许凉正抱着优优使劲儿瞅着，并说："哟，不错啊，居然能跟土豪交朋友。"许凉虽然是对安彤说话，但眼睛却使劲瞅着宾利以及坐在宾利里的连辰。

"管得着吗？"安彤知道许凉有口无心的毛病，白了他一眼，心里便有点儿不想去刘桂芳那儿吃饭了。

"你们怎么来了？"许凉突然冒出这一句，其实还是有口无心，他就是觉得奇怪，安彤过来怎么没给他打电话说一声。

安彤一听就恼了，见他那意思，像是不乐意自己和优优过来。想着这大热天的送孩子过来给他们看，居然还受这冷遇，顿时也恼了："是你妈叫我们来的，不合适我和优优就走了。"说着就去他怀里抱优优。

"趁着我还没走，早点决定！"连辰从身后冒出这一句，安彤这才发现连辰不但没走，车窗都没关上。不禁心头冒出一句：不热吗？

许凉一听连辰这话，没来由地从心底蹿出一股火来，将安彤往身后一拉，说："谁说不合适啦，妈都做了你喜欢的糖醋排骨……"话没说完，连辰的车屁股便冒出一股烟，跑得没影了。

"算你有见识，溜得够快，否则……"许凉眨了眨眼睛，便把优优放下来，这小子越来越沉了。

优优却一点儿都不明白许凉的心，还眨着眼睛问："爸爸，否则你怎么样呢？"

许凉顿时觉得这小子和自己一点儿都不贴心，但又知道优优是个特别实在的小孩，别想用转移话题这套对付他，于是说："否则就打断他的腿。"

安彤还没来得及鄙视许凉，优优便皱着眉道："爸爸怎么能这样？连叔叔是好人。"

“你怎么就知道他是好人？屁大点儿的小孩就懂得看人啦？”许凉瞪着优优。

安彤把优优拉到身后，没好气道：“你有病吧？你自己什么都不管就乱发脾气，还冲着孩子嚷嚷，他可比你懂事。”

“看看，就因为你这样，所以优优一点儿都不怕我。”许凉指着安彤气得都要冒烟了。

其实安彤以前在优优面前挺维护许凉的形象，但许凉有的时候实在是自己不注意。她怕优优跟着学坏了，所以也不再想那么多。

“你有本事让优优服你，干吗要他怕你？”安彤都不明白自己当初是怎么和许凉走到一起的，明明是个从性格到生活方式都迥异的两个人。

“干吗老是喜欢教育人？倒胃口。”许凉牵着优优的手快步朝前走，安彤也懒得跟，站住脚步冲着许凉喊：“我就不上去吃饭了，吃完饭你把优优给我送回来就行了。”

许凉无所谓，安彤不来他还要自在些。虽然已经离了婚，但好像习惯性地，在安彤面前他就有一种束缚感。

可是许凉的态度只是他一个人的态度，优优却跑回来拉着安彤的手道：“妈妈，你也去嘛，你不去我也不去了。”

“有你这么儿生外向的吗？你是个男孩子，怎么吃口饭都要黏着你妈？”许凉怒气冲冲地跟了过来。

优优很久没见到许凉，本来挺想亲近的，可是被他这么一吼，便觉得特别委屈，眼泪开始在眼眶里打转。

见许凉这样，安彤更不想上去吃饭了，这是吃饭吗？这是吃气啊。

三个人正纠结着，刘桂芳出现在了三楼的阳台上，她不叫许凉，甚至不叫优优，反而冲着安彤直招手道：“安彤啊，快上来，菜都凉了。”

安彤只得别别扭扭地被优优紧紧地牵着上了楼。

菜果然已经上了桌，颜色搭配得极为鲜艳，色泽好到叫人看着都垂涎。

不得不说刘桂芳的厨艺是很不错的，她曾经骄傲地说，万一有一天大家都失业了，她就出去开小饭馆去。安彤当时傻，说："都失业了，谁有钱在小饭馆里吃饭啊？"一句话噎得刘桂芳一周没跟她说一句话。

"过来啦？"许凉的爸爸许克一直坐在阳台上看报纸，也不知道有没有看进去，半天也没翻一页，见没人理会他，终于忍不住起身到了客厅。

"您好！"安彤真的觉得好尴尬，不知道该怎么称呼，只得推了推优优，"怎么不叫爷爷啊？"

"爷爷！"优优立即甜甜地喊了一声，并向许克扑过去。这一扑许克那严肃的老脸便挂不住了，笑得眼睛都看不见，抱着优优道："我大孙子过来啦？咱们来看看有没有大虾，我孙子喜欢吃大虾。"

"有有有，那哪能没有？"刘桂芳应声道，如果不是怕吃不完，她都准备把菜场的虾都买回来。

好不容易都围着餐桌坐下，便听到有人敲门。倒不是小区没装门铃，而是让许克给拆了。这个忘了带门禁的钥匙，那个按错了，再来几个快递让帮忙开门禁，让他烦不胜烦。

"这是谁来了？"刘桂芳有些不满，好不容易大孙子来一趟呢，可不想被人打扰。

安彤也不理会，刘桂芳在小区里人缘好，和谁都能聊上几句，不定是谁叫她去打牌的呢。她正给优优剥虾，便听到刘桂芳情绪不大好地问："你找谁啊？"

"您是许凉的妈妈吗？我就找您啊。"声音听着挺耳熟的，安彤还没想出来是谁，许凉便从椅子上蹦了起来，以百米冲刺的速度往刘桂芳那边冲过去，接着便听到他支支吾吾道：“你……你怎么来啦？”

“我正好路过这儿，想起你说过你家住在这儿，便想过来拜访一下，没想到你家还真挺好找，随便问个人就问到了。”这娇中带嗲的声音终于让安彤知道是谁了，也让她如遭雷击。

跟在许凉后面的人真的是菲娜，她穿着牛仔短裤和白色雪纺露肩上衣，脖子和手腕上照例挂着一堆饰品，看上去青春靓丽又时尚。但安彤知道，这不是刘桂芳和许克喜欢的类型，但许凉却会觉得很新鲜。

菲娜看到安彤，也是一脸的惊讶，然后往许凉的后面躲了躲。

刘桂芳脸色沉沉，难得地朝许凉瞪了好几眼。安彤也没说话，觉得心里闷闷的，什么也说不出来。

“你还没吃饭吧，那就……那就一起吃吧！”许凉装作不知，扭头问菲娜。

菲娜其实是特意过来的，她提过几次要见许凉的父母，可都被许凉推了，最后说急了竟说他爸妈特别古板，肯定不会喜欢她，让她别去找罪受。

但菲娜是谁？她是天不怕地不怕的“90后”啊，觉得此生没有她降不住的人，因此决定来个突然袭击。本想着不管许凉爸妈怎么对她，她只要多笑笑，嘴巴甜一点儿，至少面子上他们不会让自己太难堪，只要第一次顺利地度过，以后慢慢来，就算他爸妈是座冰山她也能化解。

可任菲娜再怎么算计，也想不到安彤居然在这儿，还和许凉像一家人似的坐在桌子上吃饭。想到这儿，她又有点儿生气，忍不住也瞪了许凉一眼。偏这一眼叫刘桂芳瞧见了，对她更是不喜欢。

“菲娜姐姐你到我身边坐吧。”优优的声音打破了饭厅短暂的沉默，安彤曾经带优优去加过班，所以优优也认识菲娜，甚至挺喜欢她。

只是优优这一声喊，喊得菲娜心头一跳，然后便听到刘桂芳问：

“你们还认识？”

菲娜的头又低了一点儿，刚才的那一点儿气瞬间消失得无影无踪，但还是忍不住要感慨这些“50后”的气场可真足，自己真的Hold不住了，有些后悔今天冒失地过来。

安彤看了菲娜一眼，淡淡地说：“我们是同事。”

话音刚落，许克的筷子便“啪”的一声拍到了桌子上。优优从来没见过许克发这么大的脾气，顿时眼泪哗啦哗啦地往下流。

“优优，乖，没事啊没事啊！”刘桂芳见优优这样心疼得不得了，回头就骂许克，“你个死老头子，拍什么筷子？不怕吓着咱孙子，就连那筷子都是咱们家的，拍坏了呢？”

安彤又瞟了菲娜一眼，见她微微抬起了头，惊诧地看着刘桂芳，顿时心里五味杂陈。刘桂芳的刻薄安彤领教过，可菲娜才二十出头，在家里可被宝贝得不行呢。

许克没搭理刘桂芳，只是对优优说：“男孩子别老是哭，像什么样子？”然后又厉声问许凉：“你这到底是怎么回事？”

安彤见此，赶紧起身要带优优走，却被许克叫住说：“你也听听！”安彤没办法只好把优优安排到房间，拿出手机对他说：“你自己找动画片看，一会儿妈妈就带你回家。”

走出房间，安彤便发现许凉和菲娜已经坐下来了。见她出来，许凉清了一下嗓子，然后说：“我郑重宣布一下，菲娜是我现在的女朋友。我知道你们都不会喜欢她，我本来也没打算让你们见她，但她既然来了，你们怎么着也得给我一个面子……”

“你还有面子？”许克抓起自己面前的筷子就朝许凉扔了过去。

“您这是干什么呀？我谈个女朋友又怎么啦？我现在已经离婚了，我有权利有资格谈恋爱。”许凉侧脸躲开筷子，犟脾气便上来了，甚至问安彤，“你说是不是？咱们是不是离婚了？”

安彤不屑地看着许凉，直看得他的那点儿气焰像只气球似的一点一点地消了下去，才问：“你们什么时候在一起的？”

“你……你问这干什么？不是你提出离婚的吗？”许凉说起这个，便有些支吾。

安彤给气得说不出话来，半晌才颤抖着说：“是，是我傻，是我提出离婚的，我没资格问。”说着便拎起包，准备去房间叫优优回家。

刘桂芳跟着安彤起身，拦住她道：“你别生气，你放心，有任何事情还有我们做长辈的呢，我们一定为你做主。”

“妈你有没有搞错啊？我和她已经离婚啦。”许凉虽然心里对安彤有些愧疚，可是一见刘桂芳那样，心里气就不打一处来。

刘桂芳踢了许凉一脚。她一眼就看出菲娜不是过日子的人，安彤虽然她也有很多看不惯，可和菲娜一比，那不知道好了多少。可这臭小子白结了一次婚，居然什么样的女人能过日子都看不明白。

“安姐……你们不是已经离婚了吗？我们，还不能在一块儿啊？”菲娜硬着头皮说了这句话，说完却被许凉瞪了一眼，不免有些纳闷儿，怎么他能说自己不能说？

“你们就是不能在一块儿，除非我和老许死了。”刘桂芳见菲娜在一边撮火儿，怒得不行。对于菲娜她打定主意不认，所以也懒得留脸面。

菲娜愣愣地看着刘桂芳，不满她怎么突然发这么大的火，自己说得也没什么错啊。

“妈您别冲她吼，有事冲我来。”许凉犟着脖子。安彤却知道，他越护着菲娜刘桂芳会越恼，不知道怎么发疯呢。

果然，刘桂芳一听这话便号啕大哭起来：“我怎么生了你这么个逆子啊，有了媳妇忘了娘……”顿了顿，不动声色地改成“有了女人就忘了娘”。

菲娜哪里见过这场面，顿时不知所措，低声问许凉：“怎……怎么办？”

许凉也头大，劝吧，后果很严重；不劝吧，后果更严重。

“阿……阿姨，我……我没让许凉不要你……”菲娜颇有些迎难而上的精神，让安彤挺佩服，但心里却冷冷的，觉得自己被许凉下了个套，却什么话也说不出来，心头就梗在那里不上不下的。

刘桂芳抬眼盯着菲娜，冷笑道：“我生的儿子，要不要我还由得着你说？你以为你是谁呀？”

菲娜顿时委屈得不行，她刚不是还说许凉有了女人不要娘吗？

一声没开口的许克重重地咳嗽了一声，说：“你们以后就不要来往了。”许凉也瞪圆了眼睛：“为什么呀？”

“你居然问我为什么？你们俩到底是怎么认识的？是什么时候在一起的？你们的关系正当吗？你还好意思说？”许克拍得桌子咚咚响，额头上的青筋都快暴出来了。

“叔叔，我没有破坏许凉和安姐的婚姻，这不能怪我，我虽然之前就认识许凉，但是我们上个星期才确定要在一起的。”菲娜觉得在这问题上她没什么错，所以话也说得流利了很多。

安彤一听菲娜这话，心里好过了些，甚至有点愧疚，她不是那种离婚了，那男人别人还不能碰的女人。

倒是许克和刘桂芳对视一眼，又长叹一声，刘桂芳更是指着菲娜的鼻子嚷道：“你们上周才确定关系，你这周就往我们家跑？你得比我们家许凉小十岁吧？我明确地告诉你，我和老许只认安彤这个儿媳妇，她迟早是要和许凉复婚的。”

“十岁算什么呀？正好呢，而且许凉就是我要找的人，我第一眼看到他就确定了。”菲娜说完这话，又想起了什么，蹭到安彤身边道，“安姐，我知道我不应该对许凉有非分之想，但是你们离婚之前，我真的只是有非分之想，但我什么都没做，听说你们离婚了，我才去追他的。”

安彤不禁抚额，这许凉竟然是菲娜追上手的。

“对不起啊安姐，我不知道你想复婚的，不过……”说到这儿，菲娜低下头考虑了一下，没一会儿又如女战士一般眼神坚毅地说，“我想和你公平竞争！”

许凉听着挺激动，搂着菲娜的肩膀道：“乖！”

安彤哭笑不得，对菲娜说：“你喜欢尽管拿去，没有人要和你竞争。”

“你这么轻易就认输啦？你对许凉根本就不是真爱。”菲娜竟然有些生气。

“是，我对他不是真爱，所以我也不会复婚的。”安彤拍了拍菲娜的肩膀，然后又对许克和刘桂芳说，“优优爷爷优优奶奶，我先带优优走了。”话一出口，安彤觉得“优优爷爷优优奶奶”这个称呼挺好的，决定以后就这么叫。

“那怎么行？优优还没吃什么呢。”刘桂芳看着一桌子没动的菜，又恨起菲娜，都是她搅和的。

安彤实在是不想再待下去了，只能用“一地鸡毛”来形容，于是说：“我不会让他饿着的。”然后坚持去房间把优优带出来了。

刘桂芳见留不住安彤，于是端起盘子里的虾，准备倒进保鲜袋装起来让安彤带走。

“优优奶奶不用了，这天气热，带回去都坏了。”安彤赶紧阻止，刘桂芳却打开她的手说：“我给我孙子带点儿好吃的，你这么推三阻四的干吗？你以后是不是还想让他忘了我这个奶奶？”

安彤觉得有的事情真的跟刘桂芳说不清楚，倒是许克在一旁不耐烦地说：“你别扯，这么热的天要是坏了，孩子吃了不得坏肚子吗？”

刘桂芳听了这话，才悻悻地罢休了事。

出门的时候，菲娜还非常热情地跟安彤挥手道再见，安彤哭笑不得，不明白她怎么就有那么好的心态。

走出刘桂芳家的小区，安彤长长地嘘了一口气，再回头望望三楼的窗户，不禁有些同情菲娜。不过面对这样的“90后”，刘桂芳被她收服了也说不定。

“妈妈，我们去哪儿啊？”优优抬头问安彤。

安彤想了想，对优优说：“咱们去青石巷好不好？”

优优立即欢乐起来：“好耶，我要去和姥爷一起摘葡萄。”

青石巷是安彤娘家住的地方，说来虽然在同一个城市，她都已经有两个月没有回去了，倒不是她不想，而是每次她准备回去的时候，都在电话里得知安爸安妈不在家，要么是去安迪那里了，要么是被安迪安排旅行去了。

这次安彤也懒得提前打电话了，她想着哪怕爸妈不在家，她带着优优过去走走小时候的胡同，心里都会安静熨帖一些吧。

安彤家很幸运，在这个满是高楼大厦的城市里竟然有一个小院，虽然不大，但用安爸的话说，接地气，老年人养养花种种草特别好。

青石巷的地段不错，所以经常有人上门打听卖不卖。如果真卖了，估计安家瞬间就成为土豪了。可是安爸安妈在这里住了一辈子，打死不卖，于是还是过着小老百姓一样的日子。

安迪不止一次地抱怨安爸安妈，如果愿意卖，他们去买个大三室一厅不知道多舒服，甚至还有一点儿余钱去做点小生意，说不定就发了呢。

对于安迪的这个提议，安爸安妈都选择忽视，念叨得多了才不紧不慢地说：“你愿意被笼子关着，我们不愿意，你不想住这儿自己买房去吧。”

安迪还真的就买了一个一居室，布置得就像咖啡馆似的。最初的时候还挺新鲜，可日子久了就不行了，一日三餐就够她受的。于是到现在，她那小房子一个月也没有几天能够被她这个主人驾临的。

意外地，安爸安妈竟然都在家。

安彤推开院门的时候，穿着一身麻布唐装短袖的安爸正在给花浇水，一边浇一边嘟囔着：“这么大个人了，还管、管、管，没个尽头，瞧我这花儿都快干死了。”

“是花儿重要，还是闺女重要？”头上还戴着卷发筒的安妈在菜地另一头的水池里洗衣服，没好气地回道。

安爸发现有人进来，一抬头看到安彤，顿时眉开眼笑，道：“闺女重要，我的好闺女可不就回来了？哟，咱们家的小优优也来啦？”

优优立即过去吊着安爸的脖子，相对于许克来说，优优更喜欢慈眉善目的姥爷。

安爸打小就喜欢安彤，可是他又唯安妈的命令是从，而安妈却又一直对安迪寄予厚望，所以他也只能和安妈一起，围着安迪转，但时不时地，总会打电话问问安彤好不好，冰箱里也总断不了安彤喜欢吃的东西。

“哟，优优来啦。快，姥姥去给你拿冰激凌吃。”安妈一见到优优便眉开眼笑的，谁都要往后排。

优优听了眼睛放亮，挣扎着要去吃冰激凌，却被安爸抱得紧紧的，哄着他说：“咱们不吃冰激凌，拉肚子，咱们摘葡萄去。”

“吃多了才会拉肚子，吃一个怎么会拉肚子？”安妈对于安爸阻止自己和优优亲近极为不满。

优优眨着眼睛想了想，大声说：“先吃冰激凌再摘葡萄。”

逗得安爸和安妈乐得不行，说什么都依他了。

“你们才从姐那儿回来吗？”安彤也拿了一个冰激凌，和优优一起坐在石椅上边吃边问。

安妈正要开口，安爸便瓮声瓮气地说：“别提她，我还想多活几年。”

“又怎么啦？”安彤虽然忍不住想知道，可是刚从刘桂芳家出来没多久，她头还是蒙的，又有些烦躁，怎么哪家的鸡毛事儿都不少。

“唉，你爸真是越老越糊涂。”安妈见着小女儿，忍不住想好好地唠唠，要不她会炸掉。

原来安迪居然和一个远在新疆的网友谈恋爱，安妈偷偷打开电脑瞧了一眼，当时就不乐意了，这就是个小男孩啊，哪是真心能过日子的人？可是安迪却还要赶着过去看人家。

安爸安妈觉得那么不靠谱，可安彤却是知道安迪的。她一直觉得自己逆生长，所以从不认为和比她小的男生谈恋爱有什么不妥。她该撒娇的时候照样撒娇，该百事不问的时候照样百事不问。

后来，安爸安妈就硬是不让安迪出门，安妈买菜的时候安爸在家守着，安爸散步的时候安妈在家守着。可老虎也有打盹的时候，那天安妈不知不觉地看着电视睡着了，就那一小会儿工夫，安迪就给溜了。

“你说说她多能耐，她读书的时候要有这机灵劲儿，早考上大学了。”安妈想起来都恨，为了让安迪上私立大学，家里都掏空了，最后苦的却是安彤。

安彤独立惯了，也懒得去跟安迪计较，只是这次的这件事儿，倒叫她不知道该说什么才好。安迪还是像个小姑娘似的，居然玩一出这个，不过这怎么看也不像是她的作风啊，难道真的急成这样吗？不过再一想就明白了，新疆太远，她也没办法矜持。

安妈说完，便开始把刚摘的菜拿出来择。安彤不禁好奇，问：“妈，您不着急啊？”

安妈动了动眼皮子，冷笑一声道：“急得来吗？不吃亏她永远不长记性。”又问安彤：“别提你姐了，你呢？你有什么打算？”

“我？好好工作，养大优优！”安彤说得真心实意，她都恨不得把这两句话写出来挂在大门口当对联。

“你……不再找啦？”安妈这样问着，额头上的皱纹又多了一根，安爸听这话也竖起了耳朵，只有优优还惦记着葡萄。

安彤心里隐隐有了些危机感，安迪不在，安爸安妈的心就放在她身上了。

“我这要随缘，你们还是关心我姐吧，她说不定被人骗了呢，我来打个电话问一声。”安彤说着就拿出手机，安爸摇头道：“别打了，你妈刚打过，说在回来的路上呢。”

安彤算了算日子，没多久，那应该就是谈崩了，于是对安妈说：“要不我去帮我姐收拾一下房间？”谈崩了肯定又要回来住了。

安妈早知道安迪的路数，于是挥挥手道：“刚已经收拾好了。”

“妈，您说，我姐这仙女儿什么时候下凡呢？”安彤叹道，她真的很想看看安迪为了孩子闹得鸡飞狗跳的样子，可安妈却不大指望，说：“等她什么时候看得上董永吧。”

安彤不禁乐了，这董永之前安妈也是看不上的，没想到目标居然下降到这地步。当初安妈对于许凉也是百般看不上，但她管不了安彤，最后只能放行。

或许有的时候，长辈的话还是有道理的。安彤想起许凉和菲娜便觉得头痛，于是躺到竹椅上去了。

“彤彤，你……这是怎么啦？”安妈见安彤这样，吓一跳。在她眼里小女儿虽然不是特别聪明漂亮，但肯定是坚强的，什么时候露出这样疲惫的神色来？虽然她对大女儿关心多一些，但小女儿一样也是心头肉哇。而且安妈不想承认，对于这个小女儿，她其实是有点怵的。

“妈，没事。”安彤知道自己其实还是有点儿不乐意。菲娜的话她信，婚也是自己先提出离的，但许凉答应得那么快，真的没有菲娜的因素吗？

安彤一直以为许凉愿意离婚，是因为他要追求自由，毕竟结婚这么些年，除了第一年，他一直都是不耐烦的。事后安彤一直在想，自己是不是太冲动了，轻易地就让优优没有了一个完整的家。

在许凉面前，安彤一直是有心理优势的。从谈恋爱的时候开始，她就觉得自己应该照顾许凉，许凉在她眼里一直都是个孩子。她一直幻想如果有一天许凉真正成熟起来了，那自己或许就有好日子过了。

可是，安彤后来才发现，日子真的不是眼睛一闭、耳朵一蒙就可以过得下去的。许凉的性格她受不了，他从来无所顾忌，想要学摄影，就把家里所有的钱拿去买相机和其他设备，却没想过优优还要交园费。

后来虽然离了，安彤每次见许凉的面都没好言语，可她还是会担心他。但，安彤又是倔强的，从来没想过复婚这些。

可是现在，安彤觉得很委屈。

“妈，我是不是特笨啊？”安彤忽然问安妈。安妈一边洗菜一边回道：“不笨，只是太实在了，所以妈也不担心你，你再怎么着也总有踏实日子过，不像你姐……”

“我姐那人你就放心吧，她有了目标就能找到。”安彤觉得安妈还是不够了解安迪。

“你姐现在是三十五，不是二十五，二十五都不带这样的，她找着目标就行啊？那人家的目标是她吗？”安妈想想都愁，人啊不怕穷不怕苦，最怕的就是没有自知之明。

在安迪年轻的时候，安妈也鼓励她往高处看，可是现在是什么年纪了，自己最好要弄清楚。

“她当她那目标是我这葡萄呢，想今天摘就今天摘，想明天摘就明天摘。”安爸正拿着剪刀准备给安彤剪葡萄吃。

“爸您别摘太多，吃不完，待会儿把牙酸倒了。”安彤发现安爸已经剪了一篓子，赶紧制止。安爸却又拿出一篓来说：“带点儿回去给优优冰起来吃，他喜欢。”

安彤顿时懒得再开口。离婚后，两家的老人都特别地心疼优优，几乎是千依百顺，这让安彤都有些不敢让优优跟两边的老人待在一块儿，怕给惯坏了。

七、花一样的男孩和连花儿的生日宴

安彤很久没带优优回青石巷，因此安爸安妈一直舍不得，直到晚上十点才放他们母子回家。

打开家门，一切都是静悄悄的，安彤不免皱了皱眉，孙晓俏居然还没回家。拿起手机看了一下，没有未接电话也没有短信。

这个孙晓俏，也不怕别人担心！安彤想了想，还是给孙晓俏拨了一个电话。电话一接通，安彤便赶紧拿开了一些，那边的声音可以用震耳欲聋来形容。

安彤问孙晓俏在哪儿，什么时候回家她好留门。自从许凉搬出去后，安彤每天晚上睡觉都得把门反锁，要不然总是不安心。那边孙晓俏说了什么安彤根本听不见，最后只得把电话挂了，可又有些不放心，孙晓俏似乎喝了酒。

安顿好优优，安彤上了床还是有些睡不着，又给孙晓俏打了个电话，谁知竟直接关机了。

想着还没有反锁的门，安彤只得拿本书来看，反正明天不上班，晚点儿起来也没关系，可不想竟这样稀里糊涂地睡着了，直到巨大的拍门声把她吵醒。

迷迷糊糊地穿上拖鞋去开门，安彤却看到孙晓俏如一团烂泥似的挂在一个人身上。之所以说是一个人，是因为那人漂亮得不像真人：樱红的唇色，细瓷似的皮肤，尤其是长长的刘海儿下面一双水汪汪的眼睛，就那么略微含着歉意地看着安彤，安彤便不知道手脚该放哪儿了。最重要的是，对方简直是雌雄莫辨啊，她都不知道是该称小伙子好，还是称姑娘好。

“姐，你认识她吗？”那人一开口，安彤便松了口气，是个小伙子。只是，一个小伙子长这么好看干吗？越来越汉子的姑娘们可怎么办？

小伙子没想到安彤还有心思想这个，以为她生气了，于是小心地解释道：“其实没人劝她喝酒的，她自己高兴……”话没说完，脸倒是先红了一红。

安彤这才回过神来，赶紧接过孙晓俏，一边将她往沙发上拖一边说：“不怪你不怪你，谢谢你送她回来。”

小伙子见安彤没招呼他进去，而且时间也的确是够晚的，于是斯文地说：“姐，我叫阿东，现在太晚了，先走了，明天我再来。”

“好好好，你慢走啊！”安彤把孙晓俏拖到沙发上便累得坐在一边喘，听到阿东把门带上的声音，才回过神来，自己怎么就那么相信他？万一是他们欺负了孙晓俏呢？想到这儿不禁有些懊恼，大把年纪了还没有点儿抵抗力，也不问问就放他走了。

安彤泡了杯淡茶，可是怎么也叫不醒孙晓俏，只好抱了床毯子过来给她盖着，见沙发也够宽，索性不管了，自己接着上床去睡觉。

直到第二天大亮，安彤被优优挠醒，才想起孙晓俏的事来，于是推着优优道："你看看你干妈去，妈妈换件衣服。"

"我干妈早起床了，等着你做早点呢。"优优糯糯的声音听得安彤心就软了，亲了他一口，却噘着嘴小声抱怨："等着我做早点，她就不知道买一点儿。"但还是加快了手里的动作。

安彤走出房间的时候，却见孙晓俏还穿着睡衣，头发乱糟糟的坐在沙发上玩手机，忍不住嚷道："姑奶奶你要不要一点儿形象啊，都没有洗漱吧，衣服都没换。"

"在你们面前要什么形象？是你能娶我还是优优能娶我？你别唠叨了，跟我妈似的，我还能一天不洗漱不成？"孙晓俏话不少，但头却没抬起来。安彤不禁恨恨道："低头族，有了颈椎病你就知道痛苦了。"

孙晓俏抬起头，一脸隐忍的表情，深吸了一口气才说："安彤，我实话告诉你，你这么唠叨就把你的生命提前了几十年知道吗？"

安彤从洗手间探出头来，只笑嘻嘻地说了一句："那个好像是叫什么阿东的漂亮小男生说，他今天早晨过来看你。"

"什么？"孙晓俏大叫，"腾"地就从沙发上蹿起来，跑到洗手间去跟安彤抢位置，优优跟在后面不满地喊："干妈，你太不讲道理了。"

三个人正闹得鸡飞狗跳，门铃声华丽丽地响了。

"你赶紧去开门，帮我支应一下，我去换件衣服。"孙晓俏把安彤推出了洗手间，安彤气得直跺脚："我还没抹面霜呢。"

"抹什么面霜，你又不约会，只要优优不嫌弃你就行。"孙晓俏含含糊糊地回答，很明显在刷牙。

门铃还在固执地响着，安彤只好翻着白眼去开门。

只是，看到阿东的那一瞬间，安彤所有的气都消失得无影无踪。在这样一个周末，门口站着这么貌美如花的一个小男生，实在是非常美好的事。

“姐，我给你们买早点来了。”阿东的声音软软的，有着一种蛊惑人的磁性，再加上清亮含笑的眼睛，安彤便又开始迷糊，往旁边一让说：“请……请进吧！”

优优一见阿东，瞬间便产生了好感，腻过去非常直白地说：“大哥哥，你真好看。”夸得阿东红了脸。

安彤看了很是稀奇，这年头这么大的男孩子居然还会脸红，真的是奇迹啊！

“阿东，你来啦。”孙晓俏的这一声喊，叫安彤听了只觉得冷，恨不得去加一件外套。

孙晓俏站在门边，穿着一身玫红色的长裙，不知道的还以为她要去参加宴会呢。

“俏姐，你要出门吗？”阿东的眼里出现了一丝困惑，也有些尴尬。

俏……俏姐？安彤听了忍不住想笑，这个称呼怎么就让她无端地想起了古代的秦淮河畔的画舫呢。

孙晓俏明显也不乐意，但还是忍住柔声道：“叫什么俏姐？不准叫。”

“那……叫什么？”阿东看了看孙晓俏，又看了一眼安彤，希望得到一点提示。

安彤只装作看不见，孙晓俏又不是像安迪那样能装的人，她有要求会直接说出来。

果然，孙晓俏嗔怪地瞟了阿东一眼，说：“叫俏儿。”

安彤又打了个寒噤，阿东却毫不为意，热情地点头道：“行，俏儿。”

趁阿东在餐桌上摆早点的时候，安彤拉过孙晓俏问：“你不会看上他了吧？”

“有什么不可以吗？”

“不是，他多大啊？”

“二十……大概二十三的样子吧。”

“你都快比他大十岁了。”

“女大十，抱金砖。”

“哪儿有这说法。”

“我说有就有。”

“你耗不起了孙晓俏，你找个合适的吧……”

“我觉得合适就合适。”

……

两人正争得乌眼鸡似的，阿东又轻手轻脚地走过来，温温润润地说：“姐，俏儿，过来吃吧，都快凉了。”

面对这样一个男孩，谁都生不起气来，只得快快地去吃东西。

吃完早点后，阿东把桌子收拾干净，然后拿着垃圾袋说：“姐，俏儿，我还有事就先走了，下次再来。”然后点点头，打开门就走了。

安彤和孙晓俏看得都傻了，过了半天，孙晓俏才感慨道：“这就是书上写的乖孩子吧。”

“他可是昨天晚上把你从酒吧里送回来的。”安彤有些怀疑孙晓俏的说法，有些人表面上看着挺乖挺顺，其实挺叛逆。

但孙晓俏对安彤的说法很鄙视，谁说乖孩子就不能进酒吧？

安彤也懒得跟孙晓俏争论这方面的问题，拿出电脑放在阿东刚收拾干净的餐桌上。她觉得争这些完全没有意义，何况她也不反感阿东，至少看着赏心悦目。他一来，这屋子里都不用摆花儿了。

见安彤打开电脑，孙晓俏顿时头大：“不是吧，你也太用功了，周末也要加班啊？”

“不是，夏晴晴要给她女儿办生日宴会，邀请了优优，我得在网上给优优买件体面点儿的衣服啊。”安彤眼睛盯着电脑，说到这儿，又顿了一下，扭头问孙晓俏，“你怎么不上班？你又不休周末。”

孙晓俏手一摊：“我喝成这样儿还怎么上班？客户会怎么看我？”

安彤想想也有道理，就懒得和她再说，继续在网上找衣服，却听到孙晓俏别扭地说：“穿这衣服真不舒服。”然后去房间又把睡衣换了出来。

衣服加了急，第二天便收到了，安彤瞧着挺好。可是一到连花儿的生日派对，才知道什么叫奢侈品，那和自己在网上淘来的完全没法比。好在孩子们都不在意这个，照样玩得挺开心。只是大人们的眼神，可就有些说不清道不明。不过安彤也无所谓，反正和他们不熟。

随意端了杯果汁，安彤一个人坐在一个角落的椅子上偷偷打量着这个生日宴。

不得不佩服夏晴晴，整个生日宴弄得像电视里演的似的，主题墙、鲜花、美酒和小孩子们吃的甜品都堆起来了，而且每一样都很精致。还好嘉宾们没有像电视里演的那样，个个穿上低胸的长礼服。如果是那样，自己这随意的一件连衣裙，还真见不得人。

“安彤，为什么你可以带着孩子过得这么开心，我却不能呢？”夏晴晴端着红酒，一脸落寞地走到安彤身边。

安彤挑了挑眉，不知道夏晴晴是从哪儿看出自己很开心的，不过她倒也没有不开心，开不开心都是自己的日子。

“其实既然已经做了选择，为什么不开开心心地接受呢？”安彤安慰着夏晴晴，“患得患失的人是最痛苦的，因为我们的人生总会有得到和失去。”

安彤的话让夏晴晴沉默了好一会儿，点点头，却又看着门口落寞地说：“你说连辰到底有多忙？自己女儿的生日宴都来晚。”

“你可别在连花儿面前说。”安彤知道，很多孩子对父母的看法，其实都来自于另一半，所以她从来不在优优面前说许凉的不好。有的时候明明是自己给优优买的东西，但也会跟优优说是许凉买的，为的就是让优优觉得爸爸很爱他。

不过看夏晴晴脸上的不平，安彤也只有接着安慰：“或许是真忙，男人总不如女人细心。”许凉就算提醒了，估计都会忘记呢，所以她从来不指望。

“他呀，是真忙，忙到我们都不知道排到哪儿去了。如果不是这样，或许……我们也不至于离婚。”夏晴晴说着眼眶就红了。安彤不禁想，她是不是心里对连辰还有期待？忍不住问：“你这样……不如试着复婚，或许他愿意呢？”

在安彤的眼里，有夏晴晴这样的老婆不错的，入不入得厨房不知道，反正连辰也不需要厨娘，但肯定出得厅堂，而且思想单纯毫无城府，有什么不好？有事业的男人想的就是多，或许等他五十岁的时候，才知道夏晴晴这种女人的好。

可夏晴晴却摇头道：“他不爱我，和一个不爱自己的人在一起，多累呀。”

安彤不屑：“早干吗去了？”

夏晴晴苦笑：“早的时候，大家都不懂吧。”

安彤无奈，只好说：“那就忘记不开心的事情，忘记了就开心了。”

“这么简单？”夏晴晴不大相信地看着安彤，这分明是敷衍嘛。

安彤掩饰地抿了一口红酒，说：“有些事情，你觉得简单，便不会太复杂。”可是话音刚落，便听到“咚”的一声，立即感到有复杂的事情发生了。

“天啊，怎么会这样？”夏晴晴看着眼前倒塌的生日蛋糕惊呆了。

本来生日蛋糕没这么早上，因为连辰还没到，可连花儿哭着喊着要吃，然后一群孩子也跟着喊要吃蛋糕。夏晴晴没办法，只好把三层的生日蛋糕推出来了。可孩子们只是图个新鲜，没吃几口便玩去了，虽然不吃，但蛋糕总不能再推回去，于是就那样放着了。

现在看着一地的奶油，夏晴晴都不知道怎么办才好了。安彤拍了拍她的背说："没事，一会儿让酒店再加急送一个蛋糕过来，咱们先过去看看。"

夏晴晴忙不迭地点头，不想连花儿却冲她跑过来，嘴里还喊着："妈妈，许优撞倒了我的蛋糕。"话音刚落，"吧叽"一声，踩在奶油上滑倒了，尖锐的哭声同时响起。

"宝贝呀，你摔哪儿啦？"夏晴晴一听连花儿哭声震天，更是吓傻了。

安彤帮着夏晴晴把连花儿扶起来，然后瞪着优优道："优优，这是怎么回事？"

优优也吓着了，瘪着嘴支吾了半天才说："我……我是不小心的。"见优优也是一脸的惊慌失措，安彤也不忍心再责怪，只好再去检查连花儿有没有受伤。

好在连花儿并没有受伤，只是衣服脏了，而夏晴晴也有先见之明，带了备用的裙子。可当夏晴晴领着女儿去了酒店的换衣间时，安彤却看到连辰捧着一个硕大的礼盒出现了，只好领着优优硬着头皮迎了上去。

将事情经过说了一遍，并特意说明连花儿没有受伤，安彤才推了一下优优道："快跟叔叔道歉。"

优优还没开口，连辰却皱着眉斥责安彤："孩子不是说了不小心的嘛，你怎么那么多事？犯得着领着他来向我道歉吗？当妈的怎么不知道保护自己孩子？"

安彤被连辰教训得哑口无言，张了张嘴却又真的不知道该说什么好。当妈的哪个愿意自己的孩子道歉呢？只是连辰真是不会说话，好话当恶话说，安彤干脆懒得开口，默默地带着连辰去换衣间找连花儿。

走到更衣室的门口，连辰忽然顿住脚问道："夏晴晴也在里面吧？"

安彤点头，连辰便坐在走廊的休息椅上说："我在这儿等吧。"

见连辰这样，安彤不知道该说什么好，情不自禁地想起那首诗：至近至远东西，至深至浅清溪，至高至明日月，至亲至疏夫妻。当初安彤听到这首诗的时候，她才结婚不久，记得当时望着许凉想，今天在一起，会不会哪一天就分开了呢？会不会哪一天就成为陌生人了呢？

连辰见安彤的脸色变幻莫测，忍不住问："不舒服吗？"

安彤一愣，赶紧摇摇头："没有，只是想起了以前的事情。"

连辰眉头情不自禁地皱了一下，安彤该是想起那天送安彤回去的时候见到的那个男人，他莫名地就觉得他根本配不上安彤，于是便缓了缓说："过去了的事情就过去了，别老是想着以前的事情找罪受，更别回头，再受一次罪可就是傻了。"

看着连辰，安彤真的很怀疑这话是从他嘴里说出来的，他居然还会安慰人吗？

连辰好好地说话，安彤当然也不能再像以前那样。她本想解释自己并没有想回头，只是过去的那些日子总是存在的，不可能像橡皮擦那样随意擦掉，可却见夏晴晴脸色很不好地出现在更衣室的门口。

"爸爸！"见到连辰，连花儿开心地扑了上去。

"宝贝儿！"连辰轻轻松松地抱起了连花儿，并且轻轻地转了一个圈。安彤也第一次见到连辰的笑容，她没想到平时看着挺冷漠的一个人，笑起来竟然那么温暖，不禁让她有些动容。

夏晴晴走过来轻轻地握住了安彤的手，冰凉的感觉顺着手指传过来，让她心里紧了一下。安彤也用力回握一下，却也明白了夏晴晴也许还是想复婚的。可连辰都不愿意和她共处一室，这态度对于夏晴晴来说，肯定也是一种打击。

几个大人孩子回到大厅，那里早已被酒店工作人员重新布置了一下，新的蛋糕也马上会送过来。

连花儿和优优又毫无芥蒂地玩到了一起去。安彤本想带着优优回家的，但看这样子怕是一时半会儿走不了，于是便躲进酒店外面的阳台上吹风躲清静。

酒店是花园式，有一圈花瓣式的阳台，阳台都离得很近，但因为有纱帘隔着，却又是一个比较私密的空间。

但毕竟是在室外，隔音效果几乎是不存在的，所以安彤很清晰地听到了连辰和夏晴晴的对话。这让她很奇怪，刚刚有连花儿在，连辰都不愿意去更衣室，怎么现在倒和夏晴晴躲在阳台上聊天？但听着听着便觉得不对劲。

“对于孩子的教育，如果你不懂的话，不要随便插手。”连辰的声音又冷成了一层冰，完全没有之前面对连花儿时的温柔。

“我怎么啦？”夏晴晴的声音有些颤抖，也不知道是愤怒还是别的什么。

“连花儿交的朋友你得注意，她是个女孩子，朋友对于她来说很重要。”

“我请了什么不该请的人吗？”

“你至少应该和我商量一下。”

“我去哪儿找你商量？”

……

夏晴晴的声音渐渐哽咽了起来，她只不过是为了给女儿过一个有意义的生日而已，怎么这也招了连辰的不满意？想到以前，她好像做什么都不对，连辰只需要她像木偶一样在家待着。

连辰也没再说话，他也觉得自己刚刚说话的语气不大好。可是当他看到有些孩子的家长和他的公司有业务往来时，便很不开心，他不希望自己的私生活和公事搅和在一起。

那边一阵沉默，安彤的心里却开始翻江倒海起来。连辰说的是谁？是优优吗？是因为优优顽皮，打翻了蛋糕，还是因为优优是单亲家庭？可连花儿不也一样吗？或者说，是看不上自己这个当妈的？

安彤不禁想到了淘宝上买的那套礼服，心里像是被剐了一刀似的。她觉得自己怎样都行，却没办法接受自己是优优的耻辱这件事情。

安彤"哗"地撩开纱帘，冲着那边喊："你的意思是优优不配做连花儿的朋友吗？我现在就带他走。"

那边的两个人惊呆了，连辰最先回过神来，有些着急地喊道："你发什么疯？"可安彤已经离开了，回到了大厅。

安彤拉着优优就走，优优虽然觉得奇怪，但还是乖乖地跟着走了。可没想到却被连花儿拉住了，她抱着优优的胳膊道："派对还没结束呢，你得陪着我。"

"妈妈……"优优抬头看着安彤。连花儿又过来拉着安彤，娇声娇气道："阿姨，让优优再陪我玩会儿吧？"

这时候，大家都看着这边，安彤只能放手，可却瞧也不瞧跟进来的连辰，转身又红着眼睛奔回了阳台，她不想自己这个样子被别人看到。

可是，连辰竟然跟着安彤到了小阳台。

"你误会了，不是你想的那样……"连辰并不习惯解释，所以说起这样的话异常生硬。

安彤趴在围栏上，咬着唇说：“虽然我离了婚，虽然我过得很艰难，虽然我可能还在为生活而奔波，可是，我不是优优的耻辱。我知道你们来往的非富即贵，我下次肯定不会这样自讨没趣！”

话说完，安彤便使劲捂着脸，肩膀却被轻轻地拍了一下，一张洁白的纸巾从后面伸过来。

“用不着，我没事！”安彤站起来，转过身面对着连辰。光线从窗帘的缝隙中透过来正好照到她的脸上，眼眶四周还有着深深浅浅的手指甲印。

连辰心里轻叹了一下，这是宁愿痛也不愿意流泪吗？不过是个女人，这么要强干什么？而且还很敏感，连辰心里又加了一句。

“我说的不是你。”连辰第一次觉得这么无奈。如果是别人他转身就走了，管她怎么想呢，可是面对安彤，他却没办法那样做。

安彤不说话，不说信也不说不信，只是透过窗子望着楼下园子里的路灯发呆。

连辰叹了口气道：“好吧，算我说错了话，算我欠你一个人情，好不好？”

如果是被连辰熟悉的人知道这件事，估计下巴都要惊掉了。尽管他的话还是有些生冷，但很明显，他是在求和了啊。

安彤不了解连辰，但纵然如此，听到这番话，她也不能再说什么了，她的自尊自爱都没有了用武之地，甚至觉得连辰如果像以前那样说话，她一走了之更好。说白了，只是有些不习惯连辰对她特别的柔软吧。

“别那么敏感，很多事情都是自己弄复杂的，也别故作坚强。”离开前，连辰留下的这句话，叫安彤想了很久。

安彤记得读大学的时候，那年寝室的姐妹给她过生日。莲子拿着啤酒当话筒，郑重地说："祝我们亲爱的彤彤永远坚强、美丽！"安彤立即就哭了，哭了很久，大家轮番劝都不行。

后来，安彤自己也想了很久，她发现自己是听不得"坚强"两个字。她其实不想要自己这么坚强，可是有什么办法呢？不坚强怎么办呢？她总觉得自己是带着债投胎的，欠安爸安妈的债，欠安迪的债，所以她小时候才特别地乖，乖到安爸安妈的视线全围绕着调皮捣蛋又漂亮得像个小仙女的安迪转，一直转到现在，乖到她将自己套进了一个叫"坚强"的套里，乖到离婚之后，她才告诉家里人。

"其实，我不想这么坚强。"安彤嘴唇嚅动，刚才一直憋在眼眶里的泪水便不受控制地跑了出来。但她的心却像是忽然落了地，踏实了起来。

抹了一把眼泪，就着窗帘缝隙透过的灯光，安彤简单地给自己补了一些粉便走进了大厅，这时候也快要切蛋糕了。

果然，连花儿在连辰和夏晴晴的帮助下，正在切那个巨大的三层蛋糕，三个人看上去那么完美。

安彤不禁想，离婚，真的都是因为日子过不下去了吗？如果两个人的相处，任何时候都如有外人在场一样，是不是也可以很不错，至少是可以过得下去呢？

连花儿端着蛋糕送给安彤旁边的一个女人。那女人笑着问："连花儿你刚许了什么愿啊？"连花儿摇摇头："不能告诉你们的，那样就不灵了。"

安彤一听笑了，小时候她也这样许过愿，放在心里谁也不说，但最后也没灵过。

"妈妈，给你吃。"优优也端着一小杯蛋糕过来递给安彤，安彤赶紧迎了过去，生怕他摔了或撞到别人。

连花儿一见优优，也赶紧跑过来。于是有人打趣道："连花儿，你怎么那么喜欢优优啊？不会是准备长大嫁给他吧？"

这话听得安彤一头黑线，不知道为什么现在的大人喜欢开这样的玩笑，不过现在的孩子也不是大人们能够理解的。

安彤记得有一次接优优放学，听到两个小女孩在聊天，其中一个说以后一定要嫁给像方小宝那样的男生，因为他家里有钱，而且非常像个男孩子。

安彤当时就给雷得有些站不住。她小时候谁跟她说这问题，她跟谁急得不行，没想到现在孩子的婚嫁观念居然这么小就开始有。她都想象不到，等这帮孩子长大了，婚姻会是怎样的一个形式。

安彤回过神来看着连花儿，不知道这古灵精怪的小女孩会怎么回答。意料之外，连花儿居然牵起优优的手说："因为他爸妈也离婚了，我们有共同话题。"

共同话题？安彤听到这四个字，心里不知道是什么滋味。像他们这样的父母，有些时候真的不知道该怎样才能让自己的孩子真正快乐起来。

这让本来想过来给连花儿解围的连辰也一言不发。遇到这样的问题，谁又能有个标准而又完美的答案呢？

而从夏晴晴的角度看过去，连辰和安彤几乎就是贴身站着。她越发觉得自己的直觉是没错的，如果让连辰和安彤在一起，那她就不用担心连花儿了。

八、信口雌黄

安彤丝毫没察觉自己被人“盯”上了，走出酒店，她狠狠地打了两个喷嚏。好在这类场所的附近总是会停着一些出租车，只要看到有人出来，便神出鬼没地开过来。

回到家一开灯，却见孙晓俏穿着白色的真丝睡衣，就那样突兀地坐在沙发上。安彤吓一跳，指着孙晓俏抱怨道：“你在家里也不开灯啊，也不怕吓着优优。”可优优却来一句：“妈妈我不怕。”

“哎哟，乖优优，来干妈这里抱抱，还是我儿子好。”孙晓俏冲着优优伸开双手，优优却只是冲着她笑，然后就打着哈欠要去睡觉，他今天玩过头了。

看到优优钻进了被窝，安彤走出房间，见孙晓俏还坐在沙发上，于是问：“你今天这是怎么啦？受什么刺激了吗？说来让我也感受一下。”

孙晓俏幽幽地来了一句：“你说我是不是该同意我妈的意见去相亲？”

安彤给气笑了，说：“这对于你来说是问题吗？”

孙晓俏大学还没毕业，孙妈妈就未雨绸缪地安排她相亲：从最初的富二代，到现在的富一代，手头的钱越来越多，年龄却越来越大。但不论是谁，孙晓俏总有把握把主动权掌握在自己手里，想谈就谈，想吹就吹，烦了就当是找个人陪陪的时候也是有的。

想到这儿，安彤忍不住再看一眼孙晓俏，素颜的她真的连漂亮都算不上，和安迪的那种精致得让你嫉妒的美完全是两个样子。可是，她身上却像是有一股魔力似的，让你情不自禁地被她吸引。

孙晓俏如果知道安彤想的是这些，估计就要和她讨论一下女性魅力问题了。可她还纠结在自己的烦恼中，挥挥手道：“那不一样，以前相亲我不是真诚的，十个就有八个是我故意吓走的。现在，我想着我是不是该好好地去相相亲。”

安彤一直不大明白，自己身边很多剩男剩女都会去相亲，也都挺优秀，可为什么听别人一说相亲，遇到的都是奇葩，现在终于明白是为了什么。很多大龄男女其实并不是有什么缺陷，而是太有个性，所以很多所谓的奇葩，其实都是人为制造。

由此可见，孙晓俏也一直在装奇葩，只是现在，她怎么就忽然想真诚地去相亲了？

“因为我想结婚了，就现在这样真的挺没意思的。”孙晓俏说这话的时候有些意兴阑珊。

“是不是出什么事啦？”在安彤看来，孙晓俏便是舒婷笔下的“木棉”，永远那么斗志昂扬，那么热情似火，所以她断定一定是有什么事。

孙晓俏沉默了许久，才告诉安彤，她下午去了阿东的公司，可是刚报出阿东的名字，前台的小姑娘挺好说话地拨通内线说：“阿东，你妈找你来了。”

“谁是他妈？”孙晓俏一听恼了，指着自己的脸吼着小姑娘说，“你看看我的脸，你看我这身材，像是生下阿东那么大孩子的人吗？”

小姑娘被孙晓俏这么一闹顿时一张小脸通红，急急地解释道：“阿东说……说他妈下午……下午会过来……”话没说完，孙晓俏又拍起了桌子：“你不会看啊，他说他妈会来，那来找他的就都是他妈吗？”

“不是的不是的。”小姑娘急得直摆手，说，“是安达姐姐说阿东的妈妈非常年轻，所以我就以为……”

孙晓俏已经气得说不出话来了，她这是想表示其实自己不老吗？但能生出阿东这样的儿子，再怎么又能年轻到哪儿去？

只是，孙晓俏的气还没消，便听到身后有个温温柔柔的声音道：“请问阿东在吗？”她回头一看，顿时傻了，这个世界上怎么有这么好看的女人，一双水汪汪的眼睛像湖水似的，看得女人都心动。

小姑娘也看呆了，直到女人温柔地再问了一次，她才点头道："在在在，您是……"

有了孙晓俏的前车之鉴，小姑娘再也不敢那么随意地猜测，可是女人却笑着回道："我是阿东的妈妈。"

孙晓俏顿时仰倒，原来阿东的妈妈真的那么年轻。

"就因为这个，所以你要去相亲结婚啊？"安彤不解地问孙晓俏。

孙晓俏长叹一口气道："你看阿东的妈妈那么年轻，去他公司的时候，大家的眼睛都看直了，多骄傲多自豪啊，如果我再不生孩子……你能理解吗？"

安彤见孙晓俏一脸痛苦地看着自己，摇摇头，又接着点头："我明白你的意思，但我不理解，当妈不是当老婆，不需要年轻漂亮。"

"懒得跟你说，你和我不在一个星球。"孙晓俏瞪了安彤一眼，又自顾自地发呆去了。

"你去找阿东干吗呀？你真的喜欢这小孩啊？"安彤好奇地问。她总觉得和小十岁的男孩谈恋爱是一件特需要勇气的事情，年轻的时候不觉得，等年纪大的时候，那距离想想都可怕。

孙晓俏却白了安彤一眼道："我得去看看他是不是骗人的呀，而且漂亮小男生谁不喜欢，我又没说马上就要结婚。"

安彤觉得孙晓俏这说法倒是有道理，现在虽然都是自由恋爱，可这对眼力真的是一个考验，人品好坏暂且不说，有些人直接就是个骗子。只是这个年纪，不考虑结婚的恋爱她怎么也不累？

"可是这事儿需要缘分啊，你看我，是结婚了，折腾一圈除了多个儿子，啥也没剩。"安彤听到孙晓俏这样说，又担心她随便找个人就结婚，所以有些患得患失。

孙晓俏踢了安彤一脚不满道："你这个人是怎么回事啊，我不结婚的时候，你跟我妈一样念叨；我想结了吧，你又来泼冷水。"

安彤揉了揉被踢的地方，嘀咕道："就欺负我没老公护着，住我的房吃我的饭还踢我，真没天理。"

"如果我没找到接手的，就赖定你了。"孙晓俏才不理安彤这一套，话说完了，就袅袅婷婷地回自己房了。

安彤这一放松下来才想起，柳遥叫自己明天交初步方案，因为还没有思路，所以晚上估计又得加班了，于是她特意打印出一张连辰的照片，每当狂躁的时候，她便拿大头钉在上面扎，直到气消了，再接着做事。

熬了一通宵，安彤才把事情做完。去洗手间看了看镜子里的自己，一双通红的眼睛像是被谁灌了辣椒水似的。

这时正好孙晓俏起床来洗漱，见到这样子的安彤，不禁摇头道："幸好你离婚了，要不搞不好人家会以为你昨晚和老公吵架吵输了呢。"

"那吵赢了是什么样的？"安彤好奇。

"吵赢了自然就是英姿飒爽，精神倍儿棒呗。"孙晓俏说得自己都觉得乐呵。

"那现在人家也有可能想，我是因为没有老公了，所以夜夜以泪洗面呢。"安彤越想越觉得公司的那些八卦女肯定是这样想自己的。不过又怎样？离婚的女人就该坚强吗？哭哭有什么不可以的？

"其实也没关系，你自己不在意，你就是金甲神，谁都拿你没办法。"孙晓俏抱了抱安彤，却被她推开，低声道："一边儿去，都没洗脸呢。"不过孙晓俏是谁，一听就知道安彤其实是感动得不得了，于是得意地撇了撇嘴。

两人正挤在镜子前化妆，便听到门铃响，然后是优优欢呼的声音：

“妈妈，有客人来喽。”

“你别乱开门，妈妈来开……”安彤赶紧走出去，却见优优已经把门打开了，竟是阿东，又提了两袋早点。她忍不住又缩回洗手间对孙晓俏说了一句：“这又送早点来了，什么个情况？”

自那以后，阿东每天早晨都会给她们送早点过来，而且还不带重样的，甚至有时间的时候，他还会自己做早点送过来。

再后来有一次，安彤客气地说，如果是做早点，他可以过来做。于是阿东便真的过来做，在她们这里待的次数也越来越多，和安彤也越来越熟，最后安彤半梦半醒间去开门，然后接着睡回笼觉都不觉得尴尬。

安彤感觉自从有了阿东，生活变得好过了起来。优优有人接了，他们三个人总有一个人会有时间接优优。而且阿东不忙的话，不仅做早点，做其他正餐也会钻进厨房。

安彤忍不住对孙晓俏说：“不如你收了算了，除了漂亮点儿，年轻点儿，多好的佳婿啊。”孙晓俏也点头道：“我也这样觉得，你觉得我该怎么收？”

“人家这天天过来自然是等着你收啊，总不会是为了让我收吧？既然为你而来，你想怎么收不行？”安彤觉得这时候的孙晓俏像是一个白痴似的。

就冲着阿东叫她“姐”，叫孙晓俏“俏儿”，都能够看得出来他的意思。

孙晓俏却一副恍然大悟的表情，这让安彤怀疑她之前的那些恋爱会不会是她臆想出来的。

日子顺了起来，可是工作却那么不顺。名城置业的案子框架差不多搭起来了，但也只是搭起来了而已。

安彤都不知道自己改了多少次，但同时也不记得柳遥扔了多少次。

先还说："你这写的是什么东西？"后来是："重写。"再后来话都没有，直接扔了过来。

如果是个男人，安彤还会抱怨他一点儿绅士风度都没有，可面对柳遥，她一点儿脾气都没有。女上司和女下属就像婆婆和媳妇一样，都是天敌。

安彤拿着柳遥称之为垃圾的方案回到自己的位置，觉得骨头都散了，哀号道："有没有个人能帮帮我啊！"

"有！"旁边有人接话道。安彤一抬头，竟然是菲娜。

菲娜见安彤抬头，赶紧凑过来说："有两个办法。"

虽然不解菲娜这小丫头为什么对自己那么坦然，一点儿别扭都没有，但听她这样说，安彤还是忍不住双眼放光地问："哪两个办法？"

菲娜伸出一个手指："第一是，找秦总，他是老总嘛，肯定是有办法的。"见安彤皱着眉，顿时有些沮丧，迟疑地伸出第二个手指说："第二个办法就是，去找其他大广告公司的策划牛人……"

"打住打住，什么馊主意。第一，秦总难道不想接下这笔业务？他如果有办法会收着藏着吗？第二，哪个广告公司不会争这个业务，会来教安姐？"陆成凑过来一脸鄙视地撇着嘴。

尽管菲娜很讨厌陆成的中途参与，但也不可否认他说得有道理，只好沮丧地回到自己的位置。

"姐，继续加油。"陆成冲着安彤挥了挥手臂，又继续趴到了电脑前忙碌地工作。

可安彤一回到电脑前，就发现电脑上的QQ在拼命闪，竟然是菲娜。

"安姐，我不会向你道歉的，我和许凉是真心相爱。"

"你要怪我就怪吧，我不会在意别人的看法。"

"我真的没有破坏你们的婚姻，信不信由你。"

……

安彤看着这些，忽然想起那个词“心好塞”。原来菲娜是来讨好她的，只是她觉得她现在真的没什么心情管菲娜的事，懒得回信息，只是默念了一句：别再发过来了。

“实在不行，我就辞职好了，没什么大不了的。”那边的菲娜明显不会和安彤有什么心灵感应，所以她再一次肆无忌惮地发了一条她认为很有自尊的信息过来。

“行了行了，我和你们没什么关系了，你爱怎么着怎么着！”安彤揉了揉额头，却瞟见电脑上菲娜又发来一条信息：“姐，你真的是太好了，从今天开始我是你的死党。”

死党？安彤无奈地笑了笑，就在此时内线忽然响了，接起来一听，竟然是秦晋阳。

“到我办公室来一下。”秦晋阳说完不待安彤回复便挂断了电话。

安彤愣了愣，还是上去了，秦晋阳的办公室在媒介部的上面一层。

秦晋阳的办公室布置得很有特色，以黑白色为主，但特别的造型却又显得不那么沉闷，只是会觉得很有个性，很有创意。

“很累吗？喝杯咖啡吧。”秦晋阳说着便不知道从哪儿拿出一杯咖啡来放到安彤的面前。

“很香啊！”安彤闻了一下，心情也放松了些。

“很累吗？”秦晋阳微微皱着眉看着安彤，眼里有一些说不清道不明的东西。

安彤摇摇头，告诉秦晋阳不是累，而是无助。她真的很想努力去做，好好地去做，可是却不知道从哪里下手，好像从哪里下手都是不对的。

“要不，我放你几天假？好好地休息一下，可能会好一些。”秦晋阳的话让安彤很感动，但却觉得这样似乎有些不好，所以还是摇头道："我这都没有出什么成果，哪里有理由放假休息呀。"

秦晋阳也没再坚持，然后告诉了安彤自己在名城置业这个项目上的一些看法。这一说便是一上午，安彤也觉得原本闭塞的思路似乎出现了一丝亮光。

走出办公室却又收到夏晴晴的短信，让她去"时光"一起吃午饭，不想却在电梯间碰到柳遥。

"你这几天就不要去外面跑了，待在办公室里把名城置业的项目好好地琢磨一下。"柳遥面无表情地对安彤说。

"好！"安彤就回了一个字，实际上她也是不想多说。现在的她不是去哪里琢磨的问题，而是能琢磨出一些什么来的问题。

"你……去哪儿？如果没什么事的话，还是待在办公室的好。"柳遥对安彤说。

安彤好奇地扭头看着柳遥，她可是媒介部的总监，这个部门应该待在办公室却不出去吗？可是她知道不能直接拒绝，柳遥是很记仇的。

看着柳遥那巧克力似的一张脸，安彤真的是非常不爽。她不明白柳遥怎么一直对自己怪里怪气的，于是声音也有些僵硬地说："我就去对面的时光咖啡馆，连辰前妻约我，您说我要不要去？"

"啊？那，就去吧。"柳遥虽然这样说，可是却是满眼的不信，安彤也懒得去计较。

安彤坐电梯下楼的时候还在想，是不是真的可以通过夏晴晴约一下连辰，侧面打听一下他对这个项目的想法？有的放矢总是会好一些的吧。可，想想又觉得不好开口。

在夏晴晴面前坐下来，安彤却觉得她的目光炽热得有些过分，让她感觉瘆得慌，于是问："你是十年没吃过肉，然后把我变成肉了吗？我怎么有一种待宰的感觉？”

夏晴晴不好意思地笑了笑，但也只是稍微收敛了一下目光，然后讨好地说：“有这么明显吗？我以前还想当演员呢，看来我真没这方面的天分。”

“哪用得着当演员，社会本身就是个大染缸，个个都是演技派，你难道真的一点儿都没被染？”安彤感慨地说，其实她觉得现在像夏晴晴这样单纯的人，真的不多了，也让她觉得很轻松。

但如果安彤知道夏晴晴接下来的话，肯定就不会这么说了。

夏晴晴对安彤的说法倒也表示认同，但却无奈地说：“其实我很羡慕那些在社会上如鱼得水的女人，我大学一毕业就和连辰结婚了，一直以来我几乎不需要操心，什么事都有他安排人做好了，谁来染我啊？”

安彤不禁拧起了眉头，叹了一口气问道：“你是不是觉得没被染还挺遗憾啊？”这就是身在福中不知福吧。

夏晴晴竟点点头，笑着说：“如果花儿安排好了，我就跳进社会这个大染缸，尽情地把自己染得五颜六色。”说完还很夸张地伸开了双臂道：“让染料来得更猛烈些吧！不过彤彤，你得先帮帮我。”

从“安彤”变成“彤彤”，安彤觉得肯定没好事，但总不能不让夏晴晴说话，只好警惕地盯着她，让她先说说看。

“你当花儿的后妈吧。”夏晴晴满是期待地看着安彤。

安彤直接给雷晕了，当花儿的后妈？那岂不是要嫁给连辰？那夏晴晴是来给自己和连辰做媒的？

等想好了这些关系，安彤真的很想问夏晴晴，她脑子是被驴踢了吗？

见安彤准备说话，夏晴晴却又伸手挡在她前面，放鞭炮似的说：“我知道我这话可能有些……有些突然，但是你想啊，你离婚带一个儿子，连辰带一个女儿，优优和花儿关系又好，而且你如果和连辰在一块儿了，就不用这么辛辛苦苦地工作了，工作那就是休闲娱乐活动啊，你想想是不是很划算？”

安彤推开夏晴晴挡在自己面前的手，鄙视地说：“你以为你的手能够拦得住我的话吗？夏晴晴，婚姻不是投资啊，不是觉得合适了，就可以合作。”

“你错了，婚姻其实也是投资。你看你之前就投资错了，最后离婚了才得了一套房子；我呢就不一样，我得到的绝对不仅仅是一套房子，还有很多存款。你看你为了工作辛苦得脸都憔悴成这样了；我呢，我可以玩玩乐乐什么也不操心地过一辈子……你明白了吗？”夏晴晴见安彤一副不为所动的样子，恨不得把自己的财产清单算给安彤听。

在和许凉还没离婚的时候，安彤也想过，如果自己不是嫁给许凉，而是嫁给一位小有薄产的男人，日子应该会幸福很多吧？也有比她小的同事来向她取经，她说的也是一定要找有些经济实力的。

可是真到自己头上，即便自己还是二婚，安彤还是没办法把经济条件当成很重要的条件。

“晴晴，咱们不一样，也许你看重这样的投资，而我并不是很稀罕，就像是有的人喜欢吃辣，有的人喜欢吃甜一样，各有所爱。”安彤试图劝说夏晴晴，但夏晴晴却摇着手指道：“错，婚姻投资其实是盐，不是其他的佐料。谁能不吃盐？谁永远不花钱？”

安彤忍不住哀号一声：“你口才还挺好的？要不来我们部门上班吧。”

夏晴晴一听乐了，说：“所以我要重新开始，我有这个实力的，不过我不去你们公司上班，你们那儿太小。”说完又想起什么似的，表情严肃地说：“彤彤，咱们说的是婚姻，不是工作。你就和连辰在一起吧，过了这个村就没这个店了。”

"夏晴晴，我的婚姻什么时候由你说了算？"两人正笑着闹着，夏晴晴的背后却忽然站起一个人来，把安彤和夏晴晴都吓傻了，竟然是连辰。

连辰的脸比他身上穿的西装都黑。对于一个又黑又冷的人，安彤和夏晴晴都觉得自己的心脏不够强大，尤其是夏晴晴，她眨了眨眼睛，竟脱口而出："我没有啊，是……是彤彤说她喜欢你的。"

"我什么时候说过喜欢他啦？"安彤不可思议地盯着夏晴晴，还能这样信口雌黄。

夏晴晴往外挪了一步，道："你怎么可能会不喜欢他呢？没有哪个女人不喜欢他的。"

"那你为什么要离婚？"安彤毫不退让。夏晴晴倒也实话实说："我Hold不住他啊，你多牛啊，当年我们班上哪个男生不怕你？"

夏晴晴这话让安彤觉得颜面无存。纵然她并不想嫁给连辰，也不愿意被夏晴晴说成这样，尤其是在少女时期便不像个少女，想想都只有"悲催"两个字可以形容她的心情。

"你们聊完了吗？"连辰冷得让安彤都忽略了他的相貌，看着他就像是看着一块毛玻璃似的。

"你……有事啊？"夏晴晴支支吾吾地问，让安彤都不明白这俩人居然曾经是一对，太让人不可思议了。

听了夏晴晴这话，连辰都忍不住要翻个白眼，再一次强调道："不准你过问我的生活，尤其是婚姻。"

"可你以后的老婆就是我女儿的妈呀。"夏晴晴一听这话就急了，但连辰却不搭理她，径直面向安彤道："你别听她瞎扯，有点儿自己的主见。"

"你……这话什么意思啊，谁没有主见啦？你以为谁都乐意当你老婆呢。”安彤听了气不打一处来，觉得这人是不是也太嘚瑟了。

连辰还真以为除了夏晴晴之外，很多女人都想当他老婆，而夏晴晴属于脑子坏掉的那一类。因此，听安彤这样说，连辰不禁有些好奇地想，这个女人说的是真话还是假话？

“你怎么这样说话，以后还怎么嫁呀？”夏晴晴扯了扯安彤的衣角，怎么比自己还不懂得哄男人呢？看来计划要泡汤了。

“谁说要嫁他了？”安彤感觉自己的肺都要气炸了。见夏晴晴还要说，忍不住喝住她道，“你闭嘴，别再提了，你这智商和情商是不是充话费的时候送的啊。”

夏晴晴听了一愣：“什么意思啊？”

“她说你的智商和情商都是赠品。”连辰好笑地看了夏晴晴一眼，却觉得安彤说得挺有道理的。

“是赠品又怎么啦，又不是没有。”夏晴晴觉得挺委屈的，又要去拉安彤的手，却被她甩开。

正僵持着，却听到一个温柔的声音：“安彤，原来你在这儿。”

安彤听了顿时觉得有些毛骨悚然，回头一看竟然是柳遥，她还居然会这么说话？只是还没等她回答，柳遥便伸出纤纤玉指道：“连总，您好，遇到您很荣幸。”

遇见了也是荣幸？安彤不禁撇撇嘴，对柳遥很是看不上。

连辰瞟了安彤一眼，又不自觉地皱了一下眉头，看着柳遥，又恢复了那个面无表情的一张脸。

安彤心里轻轻地荡起一点点小欢乐，连辰竟然把柳遥的那玉手晾在那儿了，一副“你觉得荣幸，我就要和你认识吗”的不屑表情。

“连总，我前天还向贵公司递交了我们的策划方案，在楼梯间的时候，经方副总介绍，还跟连总打过招呼的。”柳遥的脸皮终于让安彤见识到了，而且还很是佩服。如果是她，恐怕早就因为丢脸而溜人，等到下次鼓足了勇气重整旗鼓再战。

可还没得意完，却越想越不对，不免问道：“柳总监，你都递交策划方案了，为什么还要我一遍又一遍地写？”

柳遥瞪了安彤一眼，真是太不懂事了，这种事情就算有意见，也该私下里回办公室交流和沟通吧？怎么能在大庭广众之下，尤其是在客户公司的老大面前说这样的话？

其实安彤也不是不明白这个道理，她是搞行政出身的，当然明白该怎么处理，只是旁边站着的是连辰啊。她先是莫名其妙被拉着谈婚论嫁，接着又被人警告，心里的一团火早把她烧得失去了理智。

连辰瞬间便明白了是怎么回事，对于柳遥这样的女人他见得多了，所以纵然再漂亮，再得体，对于他来说就像面对一个物件罢了。倒是安彤，他很想知道她的方案是怎样的，于是对柳遥说：“我希望明天可以看到安小姐的策划方案。”又侧过脸对安彤说：“你可以直接送到我的办公室。”说完便酷酷地走了，留下几个面面相觑的女人。

几年的生活已经让夏晴晴稍微有了免疫力，她最先醒过神来，安慰地搂着安彤的胳膊说：“彤彤，我的眼光是没错的，连辰……”

“别胡说！”安彤恨不得把夏晴晴的嘴缝起来。

夏晴晴却不在意，小媚眼闪着兴奋的光芒，见一旁的柳遥，她便凑在安彤耳边接着念叨：“你听我的准没错，连辰似乎也不讨厌你。”

安彤无语，心里默默地鄙视夏晴晴，就你这智商也能看得出来他不讨厌我？

柳遥还云里雾里，她本来过来是想看安彤有没有撒谎，也抱着如果是真的，她正好可以过来结交一番的想法。只是现在，她也弄不明白安彤、夏晴晴和连辰是怎么回事了。

回到公司，陆成知道了这件事，不屑地说："一个总监干这种没品的事。"但也只能说说而已，总不能为了这种事去打小报告，柳遥还可以说自己是无意中碰到的呢。

对于柳遥，安彤懒得去想太多，反正名城置业这案子是一头肥猪，她一口也吃不下。至于其他的业务，海韵广告虽不算大，但她只要自己做得好，也不是柳遥能抢就抢得了的。

九、激将法

夏晴晴透露出来的意思让安彤一下午的心都静不下来：一会儿觉得这事儿太离谱，自己和连辰那完全是两个世界的人；一会儿又很气愤，夏晴晴怎么能这样安排自己？但又忍不住想，是不是可以找连辰问一下名城置业的事情？人家不认识的还要走各种关系黏上去呢。

怎么想也想不出一个结果，安彤便去4S店。本城很多4S店都规划在同一个区域，所以跑一趟是很划算的。就算没谈到业务，同时和几家扯扯闲篇儿，也可以交流一下感情。

只是到了孙晓俏那里，却被她给留住了，说她晚上要去相亲，能不能陪她一起去。

"我才不去，你妈要是知道了，肯定会对我没个好脸色。"安彤头摇得像拨浪鼓似的。她离婚这件事情让孙妈妈对她非常别扭，总害怕她把负面的婚姻观灌输给孙晓俏。平时脸皮厚点儿也就罢了，这相亲的时候她是绝对不能去的。

"我妈怎么会知道呢？听说对方条件特别好，是个金领儿呢。我看了照片，还特别帅，我有点儿紧张。"孙晓俏的样子真的是有些紧张，这让安彤有些好奇，究竟是什么人能让孙晓俏这样。

安彤觉得孙晓俏不可能不知道她妈的侦探能力，去中情局都够格了，所以她肯定是故意忽略这个问题，便说：“我还要接优优呢。”

再好奇，也不能扔下优优不管啊，可偏就这时候夏晴晴打电话找安彤聊天，孙晓俏便接过电话，叙了叙旧，竟就安排她去接优优了。

默默地朝孙晓俏竖了一下大拇指，安彤倒也放心了。夏晴晴和连辰离婚后，又在幼儿园附近买了套房，所以其实她们住得并不远，只不过一个是高档社区一个是普通商住楼罢了。

“不过，我还是有些怕你妈。这样吧，咱们先去，我坐你邻座就行了，反正那金领儿也不认识我。”安彤出着主意，孙晓俏也觉得挺好，于是两人收拾收拾便朝事先约好的餐厅去了。

安彤对这餐厅满意得不得了，环境优雅又安静，而且卡座的靠背椅不高不低，正好够她偷瞟一眼男方又不至于引人注目。

为了避免金领儿突然出现露了破绽，安彤和孙晓俏一开始就分了两个座位坐。

安彤没心理负担，就点了一个牛排套餐。可是等她的牛排都快吃完的时候，金领儿还是没来。鉴于孙晓俏之前说过不要轻易搭话，她只好发了一个微信给她：“怎么还没来？我这儿都吃完了。”

“可能是忙吧，再等一刻钟，不来我们就走。”孙晓俏回道。

安彤只好又叫了一杯咖啡来喝。

就在孙晓俏准备起身的时候，金领儿终于姗姗来迟。不过他良好的外貌和得体的言行叫孙晓俏好感大增，甚至在金领儿抱歉地说“让您久等了”之后，她居然回道：“其实没有，我也刚到。”后座的安彤忍不住打了个嗝儿。

孙晓俏那台卡座的菜终于陆陆续续上来了。两人聊得热火朝天的，安彤却无聊得很，发了个微信问孙晓俏自己可不可以先走，却被告知，必须跟她一起走。

安彤看着微信恨恨地撇了撇嘴，又点了一份意大利面。等到她一根根地吃，也快把这一盘面吃完的时候，那座上还在聊。

招呼服务员把餐碟都撤了后，安彤忍不住打了个哈欠，恨不得趴在桌上睡一觉。

当安彤忍不住再一次问孙晓俏可不可以先走的时候，却发现那金领儿竟然撇下孙晓俏向她走来，并且彬彬有礼地说：“您好，我叫金领，这位小姐是孙小姐的闺蜜吧，不如坐过来一起聊。”

啊？原来他就叫金领啊！安彤从对名字的惊讶中醒转过来又陷入了另一个惊恐中。此时孙晓俏也转过身来不可思议地看着金领，两人不约而同地问道：“你怎么知道？”

金领微微一笑，正要开口，却听到安彤身后有人说：“多简单的事情，真幼稚！”

安彤和孙晓俏跳起来，齐齐伸起脖子，却见那人已经起身，风度极佳地转过身来，竟然是连辰。

连辰一脸鄙视地说：“一个女孩子晚上独自在西餐厅吃东西，脸上没有幽怨只有着急，却又偏偏不走，吃完了一盘牛排还能再吃一盘意面……是个人都猜得出来是来干吗的。”

安彤和孙晓俏对视一眼，只觉得尴尬：她们觉得很隐蔽的事情，怎么到这两个男人这里，竟然如此简单？

“请问您是？”金领脸上刚才隐隐约约的嘚瑟没有了，倒挺真诚地想结交连辰的样子。可连辰却只是瞥了他一眼，却对安彤道：“一个当了妈的人，深更半夜的在外面待着有什么意思？”

孙晓俏听连辰这样说，心里挺不爽，安彤可是她拉过来的，于是皱眉道：“当妈的人怎么啦，吃个西餐都不行吗？再说了，你是谁啊？”又扭头问安彤："你认识的人？"

安彤都不知道该怎么解释，她也被连辰的那句话惊到了。按理说她应该很生气，可是似乎又听出了那么一点儿关心，这倒让她不知道该怎么接话了。因为她自己也觉得这么晚了还把优优放在夏晴晴那儿不是很合适。

"你……结婚了吗？"金领有些诧异地看着安彤，眼里竟然有种隐藏不住的失落。

孙晓俏见金领这样，心里有点儿明白了，顿时觉得有些委屈，敢情自己陪他聊一晚上，这家伙竟然看上了安彤，不过如果阴差阳错地成全了安彤也不错啊。一想到这儿孙晓俏又高兴了，于是说："她是结了，不过又离了，现在也是单身。"

"你说什么呢？"安彤扯了孙晓俏一把。

"我说的是事实啊。"孙晓俏一脸的无辜。

连辰冷笑一声，转身就走。安彤眼睛眨了眨，一咬牙也跟上了，却不想追到餐厅外面，连辰却忽然顿住脚，安彤差点儿撞上。

"你跟着我干吗？"连辰皱眉问，有些不耐烦。

安彤之所以一直跟着没喊，是因为她没想好怎么说，但被连辰这一问，只好硬着头皮道："连总，不知道您有没有时间，我想，请您喝杯茶。"

"喝茶？为什么？"连辰不解地问，觉得安彤应该不是这类人，难道是自己看错了？

安彤心里真的很纠结，总不能说我是想做你名城置业的业务吧，那要怎么说呢？她曾见过菲娜约别人吃饭，是撒娇卖痴地说："我就想认识认识您嘛，不能给个机会吗？"那娇柔的声音她听了都受不了。

菲娜的法子安彤觉得会很有效，但是，如果叫她说同样的话，却是打死也说不出来。

正为难的时候，连辰又说：“不是说了叫你明天拿着方案过来？到时候再说。”说完便头也不回地走了。

安彤沮丧得不行，方案啊，我这不是做不出方案嘛。

金领非常绅士地送孙晓俏和安彤回家，夏晴晴已经打电话告诉安彤，连花儿让优优住在那边，明天她一起送他们上幼儿园。

回到家，安彤还是有些担心优优，想着是不是去把他接回来。孙晓俏却把她摁在沙发上说：“能放手的时候就放手，对于优优也是一个锻炼。”然后又笑嘻嘻地问安彤：“这个金领还不错吧，要不收了？”

“你老是收收收的，我是谁？我带着一个儿子，我是离婚妇女，再结婚就是二婚，你当我是个香饽饽啊？”安彤觉得孙晓俏的说法真的是无稽之谈，也不知道她是怎么看出来金领对自己有意思的。

孙晓俏知道这种事情如果当事人不认，你怎么跟她说都没办法，这证据能去哪儿找？而且这金领究竟对安彤是不是就突然起了那么一个心思也拿不准，因此决定抛开这个人，又问：“那另外一个呢？像是欠了他八百万似的，我怎么瞧着有点眼熟呢？”

“你肯定眼熟，因为他是连辰啊。”安彤见孙晓俏一听便恍然大悟然后又眼睛发热的样子便乐了：眼熟又怎样？菲娜还觉得和连辰同呼吸一种空气是荣幸，最后还不是跟许凉在一起？这完全是两回事。

想到这儿，安彤又将夏晴晴的意思告诉孙晓俏，说：“你说她是不是昏了头？我这会儿跟你说，我把黄晓明介绍给你，你信吗？”

孙晓俏看着安彤，半晌没动静。正当安彤想问她怎么了的时候，她蹦起来道：“小样儿你的第二春不会是真的来了吧？你是不是开始走狗屎运啦？”

“嘁，要走也是桃花运好不好？”安彤被孙晓俏弄得哭笑不得，但想想又觉得好笑："你见过这样的桃花吗？比牡丹还要大的桃花，只能是做梦啦。"

孙晓俏仔细想了想，表情郑重地坐到安彤身边说："其实，夏晴晴的想法还是不错的。连辰是她前夫，不是什么遥不可及的人，你试试呗。你想啊你不可能一辈子不结婚吧？你还能找到比连辰更好的？"

"婚姻不是买东西，这是不能比较的。"安彤觉得这件事情不和孙晓俏说清楚，估计她会产生一种难以释怀的情绪，于是放下手头的事说，"就算是买东西也有很多好的是咱们买不起的对吧？不是只要是好的，咱们就得要啊。"

"可现在机会明明摆在你面前了，你都不争取一下？"孙晓俏很不喜欢安彤这种一切随缘、一切由命的态度。

安彤叹了一口气，"怎么就是说不明白、就像是在做梦似的，梦里看着再美好，你总不能醒了就什么都不干，净想着梦里的事吧、该吃饭还得吃饭，该干活还得干活，指望着梦怎么行呢？"

"可不也有梦想成真这一说法吗……"孙晓俏竭力说服安彤。话说到一半，她脸上却出现了神秘莫测的笑意，指着安彤道，"其实你也是喜欢的对不对？你都承认连辰是个美梦了是不是？"

安彤直接倒在沙发上，什么话也不跟孙晓俏讲了，她觉得根本就说不明白，还浪费时间和精力。又想起明天还要交方案，于是打开电脑，说："你别吵我，我还得写方案，明天要带着它去见美梦。"

"见美梦？哦，好，我不打扰你。"孙晓俏非常自觉地闭嘴，甚至走路都轻巧了许多。这让安彤有些疑惑，是不是因为自己结婚又离婚，所以真的从思想上老化了？

安彤想了会儿，可越想越糊涂，于是干脆一心一意地趴在电脑桌上改方案，可思路还没理清楚，手机却响了，上面显示"秦总"。

“秦总您好！”安彤第一时间接通手机。多年的行政工作告诉她，接领导的电话是有学问的：上班的时间不能接得太快，这样会让领导认为你在玩手机；下班后必须以最快的速度接通，这样领导会觉得你把事业放在第一位。

但，秦晋阳毕竟不是一般的领导，所以他说的是：“这么晚了，你还没休息？”声音里有着一丝丝的不悦及时地让安彤捕捉到了。

尽管有些不明白，但安彤还是老实地回答：“我在修改名城置业的方案呢。”说修改好听一点，其实安彤觉得改多少次，那水平还是在那个档次，也没提高一点儿。

秦晋阳就是猜到安彤会为了这个还没休息，所以才打电话过来，便将柳遥的事情解释了一下，说是他叫柳遥送方案过去的。

“那……”安彤忽然有点说不出口，不是要锻炼自己的吗？为什么都不等自己做出来，就让柳遥直接送方案过去？

“其实，我希望这也是一种锻炼。”秦晋阳说得有些力不从心。其实他本来是打算瞒着安彤的，可是没想到柳遥竟然将这件事情直接捅了出来。

安彤的心里生出一些难言的挫败感。她摸了摸自己的脸，已经年过三十了，本该是独当一面的年纪，却还需要这样的锻炼和培养，这是怎样的失败？

安彤想起小时候，安妈让她和安迪一起学舞蹈。她学得很认真，直到有一天不小心听到安妈跟别人说，让她学舞蹈只是为了顺便带着，并不做任何指望，她的希望都在安迪身上。

那种失望，安彤现在想起来心里还是有一种钝痛。她并不喜欢舞蹈，她擅长画画，可是安妈却从来没有想过去了解她喜欢什么。自那以后，凡是安迪学的，安彤便不学。

“怎么啦?”秦晋阳见安彤半晌没说话，不禁有些忐忑，更重要的是，他不想安彤误会自己的良苦用心。这么些年来面对她，他总是很小心，生怕说错了什么做错了什么会吓跑她。

安彤这才发现，自己竟然一时走神把秦晋阳晾到了一边，于是赶紧收回心神道：“没什么没什么，我明白的秦总，只是……名城置业那边让我明天把我自己的方案拿过去，您看这件事……我该怎么办?”

秦晋阳也听柳遥说了事情的经过，笑着说：“你运气不错，那你就把你做的明天交过去吧。”然后又如此再三地指点安彤应该从哪个角度去考虑，直到孙晓俏起来上厕所，安彤这才发现已经快深夜一点。

松了松脖子，安彤呆呆地坐在桌前，等到再次惊醒的时候，却发现自己泪流满面。

打开名城置业的资料，连辰的照片又出现在眼前。她深深地凝视着，忽然发现她宁愿一个人像他这样冷冷的，但说出来的话是真的，也不愿意去应付一个笑容满面，但你永远不知道他在想什么的人。

可是，这是工作，工作总是叫人这么无力。只是这一刻，安彤觉得连辰也不是那么讨人厌。

第二天，安彤到公司打印好了方案便下楼准备打的去名城集团，可没想到秦晋阳竟然就在写字楼旁边的拐角处等着，见安彤过来，便示意她赶紧上车。

安彤迟疑了一下，才说：“秦总，我准备去名城呢。”秦晋阳却再一次挥手：“上车吧，我送你去，这个时间段你不一定能打到车。”

安彤看了秦晋阳一眼，想：既然他这么真诚，那就上车吧，自己又何苦非要跑一趟?反正他也知道是白跑！她哪知道其实秦晋阳只是怕她等车等得太辛苦，而且方案通不过的话，他至少可以第一时间安慰一下她。

上车后，秦晋阳就那么随意地看了一眼。早晨的阳光正好斜斜地照在安彤的脸上，泛起一团极其温柔的光芒，让他情不自禁地想伸手去摸一下。

秦晋阳一直忘不了大三那年的夏末秋初，他正从兼职的公司回学校，路过寝室前的那片小树林时，看到一个女孩子正托着腮不知道在想些什么。只是阳光从她的侧面漫过，直接把她笼罩在一层光影里，看上去像个温柔的天使，任谁也不愿意去打扰，所以秦晋阳也只是默默地看着。

“安彤！”一个响亮的声音就像是往宁静的湖面投入了一颗石子，然后那个温柔的天使就像是从梦中惊醒了一般，竟没有丝毫的怪罪，反而粲然一笑。当时秦晋阳那颗曾被女生评为高得像座摩天大楼般的心便瞬间倒塌，只是那个挖地基的女孩却丝毫不知道，她依旧过着自己安稳的日子，恋爱工作结婚生子。

秦晋阳觉得爱就是一种成全，所以他一心想成全安彤。只要安彤好，就算不知道又怎样？可现在，他忽然发现自己错了，他成全了安彤的顺其自然，却没有成全她的幸福，没有人知道得知安彤离婚的那一瞬间，他有多心痛。

“秦总，您怎么啦？”安彤见秦晋阳脸上浮现出那样悲伤的神色，不禁有些惶恐，觉得自己是不是给他添麻烦了，于是没等秦晋阳开口，又说，“您如果有事就在前面那个路口放我下来吧，我自己去名城集团就好了。”

秦晋阳知道自己刚刚的“真情流露”吓着安彤了，于是深吸了一口气，又恢复了阳光俊朗的样子，笑着说：“你总是这样替别人着想吗？”

“不是，我是怕耽误您的正事。”安彤见秦晋阳真没什么事，又放心了，感觉可能是自己看错了。

其实你就是我的正事。秦晋阳这样想着，可却没说，他觉得他要感谢安彤，如果不是她，他也不会有现在的事业，不定就按他妈说的那样，回老家当了一个普通公务员——对于这件事，秦妈妈一直耿耿于怀，她始终认为当公务员才是一条最正确的道路。

一路无语。到了名城集团安彤却紧张起来，想到连辰那张黑脸，她心里便有些忐忑。平时还可以顶上那么几句，可是现在是工作，他说什么，也只能听着了。

“很紧张吗？”秦晋阳见安彤的脸色阴晴不定，不免觉得自己是不是不应该推她到现在这种地步。可是不这样，安彤也许永远没办法前进一步，永远没办法站在更高的地方看问题。

安彤扭头看着秦晋阳，老实地点点头。她很希望秦晋阳说，既然如此，那就不要上去了。可秦晋阳说的却是：“安彤，本来……并没有想不要你的方案，只是因为你一直没有做出来，所以……不过既然现在你拥有了这样一个机会，你就当找人陪你练练手。连辰这样的陪练，是值得珍惜的。”

陪练？这个词让安彤觉得很新鲜，也没那么紧张了，一咬牙，下车，径直坐电梯直接到连辰位于第二十八层的办公室。

当电梯门打开，安彤第一眼看到直对着电梯一本正经端坐着的连辰时，才忽然想起一个问题：怎么没人阻拦自己？

眼看着电梯门再一次要关上了，安彤才慌忙用手去拦，几乎是跌跌撞撞地走出了电梯。

“连个电梯都不会坐？”连辰背着光，安彤看不清他的样子，但凭着他的这句话，就似乎看到了他那充满了鄙视和嘲讽的眼神。

安彤还没开口说话，连辰又说：“不知道用手去拦电梯很危险吗？”

这人说话虽然很不好听，但心还是好的。安彤本想说“谢谢”，却听到连辰再一次开口了："就算出了什么事，我们不会因为这个和你们产生业务往来的。"

"不是说你惜字如金吗？怎么那么啰唆？我好好的呢，不会要挟你。"安彤觉得自己就是个气体，连辰就是那火星，两人一沾上很容易就爆。

连辰动了动嘴唇，但想到安彤刚才说的话，想想还是没开口，抬手冲着安彤勾了勾手指。

安彤走近了些，可连辰还是冲她勾了勾手指，不免又恼了："你到底想说什么？"

"你今天是来干什么的？"连辰不耐烦地皱了一下眉头。

安彤这才想起来自己今天不是为了私事，于是赶紧递上方案，却又忍不住说："大男人有事直说嘛。"

"惜字如金！"连辰说完，便低下头看安彤的方案。

安彤在一旁待了许久，也没见连辰翻过一页。她都不知道自己在那一页到底写了什么，能让他这么仔细地去瞧。

我写的又不是悬疑案件，至于这么琢磨吗？安彤悄悄地换了另一只脚站，这样两只脚替换着，会让她轻松一些，但看向连辰的眼神却越来越不友善。

安彤知道连辰对于很多人来说是那样的高高在上，可不知道为什么，自己却真的没办法对他像别人那样毕恭毕敬，甚至都看不出来，这个男人除了有钱装酷之外，有什么好让人那么去崇拜和追随的？！琢磨了半天她得出一个结论：都是钱闹的。

如果连辰知道安彤现在心里正在YY他因为破产而一无所有，然后对着任何人脸上都是一副谄媚的笑，估计他会想把这个女人从窗口扔出去。

但，连辰毕竟只是一个凡人，他只是看到安彤脸上浮现出一股怪异的笑，不禁产生出一股毛骨悚然的感觉，起身用方案敲了一下安彤的脑袋道：“想什么害人的事呢？”

安彤不禁张大了嘴，这男人也太厉害了，有读心术吗？

连辰见安彤竟然没有反驳，而是一副惊讶的表情，心里顿时又怒了，咬牙切齿地说：“以后心里不准想我。”

“我想谁是你能说了算的吗？”安彤微微抬了抬脖子，一副不爱搭理你的样子，但忽然又想到自己是来跑业务的，因此态度又忍不住端正了些。

“夏晴晴说……她要出国一趟。那个，希望你帮着……帮着照顾一下连花儿。”连辰忽然说出这么一句，叫安彤愣了。连辰又问：“可以吗？”

“你们家不是有保姆吗？”安彤倒不是不愿意照顾连花儿，只是觉得奇怪。

连辰很不愿意向人解释，但现在又不得不解释，揉了揉眉心说：“王阿姨的母亲病了，她得回去照顾一段时间。”他从来没想到小孩子这么难整。上周末带到公司来半天而已，就把他的办公室整得像游乐场。

安彤顿时明白了，有些事是钱也解决不了的。比方说找保姆容易，但找一个称心的却难。连花儿看上去都不是好说话的，这让她又有些担心，问连辰：“花儿她愿意吗？你们可不能不尊重她的意见，一定要跟她说明白的。”

连辰听了顿时有些迟疑，说：“应该……同意的吧，她那么喜欢优优。”

“她是喜欢优优，可是这和愿不愿意让我照顾是另外一回事。你们肯定要跟她沟通，小孩子也有她的想法和意见的。”安彤觉得连辰和夏晴晴是不是不大关注连花儿，于是忍不住又说：“小孩子不是给吃给喝就可以的。”

连辰越听越皱眉，这女人怎么那么喜欢教训人呢？可是今天，有求于人，他只有忍着不开口。

见连辰虽然没反驳，可是那眉毛都快拧成绳了，安彤又忍不住道：“你挣钱是为了什么呀？钱可以再挣，孩子耽误了补都补不回来。”

“我没耽误孩子。”连辰感觉到自己的火快烧到喉咙那块儿了。

“是吗？连花儿吃奶吃到了几个月？”

“她喝的是奶粉。”

“什么牌子？”

“……”

“她什么时候开始走路的？”

“……”

“她什么时候开始学会叫人的？”

“……”

“她如果哭了是什么原因？”

“……”

“她最喜欢的玩具是什么？”

“……”

“你看，你什么都不知道，除了知道你女儿叫连花儿，还知道什么？夏晴晴也一样吧？”安彤越问越觉得连辰和夏晴晴都是甩手掌柜。

连辰听得目瞪口呆，忍不住道：“这些不都应该是保姆才知道的吗？！”

“你家孩子以后长大了会赡养保姆吗？”安彤觉得有必要纠正连辰的观念，怎么什么都交给保姆呢？

“可以啊，她可以赡养保姆。”连辰表现得很是大方，叫安彤无语，直接趴倒在连辰的办公室桌上：“如果我是连花儿，我肯定祈祷你不要做我爸爸。”

安彤的这个说法让连辰有点儿难以接受，他一直觉得自己还是不错的，以一副忍无可忍的样子说：“我带连花儿去过很多地方。”

“哦，那你还有救。”安彤轻叹了一声道。

像是为了挽回一点面子，连辰把方案扔到安彤面前道：“你这写的是什么？全是套话。”

怎么都喜欢扔给我呢？安彤小心地接过文件夹，点头道：“我知道不行。”

“知道不行还拿过来？”连辰很是愤怒，名城还从来没这样被人轻视过。可安彤说：“是你叫我送过来的啊，我有什么办法？我也想做好，可是……我不知道怎么做啊。”

连辰心里也涌出了无力感，不过他叫安彤过来也是为了说连花儿的事，虽然夏晴晴说没问题，他还是不大放心，并不是真正指望安彤能有什么好的方案。不想安彤却凑过来说：“你们这还没定下来吧？要不你指导指导我吧？”

“你的意思是，我教你写方案，然后来我们集团竞标？”连辰从来没有听过这么好笑的点子。

安彤无奈道：“我也就那么一说，再说了术业有专攻，你会做房子却不一定会做广告，说不定你做的你们市场部的人还看不上呢。”

安彤这么一说，倒激起了连辰以为早已消逝在岁月中的激情，脱口而出：“以后我每天晚上有空了就会去接连花儿回家，到时候指点你一下，你看行不行？”

“真的？”安彤没想到就这么一说，连辰竟然同意了。

其实连辰也有些后悔，但话已说出口，何况还要求着安彤，也只能硬着头皮点头。

走出名城集团，安彤简直是通体舒畅，虽然案子被连辰批得一塌糊涂，可他竟被自己不经意的激将法击中，同意指导自己，真是意外收获，看来自己走的不是桃花运，而是贵人运。

公路的拐角处，安彤却发现秦晋阳的车仍然停在那里。

十、原来，是你啊

安彤呆呆地站在那里没动，不知道该不该过去。其实对于秦晋阳的关心她不是没有疑惑，虽然她告诉自己，也许是同情弱者的心理，也许他真的是一个好人，可这种区别于其他人的好，还是让她有些忐忑。

安彤不知道，名城集团的办公室大楼安装了监控设备，她站的这个位置正好在拍摄范围内。她纠结的时候，连辰也拧着眉头看着监控屏幕，甚至忍不住自语："这女人和那辆车有什么关系啊，人不走车也不走。"

最后安彤还是上了车，连辰也一口喝光了杯子里的咖啡，不明白自己好好的打开监控屏幕干什么。其实办公室旁边的监控室他八百年都没有来过一回，这些自然由保安部来做。

回到自己的办公室，连辰认真地看起了安彤拿过来的方案，越看越觉得惨不忍睹，几次放下又几次拿起来，最后还是忍不住扔进纸篓里，这样的方案怎么和其他广告公司 PK？

但，没一会儿，方案又从纸篓里被拿了出来，因为那上面有安彤的电话。

拨通安彤电话时，连辰有些别扭，因为除了工作之外，他还只给他亲妈打过电话，连夏晴晴的电话他都极少拨过。

"喂？"那边安彤的声音很温婉，一点儿都不做作，让连辰觉得很舒服，只是他却有点儿不知道怎么开口，直到安彤在那边自言自语以为是做推销业务的，他才吭声："是我，你重新做个方案，这个案子完全不行，我在那个方案的基础上再指导你。"

安彤听着电话那边发出的"嘟嘟"声，再联想前后的话才意识到这个电话是连辰打来的，顿时觉得超级无语：你大爷的，打电话都不懂得自报家门的吗？但最后还是默默地把连辰的手机号存了下来，多少人为了这么一个手机号花尽了心思呢。

"谁呀？"秦晋阳问，因为安彤一上车便有电话进来，所以他也没有发动汽车。

听秦晋阳这样问，安彤便有些为难，不知道该不该对他讲实话。可是如果讲了这是连辰，秦晋阳会不会原本没抱什么希望，现在却又逼起她了呢？可万一最后还是不成呢？

"是，连辰。"安彤还是不习惯撒谎。

秦晋阳不可思议地看着安彤，再一次确定："名城的连辰？"

安彤点头，然后听到秦晋阳接着问："他说什么？"

"哦，他女儿和我儿子是幼儿园同学，他们家保姆有事请假回家，所以希望我帮着他接一下。"安彤实话实说，可不知道秦晋阳听了如做梦一般，根本就没想到她和连辰认识不说，还这么熟。

"其实，你可以跟我说明的，或许……"说到这里，秦晋阳有些说不下去，发现自己像是做错了什么，可是又不知道究竟是哪里做错了，这让他从心底生出一种无力感。

安彤明白，如果她告诉秦晋阳她其实认识连辰，或许秦晋阳对于她参与名城置业这件事就不会如此轻视，只当她是锻炼。她不否认秦晋阳真的是好心，她也有感激，但同时还有失望。

不过这种失望也只是一瞬间，安彤想到自己都不相信自己可以接下这个案子，为什么秦晋阳不能让柳遥参与？或许柳遥才是真正的参与者，而自己只是打酱油的，其他人或许连打酱油的机会都没有。

越想，安彤越觉得累，脑子越迷糊。但她知道不能有怨言，于是真诚地对秦晋阳说：“秦总我和连辰其实并不是特别熟，所以我才没有说。”只是她说得越真诚，秦晋阳却觉得她离自己越远，心情越糟糕。

甚至，秦晋阳听到安彤称呼连辰并不是“连总”时，甚至一度想放弃这个案子。

回公司的路上，安彤接到安妈的电话，问她中午回不回家吃饭。

“为什么……”安彤正想问好好的怎么会问她回不回家吃饭，却在这电光石火间想起今天是安妈的生日，她赶紧说，“妈，祝您生日快乐，我在回家的路上呢！”再瞟了一眼车上的时间，已经十一点多了。

“秦总，您就找个地方停下来吧，我中午就不回公司了，我妈今天过生日。”安彤抱歉地说。

“没事，我送你过去。”秦晋阳问清了地址，打个方向盘，便朝安彤娘家跑。

“老是麻烦您……”安彤话没说完，秦晋阳便制止她道：“别再说这样的话了，我听了会不高兴的，真要想感谢我，就应该说些让我开心的话。”

“那……什么话会让你开心呢？”安彤好笑地问，感觉秦晋阳这个样子，特别像优优小时候找她要糖吃。

秦晋阳沉默了半天，但是却说：“还是得你自己想，我说出来多没意思。”

“那好，祝咱们公司蒸蒸日上，红红火火。”安彤说完侧过脸盯着秦晋阳。他却摇头：“说得我像是个财迷似的。”

“那换一个，祝你早日找到生命中的另一半。”安彤觉得这下秦晋阳肯定喜欢，像他这么老大不小的男人，哪能不想要个家？

秦晋阳却苦笑了一下："路漫漫其修远兮，难哪！"

安彤见秦晋阳的样子像是受过情伤，于是笑着问："你不会像电视剧里演的那样心里一直装着一个人吧？快说说，漂不漂亮？居然让你这么伤心，真是不开眼。"说完，安彤又觉得自己似乎有点太放得开了，难道是因为在连辰那里很顺利的原因？于是又不好意思道："我不是有意要打听你的个人生活的。"

"跟我用不着这么客气。"秦晋阳虽然这么说，但安彤却明白自己不能真的那么不客气，正笑着应付，却听到秦晋阳话锋一转："你真的觉得我挺好？"

安彤点点头，不只是她，公司所有的人都觉得秦晋阳很好。虽然不是像连辰那种一看就是被钱烧得不行的人，但却小有家产，又没有前妻之类的麻烦，而且对人总是那么如沐春风。

"那要不……你嫁给我？"秦晋阳抽空瞅了安彤一眼。

"啊？"安彤没想到秦晋阳竟然跟她开这样的玩笑，顿时也乐了，故意想了想说，"我刚仔细想了想，咱俩要在一起，怎么看怎么不搭，像演相声似的。"

像演相声似的？秦晋阳内心泛过一缕苦笑，只能跟着说："开玩笑的。"

"我知道你是开玩笑的。"安彤想，我又不傻，难道还能当真？

正闲话着，车却已经到了青石巷口。

"谢谢你啊秦总，我就不请你进去了。"安彤被秦晋阳上次吓坏了，万一他又来一次"好啊"，她才真的是尴尬了，总不能安妈过生日，叫一个外人进去。

秦晋阳瞬间便看穿了安彤的心思，笑得顿时很无奈："放心吧，我还是很知趣的。”

安彤听秦晋阳这样说倒有些不好意思，只是下车后，秦晋阳却忽然探出头来叫住她：“以后不要叫秦总，叫我晋阳。”

“这……”安彤觉得这也太突然了，而且多不适应啊，根本叫不出口嘛，可秦晋阳那模样，似乎是她不答应便不走了。

“安彤回来啦！”安彤一听这声音便暗叫不好，可安迪已经从车屁股绕到了车头。

安迪一身紧身连衣裙外面套着件白麻的长外套，看上去既飘逸又妩媚，还有着那么一股子文艺气质。

“这位是？”安迪看了秦晋阳一眼，便扭头盯着安彤，不明白安彤怎么会认识这么又帅又有气质的男人。

秦晋阳推开车门下来，站到安彤身边，温和地介绍自己：“您好，我叫秦晋阳，是安彤的朋友，您是？”

“哦，我叫安迪，是安彤的姐姐。”安迪说完，便伸出了柔若无骨的小手，秦晋阳只好轻轻地握了一下。

安彤心想，如果孙晓俏在这儿，估计嘴巴要撇到月球上去了，就在这布满青苔的小巷里，弄得像是外交大使会晤似的。

“要不，安彤，请你朋友里面坐坐？”安迪询问着安彤，一双大眼睛即使三十五了，还是水汪汪的。

秦晋阳也看着安彤，安彤怕他又来一句“好啊”，赶紧说：“姐，人家忙着呢。”回过身就把秦晋阳往车里塞：“晋阳，你有事先忙去吧。”

秦晋阳听到安彤这样叫他，一直低落的心情顿时飞扬了起来。

“哟，这是来客了呀？”听到这声音，安彤想死的心都有，凡有安妈出现的地方，哪个男人能够逃脱得了？现在只要是看得上眼的男的，几乎都是她的女婿人选。

安彤记得那次电视里播《倩女幽魂》，优优忽然大喊："妈妈，你看这里面的姥姥是不是和我姥姥好像啊？"安彤当时乐得不行，那不是好像，那是超像啊。

就这样一位妈，谁能逃得过她的魔掌？

就在安彤愣神间，安妈已经热情洋溢地把秦晋阳往家里拉。

和安彤擦身而过的时候，秦晋阳凑在她耳边道："你别怪我啊，你妈太热情了，我不能扫她老人家的兴。"

安彤看到她妈的行为，恨不得掩面离开。

"妈，您看您这……"安彤走到安妈的另一边，小声提醒她，这这这……这简直是……她都不知道以后怎么面对秦晋阳了。

安妈却没有搭理安彤，倒是问秦晋阳："小秦啊，咱们是不是见过啊？我怎么瞧着这么眼熟呢？"

安彤连白眼都懒得翻了，忍不住在内心里哀号：妈，您不是十八岁的少女了，还这样和帅哥搭讪。可没想到秦晋阳竟然回道："阿姨，你记起我来啦？"

"哎哟，咱们以前真的认识吗？"安妈听了激动得不行。安彤和安迪也惊诧得不行，接着又佩服秦晋阳的情商高，还可以这样忽悠的。

可是，秦晋阳却看了安彤一眼，笑着答："是啊，我小时候上学会从你家门前经过。"

"是吗？"安妈听了顿时觉得缘分真的是太奇妙了，安彤却忍着笑，秦晋阳他家明明不在本市，还小时候上学会从他家门前经过。

"那时候我爸在城里治病，我妈要照顾他，所以只好把我带过来借读，就租住在离你家不远的地方。"秦晋阳这么一解释，安彤便惊得不得了，因为她记忆里的确有这么一个小男孩，因为是外地人总被人欺负，她觉得他挺可怜的，经常给他糖吃。

安彤傻傻地看着秦晋阳，怎么也没办法把温润如玉的他和当年的那个孤僻的小男孩联系到一块儿。

进了院子，安彤还没从这个震惊的消息中回味过来，倒是安爸听安妈说了这个消息，开心得不得了，问秦晋阳的爸爸现在怎么样了，他们当年还一起下过棋呢。当知道秦父已经去世了之后，感慨了一番，又拉秦晋阳下棋。

安迪把安彤拉到房间，急吼吼地问："这秦晋阳真是咱们小时候那讨人厌的小孩？"

讨人厌的小孩？安彤不知道秦晋阳在安迪心目中的形象竟然是这样的，不过她想起小时候的事情来，的确是记得好像大家都叫他"小阳"。只是，他是早就认出自己了，还是刚到青石巷才记起来的呢？

"你们早就知道了吗？"安迪问。安彤很实在地摇头，安迪却不信："你看他那样子，明明就是早就知道你是谁了，难道你不知道？"

安彤还是摇头，不过却也被安迪提醒了，秦晋阳肯定是早就知道了。

别别扭扭地吃了一顿饭，出了青石巷，安彤实在忍不住了，拧着眉问秦晋阳："你是不是早就知道我是谁啦？"

秦晋阳老实地点头，说："是，在你上大学的时候我就知道你了。"

安彤不禁张大了嘴，这听着怎么像小说里写的那样，而且也很匪夷所思，不解地再次问："那你为什么一直瞒着我啊？"

"不是瞒着你，是你根本没想起我来。我叫秦晋阳，我老家在哪儿你都知道啊。"秦晋阳很多次也想问安彤，你还记得小时候那个你给糖吃的小男孩吗？那可是他生命中最艰难的一段日子，他不想通过这个让安彤想起自己来，甚至通过这个熟悉自己。

曾经秦晋阳还想过，如果有一天他和安彤走到一起了，再偶然说起小时候的事，会不会便是一种奇妙的缘分呢？可是今天不知道怎么了，他却忍不住说了出来。

对于秦晋阳的说法，安彤总觉得不是他说的那个理由，可是人家不愿意讲，还能强求不成？也只能作罢。对于他来说，也不过是比之前更熟悉了一些，只是这种熟悉却让她有些别扭。

“没想到你还能认得出我来。”安彤淡淡地笑了笑。

“是，我也没想到，看到你的第一眼就认出你来了。”秦晋阳也笑，其实他一直都没忘记，甚至安彤小时候给他的那些糖的糖纸，他还保留着。

安彤很想问秦晋阳看到她的第一眼是在哪里，可是又觉得没必要问，一点儿意义都没有。

回到公司，安彤整理了一下最近跑过的一些业务单位的资料便去幼儿园接优优，却在幼儿园门口碰到夏晴晴。她一身长裙戴着墨镜靠在车边，夹在一群婆婆奶奶中异常显眼。

“彤彤，我有件事儿要麻烦你一下。”夏晴晴非常热情地跑过来，安彤白了她一眼道：“知道啦，把连花儿让我带一段时间是不是？”

“啊？你怎么知道？”夏晴晴一脸的诧异。安彤见她这样倒觉得有些尴尬，难道这件事情她和连辰这对前夫妻竟然没有商量过？只好故作镇定地说：“你前夫跟我说的啊。”

“你们最近见面了吗？”夏晴晴一副很感兴趣的样子。

“上午还见过呢。”安彤被夏晴晴的样子弄得有点儿浑身不自在，不得不解释，“我是为了工作去见他的，他就顺便说起了这件事。”

“哦，看样子你应该也答应了，那就好了，我也不用再多说了。”夏晴晴笑嘻嘻地说。

“我那是……”安彤想到夏晴晴之前撮合她和连辰的事，没办法像对待秦晋阳那样顺其自然。可她话还没说完，夏晴晴便抢着说：“我明白我明白，是为了工作嘛。”

“可我真的是为了工作。”安彤哭笑不得，终于明白了什么叫作“跳进黄河也洗不清”。

“行了行了，我相信你，要不你今天晚上就把连花儿接过去吧，我明天一大早的飞机，怕来不及送连花儿。”夏晴晴解释得很是真诚。安彤也没办法不同意，只好眼睁睁地看着她把装着连花儿衣服的一个行李箱交到自己手上。

安彤倒不是不愿意照顾连花儿，反正自己工作也自由，只是怕自己不了解花儿的脾气，应付不了，而且望着夏晴晴绝尘而去的汽车，她才想起来，自己忘了问她什么时候回来。

孙晓俏回到家后听安彤说起这件事，忍不住说：“你重点都没搞清楚，连花儿是判给连辰的，这件事的关键是连辰欠你一个人情，所以他才会主动跟你说这件事，至于夏晴晴什么时候回来根本就不重要。”

安彤一想，还真是这样，只不过她一直带着优优，便很自然地觉得，孩子的事情应该是当妈的来操心。

“你说这连辰也是，难道他家没有别人吗？居然会把孩子托付给我。”安彤想明白了那件，可这件又糊涂了。

“这还不明白，他们这些有钱人都讲究移民，说不定都在国外呢，而且对保姆的要求又高，夏晴晴既然出了这主意，连辰当然不会反对。”孙晓俏的话叫安彤连连点头，佩服得五体投地。

“晓俏，你如果穿越到古代，一定是宅斗高手。”安彤说得非常真诚，却被孙晓俏瞪一眼：“你和我有仇啊，还指望我穿越到古代。”

想明白了，安彤便一心一意地走进厨房做饭。以前三个人还行，现在又加了一个连花儿，安彤竟然紧张起来。孙晓俏也跟着进来说：“我帮你吧。”

“你帮我还不够添乱的。”安彤还没开始动手赶孙晓俏，便被她拦住，振振有词地说：“我以后生孩子不也得做饭吗？我得知道小孩子的饭该怎么做啊。”

安彤一愣，没想到孙晓俏居然能想这么远，看来真的是该找个人结婚了，只好松手说：“行行行，你就一边儿看着吧。”

孙晓俏倒是听话，安彤让她剥葱就剥葱，叫她捣蒜就捣蒜，一通手忙脚乱后，肉末蒸蛋、虾仁西兰花、创意土豆饼、青菜丁和三鲜汤便色彩缤纷地摆上了桌。

“安彤，以前倒没觉得，现在从当妈的角度这么一看，你还真的挺是那么回事的。”孙晓俏对安彤的厨艺和营养搭配上面表示了肯定，却只得到安彤一个不满的眼神：“我当妈五年了好吗？现在才得到你的认同。”

正说着，门铃响了，孙晓俏打开门，是夏晴晴。

“晴晴，是你呀？”孙晓俏开心得不得了，她还想好好地向夏晴晴请教一下减肥方法呢。

安彤走出厨房见到夏晴晴，不禁愣了，问：“你不是要回去收拾吗？怎么又过来啦？”

“我收拾着觉得饿了，就过来看看。”夏晴晴一点儿都不觉得自己来得有多突兀，安彤只好又进厨房加了一个菜。

当最后一个菜终于上了桌，连花儿毫不客气地跑到安彤面前问：“安姨，妈妈说我以后就在你家住了，是吗？”

安彤心想，这孩子胆儿可真够大的，但还是笑着点头：“是啊，你愿意在安姨家住吗？”

“当然愿意啦！”连花儿开心地在家里直转圈，转得安彤莫名其妙。

优优自从记事起，便不愿意在别人家住啦。

安彤记得有一次她带着优优回青石巷，吃过饭后准备回家，外面却下起了雨，当时安彤和许凉骑着摩托车，怕优优淋雨，便让他在那儿待一晚上。谁知道两人都骑到了巷口了，却听到后面有人喊爸爸妈妈，停下车一看，果然是优优跑出来了，安爸安妈吓得在后面追。事后安彤问优优为什么不在外婆家住，优优委屈地说舍不得离开爸爸妈妈。

不过，连花儿这么高兴倒叫安彤放了心。

“这孩子就是野。”夏晴晴看着连花儿开心成那样，心里也觉得不是个滋味儿，笑着对安彤说，“你说我们家连花儿和优优是不是投错了胎啊？优优多斯文啊，我们家花儿就是个野丫头。”

“我才不是野丫头，我是小公主。”连花儿噘着小嘴表示抗议，还牵起自己的小纱裙又转了一圈儿。

“就是，你可别乱说，咱们优优虽然斯文，可也是正宗的小王子，这小公主和小王子在一块儿得多快乐啊。”孙晓俏虽然感觉和夏晴晴挺有话说的，但优优是她干儿子，怎么也不能由着别人说，哪怕不是说坏话也不行。

夏晴晴一直是个心宽的人，对于孙晓俏的话倒是赞成，优优她其实也挺喜欢，倒是忍不住对孙晓俏说：“不过孙晓俏，我真的没想到你现在居然这么漂亮，真的是女大十八变啊。”

“你什么意思啊，说我以前丑是吗？我看你才是女大十八变。”孙晓俏虽然故意板起脸，但都是同学，也不好真的不高兴，马上便笑逐颜开。

要说这变脸的功夫，安彤自认她和孙晓俏差好几个级别呢，见那两人瞬间火热地聊上了，她便招呼起孩子们来：“小公主小王子，咱们去洗洗手上桌吃饭吧。”

洗手的时候，两个小家伙又在洗手台上打了会儿水仗，弄得安彤一身湿，不得不去换了身衣服，等她再出来的时候，发现大家都已经开吃了。

连花儿见了安彤开心地大声说："安姨，你家的菜真好吃，是哪家酒店的菜呀？"

安彤一下没听明白，倒是孙晓俏乐了，用筷子点着连花儿说："要不说是小公主呢，瞧这问的，哪家酒店的菜？果然是按照贵族公主的范儿来培养的呀。"

连花儿一听别人说她是小公主，顿时那双大眼睛闪烁着璀璨的光芒，觉得孙晓俏是世界上最了解她的人了，瞬间便喜欢上了她。

听孙晓俏这么说，安彤才知道连花儿问的是什么，笑着答道："这是安姨自己做的，你如果喜欢，以后天天有的吃。"

"安姨你会做饭啊？"连花儿圆圆的眼睛瞪得大大的，然后扭头问优优，"许优，你妈妈也是保姆吗？"

"我妈妈是公司的白领。"优优皱着眉看着连花儿。

"白领还会炒这么好吃的菜？"连花儿不信。

"我妈妈什么菜都会做。"优优顿时骄傲起来，刚刚的那点儿不满瞬间忘得一干二净。

连花儿看着安彤的眼神里充满了崇拜，不想，优优又加了一句："当妈妈的都会做好吃的菜。"

夏晴晴被连花儿和优优这一通大呼小叫的对话弄得挺尴尬，虎着脸说连花儿："吃饭的时候就乖乖吃饭，哪有那么多的话。"

"哦！"连花儿低头吃饭，吃了几口，却抬起头来问夏晴晴，"妈妈，为什么你不会做饭？你不爱我吗？"

夏晴晴赶紧解释道："不是，妈妈怎么会不爱你呢。"

“哦，那阿姨你一定很笨吧？”优优认真地看着夏晴晴道。连花儿看了优优一眼，什么也没说，只是叹了一口气。

夏晴晴觉得这是她前三十多年最尴尬的时刻，但面对着两个孩子又有什么办法？只得无奈地对安彤和孙晓俏说：“你们看到了吧，我就是一个连饭都不会做的没用的妈妈。”说完，眼圈也红了。

“你别……当着孩子说这些。”安彤扯了扯夏晴晴的衣角，孙晓俏也安慰道：“我以后当妈了，也肯定不怎么会做饭的，刚刚还在跟安彤学呢。”

夏晴晴一听，兴致也来了，对连花儿说：“等妈妈回来，也向安姨学做饭给你吃，好不好？”

连花儿听了赶紧抱紧了夏晴晴的脖子，夏晴晴的心里顿时百感交集，这还是连花儿第一次这么主动地和她亲近。

晚饭后，夏晴晴哄着连花儿睡着了，便来到客厅向安彤表示感谢：“安彤，我真不知道该怎么感谢你。”

“说这个干什么，我也不知道我能不能搞得定你女儿呢。”安彤苦笑着，然后给夏晴晴倒了一杯柠檬水。

“我知道我这样做有些不负责任，可是我真的有苦衷。”夏晴晴告诉安彤，说她活了三十多年，就像是白活的。以前读书的时候，没有人喜欢和她玩，因为她太胖了，可是结婚之后，连辰其实就当她是家里的一个摆设，和沙发电视没什么区别，只是家里需要而已。

夏晴晴曾经把所有的希望都放在连花儿身上，可是随着连花儿渐渐长大，她却发现如果再不改变，她在自己女儿的眼里，也会是一个物件儿。

“这不可能的，她可是你生的女儿。”安彤觉得夏晴晴想得太多了。她觉得这心思单纯的女人一旦复杂起来，那复杂的路数都不是普通人能够理解的。

可夏晴晴却摇头道："不是的安彤，你知道幼儿园曾经做过介绍自己妈妈的活动吗？花儿对我介绍就一句话，妈妈是一个爱漂亮的女人。"说到这里，夏晴晴难过得用手撑着额头，哑声说："我在女儿眼里只是一个爱漂亮的女人。"

"她只是个孩子，不会表达。"安彤想安慰夏晴晴，又觉得说什么似乎都是不合时宜的，不过她也想知道优优是怎么介绍自己的，为什么自己不知道有这个活动呢？看来，还是有某些时候忽略了优优，就因为他太乖了，所以自己对于他就没那么去用心。安彤想着，对优优也生出从未有过的愧疚。

十一、住院了

自连花儿住进来后，安彤把自己的一抹柔情全用在了她身上，每天不重样地给连花儿编好看的辫子，甚至还从网上买回材料包，自己给连花儿做发夹。

"安姨，你太厉害了，你怎么什么都会呀？"连花儿一脸的崇拜极大地满足了安彤的虚荣心，她嘚瑟地说："安姨如果在古代肯定是一家有女百家求。"说这话的时候，恰好连辰推门而入。安彤还不知道，仍然嘚瑟地说："你说是不是？过几天安姨买布，给你做裙子好不好？"

"好呀好呀，我要做白雪公主那样的裙子！"连花儿一脸的雀跃。安彤却哑了，白雪公主那样的裙子也太复杂了，她哪会？正想找个借口，连花儿却朝她身后扑去，"爸爸！"

安彤转过身，见连辰似笑非笑地看着她，便想着估计是听到刚才"一家有女百家求"的话了，于是故作镇定地说："你来也不打个电话说一声？”因为连辰不忙的时候也会接一下优优和连花儿，所以安彤便给了他一把门钥匙。

“打什么电话？大白天的难道还有什么不方便吗？”连辰永远是那样的理直气壮，安彤也习惯了，一般不和他计较。

连辰又问连花儿：“今晚回家吗？”

连花儿和连辰抱了一下之后，眼睛又盯着安彤做头花，听到连辰这样问，头都不抬，只是摇头，答：“不回去。”

这个答案也在连辰意料之中，只能无奈地说：“这孩子怎么那么喜欢你们家呀？”

“因为我们家没有保姆，只有安姨。”安彤瞥了连辰一眼，见他无奈地轻叹了一下，便知道他明白了自己的意思，也不再多说，毕竟孩子是他的。

“你这做的什么呀？”连辰拿起安彤剪好的布条，却被安彤抓着帮忙：“你帮我把这些布条中间都贴上双面胶。”

等连辰好不容易把所有的布料都贴好双面胶后，安彤又指使他按自己示范的那样，把它们都做成蝴蝶结。

连辰扣了一下桌面，道：“你居然让我帮你做蝴蝶结？”

安彤白了连辰一眼：“你是做给我戴的呀？”一句话让连辰气结，他想说他可以买回一屋子的蝴蝶结，可是这话怎么也说不出口，只好闷闷地按安彤说的那样做，可是手指却没有他想象得那样听话。

看着连辰做的歪歪扭扭的蝴蝶结，安彤失望地说：“小说里的男主角都是玉树临风，没有什么是不会的。你看你在工作上牛成那样，本来有做男主角的潜质，可却被这小小的蝴蝶结难住了。”

连辰一听，脸顿时黑了，扔了蝴蝶结说：“男主角就要会做蝴蝶结吗？”说完又觉得没有完全表达他的意思：“我为什么要做男主角？”

“那你要做男配角啊？眼睁睁地看着自己喜欢的人和别人双宿双飞……”安彤说着说着觉得气场不对，抬起头却发现连辰的眼睛瞪得溜圆，明显气得不行，于是伸手去挡他的眼睛，笑道，“好了好了，我说错了不行吗？不会是戳中你的伤心处了吧？”

连辰伸手拿下安彤的手，道：“我还会有伤心处？”

“别说得太快，时候未到罢了……”安彤发现自己越来越喜欢逗连辰了：这男人怎么那么不经逗呢？而且连辰每次虽然很生气，却又无可奈何，让她更加肆无忌惮。

只是这次，安彤正说得过瘾，却听到连花儿诺诺地说：“爸爸，你握着安姨的手，她怎么给我做头花啊。”

安彤和连辰一愣，手像是被烙了一般，一个赶紧松开，一个赶紧抽回，都不再说话，倒让连花儿有些紧张，怯怯地说：“我说错了吗？”

连辰将连花儿抱进怀里道：“花儿没说错。”又对安彤说：“你这叫不务正业，方案写完了吗？”

说起方案，安彤便觉得心虚，她跟连辰的思路跟得好累啊，于是连辰不得不放慢节奏，一个细节一个细节地跟她讲。

“我先去做饭。”安彤收拾好桌子上的东西，便一头钻进了厨房，谁知连辰也跟着进来道：“需不需要帮忙？”

安彤扔给连辰一个西红柿道：“把它的皮剥了。”

连辰本来只是客气，没想到安彤真的给他安排活儿了，望着红艳艳的西红柿他顿时傻眼了，问安彤：“这怎么剥？”

“用开水煮，或者用火烧一下。”安彤一边切韭菜一边说。

于是连辰只好又去煮开水，可却在水开的时候，将西红柿往里一扔，竟将锅扔翻了，开水直直地朝安彤泼了过来。

安彤被这突然的一幕吓呆了，连辰更是感觉自己心脏都停止了跳动，一边喊着："小心！"一边什么都不顾地把安彤往自己这边拉，但安彤的脚还是被开水淋上了。

"怎么啦？烫着没有？痛不痛？"连辰感觉自己从来没这样手足无措过，而安彤更是痛得话都说不出来，被连辰抱在怀里动都不动。

"哟，你们在演绎什么浪漫戏码呢？"厨房门口出现了孙晓俏戏谑的声音，连辰头都不回道："别废话，赶紧拨120。"

安彤好不容易才缓过一些，说："用……用不着拨120吧。"不就是烫了嘛，可是，真的好痛啊，因此声音都有些颤抖。

"你别管了。"连辰示意孙晓俏去打120，然后将安彤抱到了沙发上，然后看到药箱里竟然只有感冒药，实在无奈，便趴下来对着安彤的脚吹。

打完电话的孙晓俏呆了，优优和连花儿也呆了。

孙晓俏是惊呆的，而优优和连花儿却是吓呆的。

"痛不痛？"连辰问了N次，安彤最后都懒得回答，哼哼一声她都觉得痛。

安彤住院了，安爸和安妈过来帮着带连花儿和优优，连辰却一天到晚待在医院里照顾安彤。

孙晓俏私底下悄悄地对安彤说："你这一烫，究竟是福是祸啊？这连辰是不是对你太殷勤了些？"

"他这是愧疚好不好。"安彤才不相信连辰对她有什么别的心思。尽管曾经她也这样想过，可是在照了一通镜子后，她就灭了这想法：灰姑娘的故事都只在童话里有，何况自己已经不是姑娘了。

其实连辰也没想明白自己干吗这么亲力亲为，按照他的作风，肯定是花重金请护工啊！但当他意识到这一点的时候，郑重考虑了一下还是放弃了，万一护工态度不好，得罪了安彤，她以后不带连花儿了怎么办？

虽然是住院，可是安彤也不冷清，每天安爸安妈都会带优优和连花儿过来。后来安迪知道连辰一直在医院，于是便代替安爸安妈带优优和连花儿过来，气得孙晓俏暗暗警告安彤："你小心一点儿你姐，她就是一只猫，闻到一点儿鱼腥味儿就不放过。"

"连辰就算是鱼，也是一条大到我姐啃不下的鱼。"安彤乐呵呵的样子让孙晓俏放心了些。可接下来安彤又说，"我更啃不下，还是啃苹果好了。"最后一句让从医院那里询问情况回来的连辰听见了，拿起一个苹果就削。

"我怎么觉得你挺幸福呢？"孙晓俏在安彤耳边轻轻地说，安彤忍不住用没烫的那只脚踢了她一下。

孙晓俏平白无故地挨了一脚，正想还回去，却被连辰一记凌厉的目光给吓住了。

"她是病人。"连辰冷冷地说。

孙晓俏听了气不打一处来，除了安彤，连辰怎么都是那么没一丝人味儿呢？于是恨恨道："你眼瞎呀，是她踢我的。"

"她是病人！"连辰强调。

"那她杀了我是不是也可以啊？"孙晓俏柳眉倒竖。她当然不是要跟安彤计较，可这连辰也太不讲道理了。

连辰才不会顾忌孙晓俏的想法，不耐烦地说："你要是来吵架的就走人吧。"

"你……"孙晓俏感觉自己这一口气都接不上来了，倒是安彤拍了拍她的肩膀说："你忍忍吧，你又没时间来照顾我。"那意思是，如果她把连辰气跑了，她就得来照顾安彤了。

孙晓俏瞪着安彤，那眼神就一个意思：凭什么？

安彤瞅着孙晓俏笑得那个妩媚，那意思是，谁让你是我闺蜜呢?

那眼神让连辰瞧着那个别扭，可是为什么别扭，却又说不明白。

孙晓俏觉得自己在这儿被气死也没人心疼，回头拎着包就要走人，却见门口处走进一个人来，竟是秦晋阳。

眼睛一转，孙晓俏又留下来了，或许有戏看呢。

“怎么烫伤了呢?”秦晋阳和连辰打了个招呼，便坐在床边细细地问起了安彤的情况。

安彤又不好说是连辰烫的，只好模糊着说是自己做饭的时候不小心。

“以后不要在家里开火了，太危险。”秦晋阳神情温柔，又含着一丝心疼。孙晓俏见了，忍不住挑衅地冲连辰挑挑眉，却不想连辰看都没看她一眼。

安彤对于秦晋阳这个提议颇为无奈，道:“不开火吃什么呀?”

“我给你请个保姆吧。”秦晋阳说，那样子极为顺其自然。孙晓俏又瞅了连辰一眼，发现如果秦晋阳再说下去，连辰估计会爆掉。

安彤一点儿都没感觉到连辰的情绪，反而和秦晋阳聊得挺开心，只是说自己没有用保姆的命，甚至还打趣道:“我感觉我自己就像是保姆呢，还请保姆?等哪天咱们公司做大了，我年薪百万的时候，也许可以请个保姆。”

“吃苹果吧。”连辰不等秦晋阳说话，直接把苹果塞进了安彤的嘴里，又说，“多大的事。”

也不知道是被烫伤了是多大的事，还是请保姆是多大的事。

秦晋阳本来还想留下来陪护，却被连辰以只能一个人陪护为由赶走。

只是第二天，秦晋阳又来了。

“秦总，公司那么忙，你赶紧去上班吧。”安彤觉得秦晋阳来一次就行了，用不着总是过来。

秦晋阳却看着连辰道："咱们是小公司，连总应该更忙，所以今天就由我来照顾你吧。"

安彤觉得秦晋阳说得有道理，可是也不好让秦晋阳照顾她，于是说："你们都走吧，一会儿孙晓俏就过来了，我姐也会过来，你们都忙去吧。"

最后还是连辰走了，秦晋阳留下。但不到中午，连辰就又过来了，且理直气壮地告诉秦晋阳，安彤是他烫伤的，他有这个义务照顾她。

秦晋阳走后，连辰看着睡熟的安彤很是发了一会儿呆，难道真的是因为愧疚，所以他坐在办公室里根本就静不下心来？但为什么一想到她和秦晋阳待在一起，就莫名地恼火？

连辰毕竟不是小伙子了，他觉得情况有些严重，只是还没等他弄明白自己究竟是怎么一回事，安彤又痛醒了，他也无暇多想。

安彤住院的时候，菲娜和陆成一起来看过她一次。见到连辰，忍不住问："怎么觉得那么眼熟呢？"在安彤说帅哥长得都差不多后，她释然了。

可是陆成却没那么好骗，第一眼就认出了连辰。

趁连辰去外面打电话，陆成阴恻恻地问："姐，老实交代，你和连辰是什么关系？"

"这还真不好说。"安彤有些迟疑，却让陆成八卦之心如熊熊烈火腾地就燃烧了起来。却听到安彤又说，"是他把我烫伤的，这是什么关系？"

"他怎么会烫伤你的？"陆成一句话就抓住了要点。

"开水烫的。"安彤实话实说，叫陆成恨不得拿一块豆腐撞死自己，无奈地说："姐，你这理解题目的能力真的是越来越差了。"

"所以你就别问了。"安彤真的不想多说，脚痛着呢。

“你可小心柳妖，她如果知道你认识连辰，但却从来都不提，不知道要在背后说什么呢。”陆成告诉安彤，公司成立了“名城置业项目组”，给她保留了一个副组长的称号，公司所有的部门都参与进来了。

这个消息让安彤听了挺不是滋味，虽然秦晋阳也提过那么一句，可是她没想到会整得这么大，甚至忍不住想：秦晋阳不是说不指望这个业务吗？难道是因为现在自己和连辰熟了，所以他又重视起来了？

越想越有这个可能，要不怎么会让自己任副组长呢。

“连辰，我想出院回家。”安彤跟连辰说这话的时候，情不自禁地有那么一些撒娇的味道，她自己却不知道。

“你可以出院吗？”连辰也觉得在医院不方便，不过还是得听医生的。正准备去医生办公室，主治医生却推门而入。

得知安彤想出院，主治医院考虑了一下便同意了，却对连辰说：“已经不是很严重了，不过你每天要送她过来换药。”

安彤一听又觉得麻烦，得每天来换药呢。

连辰却松了一口气，赶紧去办了出院手续，然后很自然地将安彤抱起来放到轮椅上。

只是刚回到家没两天，夏晴晴便从国外回来了，连花儿被接回家，那连辰也没理由像以前那样频繁地待在安彤家里，这让安彤想着，便觉得有点儿不适应。

没想到的是，连辰每天除了送安彤去换药外，还会给她买些零食，甚至还帮她在平板电脑上下好电影。

“我是脚不方便，又不是手不方便。”安彤不免苦笑，伸着手在连辰面前展示。

连辰一愣，说：“你手笨，我下得快。”

只是因为是夏天，安彤的脚又感染了两次，等到真正完全好的时候，已经入秋了。这期间连辰朝安彤发了无数次的脾气，安彤都不在意。真的一动不动，那不是坐吃等死吗？

也许是很久没有走路，安彤去上班的时候，陆成见她走路的样子不禁摇头道：“姐，不知道的还以为你骨折了呢。”

安彤也无奈，连辰不让她出门，说外面灰多，容易感染，在家里也不让她走路，说蹭到哪儿会感染，安彤不听他就发火，问安彤是不是故意的，就是想折腾自己照顾她。

不过这段时间安彤把连辰的脾气摸得一清二楚：他冷，她也不生气；他热，她也不激动，以不变应万变。

第一次参加“名城置业项目组”的会议，安彤便感受到了那浓浓的火药味。这火药味首先是从柳遥那里弥漫过来的，她冷哼一声道：“我们的副组长可真是大牌，项目都快完了，这才现身。”

安彤正要开口致歉，因为她自己也觉得不合适，却被秦晋阳抢了先：“安彤是特殊情况，若不是她打头阵，这项目也走不到现在。”

这话安彤听了很是愧疚，案子是递到名城置业了，但里面的内容都是连辰想的。

安彤都怀疑连辰的脑子是不是抽抽了，居然还真的帮自己把这案子做完了。可孙晓俏说她这是走了狗屎运，刚开始的时候连辰只不过是觉得好玩，当一个小游戏罢了。至于后来，孙晓俏翻着白眼说：“鬼才知道他有什么心思。”

不过，当安彤知道海韵广告名城置业项目组的副组长除了她还有很多个人，其中便包括柳遥的时候，她便释然了。

开会的时候，安彤不在状态，因为她跟不上进度，只好翻着资料看。当看到连辰照片的时候，觉得没有以前那么讨厌了，甚至还发现连辰的眼睫毛真的很长。她左看右看，觉得应该不止一厘米了，真是个妖孽，男人长那么长的睫毛干吗？不过这一发现却让安彤兴致大增，觉得下次见面，可以验验货，看是不是真有这么长。

应该不会刷睫毛膏了吧？想到连辰因为是拍照，便刷睫毛膏，不禁抖了抖。

“冷吗？”秦晋阳看着哆嗦了一下的安彤，然后伸手拿起遥控器，把空调的气温调高了两度。

“不冷不冷！”安彤赶紧解释，却只得到了秦晋阳温和的一笑。那笑让安彤瞧着有些不真实，怎么感觉那里面有宠溺的意味？

“不可以胡思乱想。”安彤使劲掐了一下自己的手臂，才再一次地使自己真正投入到工作里面去。

人一投入，时间就会过得特别快。

当安彤再次把眼睛投向窗外的时候，才发现天已经黑了，她不禁惊叫起来：“天啊！”

“怎么啦？你发什么疯啊？”柳遥被安彤吓一跳，她捂着胸口，恨不得把安彤踢出会议室。

“我……错过接孩子的时间了。”安彤着急得很，但看到大家都看着她，拿着手机不好意思地说，“我出去打个电话，很抱歉。”

带上会议室的门，还听见柳遥在说：“有孩子的女人就是麻烦。”安彤倒也不生气，因为有孩子的女人的确是比较麻烦的。不过她相信，等柳遥也有孩子的时候，肯定就不这样想了。

跑到走廊上，安彤打通孙晓俏的电话，问她有没有接优优，孙晓俏却说：“我不是给你发微信了，说我今晚有事吗？”

“你发微信啦？”安彤顿时都要哭了，她把手机静音了，而且她很少看微信的。

“你的手机打了没人接，我只能发你微信了，后来又给你发了短信，你打开手机的时候不看的吗？你到底是脚受伤，还是脑子受伤啊？”孙晓俏觉得一个当妈的女人这样迷糊，实在是不可原谅，可安彤本来就挺着急的，哪有时间打开手机还去看短信？

“你说你偏偏今天有事，真是的。”安彤从来没觉得这样无奈过，现在给安爸安妈打电话也来不及了，他们还不如自己离家近呢。

孙晓俏觉得安彤实在是不理解一颗剩女的心，于是耐心解释道：“安彤，我还有结婚的大事在等着。”

安彤挂断电话，呆呆地靠着墙站了站，也没什么好权衡的，孩子不能不接呀。

好在等安彤走到会议室门口，却看到大家都出来了，柳遥瞥了她一眼道：“秦总好心，散会啦！”

安彤点点头，等大家走完，还是走进会议室对最后还待在那里的秦晋阳说：“秦总，谢谢你，那我就先走了。”

“我送你吧。”秦晋阳说着便要关电脑，安彤却摆手道：“不用了不用了，这会儿应该比较容易打到车了。”

“打车也没我快，接孩子比较重要，别磨磨唧唧的。”秦晋阳收拾好电脑，拎了就走，连办公室都不回，就带着安彤直接去了地下车库。

因为已经过了下班时间，所以路上还是比较畅通，安彤很快就赶到了幼儿园，她一边准备下车，一边很真诚地对秦晋阳说：“秦总谢谢你！”

“叫我什么呢？”秦晋阳不满意。

“呃，晋阳。”安彤叫着觉得舌头都在嘴里面打卷，怎么叫怎么别扭。

秦晋阳点点头，却也跟着下车：“我跟你一块儿去吧，你看这儿黑的。”

安彤也不再跟秦晋阳多说，因为她发现其实他挺固执的，说多了浪费口舌也浪费时间。

幼儿园的门已经锁了，安彤顿时傻了，想来想去，只有连辰了。

于是秦晋阳又把安彤送到家，再次道了谢，走进小区后，安彤却在楼下发现自己家的灯真的是开着的，顿时心里涌起一股暖流。

没有人知道安彤此刻的心情，她和许凉结婚的时候就说过，什么也不求，只求彼此晚回家的时候，家里有一盏灯在等着，可是许凉从来没有为她开过一盏灯。

“发什么呆呢？天冷了还不上去？”身边出现连辰有些担心有些恼怒的声音。安彤转过身，便见连辰拎着两个大大的塑料袋，不用说也知道是从超市回来的。

尽管因为背光，安彤看不清连辰脸上的表情是不是开心，可是她却有一种想拥抱他的冲动，但最终，还是走到连辰身边道：“你买了什么好吃的？我正好饿了。”

“哼，那姓秦的给你多高的薪水，居然这么晚才回来？”连辰浑身都在叫嚣着“不高兴”，但却还是让安彤走在他前面，并将两个袋子一只手拎着，另一只手拿出手机打开里面的“手电筒”给安彤照亮。

安彤不知道连辰什么时候知道她害怕走夜路，哪怕有路灯都觉得不踏实，但却不问，只是脸上笑得暖融融的，连辰却看不见。

回到家，安彤看到连花儿也在，于是问她：“妈妈呢？”

连花儿可爱地摊开手道：“不知道啊，可能是约会去了哦。”安彤顿时乐了，这孩子怎么对她妈约会这件事情一点儿都不反对呢？

晚餐是连辰做的，除了茄汁豆腐，另外做了清炒黄瓜丝、醋熘土豆丝、白灼基围虾、清蒸鳊鱼和三鲜汤。

菜一摆上桌，几个人便围了上来，连花儿更是馋得口水都快流出来了。

“小公主，你的样子太不优雅了。”连辰捏了捏连花儿的脸，不想小姑娘却仰着脖子说：“爸爸做的菜太好吃了，所以我不想优雅了。”

安彤脚伤的这几个月，连辰已经学会了做饭，甚至有几道菜的口感还挺叫人回味。

连花儿如此给力，连辰觉得很有面子。他摸了摸连花儿的马尾辫说：“只要咱们花儿喜欢，爸爸以后就施展十八般武艺，给你做遍我的拿手好菜。”

安彤忍不住笑，虽然会做饭了，可称得上十八般武艺吗？没想到也是个自吹自擂的。虽然是这样想着，但却觉得这样才是一个男人在家里真正的样子。

连花儿对连辰是百分之百地信任，并且鸡啄米似的点头，又说：“爸爸以后每天都到安姨家来做饭吗？那我们以后是不是天天都要到安姨家来？”

连辰从来没想过这个问题，但似乎他真的没有在自己家里做过饭，于是有些迟疑地说：“也可以请安姨和优优去我们家吃。”

“你们大人真麻烦，吃饭还得商量着去谁家。”优优小大人似的皱着眉，觉得这个问题真的是太麻烦了。

可连花儿却闪着一双亮晶晶的眼睛说：“我有个好办法。”

这下安彤和连辰都觉得奇怪，这小丫头还能有什么办法？不过为着连花儿那可爱得不得了的样子，都装出非常感兴趣的样子，放下手中的碗筷，等着她的办法。

连花儿也小心地放下碗筷，一手拉着连辰的手，一手拉着安彤的手，然后把他们俩的手放到一起，郑重地问安彤：“安姨，你可以做我妈妈吗？”

“你不是有妈妈吗？为什么要抢我妈妈？”优优一听连花儿的话觉得问题太严重了，他再喜欢连花儿，也不能让出自己的妈妈呀。可连花儿却瞪了他一眼说：“咱们的爸爸妈妈都离婚了，我以后就会有新的妈妈，你也会有新的爸爸，所以我想你妈妈可以当我的新妈妈，我爸爸可以当你的新爸爸，怎么不好啦？”

优优想了想，又看了看连辰，纠结了一会儿说：“那行吧，妈妈，你就和连叔叔结婚吧！”

“爸爸，你肯定是愿意娶安姨的对吧？那我们以后就可以在一起吃饭啦。”连花儿觉得自己的这个办法太棒了，于是仰着脖子等着连辰和安彤的称赞及表扬。

安彤和连辰却听呆了，“结婚”这两个字对于已经有过一次婚姻的他们来说，是非常慎重的事，怎么就这样被两个孩子给安排了呢？

十二、婚姻是做生意吗

海韵广告“名城置业项目组”的工作开展得如火如荼，天天开会，开得安彤对“开会”这两个字都敏感。

原来海韵广告的会议室的设计安彤挺喜欢，简洁明亮，以灰白色的线条为主，一走进去就会情不自禁地投入其中。可是现在，整个公司她最烦的就是这个地方，因为她几乎连墙上百叶窗有多少条都数清楚了。

坐在安彤旁边的陆成也是满腹牢骚，他还有很多活儿要干呢。但是柳遥非要他过去开会，说是为了让他能够深层次地参与项目过程，做设计的时候就不会理解错误。可这直接导致了他晚上要加班，连心仪的姑娘也没时间追。

“姐，我怎么觉得咱们这儿越来越和国企接轨了，怎么这么多的会啊？”陆成悄悄地在安彤耳边说。

“你闭嘴，小心柳妖。”安彤不用抬头，都能够感觉得到柳遥那目光就像刀子似的飞过来，和她那一身柔粉色的套装一点儿都不搭。

安彤忍不住嘀咕，自己没有得罪过柳遥啊，难道真的是前世的冤家？

好不容易开完会了，却接到孙晓俏的电话，说她正在楼下等，让赶紧下去。

“你先到旁边的露天咖啡馆等等我。”安彤朝楼下看了一眼，果然孙晓俏直在那儿转圈。

安彤把资料锁进抽屉里，然后赶到楼下的咖啡馆。

这个咖啡馆临河而建，铺着木地板，摆上藤制的桌椅，往上一坐，整个人都惬意起来。只是安彤不是很喜欢，她更中意“时光”那样的，可以把自己藏起来，而不是像现在这样，所有的一切都暴露在天地之间。

孙晓俏穿得很精致，素白的衬衣加米色阔腿裤，衬衣上的领扣却又极为奢华。只是这身装扮应该搭配极为优雅的动作，可是此刻孙晓俏却一脸的焦躁，看到安彤，都喊了起来：“哎哟你怎么回事儿啊，这么慢？”

“得等电梯啊，难道我直接从楼上飞下来啊？那你得到另外一个世界找我了。”安彤虽然这样说，不过她还是第一次看到孙晓俏这么急，所以还是问，“你什么事啊？火上房了吗？”

“差不多吧。”孙晓俏一脸的沮丧，然后从包里面掏出一个红本本给安彤。

“这什么呀……”安彤接过来，却被上面“结婚证”三个字惊呆了，忍不住号道，“我的天啊，你结婚啦？你和谁结婚啦？我怎么一点儿都不知道啊？你有没有一点儿作为闺蜜的基本素质啊？”

孙晓俏已经把头深深地埋在臂弯里了。

安彤唠叨了一通，才深吸了一口气，慢慢地打开结婚证，再一次被惊呆了，男方的名字居然写着：袁东。

“袁……袁东？不会是阿东吧？”安彤都要跳起来了，见孙晓俏一动不动地保持着抱脑袋的姿势，忍不住踢她一脚。

孙晓俏抬起头，胡乱说：“是是是，是阿东。”

安彤顿时瞪大了眼睛：“这嫩草还真是被你这老牛吃了啊？”不过再看孙晓俏那样儿，又不明白了：“哎，我说你吧，这嫩草都吃了，你还这样一副死样子？”

“可是……我现在后悔了啊。”孙晓俏一副可怜兮兮的样子看着安彤。

“为什么呀？你都结婚了啊，都直奔目的地了，你后悔？”安彤觉得孙晓俏的回话她有点儿听不明白。

孙晓俏却越想越不是回事儿，拧巴着一张脸说：“你想想看，我三十二，袁东二十二；我四十二的时候，袁东三十二；等到我七十二的时候，袁东才六十二——是不是太可怕了点儿？你知道女人总是比男人显老的，我很害怕到那时候，我……我成为一个疑神疑鬼、满腹怨言的女人。”

安彤觉得孙晓俏说的话也有道理，许凉比她大一岁，都觉得像是带着个孩子似的；这阿东比孙晓俏小十岁，这不更是带孩子吗？何况就孙晓俏这性格，估计到了六十岁也是一公主，阿东真的可以一直包容她？

可是，再看看那个结婚证，红彤彤的，看着就喜庆。

“你都结婚了。”安彤看着孙晓俏，“你想怎么样啊？”

“我这不就是不知道该怎么办，所以才来找你的嘛。”孙晓俏苦恼地说，可这时电话却响了，安彤偷偷瞟了一眼，是阿东。

孙晓俏一直盯着手机看，却没有动，甚至有点儿畏惧。

不得已，安彤只好帮着接了电话，那边的阿东还是想象中的那样体贴，并且告诉安彤，孙晓俏还没吃早点呢，让她一直要提醒她别忘了吃饭，饿着会胃痛的。

挂断电话，安彤忍不住感慨："如果许凉当初对我有这么好，我给他当牛做马一辈子。孙晓俏你就试试呗，反正证也拿了，你就算是要去办离婚，也是需要勇气的啊。"

"谁说要离婚啦？"孙晓俏一听这话，像是被踩了尾巴似的跳了起来，然后把结婚证塞进包里，还安抚地拍了拍。

"我说你这说一出唱一出的，你十八岁呀？"安彤看着孙晓俏的神情又抖擞起来，也放下心来，但却没忍住趁机鄙视她一番，"我看你啊，和阿东还真是一对。"

"真的吗？那我去找阿东了，我们得好好庆祝一下。"孙晓俏说完，便起身小跑着去路边打车，把安彤扔到一边。

安彤看着孙晓俏坐上出租车，又看着出租车汇入车流，才觉得这个世界的变化真的不是一般的快。她忍不住想把这个消息告诉连辰。

"她怎么这么想不开？"连辰一出口便叫安彤没听懂，什么叫想不开啊？难道结婚就是想不开吗？

安彤顿时没了说话的欲望，手机里顿时一阵安静，正要挂断电话，却听到连辰问："晚上能帮我接一下连花儿吗？"

"啊？我还指望你帮我接一下优优呢。"安彤告诉连辰最近经常要开会，而且没个准点儿。

连辰都忍不住对安彤说："老为这个开会无聊不无聊，要不要我直接把业务给你们公司？"

安彤撇撇嘴，心道这是为你们公司负责任好不好，但听到连辰后面的那句，赶紧回道："好啊好啊，什么时候去签合同？"

"你还真能想。"连辰冷哼了一句，又说，"那你别管了，我来安排。"

挂断电话，安彤便觉得日子松快了些。

不过，会，还是要开的。安彤正想回公司，却又接到孙晓俏的电话，说是她和阿东明天晚上请客吃饭。

“你可以带一位男伴过来，至于是连辰还是秦晋阳，随你的便。”孙晓俏笑嘻嘻地说，一副看她怎么打算的样子。

安彤却气定神闲地说：“你放心，男伴一定不会少，我自己生的。”

孙晓俏一想，居然是优优，太狡猾了。

但第二天，安彤还是带连辰去了，倒不是她主动邀请，而是连辰直接把孩子接到她那儿去了，她只好说了今天晚上的事情，连辰倒也没反对。

孙晓俏包了一个酒店最大的包厢，整个包厢可以坐三十个人，装修是极为奢华的巴洛克风格：长长的窗帘从天花板上垂下来，椅子和沙发都是极为精致的雕花设计，上面有金丝绒带流苏的坐垫，而且还有宽阔的阳台，甚至阳台上都是圆形的拱门设计。

优优和连花儿一进来便滚到沙发上玩去了。

“这里办舞会也够了，孙晓俏是请了多少人啊？”安彤忍不住悄悄地冲着连辰嘀咕。

连辰只是笑了笑，在他眼里，这装修也真虚伪，看着挺奢华，其实都是低劣的材料。

可安彤还没来得及继续感慨这装修，便看到了夏晴晴和秦晋阳，她不禁瞪大了眼睛，这俩人怎么会在一起？

“怎么回事啊？夏晴晴怎么跟秦晋阳搞到一块儿去啦？”孙晓俏看到安彤，冲着连辰笑了笑，便把她拉到一边问道。

“我哪知道？我跟夏晴晴没好到那种地步。”安彤也莫名其妙，回过头来问孙晓俏，“你怎么请了夏晴晴呢？”

“这不是老同学嘛，我就想着人多热闹点儿，谁知道她居然和秦晋阳一起来的……”孙晓俏就是把脑袋想破了，也弄不明白这俩人是怎么整到一块儿去了。

这下可真是热闹了，安彤无奈地耸耸肩，但好在有两个孩子，无论怎样的尴尬都是可以化解的。但偷偷瞅了一下连辰，却觉得他脸色没什么变化，于是又忍不住暗骂他老奸巨猾藏得够深。安彤曾经听许凉说过，男人其实都是有极强的控制欲，哪怕是离婚了，前妻也是自己的所有物，也见不得她和别人在一起。

不过安彤倒觉得夏晴晴和秦晋阳在一块儿挺不错的，看着也般配，还叫她暗自松了一口气。

“安彤，你来啦？”秦晋阳冲孙晓俏点点头，然后很自然地过来跟安彤聊天。

“孙晓俏请我来的。”安彤有点儿尴尬，毕竟她刚刚还有跟孙晓俏说秦晋阳和夏晴晴的八卦，但见秦晋阳一脸笑意，又忍不住问，“你和夏晴晴认识啊？”

“对啊，我主动认识她的，因为她是你同学嘛。”秦晋阳这话的意思就很明显了，让安彤都不知道该怎么接话了。

另一边，孙晓俏却找连辰聊天去了。

“哎，看到了吗？”孙晓俏悄悄地指了指秦晋阳给连辰看。

连辰没说话，只是点点头，然后不解地看着孙晓俏。

“真不愧是大总裁，面对情敌还这么淡定。”孙晓俏冲连辰伸了伸大拇指。正要离开，却被连辰叫住：“我和他不是情敌，夏晴晴是我前妻，她有追求幸福的权利。”

孙晓俏转过身定定地看着连辰，一脸可惜地摇摇头。

“什么意思？”连辰很烦女人故作高深，太浪费时间。

“谁说夏晴晴了，你没发现秦晋阳喜欢的是安彤吗？你再仔细瞅瞅。”孙晓俏往旁边一闪，正好让连辰看到阳台上，秦晋阳正对着安彤低声细声地说着什么，那脸上的表情要多温柔有多温柔。说话还不算，甚至拿下她手中的菊花茶，换了一杯玫瑰花茶。

“知道他为什么换茶吗？”孙晓俏问。

连辰微微皱了皱眉头，孙晓俏也不在意，继续说：“因为安彤怕冷，菊花茶是寒性的，而玫瑰花茶是温性的，正好适合她喝，这才是人见人爱无法拒绝的暖男。”

“什么叫暖男？”连辰继续惜字如金。

“暖男都不知道？”孙晓俏长叹一声，“暖，就是温暖；暖男，就是能够温暖别人、有温度的男人。”说完，又打量了一下连辰，接着道：“你就不是暖男，冷冰冰的，夏晴晴就是被你给冷跑的吧。”

“怎么暖？”连辰问。

孙晓俏愣了，她没想到连辰居然会问她这个问题，而且虽然表情淡淡的，但就“怎么暖”三个字就足以让她兴奋了。于是把连辰拉到一边的沙发上坐下，可连辰却坐到了旁边单人座的沙发上去了。

“你……”孙晓俏给气着了，但想着人家大总裁难得请教自己一回，还是忍住了，凑过去说，“关心她的一切啊，工作、生活和家庭都得关心。”

连辰没说话，但眼睛却看着孙晓俏。

孙晓俏深吸一口气，觉得自己真的是太贱了，但为了安彤，她决定牺牲一把，勉强教教这个男人：“比方说，每天查天气预报，如果要变天就提前提醒她要多带件衣服；晚上要打电话问要不要接她；她不舒服了，要出去买她喜欢吃的东西；她不高兴了，要想方设法地哄她开心……”孙晓俏话还没说完，便发现连辰的脸皱得像是一张被揉烂的纸。

“女人真麻烦。”连辰有些不耐烦。

“麻烦？追女孩子哪有不麻烦的？人家干吗随随便便地就要和你在一起啊？还像个保姆似的帮你洗衣做饭整理家务带孩子，嘁！”孙晓俏觉得男人怎么都那么大男子主义，真叫人失望。

“有保姆。”连辰不懂女人们为什么都把自己定位在保姆这个位置上。

“有保姆？那你觉得花儿是跟着安彤快乐，还是跟你们家保姆快乐？”孙晓俏瞟了连辰一眼，忽然却意识到一个问题，“你，真的喜欢安彤？”要不，怎么这么有耐性和自己聊这么久。

喜欢安彤？连辰从来没想过这个问题。他觉得可能另一个答案更合适，于是对孙晓俏说：“花儿挺喜欢安彤。”

孙晓俏一听，顿时黑脸，敢情这是为连花儿找后妈来了，一腔热血便化为了乌有，面无表情地回了连辰一句：“你没想想安彤有什么理由要给花儿当后妈？这后妈是好当的吗？”

“她也喜欢花儿。”这一点连辰也很确认。

孙晓俏更是气不打一处来，站起来怒道：“喜欢就要当后妈吗？她只有可能喜欢你，才会去给你的孩子当后妈。”

这一声有点儿大，于是散落在其他各处的人都听见了。安彤更是小跑着过来，着急地问道：“怎么啦怎么啦？出什么事啦？你们俩能不能和睦点儿？”见孙晓俏的脸色那么差，又问：“你怎么啦？不舒服吗？”

孙晓俏摇摇头，白了连辰一眼，却被阿东拉走：“我今晚点的全是你喜欢的菜，咱们去催催吧。”

“你就不能让让孙晓俏？今天是她的好日子呢，你气她干什么？”安彤第一次这样埋怨连辰。她知道连辰不大喜欢孙晓俏，但今天是什么时候？她觉得连辰真的有些过分。

“我没气她……”连辰这样一说，又有些心虚，因为孙晓俏似乎是因为他刚刚的话而生气的，于是又补救道，“要不，我回头送件礼物给她道歉。”

安彤白了连辰一眼：“土豪。”

“我土豪?”连辰没想到安彤居然这样评价他，顿时有把自己的家史和经历向她好好地普及一下的冲动。

安彤扭过脸去没再搭理连辰，但也没有离开，反而在他身边坐下，毕竟这男人是她请来的，万一这毒舌又伤了孙晓俏，她可真的就是对不起人了。

“你愿不愿意嫁给我?”连辰突然来这么一句，把安彤镇在了当场，还以为自己听错了。直到连辰又问了一次，她才知道他是真的说了。

“你……说什么?”安彤稍稍回过神来，都觉得连辰说这话太不可思议。没想到连辰再一次肯定地说：“我是问你愿不愿意嫁给我。”

“为……为什么呀?”安彤觉得脑子有些不够用。

连辰觉得安彤有的时候真的是有点儿傻，于是解释道：“你应该先回答我愿不愿意。”

“你可真霸道，我都不知道你怎么会突然问这个问题。”安彤平静了下来，才发现原来自己其实是有些激动的，这个发现又让她看连辰有些不顺眼。

连辰倒觉得安彤的这个问题很容易解决，于是非常理性地给安彤分析：“我们年龄相当，两个孩子也愿意在一起，我需要一个家，你也需要一个家。”

“就这些?”安彤瞥着连辰，这话怎么听，都像是在做生意，货和价都相当，所以成交了吧。

连辰有些意外：“不够吗?”想当初连辰向夏晴晴求婚的时候，他只是派秘书去问了一句，夏晴晴就屁颠屁颠地嫁了。

“你有没有想过，和我年龄相当的人也不止你一个，需要一个家的人也不止你我。我相信优优也可能会喜欢别人的孩子，花儿也一样，也不可能只喜欢优优。既然如此，我为什么一定要嫁给你？你为什么一定要娶我？”既然是做生意，安彤就以做生意的方式跟连辰谈这个问题。

“你说的是秦晋阳？”连辰想到刚刚秦晋阳对安彤的亲密，心里就有些不爽，那男人太阴险。

“什么？”连辰话题转变太快，安彤有些没听明白。

“你是因为秦晋阳所以不愿意嫁给我的吗？”连辰觉得一件各方面都非常不错的事情不能够完成，肯定是有外在的原因。

安彤本来是要否认的，但忽然又觉得连辰是不是在感情方面的情商比较低，于是想了想便点头道：“从你这个角度来分析，对于我来说，秦晋阳似乎更合适，他没有结过婚，还没有孩子。”

连辰皱着眉仔细思索起了这个问题，但一会儿眉头又舒展开来，笑着说：“那也有可能因为没有结过婚，导致他把婚姻想得太过美好，而对生活的要求偏高呢？甚至他没有当过爸爸，所以也不懂得怎样去做一个爸爸。”

那你对生活要求不高？喝口水都要指定的牌子，吃顿饭都要长年预定包厢，出去玩一次还要秘书做好完整的攻略，当爸爸就更不合格了。不过这些安彤觉得说出来都没什么意思，因为连辰觉得生活就该如此，没什么好去说的。于是她笑了笑，故作温柔地说：“可是秦晋阳他喜欢我。”

“就算他喜欢你，他为你做到的我都可以做到。”连辰非常自信。

“那要不我先答应了秦晋阳，看他能够为我做到什么，你再照做？”安彤觉得逗连辰实在是太好玩了。

果然，连辰又黑脸："不可以。"

"那除非你让我喜欢上你，要不，我干吗要嫁给你呢？我又不愁吃不愁穿，我又不需要买奢侈品。"安彤的话让连辰头大，不过他也承认她说的是对的。这时候他忽然发现虚荣其实也没那么不好，如果安彤虚荣一些的话，他会省好多力。

"怎么这么麻烦？"连辰觉得是安彤故意找碴儿。

"就像你们卖房子似的，房子再好，也得别人喜欢不是？"安彤笑了笑又说，"并不是所有的好东西，都有人喜欢的。"

连辰听了更是头大。

"而且你不爱我就娶我，也亏得慌。"安彤非常认真地告诫连辰。

连辰觉得跟安彤谈这事儿比谈判都要难，他艰难地说："你嫁给我会比现在更好，而且咱俩也相处过一段时间，并不难受，这样不好吗？"

"那万一以后，我找着我喜欢的人，或者你也遇到你更爱的人呢？难道又要离一次婚吗？"安彤笑了笑，声音里有些寂寥。其实她自己现在也糊涂了，究竟什么是爱呢？

当天晚上，安彤做了一个梦，梦到自己穿着婚纱走在古老的森林里。一开始她有些害怕，但当她看清楚光亮的出口竟然是一身礼服的连辰，她忽然就心安下来了，越走近连辰，周围越是透亮，甚至还看到了她最喜欢的蔷薇簇簇盛开。

第二天安彤醒来的时候，还觉得不可思议，甚至觉得自己醒早了，如果继续待在梦里也不错。

自那天以后，连辰"变"了很多，只要有空他就会过来接安彤下班，平时也会主动打电话给安彤，虽然电话里沉默比较多，偶尔周末也会带安彤和优优去餐厅吃饭，这让安彤感觉自己似乎是真的在谈恋爱。有的时候也会想，要不就这样结婚得了，自己已经是二嫁了，还想怎样？

可是，安彤又觉得自己和连辰之间的距离太远了，远得她总有种不真实感，总害怕万一真的定下来了，梦就醒了，然后又是一身伤。所以安彤宁愿像现在这样，享受着连辰笨拙的关怀，和总让她抑制不住笑出来的温暖。

只是安彤没想到那天她和连辰赶到幼儿园的时候，竟发现许凉正站在教室门口准备带优优走，连花儿却拉着优优不放。

见到连辰，连花儿赶紧跑过来抱着连辰的大长腿，着急地说："爸爸，这个坏蛋要带走优优。"

"我都说了我是优优的爸爸。"许凉对女人一点儿办法都没有，不论是小的还是老的。而优优也一脸无奈地看着安彤，他也解释过，可连花儿却非得说那个许凉是个坏蛋。

安彤只好告诉连花儿，这个叔叔真的是优优的爸爸，不是坏蛋，连花儿才郁愁地说："优优怎么会有这样的爸爸？一点儿也不帅。"

许凉听了这话，恨不得跑去照照镜子。想当年他虽然算不上是校草，但身后也是依红环翠啊，现在的"00后"真不知道是什么眼光。环视了一圈，许凉找到了出气筒，盯着连辰问："你……那土豪？"

许凉这是第二次看到连辰和安彤在一块儿，关系肯定挺熟，但要说是那种关系肯定他也是不信的。如果安彤的下一任是这个男人，他就会怀疑自己是不是耽误了她这么多年的青春，他肯定会愧疚的。

可是，万万没想到，许凉还是听到了自己不想听到的答案，连花儿嘴快地回道："他是我爸爸，也是安姨的男朋友，马上就成为优优的新爸爸。"说完，一脸挑衅地看着许凉。

在连花儿的心里，她和优优已经安排安姨和爸爸结婚，那肯定就是万无一失的。

许凉听了心里真的是微微生凉，但他还是不信，看着儿子优优，优优低下头。再看安彤，安彤将脖子扭向一边，而连辰也没有要解释的意思。

其实安彤自己也不明白为什么不想解释，反正在连花儿那么说的时候，她就觉得在这样的氛围下，她就不想解释，甚至还有一种出了口气的感觉。

许凉心里顿时觉得憋屈，难道自己还真的委屈安彤啦？可这么些年，安彤也没瞧得上自己过呀！他越想越委屈，觉得该找个地方或者找个人好好地安抚一下自己，于是丢下一句话："以后如果再那么晚来接优优，我就起诉你，变更抚养权。"这话倒是让安彤一愣，但许凉已经甩开胳膊走了。

"变更抚养权？你有时间管优优吗？"安彤不想让优优看到自己和许凉吵架，因此再恼，也只是嘀咕一声。

"行了别恼了，晚上去我那儿吃饭吧，王妈已经回来了。"连辰这么一说，安彤也没反对，她今天也有点儿累。

安彤没想到连辰的家那么大，洗手间都比她家的客厅大，更不用说那院子了，馋得她眼珠子都快掉下来了。安彤在青石巷住惯了，商住楼她真的有些不习惯，总觉得憋气，一直就想着盼着能买个带露台的房子，或者有个小院子种种花草。

晚餐王妈很快就做好了，味道很不错，只是面对安彤，她还是有些不好意思。不过安彤倒没在意，挺理解王妈当初的小心谨慎。

吃完饭安彤便要回家，因为她还有另一家公司的广告方案要做。

"外面下雨了，你就在这儿做吧。"连辰说完，便把自己的笔记本电脑递给安彤。

"你开车怕什么下雨啊？"安彤虽然这么说，但还是仔细地观察起了连辰的电脑，真是够轻够薄的。如果她跑业务的时候，把这电脑往客户面前一摆，对方对自己的印象会提高几个档次吧。

连辰丢下一句："没油了。"便去陪两个小家伙玩游戏。

看到外面稀里哗啦的雨，没人送安彤还真的不方便带优优回家，她只好安慰自己，就当是在咖啡馆加班吧，这里比咖啡馆的档次高很多。自我催眠了一下，便坐在地毯上，笑逐颜开地打开连辰的笔记本做方案。当她听到连辰和连花儿及优优楼上楼下疯跑的声音时，心里竟觉得，其实这样的小日子也不错。

也不知道过了多久，安彤面前忽然出现一杯咖啡。她一愣，还以为自己真的是在咖啡馆，说了一声："谢谢！"抬起头，却见连辰正在看她在电脑里的方案。

"你到底有没有办过晚宴啊？你这都是从电视里看来的吧？"连辰指着电脑问安彤。

安彤脸一红，客户公司要把年终的感恩派对交给海韵广告来做，虽然这不是海韵的主业，但既然客户有要求，也不能推，只好硬着头皮接了。秦晋阳甚至开玩笑地说，如果这活动搞得不错，海韵就可以扩大业务，甚至可以给安彤提高分成。

"你肯定参加过晚宴，你教教我吧。"安彤期待地问，那模样儿像一只想讨主人喜欢的小狗似的，看得连辰忍不住翘起了嘴角，于是详细地讲起了真正的宴会是怎样的。可见安彤还是一副云里雾里的样子，便说："你下周去参加我们集团成立三十周年的纪念晚宴吧。"

"啊？我啊？"安彤被这个消息惊到了。

"为了工作嘛，你就勉为其难地去一次吧。"连辰说完又补充了一句，"衣服什么的你就不用准备了，我来。"

"那怎么可以……"安彤话没说完便被连辰拦住了："你没参加过，

怎么知道什么衣服合适啊？”

安彤想想也是，总不能像电视里演的那样，穿着劣质的衣服参加时尚晚宴，然后被一群人笑话，睛等着英雄救美吧？于是便不再坚持，只是问：“那我怎么报答你呢？”

或许是因为只开了一盏落地灯，橘黄色的灯光看上去特别的迷离，因此连辰此刻看着安彤微微侧着脑袋，双眼闪闪发亮，却被灯光笼罩着的样子，竟觉得喉咙微微发干。天人交战了好一会儿，才忍住将她拉进怀里的冲动，笑笑说：“等我要你报答的时候吧。”

该怎么形容连辰的笑呢？就像是一朵花，一直是花骨朵儿，大家都不指望它开的时候，它竟然开了，开得那么美丽，那么叫人怦然心动，让安彤都不敢再多看连辰一眼。

十三、一脑子的乱麻

安彤第二天是被一声尖厉的叫声惊醒的，但同时，她也发现自己竟然在连辰家的沙发上睡着了，或者确切地说，她是趴在连辰的胸口，甚至还能清晰地听到他心脏有力的跳动声。只是当意识到目前是怎样一番情形后，安彤也分不清到底是谁的心在跳了。

“你们……你们怎么会……”当声嘶力竭的声音再一次在头顶响起的时候，安彤彻底清醒过来，忙从连辰的身上爬起来。

连辰倒不紧不慢，似乎并不觉得有多尴尬，甚至还提醒安彤慢点儿，小心崴了手。

崴了手？安彤一时没明白连辰的意思，可是看到自己的手还撑在连辰的胸口时，才知道是什么意思，于是既轻又快地缩了回来，红着脸说：“对不起！”

安彤一直不敢回头，能进这别墅的人自然和连辰不是亲戚便是朋友。无论怎么说，她一个带着孩子的离异女人都不该以现在这个样子出现在别人家里。

可是那人却转到安彤的前面来，并且指着她张了半天的嘴，才气愤地说："我们好像见过。"

安彤一眼就认出余希希，心里不免有些七上八下的。她和连辰到底是什么关系？如果真的如自己之前所想的那样，这误会是不是有点大呢？这样一想，她更加不安，不安之余却又有那么一点儿难过和失落。

"对不起，我……"安彤咬咬牙正要解释，连辰却把她拉到身后，又恢复了他标志性的冷淡："你来干什么？怎么进来的？"

咦，好像不是自己想象的那样，安彤的心里忍不住又开始冒出了一些粉红色的小泡泡。她很想控制，可是越控制却越开心。

安彤忍不住暗自鄙视自己：怎么像个小女生似的？不就是一个男人嘛，有什么了不起的？难道自己还真的能有初恋时的心情不成？

想起初恋，安彤心情不禁一沉，孙晓俏都不知道，其实许凉并不是安彤的初恋。

"想什么呢？"连辰掐了掐安彤的脸，这么亲昵的动作让她呆住了，又看到餐桌上的早点，以为连辰叫她吃早点呢，于是傻傻地说："是要吃早点吗？优优和花儿还没起床吧？"

余希希在一旁听了，感觉自己的血都要逆流了，她买早点来是给这个女人吃的吗？真够不要脸的，可是表哥竟然对她那么……那么……亲密，甚至还扶着她的腰，送她去洗漱间。

其实安彤并没有像余希希心中愤恨的那般开心，她更多的是觉得自己像是做梦一般，尤其是当连辰身上的气息若有若无地飘过来的时候，她都忍不住掐自己一把，直到连辰帮她把洗漱间的门关上，她的脑子才能够正常地思考。

安彤把脸浸在冷水里，一个激灵之后她忽然想到，连辰这么反常是不是借自己来打击余希希？这么说来他不喜欢余希希？但就他那性格不喜欢肯定是眼睛都不瞧一眼的，那，肯定还是有什么别的事情。

“不管怎么说，他只是利用你而已，切记切记！”安彤对着镜子里的自己念叨。可这么念着，却把自己念得情绪异常低落。

好在安彤平时都不怎么化妆，所以倒也不觉得在连辰这里洗漱有什么不适应。不过当她走出洗漱间，看到优优和连花儿像两只小鸟似的围着餐桌转时，还是一阵恍惚。

余希希轻声细语地照顾着连花儿，但眼角都不瞅优优一眼。

“阿姨，你是不是不喜欢我呀？”优优非常认真地问余希希。

余希希的确是不喜欢优优，可不喜欢是一回事，被一个上幼儿园的小男孩问出来，再回答他又是另外一回事。

瞅了从厨房出来，朝这边走的连辰，余希希强扯出一个笑容道：“没有啊，阿姨没有不喜欢你，你很可爱。”

“可是你都不给我早点吃。”优优嘟囔着。

余希希一听觉得心底的火又冲了上来，心道：本来就没买给你吃，你和你妈还真是厚脸皮，又没结婚就住到男人家里来，不害臊。她忘了，当初她死乞白赖地想住进来，后来连辰换了锁她才没办法，这次还是偷偷配了一把钥匙才能进来。

连辰将手里的煎蛋、吐司和牛奶放到优优面前，揉了揉他的脑袋说：“急什么，这不是有吗？还想吃什么，叔叔让人给你买回来。”

优优顿时双眼放光，煎蛋是他永远吃不厌的美食啊，因此立即喜笑颜开：“谢谢叔叔，不用了。”然后专心去对付盘子里的煎蛋。

“表姨，你真小气，就买这么一点儿吃的。”连花儿和优优同出同进同吃习惯了，见余希希居然没有买优优的早点，因此非常不满意。

“我……”余希希有苦难言，只得把一腔怒火发到安彤的身上，甚至把安彤从情敌提升到了克星的位置。

安彤的早点其实吃得也挺不自在，尽管她告诫自己不要去和余希希有接触，可是人是有感觉的，她真的没办法做到忽略。

“一会儿把你的钥匙拿出来。”连辰忽然说，安彤愣了一下，才明白他是对余希希说的。

“表哥！”余希希一双水汪汪的大眼睛里更加水汪汪了。

“你不想拿也可以，我一会儿让人换了门锁。”连辰顿了一下，对在一旁伺候的王妈说，“你一会儿领了工资就走人。”

“先生……”王妈一听脸色煞白，可是她却什么话也说不出来，因为她知道连辰既然说了这样的话，自然是认定了事情是她做的，越解释只会让事情越糟。只是，去哪儿再找一份薪水这么高的工作？想到这儿，王妈忍不住埋怨地瞪了余希希一眼。

余希希缩了缩脖子，王妈的损失她自然会补偿，可是却也更加怨恨安彤。

可偏偏就在这个时候，连花儿眨着大眼睛问：“爸爸，你和安姨什么时候结婚呀？”

优优听了，也眼睛闪闪发亮地看着安彤。不想，连辰竟也看着安彤。

“我……我们……”安彤都不知道该怎么解释了，说不是要结婚，那会不会让孩子们觉得自己好随便啊？可是结婚，这也太儿戏了些，她和连辰现在连恋人都称不上吧？

之前，安彤也想过，如果真的要结婚的话，就找一个实实在在的人，对她好对优优好，不求大富大贵，只要能尽到一个老公该尽到的责任和义务就可以了。现在不得不说，安彤之前想象中的人和连辰之间的差距太大，至少没有他这样的长相和风度，更没有他的财富。

见安彤实在是为难，连辰只好帮她向连花儿解释："咱们不逼安姨，结婚这件事情是特别重要的。"

连花儿一听，想了想，便下了椅子，走到安彤面前认真地说："安姨，我们给你时间哦，一星期可不可以？"

"啊？"安彤瞪大了眼睛，连辰却笑逐颜开地看着她。阳光在他的头发上泛出一层微黄的光晕，让安彤觉得自己如果说不行，似乎就会打破这么美好的一刻，只好艰难地说："那……好吧！"

"啪！"余希希的筷子落到桌上，深吸了一口气，尽量不让自己的眼泪落下来，拿起一边的爱马仕包夺门而去。

"表姨为什么不开心啊？"连花儿虽然这样问，可是眼睛却笑弯了。

优优挤过来依偎着安彤，悄悄地说："妈妈，我也可以做你的花童。"

天，安彤觉得好无力啊，她并没有答应好不好！

连辰送安彤先回家换了一身衣服，然后又送孩子去幼儿园，接着再送安彤去上班。安彤看着连辰那豪车离开，半晌都没有回过神来。她不是没有想象过这样的情景，只是怎么都不应该是连辰——连辰这样的人应该是在电视或电影里出现的。

安彤觉得自己是不是被馅饼砸中了，但她又不明白，是不是这个馅饼只是看着像砸中了自己？

"发什么呆？"一个温和的声音在身后响起。

安彤回过身，是秦晋阳。

"秦总早！"安彤揉了揉太阳穴，疲惫地说，"昨天晚上加班晚了，有点累。"

"还是要多注意休息，工作是急不来的，完成了还有。"秦晋阳宽慰道。

安彤点点头，但早晨像是打了一场仗似的，让她现在还晕晕乎乎的，因此什么都不想说。

“你早晨还跑步吗？”鬼使神差，秦晋阳问了这么一句。

安彤没想到秦晋阳叫自己来居然问这个问题，笑着说：“哪有时间跑步啊？每天弄完孩子来上班都怕迟到了，大学的时候倒是常跑。”说完，再想到秦晋阳的话，倒好像他知道她以前喜欢跑步似的，安彤不禁探究地看着秦晋阳。

秦晋阳被安彤看得有些不好意思，喝了一口水说：“你以前读大学的时候，我去你们大学招生，正好看到你。”

“啊？”安彤不可思议地看着秦晋阳，然后有些尴尬地说，“你记性那么好？我有的大学同学都叫不出名字。”

安彤不知道秦晋阳是怎么做到的，自己只是小学的时候和他在一起玩过，怎么在大学时他还记得自己？

秦晋阳苦笑地看着安彤，三十多岁的女人还像个小女孩似的透明，叫他都有些不知道怎么办才好。

“问你一个问题，如果有一个人喜欢了你很多年，你怎么办？”秦晋阳故意问得云淡风轻，但只有他自己知道，这比一场商业谈判都让他紧张。

安彤瞅了秦晋阳一眼，想着是不是该去翻翻皇历，今天自己诸事不利。

秦晋阳已经说得很明白了，安彤也不能再装什么也不知道，只好说：“我什么也不会办，他喜欢我很多年却不说，那就不要说好了。”

“你……难道没有一点儿感动吗？”

“可能很多人都觉得应该很感动，但偏偏我觉得很奇怪。如果真有那么一个人喜欢我，那是他的事情，他可能在这种喜欢中感受到了快乐，或者伤心，但是和我有关系吗？他的喜欢没有给我带来任何好处。当然，因为他没说，所以也不会给我带来任何困扰。因此，他于我只是一个陌生人，至少在感情上是陌生人，我为什么要感动？”

秦晋阳没想到安彤会说这样一通话，顿时觉得自己真是愚蠢到极致。

安彤不想秦晋阳再说出其他的话来，于是对他说：“我不跟你聊了，我得赶紧回公司。你是老板无所谓，我可还得记考勤呢。”说完转身就走，可却听到身后秦晋阳大声说：“安彤，从现在开始，我要追你，总有一天你会嫁给我！”

安彤转过身，本想劝说秦晋阳不要在自己身上浪费时间，可是却看到了秦晋阳脸上的真诚还有坚持，便什么话也说不出来了。说什么似乎对他都是一种伤害，尤其是他刚刚才表白。

那，就以后再说吧！安彤再一次转身，头也不回地进了写字楼。

坐到电脑前，安彤怎么都没办法让自己安静下来。忍不住回想自己在大学的时候，在大家都在热热闹闹地谈恋爱的时候，她也曾经跟着大家一块儿去笑去闹，去看帅哥聚集的篮球赛等；可是当大家都谈起恋爱的时候，安彤还是一个人，给人的印象还是安静的。

那时候有一个男生对安彤特别好，每天会在她上学的路上等她，每个月有大半的时间会和她坐在一起吃饭，甚至在她胃痛的时候，深更半夜跑遍了全城，终于找到一家药店。那时候安彤想这一定是爱情吧，否则他为什么对自己这么好呢？

再坚强，读大学的安彤也只是一个渴望爱情的小姑娘。她和安迪不同，她喜欢一切世俗的东西，比如轰轰烈烈的爱情；比如爱情里小小的浪漫；比如最没创意但也最温暖的体贴。可是这一切都在那个男生和校花牵手的一瞬间化为泡影。

孙晓俏曾经问安彤为什么不问问那个男生，安彤也想知道那个答案，也想问：如果你不喜欢我为什么对我这么好？可是她怕，怕问了之后，那个男生回道：“我只当你是妹妹啊。”再没有比这个答案更残忍的了。

所以，安彤宁愿回答秦晋阳：“我没被你感动！”也不想说：“我只当你是哥哥。”或者“我只当你是一般的朋友”，甚至“我只当你是上司”。那是对自己的一种开脱，对别人的一种伤害。

可是现在，安彤甚至有些恨秦晋阳，因为他居然对她说，喜欢她很多年。喜欢了这么多年，为什么不早点说呢？在自己还没来得及恋爱就失去的时候，或者在自己刚离婚的时候都可以啊。如果是那个时候，她一定会成为另一个安彤，或许会更加明媚的安彤。

叹了一口气，安彤其实知道自己的这种责怪很没有道理，但她就是忍不住，甚至想给连辰打电话，或者冲到连辰公司去，问问他：“有人向我表白了，怎么办？”

想到这儿，安彤才冷静下来。其实连辰也没有向自己表白过，虽然似乎说过结婚，可是他没有说过“我爱你”，甚至没有表现出他的喜欢。

安彤的脑子又开始乱了起来，还不知道该从何理起，却发现菲娜发过来一句话：“安姐，许凉可以嫁吗？”

又是嫁！安彤不禁抚额，忍不住又想去查查星象学，这段时间是不是水星逆行，怎么所有人的言行都那么突兀？

“可不可以嫁这个问题，你不应该问你男朋友的前妻，这个不科学。”安彤无力地发了这样一条信息，不想菲娜却又回了一条：“我知道不该问你，他如果好你也不会离婚，只是，他有没有可取之处？”

“如果没有可取之处，当初我为什么嫁？”说到这里，安彤觉得这对哪一对离过婚的夫妻都是悖论：不好，当初为什么要嫁？好，后来为什么要离？谁又能说得明白、说得清楚？！

好在，菲娜没有再追问结婚这个问题，虽然她是个不拘小节的“90后”，但她并不傻。

许凉也会再婚吗？安彤有些愣。

再看屏幕，是菲娜像是要说服她自己似的，说着许凉的各种好：他会深更半夜在电话里给她唱情歌，他会陪她去坐海盗船，他会站在最高的山顶为她念诗……安彤很想说，这些能当饭吃吗？这些是一个丈夫应该有的责任和义务吗？可是随后，安彤又发现，即使这些当不得饭吃，许凉也没有为她做过。

爱或不爱，安彤觉得自己是世界上那个最愚蠢的女人，她想她这一辈子可能都弄不清楚。

这时，安妈打来电话，让安彤抽时间回一趟青石巷。

安彤以为又是安迪有什么事，于是没在公司待一会儿便径自去了青石巷。谁知道一回到家，却被安妈拉到屋内，郑重地说：“你不要再跟那个连辰来往了，至少，除了正常的普通朋友之外，不要想其他的。”

“为什么？”安彤不明白，倒不是她想通了，决定和连辰结婚，而是安妈这个话说得太古怪了。

安彤的婚姻安妈并没怎么参与，但是安迪谈恋爱结婚的过程她却是在一旁全程指点的，那标准绝对直指高富帅。现在连辰明显就是个典型的高富帅，怎么却又不同意了呢？

“妈是为了你好。”安妈愁容满面地看着安彤，叹着气道，“你不比你姐，她长得好看，总有那不差钱的男的会为她伤神；你是个实在人，你找了那么一个人，万一以后他嫌弃你了，你可怎么办？你再离一次吗？那优优怎么办？”

“您就不怕安迪被人嫌弃吗？”

“怕，可是安迪不像你，她不怎么懂得付出真心，你……哪一次不是把心都放进去了，你容易伤心！”

安妈的一席话让坚强了多年的安彤扑进她怀里大哭了一场。她小时候曾经想自己是不是真的是垃圾箱里捡来的，甚至只有这样想她心里才会好过些。如果真的是个孤儿，那是命该如此，安彤也不是那想不开的人。可是有一次安彤受伤了，需要输血，安爸安妈的血她都可以用。这让安彤当时特别地失望，原来爸妈都是自己的亲爸妈，可是他们怎么都只喜欢安迪呢？

直到现在安彤才发现，原来自己也是有人爱的，只是爱的方式不同罢了。

“妈，你怎么会突然把我喊回来说这个呢？”安彤原本以为在她的脚受伤的时候，安妈和安爸便会找她聊聊，可是他们当时却诡异地沉默了。

“你以为我不想问吗？”安妈苦恼地说。她和安爸不知道讨论了多少次，但想着安彤谈次恋爱不容易，别一问把人给吓跑了，所以最终还是忍住了。如果有什么机构要发最民主父母奖，安妈觉得自己一定是榜上有名的。

至于现在怎么又问了，是因为昨天晚上看电视的时候，安爸竟然看到了连辰，顿时吓得从沙发上蹦了起来，忙把安妈叫过来辨认，俩老的再怎么也没想到，一直平平凡凡的小女儿竟然和这么样的一个人物在交往。

这件事情对于安妈来说，就像是外星人要在她家里落脚一样不可思议，可偏偏这样不可思议的事情就是发生了。

安迪安慰安妈，或许安彤和人家根本就没有别的关系呢。看安彤那样，也不是能讨那种人喜欢的。安迪越劝，安妈越心惊，谁不比她更了解安彤？于是便赶紧把安彤叫回来，其他的不说，保护自己最重要，而保护自己最重要的方式便是远离“炸弹”，而这个“炸弹”便是连辰。

最终，安彤也没答应安妈到底和不和连辰来往。因为安迪哭着回来了，她那个新疆的小男友和别人订婚了。订婚了不说，还给她发来了大红的请帖。

“你说他订个婚发什么请帖啊？他这不是故意刺激我吗？”安迪眼圈红红的，又恨恨道，“我就给他道贺去，看他好不好意思。”

“他当然好意思，因为他就是个骗子。”安彤只要不说自己的事，她就是这个世界上最理智的人。

安迪呆呆地看着安彤，明显不接受小男友是个骗子的事实，这显得她多没智商。可是这话安彤一说出口，她便情不自禁地入了心，想说服自己都不容易。

安彤看着脸上红一阵白一阵的安迪，不禁想起孙晓俏来：孙晓俏和安迪互相看不顺眼多年了，但孙晓俏的命还是好一些，同样是和比自己小很多的人谈恋爱，一个结婚了，另一个却被骗，这是多强烈的对比。

不过安彤觉得自己还是善良的，所以没把这件事情告诉安迪。只是想到这儿，安彤才发现孙晓俏结婚后便搬出去了，并且自那以后，似乎很长时间没出现，也不知道他们过得好不好。

只是安彤还没厘清心里的这千头万绪，连辰却问她什么时候可以去见她爸妈。这让安彤有些措手不及，甚至不解，自己和他开始恋爱了吗？连个手都没牵，顶多也就算暧昧，怎么就涉及见父母了呢？最要命的是安妈是反对她和连辰在一起的，尽管反对的理由是怕她被抛弃，让她很没面子。

对于连辰的请求，安彤决定实话实说。她根本就没有答应要嫁给连辰，哪里用得着见父母？而且连辰连余希希和他是什么关系都没向自己解释呢。没想到对于安彤的拒绝，连辰却一点儿额外的反应都没有，而是说："你总会答应的，因为我们总是会结婚的。"

这话让安彤不免想起秦晋阳说的"总有一天你会嫁给我"，顿时忍不住撇嘴。这些男人怎么都那么自信？难道我是个货物，你们有钱就可以买了去？安彤甚至想避开这两个，还是照原来的思路，另外找一个算了。不过虽然三十多了，安彤小小的虚荣心还是有的，大把年纪居然还真的走上了桃花运，应该是值得炫耀的吧。

可这桃花运也不是一般人能够应付得来的，孙晓俏和安迪可能如鱼得水，但轮到安彤便是兵荒马乱。

比如周末的早晨，秦晋阳非常绅士地送来了早点，在安彤表示她还想睡回笼觉的时候，又非常绅士地走了，只是把早点留了下来，并且温柔有礼地说："起来记得要热一下，有荤油，冷吃对肠胃不好。"

秦晋阳走了之后，一会儿连辰便来了，而且也带来了早点，见到餐桌上的秦晋阳买的早点，问都没问哪儿来的，直接给扔进了垃圾箱。

"哎，这是好的，刚买回来的。"安彤瞧着都可惜，太浪费了。平时她懒的时候，搞不好啃一包饼干就了事的。

"又不是没得吃，吃那个干吗？"连辰面无表情地将他买的早点放进了餐盘里，甚至还摆了个花形出来。

安彤就不明白了，难道就因为他买了，所以自己连别的早点都不能吃了？真的是太霸道了。正想发脾气，却听到连辰说："是哪个不长眼的送过来的？"

"就……不能是我买的吗？"安彤顿时有些心虚。可是一想，自己和连辰也没有确定什么关系，于是腰又直了。

连辰瞟了安彤那大嘴猴的睡衣一眼，心道，就你这样子还出去买早点？净睁着眼睛说瞎话，以后总有机会收拾你。

不过，看着垃圾篓里的包子，连辰觉得有些事情是要重视起来，不管这是谁送的，总是一个障碍，还是要清理一下，免得绊脚。

见连辰不理自己，安彤有些无趣，想起对付秦晋阳那招，于是赶紧说：“我还要去睡个回笼觉。”

可是这招对连辰没用，他冲她挥挥手，然后坐到沙发上看起文件来了。

真的是谁霸道谁当老大！安彤恨恨地想，可是她也知道自己没办法把连辰弄走，只好不管他，真的去睡回笼觉了。

只是回笼觉真的不是那么好睡的，安彤倒在床上竟然做了一个梦，梦里的她得了重病活不久了，但为了怕大家担心所以对谁都没说，可是却有很多事情等着她去办，于是所有的人都站在那里看着她，她便跑来跑去的去办事，只是跑着跑着就忍不住哭了起来……直到耳边出现“安彤，安彤”的声音，声音温柔又亲切，让她像是溺水的人看到了一块浮木。

连辰看着表情痛苦纠结的安彤，却又叫不醒她，想去洗一条冷毛巾来敷，又怕惊着她了，最后还是只有用喊的方法，心想再不醒，就啃一口。

安彤一睁开眼，看到连辰的一张帅得让人流鼻血的脸，只是那脸上的表情怎么像是猎人面对猎物似的？但不管怎样，从梦中醒来的她还是松了一口气，甚至感觉像是重新活了一场似的。

“做噩梦了吗？”连辰难得如此温柔，于是安彤忍不住委委屈屈地将梦里的情景告诉连辰。安彤将脑袋缩进被子里说：“我害怕，我会不会真的有病？会不会真的死啊？如果我死了，可不可以什么也不管……”

连辰不等安彤说完，便轻轻地把她揽进怀里，像抱着孩子似的拍着她的背说：“别怕，以后有我，你不会有任何事的！”短短的一句，让安彤隐忍许久的眼泪，就那样顺腮而下，她情不自禁地也抱住了连辰的腰。

有人依靠，真好!

十四、陷害

有些话真的不能说，不说，日子平平顺顺地过，可一说，事情便来了。

当安彤走进公司，看到大家对她都是欲言又止，却又躲躲闪闪的样子，便知道有事要发生。

走进办公室，看到陆成已经在急得打转，于是好奇地问:“今天都是怎么啦? 连你也这么火急火燎的样子，出事啦?”

“姐，你终于来啦!”陆成看到安彤，终于松了一口气，赶紧将手里的一摞报纸递给安彤，着急地说，“出大事了，你快看看吧，怎么办。”

“怎么啦?”安彤看了陆成一眼，顺手翻了翻报纸，说，“你不会是看到公务员涨工资的事情闹心吧? 我告诉你这种事其实也要看缘分的。”

陆成见安彤没事人似的，顿时急了，将报纸翻到广告版说:“姐你可真心宽，你快看看这个。”

安彤只瞟一眼便知道不对。这是某地板品牌的广告，品牌没错，可是广告内容却是去年五一劳动节的促销广告，而且促销力度可以说是几年来最大的。事后客户那边直后悔，说搞得太大了，结果越卖越亏。

“这是怎么回事啊?”安彤也急了，现在的商品恨不得一天一个价，别说去年的广告今年不能用，就是上个月的这个月也不能用啊。

“陆成，我发给报社的绝对不是这个广告。”安彤非常确定这一点。她每个月的广告都是放在不同的文件夹里，昨天陆成把新做的广告发给她，她马上就存到了这个月的文件夹里，而且和客户联系后，就是在那个文件夹里调文件给客户定稿的，最后发给报社的也是这个文件，可是现在报纸上的却是去年的广告。

“姐，我当然相信你，咱们部门没谁比你更细心的了，可是这广告的的确确是去年的。你赶紧打开电脑看看，究竟是咱们这边的问题，还是报社的问题。”陆成纵然性格再随意也知道这件事情的严重性，搞不好安彤不但要赔钱还会被辞退。

安彤打开电脑，仔细查看了自己和报社的发送记录，顿时松了一口气，对陆成说：“你看我发送的文件名，日期明明标的是今天的嘛。”

陆成仔细看了一下，也放心了。他做设计有一个习惯，每个商家的广告版面设计好之后，最前面的是商家品牌的简写，后面则是发布日期，这样怎么都不会弄错。既然安彤没有发送错误的文件过去，那只能是报社出了错。

安彤和陆成无奈地对视了一眼。他们都明白，报社是代理公司的大爷，他们做错了也许会道歉，但如果有别的要求，不是不可以，但得谈，而且特别难谈。

出现这样大的失误，客户肯定是要找麻烦的。这个责任由谁背，损失该由谁承担也是一个问题。

安彤和陆成还没想好这件事情该怎么汇报，便见柳遥从办公室冲了出来，将报纸拍到办公桌上，疾言厉色地问安彤：“这广告是怎么回事？促销内容怎么是去年五一劳动节的？”

安彤赶紧将事情的经过说了一遍，柳遥听说错误在报社之后，立即当着她的面打电话到报社核实，可嗯啊了几句便把电话挂断了。

“他们说昨天晚上的编辑上的是夜班，得今天下午才上班，不过他们会尽快联系到编辑，让编辑给个说法。”柳遥面对着安彤，似乎心情就没好过，不过此刻看到安彤一脸的沮丧，心情倒有些飞扬的感觉。

安彤的心里真的是一团糟，好不容易签个广告，竟然遇到这样的事情。她还在想着报社会怎么回复，却听到柳遥说："客户搞不好一会儿就知道了这个消息。不管错误是在我们代理公司还是报社，客户只会找我们。安彤你赶紧想办法，怎么给商家一个交代，想明白后跟我说一声。"

柳遥说完，瞟了安彤一眼，便扭进了自己的办公室。

安彤呆坐在自己的位置上，这个广告费用顶她好几个月的工资呢。可她就算是赔上这个钱，恐怕客户也是不会善罢甘休的，因为这不仅仅是上错广告的问题，而是广告上面的促销力度实在是太大了。

"姐，你别急，咱们一起想办法。"陆成虽然尽量在安慰安彤，可是他也明白，他的这种安慰真的很无力。

"我怎么这么倒霉呀？"安彤捂着脸，脑袋抵在格子间的木板上，恨不得是做梦才好。其实这客户不是安彤的，是秦晋阳最初创立公司的老客户，因为他这几天有别的事要忙，便让安彤帮着跟一下，可却偏偏出了事。

"姐，那个，情场得意，职场就失意，可能是你要走桃花运了。"陆成口不择言地说着，也不管这话是不是合适。如果是平时，安彤可能还会跟他贫几句，可是现在她哪有那个心情？

不过，桃花运？安彤情不自禁地想到连辰，他不是说一切都有他吗？只是安彤振奋了一下就立即又泄了气，这种事怎么靠连辰啊，难道要他出钱摆平客户？想想都让她没脸，这种事安彤哪干得出来？

这时秦晋阳急匆匆地进来，问安彤："安彤，地板广告是怎么回事？汪总打电话跟我说，广告放错了？"

安彤赶紧起身，正要解释，一旁的陆成插嘴道："这事不怪安姐，是报社调错了广告，我们刚刚查了记录，我们这边发过去的日期是没错的。”说着，陆成又打开电脑，将发送记录调给秦晋阳看。

秦晋阳眉头拧成了一个川字，捶了一下桌面说：“这报社的编辑是怎么回事？做事怎么这么马虎。”话音未落，柳遥拿着手机从办公室出来，一脸不屑地说：“你们怎么就确定是报社弄错了？报社刚才打来电话，说广告是我们这边发过去的，他们没有调错，甚至还跟安彤确认了。”

“可安彤这里明明发的是新做的广告。”秦晋阳认为是报社在推诿，但柳遥却说：“可我们也知道报社的工作习惯，他们从来不留广告底稿，每隔几天就清一次，怎么会有去年的广告版面？他们的广告只能是从我们这里传过去的。”说完，抬手便点开了安彤昨天发送的文件。可一点开大家都傻眼了，出现在电脑屏幕上的分明是去年劳动节的促销广告。

“怎么可能？这不是我做的那个，可文件名却一模一样。”陆成喃喃自语，然后转身打开自己的电脑，找到同样的文件名打开，却分明是新做的广告画面。

“真是岂有此理。”秦晋阳脸色铁青，“这件事分明就是有人陷害安彤。咱们公司不大，竟然出现了这样的事情。”

安彤感觉自己陷入了一个旋涡中，她不明白究竟是谁要这样陷害自己。尽管手段看上去很是幼稚，可这件事情如果查不出来是谁做的，却只有自己背黑锅。但越是简单幼稚，却越不好查是谁干的。

秦晋阳仔细看了陆成给安彤发文件的时间，以及安彤传给报社的时间，中间相差了半个小时。

“这期间你去过哪里？”秦晋阳问安彤。他情不自禁地有些紧张，如果安彤一直坐在电脑前，那安彤就是跳进黄河也洗不清。但如果安彤有外出过，那就是有人动了安彤的电脑，并删除了陆成做的新广告，同时把去年的广告调出来，修改了文件名。

安彤想了一遍又一遍，可是却越想心越冷，最终还是无力地说：“我没有外出，一直坐在电脑前。”

“那你没有打开广告检查一下吗？”柳遥阴着脸问，她对于秦晋阳表现出来的护短非常不满。

安彤记得自己打开看了，甚至把里面的内容对照了一遍，全部都确认无误才给客户发过去。现在，连她自己也弄不明白到底是怎么回事，究竟是哪一个环节出了错。

秦晋阳的手机再一次响起，对方的声音大得连安彤都听得见：“这件事情你必须给我一个说法，刚刚已经有客户打电话来问促销的事情。我们今年本来利润就薄，如果按照广告上的力度去做，那就是亏本啦。”

“好，这件事情我会给你一个交代。”秦晋阳沉着声音说，最后总算是凭着自己多年的信誉把对方打发走了。

“秦总，这是我们多年的老客户，必须要严肃对待。”柳遥声音尖锐，平时觉得没什么，但此时却像刀片划过玻璃一般，叫人很不舒服。

“这件事情我知道该怎么办。”秦晋阳说完便甩手而去。柳遥深吸一口气，扭头对安彤说：“在这件事情查清楚之前，你先停职。”

“这件事情明明是有人陷害安姐……”陆成为安彤打抱不平，却被柳遥逼问：“是谁陷害她？你指个人出来马上和她对质。你以为这是玩宫斗呢？还陷害，哼！”

安彤就是想破脑袋也弄不明白这究竟是怎么一回事，自己明明没有离开，这文件怎么就被人做了手脚呢？不论陆成催问多少次，不论安彤有多希望自己昨天离开过，哪怕是一分钟也好，可是她不能欺骗自己，她是真的没有离开过。

“姐，你再好好想想，有没有去过洗手间？”陆成问，去洗手间这件事通常都会被人自然地忽略掉的，可安彤还是摇头，因为她是去洗手间回来，才发现陆成有文件发送过来。

“姐，你觉得咱们公司谁最有可能害你？”陆成觉得既然在这件事上查不出什么来，那只有从人来查。可是安彤在公司人缘不错，看不惯她的只有柳遥，另外就是因为许凉的原因，菲娜也变得有些特殊。

可安彤却不能因此就怀疑柳遥和菲娜，因为她连自己是怎么被陷害的都没弄明白，如果你蠢得不知道低头看路，就不能怪前面有个坑让你崴了脚。

呆坐了很久，直到了中午，大家都去餐厅吃饭，可安彤却一点胃口都没有。最后还是陆成提醒她，既然柳遥停了她的职，不如先回家休息休息，这件事总有水落石出的时候。

走出公司，虽然已是秋天，可阳光还是亮白得吓人。海韵广告的位置挺不错，交通方便，可是此刻安彤面对四通八达的公路，却不知道自己该去哪里，于是干脆不想，就那样信步走着。

如果真的是安彤自己的错，她或许不会有这样复杂的心情，错了就应该去承担。可现在却是被人陷害，这让安彤心里涌动着一种说不清道不明的情绪。这种情绪就像是鱼饵，把安彤深深埋藏在心底的委屈给勾了出来，让她很想随便靠在什么地方哭一场。

这样一想，安彤便觉得自己脚下发软，完全走不动路了。于是就在马路牙子上坐了下来，任由来来往往的大车小车掀起一阵阵的尘土或尾气扑向自己。

“你们这些混蛋，有没有公德心啊，没看到路边有人吗？有车就了不起吗？有钱就了不起吗？”安彤使劲号着，眼泪也跟着声音喷涌而出，直到一辆奥迪停在她面前。

漆黑闪亮的车门被打开，一双同样漆黑闪亮的皮鞋从车中下来，走了两步，站在安彤面前。皮鞋的主人轻轻地问：“是安彤吗？”

这声音安彤很多年没有听到过，可她这辈子或许都忘不了。抬起头，安彤看到了一张以为这辈子都不可能再出现在自己眼前的脸。

“欧野？”安彤无法形容自己的震撼。

欧野微微扯了一下唇角，然后蹲下身子，平视着安彤道：“原来你还记得我，谢谢！”

如果在以往，安彤可能会鄙视地看他一眼道：“谁记得你？你是谁啊？”也有可能装作故旧重逢，笑嘻嘻地说：“欧野，好久不见啊。”可是今天，安彤没心情，没心情回忆过去，也没心情展望未来。所以她用力地撑起身子，又拍了拍身上的灰，然后转身离开。

“安彤，可以把你的电话给我吗？”

安彤继续走。

“安彤，我一直都没有忘记你。”

安彤撇撇嘴，却没有停下脚步。

“安彤，生日快乐！”

安彤脚步终于一顿。今天，是自己的生日吗？她不禁微微抬头，看着自己在阳光下的影子，那么纤瘦，似乎风一吹便会飘走。

生日快乐，安彤！

“我很快乐！”安彤大喊一声，小跑了起来，最后越跑越快越跑越快。

不知道跑了多久，直到名城集团出现在安彤的视野中，她才仿佛一下子找到了依靠，心也踏实了，迫切地想见到连辰。于是安彤一头扎进了电梯，按亮了“26”，将“小姐，您有没有预约？”的声音扔在电梯外。

当电梯门打开的时候，安彤看到了一脸惊愕的连辰。

连辰正接到保安部的电话，说一个神经不正常的女人正往他的办公室而来，让赶紧躲避，他们马上就上来。谁知连辰还没来得及挂断电话，便看到了从电梯里走出来的安彤，一身狼狈的安彤，像是一个流浪小孩的安彤，目光惶惶无所依靠的安彤。

电梯下去，又再上来，安彤的身后出现了一群保安。

“对不起董事长！”就在保安诚惶诚恐地伸手要把安彤拉回电梯里的时候，她忽然向前奔去，紧紧地抱住了连辰。

“你说过，一切都有你的是不是？”安彤的声音很轻，像小奶猫一般。连辰却听到了，没来由地一阵心痛，情不自禁地拥紧了安彤，温柔又坚定地说：“是的，一切有我！”

那几个保安顿时看呆了，安彤却身子一晃，晕倒在连辰的怀里。保安不约而同地往后退了几步，意思是：我们没碰她，和我们没关系。

当安彤醒来的时候，却发现自己躺在医院里，手上正打着点滴。她一时没明白这是怎么回事，自从生下优优后，她就极少进过医院。许凉说她身体好，只有她自己知道她这是不敢病。

正迷糊着，脚下却一阵刺痛，撑起身子一看，原来连辰正在给她的脚上药，又一阵刺痛袭来，让她忍不住缩了缩脚。

连辰停住了，抬起头，见安彤醒了，大大松了一口气：“你总算醒了，难过吗？要不要喝水？给你削个苹果？”

安彤只觉得很虚弱，虚弱得胃里都承载不住任何东西，于是摇头道：“我吃不下，我怎么会在医院呢？”

见安彤能够正常说话，连辰终于放下心来。可听到她这样问，却又很恼火，于是黑着脸道：“你不知道你为什么在医院的吗？你看看你的脚，怎么会全是血泡？你到底是从哪儿走到我那儿去的？有什么事不能打个电话吗？”说着说着，声音又情不自禁地软了下来：“今天是你的生日，怎么把自己弄成这个样子？”

安彤张了张嘴，本来想把被人陷害的事告诉连辰，可最后她还是决定不说，于是找了个借口说：“我本来就是闲逛，可是逛着逛着就觉得离你那儿不远，就过去了呗。”

连辰虽然情商不咋地，可是智商却不低，尤其是对于安彤这样直接蔑视他智商的行为非常不满，重重捏了一下安彤的脚道：“你走到这上面都是血泡，也不知道痛，还想着来见我，我就有这么好？”

“啊？你，是有这么好啊。”话一说出口，安彤就觉得是不是过于暧昧？而连辰明知道安彤在胡扯，可是这种胡扯却让他心情瞬间又好了起来。

“嗯，眼光还不错，知道好坏。”连辰揉了揉安彤的头发，那一瞬间，安彤产生了一种回到了十多年前的错觉。她忍不住拉住连辰的手道：“怎么没早些认识你？”

“现在也不晚！”连辰将安彤的手握在掌心。安彤脸一红，她还有些不习惯一个男人对自己这样温情。

其实不仅安彤不明白，连辰自己也有些恍惚。以前偶尔看电视剧的时候，觉得那些男人真的是吃饱了撑的，有话不好好说，要说得那么肉麻。可是现在自己，似乎也有往这方向发展的趋势。

“连辰，我到底怎么啦？”安彤忽然想起之前做的那个得重病的梦，顿时有些紧张。

连辰虽然不知道安彤想起了什么，但却从她的眼神里看到了不安，赶紧将自己原本的懊恼抛在脑后，柔声道：“你没事，只是低血糖。”

低血糖啊？安彤之前就有低血糖，后来经过中医调理已经好多年没有发过，而且之前低血糖的时候只是手脚无力眼前发黑，这一次怎么直接晕了过去呢？

连辰轻轻拍了拍安彤的脸，郑重地说：“不准胡思乱想！你中午没有吃饭吧？心里又藏着事，还走那么远的路，所以比以往严重些而已。”

而且，还遇到了欧野，那也算是一个刺激吧！安彤这样一想，觉得自己想不低血糖都不可能。

躺得久了，安彤忍不住又想换个姿势，手指却碰到一个盒子，拿出来一看，是一个心形的铁盒。

“这是什么？”安彤觉得好奇，病床上怎么会有这样的东西？

连辰笑着指了指盒子：“你打开看看。”

一打开盒子，安彤便乐了，里面竟然是各种糖，棉花糖、水果糖、什锦糖、奶糖、牛轧糖等等应有尽有。

“天啊，居然还有棒棒糖。”安彤拿出一个水蜜桃味的棒棒糖笑得都不见黑眼珠子。

“棒棒糖怎么啦？”连辰不知道安彤想吃什么糖，所以让人把各种糖都买了一点儿，却见安彤独独拿出棒棒糖来。

安彤想了想，还是将自己小时候给秦晋阳吃过棒棒糖，却让他一直记到现在的事说给连辰听。

“把盒子给我。”连辰听了什么话都不说，却从安彤手里拿过糖盒，然后把里面的棒棒糖都挑出来直接扔到了垃圾桶里，并对安彤说，“以后不准吃棒棒糖，更不准给别人棒棒糖吃。”

安彤顿时无语，自己现在都三十多岁的人了，还能送棒棒糖给别人吃不成？不过想到这儿，又瞟了连辰一眼，这人可不也是三十多了，不是也给自己送棒棒糖吗？

想着想着，安彤便觉得自己心底涌起了一股蜜来，让她觉得低血糖什么的都是浮云，于是对连辰说：“打完这瓶点滴是不是可以回家啊？在医院真的好不习惯，而且优优和花儿还要人接呢。”

安彤自己没觉得，但她自然流露出来的撒娇却让连辰产生一种就算一直这样下去也不错的感觉，于是也不自觉地抬起一双迷死人的桃花眼柔情满满地说："乖乖躺着，要观察一晚呢，晚上我陪你。"

安彤被连辰的"美色"直接放倒，胡乱想着，这个浑身上下散发着男主气息的男人如果钟情的是自己，真是死也甘愿。

"怎么啦？又不舒服吗？"连辰见安彤眼神很是迷离，又有些担心，毫不迟疑地起身去叫医生，却被安彤红着脸拉住，说她很好，没有不舒服。

安彤的脸是被自己傻红的，这男人现在的表现好像就是钟情于自己啊。

连辰也回过神来，问安彤刚刚究竟在想什么，安彤死活不说。两人正矫情地僵持着，病房门却被风风火火地推开，一个人扑到床边就问："安彤，你没事吧？"

见孙晓俏一脸急切地趴在床边，安彤忍不住说："你看你这样子，怎么像是来给我哭灵的？赶紧起来吧，我还活着呢。"

孙晓俏听了这话，气得一跃而起，还推了安彤一把："嘴那么损，你这不挺有精神的吗？跑医院来住着干吗？"回头看了看连辰，又问："你们不会觉得在医院里挺浪漫，就想出这一创意吧？"

安彤顿时无语，扭过头去，懒得看这个不靠谱的女人，可却看到了一大捧移动的花和果篮。她忍不住探起身子，刚一动，身后便被连辰塞进了一个大枕头。

"谢谢！"安彤有些不好意思，连辰却笑笑没说话，而那个移动的花和果篮也飘到了床前。

"你是谁呀？"安彤想了想，自己不认识这么浪漫又喜欢整蛊的人啊，但见孙晓俏笑得古怪，顿时明白过来，笑着问："是阿东吧？"

阿东沮丧地把花拿开，不满地说："姐，你一点儿都不好玩，多猜猜嘛。"

"我明知道是你还多猜猜，那就真的是逗你玩啦。"安彤觉得阿东真是个没长大的孩子，可是他却又是孙晓俏的老公，这感觉怎么那么怪异呢？

"阿东，你是我老公，干吗要叫她姐啊？你叫她姐，那我叫她什么。"孙晓俏对阿东大吼大叫。可是阿东却一直像个无害的小动物，就那么浅浅地笑着，随孙晓俏怎么闹。

安彤笑眯眯地看着两人，想着结婚其实挺好的，只不过是看跟谁结，如果有一个人可以任由你闹，也挺幸福的吧。奇怪的是，安彤以前从来没有这样想过。她还记得结婚前，孙晓俏还紧张兮兮地问她是不是真的想好了，她斗志昂扬地说，早就想好了，要和许凉一起努力奋斗，一起创造美好的未来。

轻叹了一下，安彤觉得自己可能是年纪大了，所以就变了，变得没那么有激情，对于未来什么的都懒得去想了。

"吃个糖吧。"连辰以为安彤又不舒服了，于是剥了一颗糖塞到她嘴里，而且打算开口把这两人赶走，让安彤好好地睡上一觉。只是还没来得及开口，安彤的手机便响了。

安彤拿起手机，竟然是陆成，这让她有些不敢接，因为她不敢相信会有什么好消息传过来。而且这件事情，安彤也不想让连辰知道，感觉像是故意的似的。

可是大家都这样看着，安彤也不能不接电话，只是没想到电话一接通，那边的陆成便苦不堪言地说："姐，你在哪儿呢？"

"我……我在……"安彤看了连辰一言，还是老实说，"我在医院呢。"

陆成赶紧问在哪个医院，当安彤说出医院地址后，陆成说了一句：

“我马上过来。”便挂断了电话。

不用猜也知道陆成是为了什么而来，安彤便想着该怎么把连辰支走。

“怎么啦？不会你住院了还要剥削你吧？”孙晓俏见安彤闷声不乐的样子，又听出刚才估计是她同事打来的，于是安彤三分不乐意，她便十分不乐意了。

孙晓俏的话，倒让安彤眼前一亮，于是对连辰说：“一会儿我同事要来看我，要不你先忙去吧，万一他们看见你了，又是麻烦事。”

连辰顿时气得头发都竖起来了，他什么时候如此见不得人了？

“我们这里正准备强攻你那边的业务呢，他们要是知道咱俩认识，还不得闹死我。”安彤催着连辰赶紧走。

就连辰的性格来说，知道就知道，又怎样？大不了安彤不要这份工作了，他难道还不能为她找份工作？大不了来自己公司上班。可是看到安彤那巴不得自己马上消失的样子，他气得扭头就走，走到门口，却又忍不住说：“我晚点儿过来。”

孙晓俏愣愣地看着这一幕，然后不可思议地对安彤说：“我的天啊，他居然对你这么……可馋死我了。”

阿东听了赶紧在旁边表示他对孙晓俏也很好的，甚至可以比连辰做得更好，至少他笑得很温暖。可是孙晓俏却白了他一眼道：“你啊？你有人家那总裁气质吗？那生人勿近的霸气，太酷了！”

安彤的心情可没这么轻松。不知道为什么，连辰在身边的时候，她也不觉得这是多大的事。连辰一走，她立即就觉得头顶飘过一块乌云，赶都赶不走。

十五、住院也闹腾

没多久陆成便推门而入，安彤忍不住问："你是坐飞箭赶来的吗？"

"姐，你还好吧？"陆成眼底满是担心。

"姐，你还好吧？"陆成身后传出一模一样的声音，不过是个女声。陆成冲着安彤无奈地苦笑了一下，然后往旁边一站，露出站在身后的菲娜。

菲娜一点儿都不觉得她复制陆成的话有什么不对，因为她一直小心翼翼地看着安彤的脸色。

安彤本来没有往菲娜身上想，这个"90后"虽然新潮时尚，而且做事情有些不管不顾，但不应该是做出这件事的人。只是菲娜那一副心虚的模样，让她再怎么宽心，也免不了要怀疑那事儿会不会是菲娜做的。

这样想着，安彤就免不了要用审视的眼光去看着菲娜。

菲娜本来心里就挺忐忑的，一直不错眼珠地盯着安彤，现在见她这样看着自己，顿时心里一顿，又是摇头又是摆手地说："姐，不是我，不是我陷害你的。虽然我男朋友是你前夫，但是我不会、不会害你的，你不会怀疑我吧？"

"陷害？"孙晓俏顿时瞪大了眼睛，看了看菲娜又说，"许凉是你的男朋友？看不出来呀，他还挺能的，找这么一小丫头。"

菲娜一看孙晓俏就是不好惹的，于是再次躲到陆成身后。

陆成没想到自己成了菲娜的挡箭牌，挠了挠头发说："你死乞白赖地非要跟着我过来，过来了又老是躲在我后面，你有什么话就直接说出来。"

"可是她们都那么看我。"菲娜急得都要哭出来了，"真的不是我，安姐，我还希望能跟你成为朋友呢，毕竟咱们都爱过同一个男人是吧，你说我怎么会干这种事呢？”

安彤顿时哭笑不得，和自己成为朋友？亏她想得出来。真不愧是小姑娘，把这个世界想得这么和谐，于是一字一句地说：“我和你就算成为朋友，也不可能因为许凉的原因。我和他已经没关系了，你不要把我和他扯在一块儿。”

“行行行，不扯在一块儿。”菲娜赶紧摆手。安彤这样说她可真的是求之不得的，所以她更得要把这件事情澄清了，“姐，你到底有没有相信我啊？”

陆成见菲娜在这件事情上走不出来，想着也是自己把她拉过来的，想了想，还是实事求是地说：“姐，这件事情秦总一定会查清楚的。菲娜她，倒不像是能干出这种事的人，她那么笨。”

“你说谁笨呢？”菲娜一听陆成这话，那不管不顾的小刺猬样儿又现了原形，见谁扎谁。可她也不是真的笨，见陆成一个劲地冲自己使眼色，便立即又明白了，转过身去冲着安彤尽量让自己笑得好看一些，并扯着嘴角讨好地说：“是啊姐，我这么笨，话都听不明白，哪里干得出这种事儿？这可是技术活，而且肯定还是有计划的，你可别往我身上猜。”

安彤想想也是，菲娜说话都不过脑子，这种事情让她光明正大地干，或许她都不知道从哪儿下手。不过菲娜的话倒是提醒了她，于是看着陆成说：“是啊，这件事情会不会是有计划的？”

如果是有计划的，那这件事情完全就是在别人编织的网中，自己就是那网中的鱼，是逃也逃不掉的。只是又回到了之前的猜测，为什么选安彤？

不过，安彤看菲娜那个样子，不免好笑：“你没干这事吓成这样干吗？身正不怕影子斜。”

“姐，她不是孩子嘛，没经什么事！”陆成怕菲娜又说错话，于是抢着帮她说。可菲娜却又没理会，还恼得不行，并质问陆成：“我也就比你小两岁，怎么我就成了孩子……”

“你再这么不分场合，我不帮你了啊。”陆成轻轻地咬牙切齿道。菲娜也明白自己又错了，于是又到安彤前讨好卖乖：“我年纪小，姐你别跟我计较，我和陆成一定帮你弄明白这是怎么回事。”

“嗨，小姑娘你真的是许凉的女朋友啊？我怎么觉得你跟这个小帅哥倒像是一对儿呢？”孙晓俏非常感兴趣地看着菲娜和陆成。

“他？”

“她？”

陆成和菲娜互相瞪一眼，一个坐到沙发上，一个靠到门边，尽量拉开到最大的距离。

孙晓俏越看越觉得有戏，还想说什么，却被阿东扯了扯，问：“安彤到底出什么事啦？”她顿时一愣，才想起这件事情，也严肃起来：“你们刚才说的是什么？什么陷害啊？”

安彤在孙晓俏的逼视下，只好把事情的经过说了一遍。

“天啊安彤，你这是在什么样的环境下工作啊？”孙晓俏一直觉得职场上的那些所谓的战争和陷阱一般只在电视剧里才会有，平时也就你说我几句坏话，我不会给你几个好眼色，没想到安彤还真就遇到了。于是让她赶紧辞职，怕她不听，又说：“你不要怕找不着工作，你还不相信我吗？我给你找工作啊，你不用怕养不了优优。”

“不行，这件事情没查清楚，我不能辞职。”安彤不是没想过辞职，自从秦晋阳有那个意思之后，她就不想再在那儿工作，只是没找到合适的理由，毕竟不管是什么原因，秦晋阳一直对她都挺不错的；另外就是，也不得不考虑优优，重新找份工作也需要过程，而且未知因素太多了。只是现在出了这件事，她更不能辞职，这一辞职黑锅就背定了。

陆成也不赞成安彤辞职，这件事情摆明了就是有人要赶安彤走，不过想查明白似乎也不是那么容易的事。现在客户的损失还不知道秦晋阳是怎么谈的，搞不好都要算在安彤头上。

“安彤，你的电脑带了吗？给我看看吧。”阿东忽然开口。

因为经常需要给客户演示 PPT，所以海韵广告非常大度地给每个业务人员都配了笔记本电脑，只是安彤今天走得匆忙，电脑就锁在了抽屉里。

陆成自告奋勇地去公司帮安彤拿。大家也都明白阿东的意思，应该是电脑被人动了手脚。可是这个手脚究竟是怎么动的，却让人想不明白。不过阿东是电脑高手，他或许能够查出来一些什么。

“我跟你一起过去吧，我家就在你们公司附近。”阿东主动提出和陆成一起走。孙晓俏赶紧起身：“我送你出去吧。”安彤让孙晓俏也跟着一起走，可她坚持要等到连辰来了再走。菲娜见此情景，也赶紧起身说：“那我也、我也走了，还约了许凉吃饭呢。”

孙晓俏顿时翻了个白眼，然后对陆成说：“你眼光还不错，她不适合你。”

“为什么呀？”菲娜觉得这个世界上就没自己配不上的人，只有自己看不看得上的人。虽然她偶尔也想过，许凉并不是她认识的人中最优秀的那一个，但却偏偏因为这样，她更加认定自己对许凉是真爱。

孙晓俏看了菲娜一眼，想着自己该不该说真话，因为真话往往都是最伤人的，所以最后她还是什么都没说，只是笑了笑。

走出医院，阿东问孙晓俏：“为什么菲娜和陆成不合适啊？”孙晓俏看了他一眼，说：“因为她太二，只适合许凉。”

病房里忽然就静了下来，安彤顿时有点儿不适应。她望着渐晚的天色，心情竟慢慢平静了下来，于是慢慢地闭上了眼睛。反正也不知道明天会是怎样的情况，还不如好好地歇会儿。

只是没歇一会儿，孙晓俏便回来了。还没和孙晓俏聊几句，病房的门又被打开，竟是余希希。

“你一定很好奇我是怎么知道你在医院的。”余希希脸上挂着十分得体甚至是优雅的笑容。

安彤的确是觉得好奇，不过余希希这样一说，她便不感兴趣了：一个人只要想知道，总能够知道的。而且此时，安彤几乎能够确定，余希希和连辰肯定不是一般的表兄妹关系。至于究竟是怎么回事，她没问。就连辰的性格，自然是懒得解释的。

倒是孙晓俏，虽然没见过余希希，但直觉告诉她，这女人对安彤有敌意，于是想都没想就说：“你想说就说，不想说也没人有兴趣知道，倒不如直接说你是来干吗的。”

余希希被孙晓俏噎得有那么一刻说不出话来，干脆懒得理她，走到安彤的床边，握了一下她的手，说：“安小姐的手可真是凉啊。”说完又想起什么似的，摇着头轻叹道，“我倒忘了，你已经有那么大的孩子了，叫安小姐是不是不合适啊？叫安女士？又有点儿生疏，你说我叫你什么好呢？”

安彤知道，余希希的意思不过就是她年纪比自己小而已，于是笑了笑说：“刚打过点滴的手，自然凉。至于叫什么，这有什么打紧的？你爱叫什么叫什么呗。只要你乐意，叫我奶奶都行。”

孙晓俏听了“扑哧”一笑，找了一个特别舒服的姿势坐到沙发上说：“奶奶就奶奶吧，有人喜欢就行。”又对安彤说：“你歇着去吧，这不有我呢。”又冲她眨眨眼，意思是，交给我吧。

安彤无奈又轻轻地摇头，这件事情哪是孙晓俏能够解决的？但她还是乐得看戏。

“请问您是哪位呀？她知道你是谁，我还不知道呢。她现在病着，我来接待你吧。”孙晓俏从沙发上坐起来，表情严肃地问。

“我叫余希希。”

“我不是问你叫什么，我是问你是谁。”孙晓俏双手抱着胳膊。她身材比余希希略高，于是这姿势便带着一种居高临下的感觉。

余希希倒不以为意，从小坤包里拿出一张名片给孙晓俏：“这里面有我所有的身份。”

孙晓俏却看都不看就扔到了垃圾篓里，冷冷地说：“如果这名片里的身份没有了，你就不是你了吗？”这话说得余希希的心里又是一堵，可是孙晓俏刚又说了安彤病了，自己总不好真的非要去和安彤说话吧，到时候还不知道这孙晓俏又要说什么呢。不过余希希再一想，也觉得没什么，反正她今天过来就是想说一些话给安彤听，至于对谁说倒无所谓。

想到这儿，余希希又恢复了之前的优雅，坐到孙晓俏之前坐的沙发上说：“我是连辰的表妹，我听说安小姐病了，过来探望一下。”

这时候安彤才发现，余希希今天居然穿了一件旗袍，白色的真丝旗袍上绣着大朵的牡丹花，让她看起来既清冷又艳丽，有着别样的诱惑。

余希希本来指望着安彤或孙晓俏对她多少有一点儿好奇，甚至是讨好。就安彤这样的条件，不可能不想嫁给连辰，所以对自己这个表妹表达一些好意，也是应该的。可没想到的是，安彤和孙晓俏竟都看着他，一副等着她继续说的样子。

“你们……你们没有什么要问的吗？”余希希咬咬牙，抬起一张明艳而光洁的脸。

“问什么呀？你不是说了你是连辰的表妹，过来探望安彤的吗？”孙晓俏似笑非笑。

余希希气恨不已，扭头问安彤：“安彤，这就是你的待客之道吗？”

安彤听了一愣，却抬头看着孙晓俏，说：“你不是说了你帮我招待吗？”

孙晓俏顿时恍然大悟，拿起一个苹果道：“是我不好，可是这里又没有茶，要不，我帮你削个苹果？”可是还没等余希希应声，又说：“咦，余小姐，你不是来探望安彤的吗？怎么空手而来啊？不过没关系，你是外国回来的嘛，不懂礼节，安彤不会计较的，何况你还是连辰的表妹呢。”

“你们？安小姐莫不是以为自己嫁进连家嫁定了，所以旁人都是可有可无的？”余希希感觉自己的肺都要给气炸了。从小到大，她还没受过这样的待遇呢。她的意思很明显，说白了就是：你以为自己是哪根葱啊？别以为连家是好进的，想嫁进去，态度先好一点儿。

安彤听了这话，偷偷翻了个白眼。孙晓俏却扬了扬眉毛，故意笑逐颜开地说：“难道余小姐是代替连家来商量婚事的？”

这话让余希希心里腾地燃起一股怒火，先不说她有没有这个资格，就算是有，她又怎么会来替表哥说亲，脑子被烧掉了吗？于是忍不住道：“你倒是想得美。”

“不管是谁想得美，这件事情也是连辰说了算的，你作为连辰表妹这会儿过来究竟是探病的还是找碴儿的？”孙晓俏觉得自己都不能忍了，怎么安彤生个病也跑出来这么一个疯子。

“我只是想告诉安小姐，连家不是谁都能够觊觎的。”余希希的一双杏眼凌厉地盯着安彤。

安彤点点头，云淡风轻地说：“知道了，我从来没有觊觎过啊。”说起来，还是连辰自己向她提出结婚的呢。虽然他的理由那么的不合适，可不管怎么说，要说觊觎，也是连辰觊觎自己吧，所以她说这话一点心理压力都没有。

孙晓俏这会儿也似乎瞧出一点端倪了，于是冷笑道："那余小姐觉得连家应该归谁觊觎？"

"你……"余希希被孙晓俏的这一句堵得心口痛。她再怎样期待，也不能直接开口说：表哥是我的，你们谁也不能抢。

"我什么我啊？我告诉你，你的表哥没谁觊觎，恐怕是你觊觎吧。"孙晓俏本是随口那么一说，却见余希希脸色大变，哪有不明白的？于是又添了一把火，"既然是你表哥，想必这年头也不少了。你觊觎了这么多年，连辰想娶的还是安彤，你还是死心得了。不过也是奇怪，这表兄表妹的……你以为是在古代可以亲上加亲呢？"

"我……我根本就不是他表妹。"余希希终于脱口而出，可是这一句话却叫孙晓俏愣了，安彤也是脸色大变。不是表妹，那连辰和她是什么关系？按连辰做事的风格，明知道余希希有别样的心思，还留在身边，那会是什么原因？

余希希本来有些后悔说出这句话，可是一看到孙晓俏和安彤的表情，又觉得像是在炎夏喝了冰水似的痛快，于是干脆一锅端了，直接坦白道："我妈妈是连辰妈妈的妹妹，我从小就在连家长大，说我是连家的一分子也不为过。"

"那你怎么又不是连辰的表妹啦？你不会是想嫁连辰想疯了，脑子出了问题吧？"孙晓俏也懒得和余希希兜圈子，直接问她是什么目的。

余希希的脸上终于出现了一丝迟疑，但却无法容忍孙晓俏和安彤对自己的质疑，还是说出了自己不想面对，却又颇为纠结的事实："我妈和连辰妈妈不是亲姐妹。我外婆是带着我妈妈嫁给我外公的，但她们却从小一块儿长大，就像亲姐妹一样。我从小就在连家长大，连辰妈妈对我像对连辰一样好。"

安彤被余希希给绕晕了，恨不得找出一张纸和笔来弄清楚余希希和连辰的关系。可孙晓俏却明白了是怎么回事，于是也沉默了。这余希希的条件的确是比安彤优越多了。不用说，连母肯定是希望余希希成为自己的儿媳妇，谁能比得上自己一手带大的孩子？

“你怎么会在连家长大，你爸你妈呢？”孙晓俏忽然觉得这个问题很重要。余希希的爸妈不会不在了吧？如果真的是这样，那就更麻烦了。

没想到的是，余希希却对这个问题闭口不言，只是说：“这和你有关系吗？”

安彤一直没有开口，她的心又开始乱糟糟的。她和安迪不同，安迪一碰到这种事情就会异常兴奋，会觉得特别有挑战，特别有成就感，可是安彤却觉得很烦，脑海里最直接浮现的念头便是退缩。

孙晓俏一见安彤那样子就知道她的想法，心底暗暗恨她没出息，但明面上还是要帮着她撑下去的，于是对余希希说：“哟，你这来对我们大说家史，究竟想说明什么呀？如果你真的喜欢连辰，应该对他说去呀？如果你姨妈那么喜欢你，或者说对连辰的影响力特别大的话，甚至都可以直接把你们给定下来，跑这儿来是什么意思？”

余希希被孙晓俏揭穿了目的，顿时有些恼羞成怒。她从小就喜欢连辰，可偏偏连辰对她一直不冷不热的，而连母对她虽然好，但在婚事上却不插手，任她怎么撒娇卖痴都没有用，要不然她也用不着没脸没皮地跟到中国来。

可是，余希希是什么人？她可以在连家人面前低声下气，只为求一个她想要的身份，但凭什么容忍孙晓俏的奚落？她深吸了一口气，冷哼一声道：“我为什么跑到这儿来？我是一片好心，可惜就给当成了驴肝肺。你们要自取其辱也是你们的事，我就不管了，晚上我就和我表哥飞美国了，你们好自为之。”说完，拎着爱马仕的包，头也不回地就走了。

孙晓俏和安彤对视了一眼，半晌没说话。

“连辰不是说他晚上来照顾你吗？这又说晚上飞美国，是怎么回事啊？”孙晓俏实在是忍不住了，问安彤究竟了不了解连辰，这男人究竟是怎么一回事？

安彤看了看墙上的时钟，已经晚上六点了。

“你就不要看时间啦，我看他是不会来了。这余希希再怎么讨厌，她也没必要说假话，那不是打脸吗？”孙晓俏说着起身，准备出去给安彤弄些晚上吃的回来，此时安彤的手机却响了。

挂断电话，安彤轻轻地说：“连辰说，他晚上有急事要飞美国。”孙晓俏一副了然的样子，拿着钱包什么也没说便出门了。

安彤靠在床头，仔细想了想她和连辰这么些日子以来的相处，顿时觉得自己是不是有些可笑。连辰早就说过，他想和她结婚只是觉得合适而已。也可以说，他对自己的好，也只是为了让她觉得，他们是合适的。至于其他的，也许是自己想多了。

只是安彤怎么也没想到，跟着孙晓俏一起回来的，竟然还有夏晴晴。

“安彤，你真是不够意思，住院了竟然不告诉我，如果不是跟孙晓俏联系我都不知道。”夏晴晴一脸的埋怨，让安彤哭笑不得，无奈地说：“我是住院，又不是结婚，难道还昭告天下吗？”

“可我不一样啊，我是你闺蜜，我还是连辰的前妻、连花儿的妈。你要是有个好歹的，我们家花儿可怎么办？”夏晴晴说完便揭开安彤的毯子，上上下下地看着。孙晓俏一把把她拉开：“你长不长脑子？这要是手脚有问题，还能住这病房？她这是低血糖。”

夏晴晴松了一口气，不过却瞬间聪明起来，问：“怎么会低血糖？

你受到什么刺激和打击了吗?”

一句话，又让孙晓俏想起了安彤的那个陷害，于是对安彤说:“如果不是余希希不在你那个公司上班，我都会怀疑是不是她使的手脚，现在只有她那么恨你。”

“余希希?”夏晴晴一听到这个名字便跳了起来，咬牙切齿道，“这货又出来祸害人了吗?”

孙晓俏看了安彤一眼，双手一拍，道:“我们倒忘了还有你这个前妻，你对连辰家的事情肯定熟啊。你既然想让安彤做连花儿的妈，就得帮帮她，你可不知道余希希有多嚣张。”说着又把今天余希希过来的事告诉了夏晴晴。

夏晴晴摆着手说:“连辰他妈你们不用担心，如果她管连辰的婚姻，连辰怎么会娶我的呢?”孙晓俏和安彤听着也觉得有道理，看来这真的是这个余希希自己在这里瞎捣乱，可是怎么余希希和连辰会一块儿飞美国呢?

夏晴晴却不以为然，她告诉安彤，当初她和连辰还在一起的时候，这个余希希可没少捣乱。

“刚结婚的时候，我们本来准备去度蜜月的，可是最后余希希把她妈和连辰她妈都一起折腾去了，结果蜜月成了全家亲情游，当时我气得不行，不过现在想想也没什么。后来我也和连辰出去玩过几次，他永远都是坐在酒店里远程办公，永远都是派个司机带我去玩。”夏晴晴说到这个还是有些意难平，问孙晓俏，“你说这人有意思吧?他就不怕我和司机搞到一块儿去了。”

“如果我是连辰，我也不怕你和司机搞到一块儿。”

“为什么呀?我以前是个大胖子，但我结婚的时候，可是花期正好，貌美着呢。”

孙晓俏觉得夏晴晴其实挺天真的，不过和连辰在一起，还真的是不搭，于是勾着夏晴晴的脖子说：“如果你是司机，你敢和连辰的老婆勾勾搭搭？”

夏晴晴一愣，按着孙晓俏说的那么一想，赶紧摇头道：“不敢，不要命了吗？”孙晓俏顿时狭促地冲着安彤眨眨眼。

安彤扯着嘴角笑了笑，如果说之前想到连辰还有些憧憬和甜蜜，经过余希希那么一闹，她真的是一点儿心情都没有了。

“安彤，你怎么啦？”夏晴晴见安彤的兴致不高，于是关心地问她是不是还不舒服。见安彤摇头，又安慰道，“你别担心那个余希希，她连我和连辰结婚都没办法，现在更不可能阻止你和连辰了。”

“为什么阻止不了你，就肯定阻止不了我啊？”安彤还是意兴阑珊，又想起工作上的事，觉得这段时间真的是什么都不顺。

夏晴晴沉默了一下，叹气道：“虽然我不愿意承认，但我不得不承认，连辰对你和对我是不一样的。他对你是用了心的，所以你不用担心。”

“有什么担心不担心的？万一连辰不合适，趁着安彤还没怎么投入，这会儿分开更好，我可听说豪门恩怨多。”在孙晓俏的心里，安彤应该找一个身家小康或者中产的男人，而连辰却是太有钱了，钱的身边总是围绕着很多麻烦的，她担心安彤应付不了。

可夏晴晴听着却急了，赶紧表示连辰其实挺护着自己身边的人，不管有什么麻烦，连辰都会帮着挡的，一般不会涉及家人。

孙晓俏趁着夏晴晴去洗手间的空儿，悄悄告诉安彤一定要想清楚了，不能光听夏晴晴的，她就想着女儿有个好后妈。

安彤点点头，却觉得自己现在脑袋涨得厉害，现在根本就没办法去想这些事情。可就在这时，却听到夏晴晴一声尖叫，于是忍不住捂住了眼睛，她觉得自己已经不敢面对任何变故了。

孙晓俏赶紧冲到洗手间，却见夏晴晴颤抖着说："怎么办怎么办？"手上的早孕试纸上鲜红的两道杠。

"我，我怀孕啦？"夏晴晴脸部表情纠结。

孙晓俏也呆了，问夏晴晴："你怎么会怀孕的？"

夏晴晴张了张嘴，又是摇头又是跺脚，却始终没说出个所以然来。最后还是安彤说，晚上是不准的，还是明天早上再验一次的好，于是夏晴晴决定陪着安彤在医院待上一晚，而且也不让孙晓俏走，说万一明天验出来真的是怀孕了该怎么办。

"你也是，带着试纸随时测吗？再说了，就算是怀孕了，也不是我和安彤的事，谁让你怀孕你找谁去呀。"孙晓俏说得毫不留情，可到底还是留下来了。三个人一人睡沙发，另外两人睡床，都心怀忐忑又腰酸背痛地等着第二天早晨的结果。

十六、辞职啦

安彤第二天早晨不是被阳光叫醒的，而是被夏晴晴的尖叫声惊醒的。她躺在床上睁了眼，不用猜也知道，夏晴晴是真的怀上了。

"别叫了，这是在医院，你要不干脆去妇产科检查一下吧？"孙晓俏在沙发上说，听声音就是还没有睡醒。

夏晴晴踩着高跟鞋从洗手间里跑出来，不满地指着孙晓俏道："你有没有人性啊，我怀孕了啊，你居然这么……这么地不温不火。"

孙晓俏从来没醒得这么早过，这让她从沙发上爬起来的时候感觉很是艰难，伸了个懒腰，随便用手梳理了一下头发，无奈地说："又不是我让你怀孕的，我难道还要很激动不成？再说了，昨天已经激动过了。”说完，又一脸好奇地问：“到底是谁的孩子啊？不会……是连辰的吧？”

安彤顿时张大了嘴，也望向夏晴晴，心里竟有着从未有过的忐忑。

“你胡说什么呀？我，我这要是连辰的孩子，我还离什么婚啊？”夏晴晴瞪了狗嘴里吐不出象牙的孙晓俏一眼，又叹息道，“你们说我怎么办呢？”

“你这问的这叫问题吗？想生就生下来，不想生就不生呗，你又不是未成年少女，有什么好纠结的？再说了，你真要问，也该问这孩子的爹吧？”孙晓俏说着竟然有些羡慕夏晴晴。她忽然觉得自己好像做错了什么，如果自己也怀孕了，其实也可以不嫁人的。孙晓俏情不自禁地摸了摸自己的肚子，默默想，不知道什么时候她也可以怀孕。

夏晴晴点点头，安彤还以为她想自己悄悄地解决，可没想到她却直接坦白已经跟男方分手了。

“那男的是谁啊？”孙晓俏的八卦之心如熊熊烈火迅速燃起。夏晴晴离婚之后变富婆，这新人无疑是比较有话题的。

只是，孙晓俏几乎用尽了所有的手段，才让夏晴晴支支吾吾地吐出几个字：“连辰……”

“什么？你不是说不是连辰吗？”孙晓俏一听就爆了，觉得这件事情太让人气愤了，而安彤则觉得心都凉了，男神变渣男果然叫人难以消化。

夏晴晴一听急了：“能不能让人把话说完？是连辰给我请的司机。”此话一出，房间里就像是安上了静音器似的。

过了半晌，孙晓俏才憋出一句：“这司机得有多大胆儿啊。”想起她们昨天还在笑话说连辰的司机敢不敢勾引主母呢，没想到这事儿还真就发生了，亏得昨天夏晴晴装得像是没事儿人似的。

“那怎么又分手了呢？”安彤觉得夏晴晴既然选择一个司机而不选连辰，肯定是真爱呀，这么辛苦地在一起，还又轻易地分手了。

夏晴晴皱着眉，纠结了半天说：“其实我也不明白，上次我们还去国外玩了一趟了，但是回来之后，他便和我若即若离的样子，我一气之下就和他分手了。”

“啊，你上次去国外，不是谈项目去了吗？”安彤忍不住推了把夏晴晴，“我说你也太过分了吧，自己出去玩把女儿扔给我。”

“可不是我扔给你的，是连辰扔给你的。”夏晴晴对于这个问题一点儿都不觉得愧疚。她挑了挑眉，然后，又轻轻地坐到另一边说，“我现在可怀着孕呢，你们俩都给我小心点儿。”

“你还真打算要这孩子啊，你们不是分手了吗？”安彤和孙晓俏不约而同地说。

夏晴晴看着依旧平坦，但明显却又不一样的肚子，也不知道该怎么解释，因为她自己也想不明白为什么特别想要这个孩子。以前怀连花儿的时候都没有这样的感觉，现在一想到要打掉这个孩子，夏晴晴就千万个舍不得。

一时间三个人都沉默了，说归说笑归笑，但毕竟怀孕这个事儿，放在谁身上都不算小。可是这事儿别人又管不了，只有当事人自己才能做决定。

孙晓俏虽然嘴巴利索，但是一颗心却软得不行。她让夏晴晴好好地去和对方谈一谈，如果对方愿意在一起，那就干脆早点把婚结了，把孩子生下来。如果对方不愿意的话，那以后就再也不要见面了。

“如果他不愿意结婚，那孩子怎么办呢？”夏晴晴问，她还是舍不得肚子里的孩子。

孙晓俏想了一下说：“在这上面你就自己拿主意。如果你不要，我们一起陪你来医院。如果你想要也不是什么难事，你又不是养不起，何况我们俩也可以帮帮你。只不过他如果不愿意结婚，这个孩子要或者不要都不要告诉那个男人。”

“为什么呀？”安彤不明白孙晓俏的意思。她觉得即使那个男人不想结婚，但也应该让他知道这个世界上他有一个孩子，他有着一份责任和义务啊！

孙晓俏白了安彤一眼，恨恨道：“这样的男人做孩子的爸爸是一种侮辱，就不告诉他，让他在提心吊胆中过一辈子。”

安彤顿时张大了嘴，别说孙晓俏这一招还真挺狠的。如果自己是那个男人，知道这个世界上有一个女人怀了自己的孩子，可却不知道这孩子的结果，于是老想着这孩子在不在这个世界上，老想着会不会哪一天这孩子就找上门了，这日子还真就没法过了。想到这儿，安彤忍不住冲着孙晓俏竖了一个大拇指，太牛了！

夏晴晴大脑的回路和安彤明显不在一个频道上，她抓着孙晓俏的手好奇地问：“你有没有试过这一招呢！”

孙晓俏白了夏晴晴一眼道：“我没你那么傻，随随便便就有别人的孩子，我孩子的父亲一定是要精挑细选的。”正得意着，却被安彤踢了一脚，且说：“选什么选呀？你不是已经选了吗？你孩子的父亲除了阿东，还能有别人？”

孙晓俏被安彤踢得莫名其妙，她不过也就那么一说，可看安彤使劲地冲她眨眼睛，才后知后觉地转过身去。果然，阿东一张俏脸出现在病房门口，但是神色却是淡淡的，也不知道有没有听到刚才的话。

这真是报应啊，孙晓俏想着她刚才给夏晴晴出的主意，没想到这会儿似乎就应验了，阿东那表情就让她挺忐忑的。

“阿东啊，你怎么这么早就过来了！”孙晓俏可以说是一脸谄媚地冲着阿东腻了过去。阿东只是笑了笑，然后从包里拿出笔记本对安彤说：“你的事情，我想我已经弄明白了。”

“真的吗真的吗？到底是怎么回事？”安彤听了阿东的这句话，立即把孙晓俏的尴尬事丢到一边了。

阿东打开电脑告诉安彤，她发给报社的广告版面的确是没有错，但是后来却被撤回了，真正发到报社的却是去年的广告版面。

“我没有撤回啊？”安彤记得很清楚，她看着文件发送完毕，才把电脑关掉去开会的，怎么可能撤回？

“那就应该不是你撤回的，而是有人在你去开会的时候动了你的电脑，然后修改了去年广告版面的文件名，重新发送了一次。”阿东觉得这实在是太小儿科的事情，只是这个人的用心，却真的很龌龊，于是重新把事情捋了一遍，“这件事情到现在已经很明白了，你的电脑是在你给报社发送了文件之后，你以为事情已经搞定了，实际上报社那边如果暂时没有人接手，你这边是可以撤回，然后再把去年的那个文件改了个文件名重新发送的，就可以造成你工作上的失误。”

“可是撤回难道没有记录吗？”安彤又看了一遍发送记录，发现果然有撤回记录，只是她昨天根本就没有看到，于是抬起头不解地看着阿东。

阿东耸耸肩道：“那个人把之前的记录删除了，所以你昨天没有看到，现在我给你恢复了，你可以去你公司找你领导了。这件事情已经很明白，现在要做的是揪出到底是谁害了你。”

“阿东你太棒了！”孙晓俏冲过去紧紧地勾住阿东的脖子，却听到这个小男人幽幽地问了一句：“那我适合做你孩子的父亲吗？”孙晓俏的脸上顿时像开了染房一样，五颜六色的煞是好看。

“我现在就去公司。”安彤说着就要起身，却被孙晓俏按住，并皱着眉说：“你也不看看现在才几点，这会儿去，你们公司有人吗？再说了你还没吃早点呢，别事情没说完，又低血糖晕了过去。”

安彤胡乱地吃完阿东买过来的早点，又赶回家换了身衣服，就算是这样，到海韵广告时还是第一个到的。

秦晋阳一到公司便看到等在办公室门口的安彤，听到她的说法，决定开一个中层以上的会议，让她把这件事情详细地向大家描述一下，毕竟这些事情对公司来说，影响还是挺大的。昨天安彤走了之后，客户单位的人直接到了公司，一定要给个说法，秦晋阳在这个时候也不能过分地偏向安彤，有安彤自己来把这件事情说清楚便是再好不过的。

只是没想到，当安彤把事情的经过全都说了一遍之后，柳遥却当场质问：“你说是有人陷害你，就是有人陷害你吗？也有可能是你自己发送错误，然后自己撤回又发送了一次，谁知道还是发错了。”

以前柳遥的那些刁难安彤都可以忍下去，可是这一次她实在无法忍了，于是也当仁不让地质问柳遥：“如果真的是我发错了，我难道第二次发送的时候不会详细地看一下吗？”

“也许你就是没有看呢，也许你是因为别的事情耽误了呢？天知道你到底有没有看。如果你真的看了，怎么会发生这样的错误？文件是从你的电脑里发出的总没有错。”柳遥一口咬定，这件事本身就是安彤自己的错误。

柳遥的咄咄逼人让会议室的氛围异常地凝重，行政总监忍不住说：“安彤以前是我们部门的人，我很清楚她做事有多仔细，应该不会发生像柳总监所说的那种错误，并且错了一次又错第二次。”

柳遥听了却冷哼一声道：“这种事情可不好说，没有谁会糊涂一辈子，也没有谁会仔细一辈子，总有个犯错误的时候，只是安彤这一次的错误损失有点大，不过既然错了就要承担。我想现在最重要的不是安彤的错是她自己的错还是被别人陷害，而是这件事情该怎么处理，客户也等着要结果呢。”

柳遥的最后一句话让大家都沉默了。她说的其实没错，不管是安彤自己犯的错误还是被陷害的，站在公司的立场来说，似乎并不是那么重要了，重要的是该怎么赔偿客户的损失，又由谁来赔偿。

秦晋阳看了安彤一眼，合上文件夹说：“安彤的事还需要接着调查，至于其他的，由公司来承担。”

“秦总，您说由公司来承担，其他董事会同意吗？”柳遥毫不退让，不过她这么一说，秦晋阳也没办法，公司不是他一个人的，当初创业的时候，还有其他几个股东。

“那，柳总监是什么意思？”秦晋阳沉着脸问。

柳遥一副大义凛然的样子说：“安彤虽然是我部门的，但我也不能护短。这件事情要么安彤辞职，给客户一个交代，损失由公司来出，这样对股东也说得过去；要么就由安彤自己来承担。”

安彤听了，顿时感觉一阵晕眩，好不容易抓住了桌沿才稳住了。

“我没有错，我为什么要辞职？我为什么要赔偿公司损失？”安彤的脸色煞白，她不想由柳遥说什么便是什么。

“那你交出一个人来。”柳遥一脸不屑地看着安彤，“如果你能交出一个人来，就由那个人来承担；如果交不出来，你要么辞职，要么承担，毕竟文件是从你电脑里发出去的。”

“这个客户本来是公司的老客户，也是由我负责，因为我自己的原因所以安排给了安彤，这件事情就由我来承担。”秦晋阳说着就要起身，宣布散会，见柳遥还要说什么，便再次强调：“我个人来承担！”

“你是因为公事出差交给她办的，就是她的责任，你就那么护着她？”柳遥情急之中当着大家，喊出了一句她自己也没有想到的话。

秦晋阳顿时黑脸，厉声道："柳总监，我希望你在工作上要公事公办，不要牵扯到别的。"

"那你公事公办了吗？如果是别人犯的错误，你会这么护着吗？明明是她的错，你却来为她承担。"柳遥说着眼睛都红了，然后又死死地瞪着安彤。

会议室的其他人都听蒙了，也有人一脸的兴趣，像是在看戏一般。安彤将这些人的神色全都收入眼底，忽然觉得留下来真的没什么意思，于是起身道："你们都不要争了，我辞职吧！"

"你不能辞职！"秦晋阳说。安彤还没开口，便听到柳遥几乎有些歇斯底里地吼道："她凭什么不能辞职？"

安彤觉得头痛欲裂，再次无力地说："你们不要争了，我辞职这是我个人的意思。"然后头也不回地转身走出了会议室。

回到自己的位置，安彤正要收拾一下个人物品，却见陆成悄悄地挪过来问："姐，事情说清楚了吗？"

安彤苦笑了一下，回道："怕是说不清楚了，不过我也辞职了。"

"你为什么辞职呀？干得好好的。"陆成明白，安彤不比其他人，她有孩子要养，所以她一直对这份工作很珍惜，也很努力。

"虽然说有的路真的很想走下去，但是如果路已经断了，只能回头了。"安彤继续低头收拾自己的东西，只是越收拾，心里便越难过，她没想到公司居然有自己这么多的个人物品。因为从没想到过要离开，所以在公司这么些年，这里几乎是她另外一个家，连洗漱用品都有，一个纸箱都装不下，只好打电话让孙晓俏过来接她。

安彤以最快的速度办完了辞职手续，并在陆成的帮助下离开了办公室。

走出写字楼的那一瞬间，安彤忍不住回头望了一眼。她想自己这辈子可能再也不会来这里了，只是没想到，在这里工作了那么多年，付出了那么多的热情和心血，最后的离开却是这样的方式。

想到这里，安彤再也忍不住，坐在台阶上，将脑袋深深地埋进了臂弯里，任由泪水在脸上肆意地流着。

“姐，你别太难过了，其实你可以不辞职的，凭什么让柳遥得意呢！”陆成想想心里便有些不平，可是安彤已经做了这个决定，他也没办法。

安彤不知道，此刻除了陆成，还有两双眼睛在紧盯着她：一双是秦晋阳的，看着这样的安彤，他真的很想冲过去把她拥进怀里，然后告诉她：不要辞职不要离开，一切都有我。可他却怎么都迈不开那个脚步。他一直都想走近安彤，可不知道为什么，他和安彤之间的距离却越来越远，直到现在，他连说想送她回家的勇气都没有。

另一双眼睛自然是柳遥的，她的嘴角含着一丝从未有过的笑意，她的心情从来没有像现在这么好过，这么畅快过。她忍不住喃喃自语：“安彤，你有什么资格让他爱你那么多年？只有我才配得上他，是我帮他开了这个公司，是我一直在他身边，凭什么我的成果要由你来享用？既然你挡了我的路，我就不得不把你一脚踢开。可你也真是没用，我怎么踢，你就还真的怎么滚，真是无趣！”

安彤哭够了，孙晓俏的车也到了，见她这个狼狈的样子，赶紧手忙脚乱地拿出湿巾来给她擦，一边擦一边又忍不住抱怨：“你也是当妈的人了，这点打击就承受不住吗？还哭，有什么好哭的？找工作又不是找老公，还能在一个公司待一辈子不成？再说了，又不是什么大公司。”

安彤一直觉得晕乎乎的，不知道事情怎么就发展到了现在这个地步，在昨天之前明明还是好好的。她都觉得自己要开始新的人生了，可不过一夜之间，就像是跌入了地狱。

只是现在听到孙晓俏这样唠唠叨叨的，安彤倒觉得，周围似乎又有了一线生机，心里一松，身子却是一软，直接倒在了孙晓俏的怀里。

孙晓俏吓一跳，急道："你这是怎么了？又低血糖了吗？"安彤摇摇头，想挣扎着站起来，却觉得天旋地转。

这时，秦晋阳从大厅里奔出来，跑到安彤的身边急切地问："怎么啦？不舒服吗？"

孙晓俏虽然不知道安彤这趟来公司发生了什么事，但是此刻她对秦晋阳也没有一点好感。如果这个男人有一点担当，就不会让安彤成为现在这个样子，于是没好气地说："她现在已经辞职了，和你没有任何关系，我会负责她的。"

"赶紧送她去医院吧！"秦晋阳没有理会孙晓俏的话里带刺，直想把安彤接过来，却被孙晓俏一手打开，然后转头对陆成说："把你手上的东西放到后备厢，过来帮帮忙。"

陆成也吓傻了，听孙晓俏这样说，便赶紧按她说的做。

孙晓俏死活不让秦晋阳跟着，秦晋阳也没办法，只好叮嘱陆成好好照顾安彤，到了医院有什么情况赶紧给他打个电话。

安彤这一次不是低血糖，而是发烧了，于是又躺到了病床上开始打点滴。

"你说你这到底是走的什么霉运？是不是惹了什么灾星啊？回头咱俩找一间庙拜拜去！"孙晓俏忍不住嘀咕，也不管安彤现在听不听得进去。

"你不说了我现在是走桃花运吗？"安彤苍白着一张脸，打完点滴精神好些了。

"我更正，你现在走的其实是桃花劫！"孙晓俏说完，又把安彤现在遇到的男人全部都鄙视了一遍。

安彤笑了笑没说什么，但其实觉得孙晓俏说的也有理，甚至还情不自禁地想到了昨天。真是没想到，多年不见的欧野居然还出现了，幸好自己没有留电话给他，看来以后还是珍爱生命，远离男人吧！

可这么一想着，手机上就有短信过来，一看是连辰，不禁觉得好奇，连辰什么时候会发短信？他不是觉得，有话就在电话里说，电话说不了的就见面说吗？

打开手机一看，短信上写着：家里有事，我需要过一段时间才回中国，你好好照顾自己。安彤回了一个字“好”，便不再多说。

“你们是怎么回事啊？”孙晓俏忍不住问安彤。

安彤自己其实也说不明白。如果说之前她还有期待，可是现在她却觉得，还没开始就结束了，不过这或许就是缘分吧，还没开始就结束，比开始了很久就结束总要好一些，所以她对孙晓俏说：“一切都是缘分，缘分到了赶也赶不走，缘分走了那也拉不回，现在我面临的最主要的问题是，要找一份工作。”

“错，你现在面临的最主要问题是——好好回去睡觉！”孙晓俏觉得安彤的危机感太严重了，这才辞职第一天就操心下一份工作。

按孙晓俏的意思，安彤最好在医院再住一天观察观察，可是安彤却一定要回家，因为昨天连辰急着去了美国，她们三个又在医院里，最后优优是被许凉接了回去，这让她总觉得有些不踏实。

孙晓俏拗不过安彤，只好等她打完点滴后缓了缓就送她回家，然后给阿东打电话，说她得在安彤这里住几天照顾一下她。阿东自然是没有问题，只是孙晓俏没想到傍晚的时候，夏晴晴却带着连花儿和优优一起欢呼雀跃地住了进来。

“你不是有自己的大 House 吗？怎么跑这儿来啦？”孙晓俏看着夏晴晴和连花儿的一大一小两个行李包，皱眉不已，她都可以预见以后是怎样的兵荒马乱。

夏晴晴可不搭理孙晓俏，走进来就找安彤，嘴上还不饶人："这又不是你家，安彤都没有说什么，你叽叽歪歪的干什么？"

"你是不是给那人打电话，那人同意跟你结婚了？"孙晓俏见夏晴晴脸上一直挂着笑，忍不住跟在后面小声问。

夏晴晴看连花儿已经和优优跑到小房间玩去了，于是咧着嘴说："我电话没打通，趁着打通之前，我能高兴一会儿是一会儿。"

孙晓俏顿时觉得自己不懂这个世界了，怎么有的人可以想得这么开呢？夏晴晴这人如果生活在二战时期，会不会也在想，世界上死了那么多人，可我还多活了一天，这是多么值得庆幸的事情啊！

至于为什么住到安彤这儿来，夏晴晴的意思很简单，她怀孕了呀。如果要结婚的话，也不可能马上结，还需要时间准备。如果不结婚，这孩子她也打算生下来。不论是哪一种，夏晴晴都怀着孕，都不再适合一个人住了，所以她毅然决然地搬到好闺蜜安彤这儿来了。

"那你有没有想过万一你前夫回来，你不觉得很尴尬吗？"孙晓俏对着夏晴晴说，眼睛却看着安彤。

夏晴晴一边整理衣服，一边乐呵呵地说："那有什么？我和连辰又不是不认识，我们离婚了还可以当兄妹呢？我就把连辰当成我哥，把彤彤当成我嫂子，多好呀！"

"世界上怎么会有你这样的人！"孙晓俏觉得她这会儿才明白"无语"两个字真正的意思。

一个病人，一个孕妇，外加两个小孩，孙晓俏光想想都觉得头大，可是又扔不下，没办法，她只好向公司请了几天假来照顾这些老弱病残，感动得安彤和夏晴晴一边一个抱着她狂亲，而连花儿和优优更是乐疯了，觉得这日子简直是世界上最美好的生活。

连辰一直在美国，每天都会给安彤打一个电话，发几条短信。

孙晓俏很不满意连辰这样的行为。如果不喜欢，你就别这么联系；如果喜欢，可不可以热情一点？可是夏晴晴却瞪着眼睛，因为连辰和她在一起的时候，一年都没有发过一条短信给她，说完夏晴晴又立即纠正，说："不，是三年都没有给我发过一条短信。"

"你能不这样比吗？"孙晓俏忍不住说，"你自己也明白，他不喜欢你，干吗给你发短信？他现在是喜欢安彤，这种方式就是对的。"

夏晴晴听了顿时一脸的委屈："我是个孕妇好不好？你说话能不能注意点儿方式？我现在可是有两颗心灵，一颗很幼小，另外一颗也不怎么强大，你得注意要呵护一下。"说完狠狠地咬了一口大苹果。

孙晓俏点点头，然后从厨房里端出一碗金黄油亮的鸡汤，说："我很呵护你，赶紧把这碗鸡汤喝了吧！"

"你能不能换点别的汤啊，天天就是鸡汤，而且还这么油。我现在听到'鸡'这个字都恶心得想吐。"夏晴晴恨不得把脑袋扎到沙发堆里去。

孙晓俏却无视，对夏晴晴说："我只会熬鸡汤，而且这是老母鸡。别挑剔了，你就算把头扎进沙里，也得起来给我喝了，要不然你就搬回去。"

夏晴晴只得像喝药似的把鸡汤喝完。

安彤的身体终于恢复了，孙晓俏便赶着回去上班。夏晴晴觉得孙晓俏这一走，家里都不热闹了，又见安彤天天趴在电脑上找工作，忍不住说："要不我来负责生活费，你就别找工作了，咱们在家里这样快快乐乐地不好吗？"

"那你能负责我一辈子吗？"安彤虽然这样说，但眼睛却一刻也不离开电脑，生怕错过了哪一个合适的职位。

“可以呀！”夏晴晴立即点头，然后低着头盘算她从连辰那儿分来的钱，够不够她们两家人过一辈子的。

听到夏晴晴这样说，安彤心里还是挺感动的，不过她哪里会要夏晴晴的钱？

“你的钱还是留着吧，以后谁知道会怎么样。再说了，咱们吃喝是不愁，但是优优以后要上大学怎么办？要买房子结婚怎么办？难道我都找你要钱啊？这些都是我的事，我现在必须都得计划好了。”安彤觉得对于一个母亲来说，这是太正常不过的事情。虽然她也想着让优优自己去奋斗，但却不得不准备着。

倒是夏晴晴，她听了这话怔了半天，没想到养个孩子还这么复杂，于是又忍不住看了一下自己的肚子。虽然还没有显怀，但是这里面的孩子可不像连花儿那样有连辰负担，这孩子可是她一个人的。为了肚子里的这个，她也应该像安彤一样好好地打算。

这样一想，夏晴晴的心理出现了一些微妙的变化。虽然她早就当了母亲，但连花儿几乎都不用她操心，甚至都不知道这孩子是怎么长大的。可现在，她似乎才明白一个真正的母亲应该做的是什么，这让她又觉得自己对连花儿的关心有些不够。

等到下午连花儿放学回家，夏晴晴的热情便让小姑娘有些接受不了，甚至忍不住悄悄地跑来问安彤：“安姨，我妈妈是不是得了精神病呀？”

这话吓了安彤一跳，很多孕妇有抑郁症的，于是蹲下身子赶紧问连花儿：“你妈妈怎么啦？她心情不好吗？”

连花儿想了想说：“我妈妈心情很好，还给我扎辫子，还说要给我洗澡，还亲我，把我抱得紧紧的。”

安彤听了心里有些微微的酸涩，摸了摸连花儿头上的那两根丑辫子，安慰连花儿说："安姨不也会抱你亲你，给你扎辫子吗？这是很正常的。"

"可那是我妈妈，我妈妈不会这样呀。"连花儿还是有些不放心，甚至怯怯地望了一眼门外客厅的位置。

安彤忍不住将连花儿揽进怀里，心里却感慨不已：这个世界上的亲情和钱，真的那么势不两立吗？

十七、当了老板娘

对于找工作这件事，安彤觉得真的好陌生，陌生到她有些惶恐，想到自己跟着一群大学生一起去面试，都觉得有些脸红。

安彤距离上次找工作已经好多年了，那时候的安彤每天去挤招聘会，然后买回每一份有招聘信息的报纸，整天躲在房间里找自己合适的岗位。安彤想起那时候的自己就羡慕，怎么就那么信心满满，觉得从总经理助理到文员啥岗位自己都可以去试一下，觉得辞职和再找工作都不是什么难事。

可现在，安彤看着一屏幕密密麻麻的岗位，却觉得什么工作自己都不适合。她在网上看了好几天，才勉强记下了几个可以一试的。

当孙晓俏下班后拐到安彤家，躺在沙发上直嚷嚷好累好辛苦，也要像安彤和夏晴晴一样待在家里不出门的时候，安彤和夏晴晴不约而同地开口，可说出的话却完全不一样。

夏晴晴说的是："你不会也怀孕了吧？"她多盼望有一个人能和自己一样怀孕，然后俩孕妇一起逛母婴用品店，一起晒太阳，一起学习育儿知识，想想都美得不行，因此她看着孙晓俏的眼神便无比热切。

安彤说的却是："你可千万别辞职。"

孙晓俏自动忽略夏晴晴，只是看着安彤："为什么不能辞职？就许你辞职不许我辞？我明天就去辞了。"

安彤一脸无奈地看着孙晓俏，捂着自己胸口道："你怎么就不明白我的心呢？"

"你有心吗？我看看。"孙晓俏从沙发上一跃而起，于是几个女人嬉笑着闹在了一起。当然，夏晴晴是有节制的，她时刻没忘记自己是个被呵护的孕妇，虽然安彤和孙晓俏时常忘了这一点，但是她自己不能忘。

闹够了，安彤披头散发地躺在贵妃榻上说："你们说，我们这年纪真的老了吗？为什么那么多的工作都要求三十岁以下呢？三十岁以上怎么啦？我们难道就活该沦落到在家里洗衣服带孩子伺候老公吗？我们的工作能力难道就退化了吗？"

安彤越想越气愤，孙晓俏却不以为然："咱们这个年纪的，要么就在家里伺候老公，要么就是往高管的方向走了，所以人家用人单位也懒得费这个心。"

孙晓俏越说，安彤越觉得绝望，不禁喃喃道："我是不是该回去跟秦晋阳说说，这件事情又不是我的错。你们说我是不是太冲动了，就不该辞职啊？"话音刚落，一个枕头飞了过来，还伴随着孙晓俏不解气的声音："安彤你有点志气行不行啊？辞都辞了还说这个话，真叫人看不起。"

"志气？志气能当饭吃吗？晚上我就不做饭了，你晚上用志气把我们灌饱吧。"安彤被现实打击得太狠了，觉得前路一片茫然，想想都觉得心慌，于是踢了踢夏晴晴和孙晓俏，"你们实在是太过分了，拖儿带女地在我这儿混，不怕把我吃穷了？我可是无业游民。"

孙晓俏不甘示弱："你生病了我还照顾了你呢，护理费给我。"夏晴晴也慢条斯理地说："我虽然拖儿带女了，但是我也买了很多水果回来啊，再说了，连花儿以后还要叫你妈呢，你这也就是前期投资，没眼光。”

“你那水果大多都是你自己吃的好不好？至于连花儿叫谁妈这个话题，你最好打住，我和你前夫一点儿关系都没有。”安彤想到连辰就来气，走了这么久了，也就是那些不咸不淡的电话和短信。

说起这个，孙晓俏的劲儿就来了，翻起身对安彤说：“要不我给你介绍一个吧，觉得合适就把婚结了。”

“好啊好啊，我找不到工作，就找个男人养我吧，这个主意真不错。”安彤闲着也是闲着，于是颇有兴致地和孙晓俏研究起要嫁个什么样的男人比较合适。可刚起了个头，就听到夏晴晴问：“花儿，你站在那儿干吗？”

一抬眼，连花儿居然眼泪汪汪地站在优优的房门边，优优也比较纠结地立在她身后。

“哟，怎么啦花儿？”三个女人见连花儿这样顿时急了。

安彤曾经以为连花儿是个娇气的小公主，可是后来才发现其实这小姑娘就是一个女汉子，她的那个“娇”不过是为了博取大家的关注，所以这会儿见连花儿哭，都担心得不行。

“花儿，你是不是哪儿不舒服啊？安姨送你去医院好不好？”安彤拍着连花儿的背说，可没想到连花儿却转身紧紧搂着她道：“安姨，你不要嫁给别人，你就嫁给我爸爸嘛，我去美国把我爸爸叫回来跟你结婚好不好？”

安彤怎么也没想到连花儿居然说出这样的话，最后没办法，也只得保证暂时不随便嫁人，孙晓俏也表示只给安彤介绍工作，不介绍老公，连花儿这才把眼泪擦干，然后跟两人拉了钩，谁说话不算话是小狗才算了事。

安抚好了连花儿，确认她又非常乐呵地和优优一起玩，三个女人才又回到沙发上。

“你怎么那么讨我女儿喜欢？”夏晴晴一脸醋意地盯着安彤。安彤不屑地瞟她一眼道：“孩子是最敏感的，谁对她真的好她能感觉得出来，就算你是亲妈也没撤。”

夏晴晴点点头，表示赞成安彤的说法，长叹了一声却郑重地表示：“所以，你必须嫁给连辰，只能嫁给连辰。”

“你只是连花儿的妈，又不是我妈，管得还真宽。”安彤说着心思又转到工作上，怎么也坐不住，还是跑到电脑前看有没有更新的职位。

安彤的急切让孙晓俏和夏晴晴也觉得这件事情很重要，纷纷给她出主意，然后觉得她还是干老本行好，毕竟隔行如隔山，她如果再转到别的行业去，又要从头开始，可她这个年纪了，代价太大。

接着干老本行也不是不行，安彤其实还是挺喜欢广告公司的，一般对员工的要求都不是很严格，能力最重要，而且公司的氛围都挺年轻有活力。只是想到自己的情况，似乎还是只能找个业务类的。

“要不干脆别找工作了，咱们弄个茶楼吧，我来投资？”夏晴晴忽然语出惊人，当时便把孙晓俏和安彤震住了，她哪一只眼睛看到她们三个女人适合开茶楼的？

夏晴晴只是随口那么一说，可是说出口了，却越来越想干。她爸以前就开了一家小茶叶店，每天闻着茶香都让她觉得生活比自己想象得更美好。

“开茶叶店和茶楼是两回事好吗？咱们又没有经验。”孙晓俏觉得应该拍醒夏晴晴那脑子，可夏晴晴却说，哪一项生意不是人做出来的？总有第一次嘛，谁一出生就有经验的？

安彤觉得夏晴晴还怀着孕呢，根本就不适合弄这个，但夏晴晴却眨眨眼睛道："不是有你们吗？我只需要负责找人来喝茶就行了。"

看夏晴晴铁了心的样子，安彤看着孙晓俏，可孙晓俏却立即把脑袋转向另一边，那意思安彤明白：不就是她有工作，这件事情落到安彤一个人头上吗？

"安彤你放心，我虽然怀着孕，但是接接孩子这件事还是可以做到的，你可以放心大胆地去做。"夏晴晴一副非常信任安彤，一切都由她去打理的样子。

安彤就算是铁打的，在夏晴晴这样的信任下都忍不住心动，这辈子有谁这样信任过她啊？推着孙晓俏说："要不咱俩就跟她一起干干？反正钱也不是咱们出，亏了也亏不到咱们头上来。"

孙晓俏被安彤这样一说，也有些心动，打工和当老板娘的概念完全不一样啊。她转了转眼睛，也从沙发上坐起来，想了想点头道："也有道理，咱们付出的也不过就是时间，做成了咱们赚钱，做亏了是她的钱，和咱们没关系，这生意可以做。"

夏晴晴目瞪口呆地看着这两人，有一种自己上了贼船的感觉，而且这船还是自己拖来的，贼也是自己请上船的。

看着孙晓俏和安彤那兴致勃勃的样子，夏晴晴眼睛一闭，亏了就亏了吧，也亏不了几个钱。

开茶楼这件事情，就在这种嘻嘻哈哈的氛围中定了。孙晓俏雷厉风行地第二天就辞职了，然后和安彤俩人每天出去找合适的地段，然后拖着麻木的腿一起回家。还好有阿东鼎力相助，每天都把吃的喝的安排得妥妥帖帖的。

当然，夏晴晴也没闲着，负责在网上找信息。

三个人好不容易找到了一家地段不错，但却在小巷深处的两层楼的门面。但是安彤极喜欢二楼上的那个露台，虽然在小巷深处，但阳光却很不错。

安彤在露台上跑来跑去，兴奋地说：“你们看，我们可以在这露台边上全部种上矮牵牛，再把对面的那面墙种上爬藤植物，露台上摆上沙发、秋千或者桌椅什么的，有太阳的时候晒太阳，没太阳的时候吹吹风，想想都舍不得走啊。”

“如果能留住客人能挣钱，这租金什么的都是小钱。”夏晴晴财大气粗，把桌子一拍就定下来了。孙晓俏撇撇嘴道：“果然不是自己赚的钱，不心疼。”

店面算是找好了，而且里面原来是做复古主题书店的，原先的装修就非常有特色，几乎不需要太大的改动。但是这时候三人却为另外一件事傻眼了，开茶楼得要茶叶呀。

茶叶也不用愁，夏晴晴有这方面的货源，只是她们三个都不大懂茶，尤其是安彤和孙晓俏。

“夏晴晴，你爸不是开茶叶店的吗，怎么你也不懂？”孙晓俏怀疑夏晴晴的话里有水分，不想却被夏晴晴鄙视：“我爸开茶叶店是真的，但真正的好茶他自己都舍不得喝。”

夏晴晴这么一说，安彤和孙晓俏又觉得有理，一切便只能靠她们俩了。好在夏晴晴又发挥了她富婆的特色，去请了一位茶艺师全天候地教安彤和孙晓俏喝茶，安彤这会儿才知道就铁观音都有好几种香型，最后喝得她看到茶都要吐。

“咱们就不能请几个茶艺师吗？”孙晓俏趴在桌子上愁眉苦脸地看着一桌子的茶具。

夏晴晴有滋有味地喝着牛奶，咂吧了几下嘴，才回道：“茶艺师当然要请，可是你们也得懂茶，要不和别人说说话都丢人。”

安彤和孙晓俏总觉得夏晴晴这话有些言过其实，难道开饭店的就一定要自己是大厨吗？但多学一些总是没错，万一真的如夏晴晴所料呢？何况夏晴晴她爸也是开过茶叶店的，或许多多少少也懂一些，所以暂且也只能听她的。

等到都把嘴巴喝苦了，安彤和孙晓俏喝一口茶也大概知道是什么茶什么价位的时候才发现，茶楼的名字还没取呢，这可是大事。

“要不，就叫三个女人吧。”孙晓俏小手一挥，却又被夏晴晴鄙视：“咱们要开咖啡馆还差不多，开茶楼叫三个女人，还不如琼瑶的那个小说《六个梦》呢。”

“那咱们为什么不开咖啡馆呢？”孙晓俏问夏晴晴。

夏晴晴一愣，为什么不开咖啡馆？因为她没想到啊，当时想到的就是茶楼，要怪就怪她们行动力太强了，说了就马上行动，都没好好琢磨琢磨、商量商量。

孙晓俏越来越觉得其实她们三个人更适合开咖啡馆，不说别的，单就她们自己都很喜欢喝咖啡啊，可是一想到咖啡里的学问也很多，学完了茶再学一次咖啡，她直接死了算了，于是很理智地闭嘴，没有去刺激夏晴晴那根叫“我很有钱”的神经。

茶楼不能叫“三个女人”，但这三个女人却还是得寻找更合适的名称。于是三个效率很高的女人在餐桌上琢磨了一天，用了好些张纸，最后定下“守心”二字，称不上有多好，只是三个人都勉强同意，不像其他的，总有一个人反对。而且夏晴晴还找人算过，说这名字和那地方的风水正好相配，一定能生意兴隆。

忙忙碌碌磕磕绊绊的，“守心”茶楼总算是开门营业了，只是三个人守了一天，却只进来了三个顾客：第一个因为她们太热情而给吓跑了，第二个勉强坐了下来，但那是喝茶吗？那模样像是进了黑店似的，几口喝完茶扔下钱就走了。孙晓俏很受伤，忍不住说：“我们三个开的又不是龙门客栈，他那是什么意思啊？”

前面两个都是靠谱，于是三个人又伸长了脖子期待第三个顾客，只是让她们盼望了半天的顾客，竟然是连辰。

或许是背光，使连辰的脸色看上去非常不好，夏晴晴瞟一眼便躲到茶室里没出来，孙晓俏低着头盘算着什么，安彤只能迎了上去。

“安老板真有本事，居然开了茶楼。”连辰第一句话就满是火药味儿。他真的很生气，不过是出国一趟，安彤就又辞职又开茶楼的，这倒不说，居然提都没跟他提一句。

“开茶楼难道不是正当职业吗？”安彤见到连辰的第一眼，小心脏就狂跳。这让她心里有些委屈，同时，也有些鄙视自己，于是听到连辰这么一说，语气自然就不怎么好。

连辰诧异地看着安彤，在他的印象中，安彤已经很久没有和他这样说话了，怎么兜兜转转好像又回到了最初认识的时候呢？他离开的这段时间，究竟发生了什么事？

“你，没什么事吧？”连辰审视着安彤。

安彤一听这话，心里这些日子以来的委屈恨不得就要从喉咙里冲出来，可是她还是死死压住了，冷声道：“没事。”

“你，能不能好好说话？你看我才多久不在啊，你就闹这么大的动静，我都没有怪你。”连辰一下飞机就冲到茶楼下，本来是想帮安彤把把关的，但却怎么也没想到安彤是这态度。

“真好笑，你凭什么怪我？我自己的事我自己可以处理，我开茶楼也没用你一分钱，你冲我呼三喝四的干吗？咱们是什么关系呀？”安彤说完，心里默默加了一句，是夏晴晴用你的钱，不是我。

孙晓俏虽然没像夏晴晴那样躲开，但也不想招惹连辰，因此一直坐在收银台的位置，尽量弱化自己的存在。此刻听到安彤这样说，忍不住起来，冲着安彤悄悄地做了一下鼓掌的动作。

对于男人，就不能太给好脸色看，要不然就真的蹬鼻子上脸了。

“没关系？所以你就琢磨着要找个合适的男人嫁了是吧？”连辰恼得都快现在立即就拉着安彤去民政局登记，看她还会不会说没关系。自己这辈子对哪个女人这么好过？她还说没关系，甚至还想和别人结婚。

安彤听了这句话，忍不住瞪了孙晓俏一眼，可孙晓俏却又给她瞪回来了。

“这也是我的事，有合适的我当然要嫁。”安彤说这句话时已经有些底气不足了，感觉自己像是做错了什么似的，可是明明也没做错啊，连辰可是一句承诺都没有给自己的，就连那不伦不类的求婚，也不过是因为合适。

合适？对，你连辰觉得我合适，可我觉得你不合适。安彤想到这儿，脸上忍不住露出了笑意，觉得自己总算是赢了一回。

连辰看着安彤脸上露出那么不合时宜的笑容，以为她真的有什么看中的人，顿时有些紧张，将手中的茶杯“啪”地放到桌上，道：“还能有人比我更合适吗？”

安彤故作不屑地看了连辰一眼，慢悠悠地说：“你太有钱了，我高攀不起。”见连辰还要开口，又说：“而且你还有个那么关心你的表妹，我也伺候不起。”

“你有没有脑子？我如果和余希希有什么，还轮得到你？”连辰觉得安彤简直是胡搅蛮缠。

那边的孙晓俏听到这句，轻轻地问刚刚溜过来的夏晴晴：“你这前夫情商是不是有问题啊？”

夏晴晴正要回答，那边的安彤却一副冷艳高贵的样子起身道：“连先生，我从来就没在您面前排过队，您也用不着轮到我，该轮到谁就轮到谁，好走不送！”说完转身就到后面的库房整理茶叶去了。

连辰还从来没跟女人吵过架，见安彤走了，他也没有跟上去，反而冲着孙晓俏和夏晴晴走过来，黑着脸问：“你们和安彤说什么啦？”

夏晴晴只知道摇头，孙晓俏不得不出头道：“我们和安彤说的话有很多，你难道都要知道啊？”

连辰居然点头。

“那拿钱来买。”孙晓俏仰着脖子说。

“多少钱？”连辰说着便拿出了支票本。

孙晓俏傻了，从来没见过这路数好吗？不过这会儿她也明白了夏晴晴那富婆样是从哪里学来的了。

“多少钱？”连辰又问。

“你的全部身家，你同不同意？”安彤忍不住从后面跑出来，一把抓起支票本朝连辰扔了过去，而后又转身去了库房。

夏晴晴看了看连辰，又看了看库房，决定还是抿住嘴比较合适。而孙晓俏这是第一次看到安彤发那么大的脾气，不禁觉得有些新鲜，反而觉得连辰是安彤的菜。

连辰这才发现，事情可能比自己想象得更糟，只是他也不知道该怎么处理。最后还是孙晓俏说：“要不你先回去吧，等她气消了再说。”

连辰只得点点头，收起支票本，可是走到门口，还是忍不住转身看了一眼，有些疲惫地揉了揉额头，女人真的是太麻烦了。

“我还是第一次看到连辰吃瘪啊。”夏晴晴的情绪有些激动，可怜的她等连辰走了半天才敢说这话。

“你如果不是这样怯怯懦懦的样子，多让连辰吃吃瘪，也许也用不着离婚。”孙晓俏不明白夏晴晴都跟连辰生了个孩子了，怎么就那么怕他？

夏晴晴笑着扬起一张俏脸道："我可能上辈子是虫子他是鸟，所以我天生怕他，也不知道当初怎么就嫁给他了。还是离婚好，离婚真好，离婚万岁！"有些男人真是可远观不可亵玩，连辰不是她能够消受得了的。

"嗯，你当初居然敢提离婚，是神赐予你的力量吧？"孙晓俏不屑地看了夏晴晴一眼，却发现她非常严肃地在点头。

对于三个女人来说，男人是次要的，茶楼才是现在最要紧的事情。为了扩大影响力，安彤请陆成帮忙设计了宣传单页，又开通了微信公众账号，甚至还推出了喝茶送点心的活动，终于使茶楼的生意渐渐好了起来，每天都有些盈余。她们觉是这事情简直是太顺利了，夏晴晴甚至摸了摸安彤的一张圆脸道："安彤，亏得你长着一张福星脸，真旺我。"

安彤打落夏晴晴的手，没好气地说："你说我胖就直接点儿。"

"我真为你担心。"孙晓俏忧心忡忡地看着安彤道，"为了忙这个店你差不多瘦了十斤，可是现在连辰天天给你送汤来，你又胖了回来，这一缩一胀的，你受得了吗？"

连辰的汤现在是守心茶楼里的一景，连做清洁的阿姨都知道了，哪一天连辰没送汤来，大家可能还觉得不自在。

"你说他是从哪儿学来的？"安彤想到这件事又好笑又无奈，当然还有免不了的一丝甜蜜。

"估计是他们家煮饭的阿姨，居然是广东人。"夏晴晴笑着说，听连花儿讲，连辰新请了一个广东女大厨，所以家里每天都飘着各种汤味儿。

"你也别太矫情了，适可而止吧。"孙晓俏觉得差不多就行，男人是要教育，但是也不能教育过度了，要不会把人吓跑的。

安彤看了孙晓俏一眼，懒得开口。连辰的汤是送来了，可是人一直没到啊。

连辰是没到，可是茶楼里却到了一个让安彤再次瞠目结舌的人。

“安彤，你好！”欧野的声音还是像当年那么有磁性，只是脸上多了一些沧桑。

“欧野，你好！”安彤深吸一口气，握住了欧野伸过来的手，不过那一瞬间，她愣了一下。

很多年前，安彤曾经无数次地私下里想象，欧野的手掌是怎样的感觉，是粗糙还是细腻，是柔软还是僵硬，但总没有一个结果。直到此刻，安彤感受着欧野掌心传来的温暖，才猛然发现，是的，她想象中欧野的手掌应该就是这个样子。

一壶普洱，安彤和欧野对坐在茶楼最角落的位置，那是三个老板娘为自己准备的地方——静僻，一眼可看到整个茶楼的布局，旁边摆着一盆菊花，隐隐散发着淡淡的菊香。

“这里环境真不错。”欧野的眼中有着真心的赞美。

“其实我们接手的时候这里就是这个样子，我们只是多加了一些点缀。”安彤从来都是实在的，不是她做的事，她怎么也没办法揽到自己身上。

欧野点点头，眼神却有些飘忽，用类似自言自语的声量说：“生活中，最打动人心的总是那些细节，虽然看上去微不足道，可却能叫人记上一辈子。”

安彤不知道欧野说的是茶楼的布局还是别的，只能低着头喝茶。

“我记得你以前喜欢喝奶茶。”

“那时候还小嘛，现在不喝了。”

寒暄了一句，两人之间又是一阵沉默，然后又不约而同地问起：“你还好吧？”

安彤笑了："上次你就问过我好不好，我说了，我很好。"

欧野见安彤不再回避上次见面的事，也放下心来，温柔地问："上次看到你的脸色似乎不大好，有什么事吗？我可以帮忙吗？"

这样的欧野又让安彤情不自禁地想起了多年以前：那时候他就总是这样，温柔地问她，吃饭了吗？功课做完了吗？累了吗？我可以帮忙吗？让安彤情不自禁地沉溺于他的温柔里，甚至至今都觉得她认识的人中，欧野的声音最好听。

安彤知道，欧野与她是不同的。虽然那是多年以前的事情，但是谁也无法抹去那一段记忆。只是她不知道自己于欧野是怎样的存在，这是她心中的一根刺，也许这辈子也无法忘记，但是她想她永远也不会提起。

过去的事情让安彤觉得自己和现在的欧野离得很远，也让她猛然清醒过来，其实自欧野消失的那一天起，她和欧野就是越走越远了。

安彤摇摇头："没什么事，你忘了我是个女汉子，任何事情我都可以搞得定。"

见欧野虽然笑着，但眼里明明是不相信，安彤想了想还是告诉他自己在公司里有些不痛快，于是辞职了。然后她指着茶楼道："你看，我辞职后又开了个茶楼，是不是很能干？所以，我不需要别人操心的。"

这样的话，安彤在很多关心她的人面前说过，安爸安妈安迪和陆成等她都说过，大家听了都很欣慰，笑着恭喜。可欧野却还是那样温柔地看着安彤，过了许久才哑着嗓子说："安彤，你辛苦了，都是我不好！"

安彤的喉咙顿时像是被堵了一团棉花似的，过了很久，喉咙松快了些，她才勉强笑了笑说："我，还好，不是很辛苦，这和你又有什么关系？"

“我……其实当年……”欧野正要说些什么，当年的答案呼之欲出，但此刻却偏偏传来夏晴晴的声音：“安彤，有人找！”

从安彤这边看过去，一盆落地的棕榈树正好挡住了她的视线，不知道究竟是谁找她，只好对欧野说：“你坐会儿，我过去看看就来。”欧野却跟着起身道：“你忙吧，我还有点事，过两天再来看你。”

轻松地道别，就像是两人之间什么都没有发生，就像这十多年的消失不见也没有发生过，安彤不禁有些呆愣。她记得多年以前她和欧野的最后一次见面，他也是如此，说，我有点事，过两天再来看你。

可是，这“两天”却持续了十多年。

十八、那些往事

其实没有人找安彤，是夏晴晴自己要见她，她见到欧野的第一眼便有些担心，只是没想到他居然是来找安彤的。

夏晴晴不知道该怎么向安彤解释，因为她看得出来，安彤对欧野的感觉不一般。虽然她一直想让安彤当连花儿的后妈，可是如果安彤真的有了别的选择，她也不能去阻止，那样太龌龊也太自私。只是，为什么是欧野？

“你到底想说什么？”安彤见夏晴晴欲言又止的样子，忍不住问，这不是她的风格啊。

夏晴晴支吾了半天，还是一咬牙对安彤说：“你是不是和欧野挺熟啊？你还是不要再和他接触了，他可不是什么好人。”

在安彤的逼问下，夏晴晴才说她以前老是和连辰一起参加各种各样的宴会，见过欧野几次，很多女人都喜欢围在他身边，不过他在上流圈的名声似乎不大好，都说他原来只是个穷小子，靠裙带关系才爬上来的，只不过从来没有看到过他的太太。有人说他太太身体不好，极少出门。

在夏晴晴看来，如果是女人倒没关系，女人是弱势嘛，当然要靠各种各样的关系来稳定自己的位置，所以当初连辰给她钱的时候，她可是一下都没有推托。可欧野是个男人，他这样就显得有点儿品行不端，而且还很没有志气。

“而且你没觉得他长得太好看了吗？这样的男人太花心了，我觉得还是连辰好。”夏晴晴无时无刻不在为连辰说话，生怕这个好后妈被别人抢走了：女儿找后妈最重要的不是别的，而是够不够善良，如果够善良，就算她不把对方的孩子当成自己的孩子，也一定会善待。

“你的意思是连辰长得不好看？不好看的男人我不要，我是颜控。”安彤望着夏晴晴哧哧笑，夏晴晴掐了一下安彤的脸说：“你都三十多了，还好意思是颜控？就算是颜控，连辰也不比欧野差。不过欧野的那种好看吧和连辰还真不一样，连辰的好看是‘我长得好看，但是你离我远点儿’；欧野的好看吧，是‘我长得很帅哦，亲爱的快过来’。连辰是神，欧野是人，聪明的女人当然都会选择人，这样比较容易够得着。”说完便盯着安彤，意思是，你是不是聪明的女人？

“那我们家阿东呢？”孙晓俏从后厨过来，纤细的手搭在夏晴晴的肩上，一脸期待地问。

夏晴晴稍微侧了一下身子，孙晓俏的手就滑下去了，正要皱眉发飙，却听到夏晴晴说：“要说好看，真的是你们家阿东长得最好看。”

安彤也同意夏晴晴的说法，阿东的好看是男女通杀啊，别说没看过长得那么好看的男人，连女人都没那么好看的，简直可以说是雌雄莫辨。安彤曾经对孙晓俏说，她和阿东拍婚纱照的时候，如果都穿婚纱照，看上去肯定是同性恋。

孙晓俏听到夏晴晴这样说，顿时眉开眼笑地问：“那我们家阿东是怎样的好看？”

安彤正要说孙晓俏太矫情，阿东的好看还用得着说吗？有眼睛的人都可以看得出来，而且不需要任何审美眼光。但她刚张开嘴，夏晴晴便说：“阿东的好看，是那种我看优优式的好看。”

看优优式的好看？那不就是大人看孩子的眼光吗？夏晴晴话一出口，孙晓俏就目露凶光：“夏晴晴，你是想一尸两命吗？”

守心茶楼的工作人员对于三个老板娘的相处方式都已经习惯了，但是顾客不一样啊，他们一听这话，顿时惊讶地抬头。

“不好意思啊，开玩笑呢。”安彤赶紧解释，回头瞪了孙晓俏一眼，“你说话小声点儿，你以为是在我们家客厅呢？”

孙晓俏和夏晴晴只得住嘴，沉默了一会儿，又同时问安彤，是怎么认识欧野的？

实在扛不住，安彤只好说是在读大学的时候认识的。

“那我怎么不知道？颜值这么高的人，我一般都会刻骨铭心的。”孙晓俏说这话的时候，眼睛里满满的都是对安彤的怀疑。

“是大一我在外面做兼职的时候认识的，那会儿你正在追一个大三的师兄，哪里顾得上我？”安彤这么一说，孙晓俏倒是想起有那么一个人。只是她再也想不起当年那个师兄的一张脸，不禁觉得奇怪。人还真是奇怪，当年那么喜欢，现在却忘得一干二净了，难怪说彼此都是过客呢。

“那你和欧野到底是怎么回事啊？”夏晴晴因为认识欧野，所以格外地感兴趣。

安彤也不得不满足夏晴晴的好奇心，因为她怀着孕呢，被一个孕妇缠着的感觉可不是那么好受，打不得骂不得，时刻被她“可能流产”所威胁。

安彤还记得那时候她找到了一份在奶茶店兼职的工作，欧野也在那家店里送外卖，但没有外卖的时候便在店里帮忙。

奶茶店里是按小时算钱的——那时候家里在培养安迪，不是学跳舞就是学乐器，成天没个歇的时候，费用到安彤的手上就有点儿捉襟见肘。安彤学习成绩好，就算缺点课也可以补回来，再加上大学时间本来就松，为了多挣点儿钱，待在奶茶店的时间就久了点，欧野的家因为他爸做生意失败，状况也很不好，因此最后往往都是他们两个守店。

记得有一次，闲着无聊，欧野问安彤喜欢什么。

安彤知道欧野问的是她的兴趣爱好，她想说自己喜欢画画，可是家里哪有钱供她？所以便随便转移话题说："我喜欢喝奶茶啊。"他们就算是奶茶店员工，但要想喝，也是要买的，可是自那以后，欧野每天都会买一杯奶茶给安彤。

在奶茶店里工作了半年，安彤便喝了近两百杯奶茶。

"你也不恶心？"夏晴晴一脸的不解，孙晓俏却是一脸的鄙视："她喜欢欧野，当然不觉得恶心，哪怕喝得能够绕地球两圈，还是会觉得很香很甜。"

安彤听了也忍不住笑，那时候她真的是觉得很甜蜜啊，每天就盼着见到欧野，盼着喝到欧野给她买的奶茶。她觉得世界上最好喝的东西便是奶茶了，不论什么口味的都好喝。

那时候安彤做什么都会想到欧野，打开书本，她会想到欧野说功课做完了；在寝室搞卫生的时候，她会想到在奶茶店里拖地时欧野会问，累不累，他来吧；连孙晓俏说到那位师兄请她去吃了西餐，她都会想到欧野一上班就问她饿不饿，他多带了一个水煮蛋。

因为欧野，所以大学一年级变得那么的可爱，好像整个世界都是粉红色的，用优优的话说，像棒棒糖一样甜。

可是有一天，欧野却忽然辞职了，辞职前的一天欧野还说休假的时候带她去他小时候玩过的地方，那里有一个池塘。可辞职后的一天，欧野却来找她，说他要去学新的东西了，并在临走的时候说，过两天，他来看她！

安彤以为欧野他爸的生意有了起色，他不用再兼职打工了，所以还暗自为他高兴，可欧野再也没来找过她。她安慰自己，他说的过两天并不是真的是过两天，这只是一种说话的习惯。直到两年后，安彤才知道，“过两天”是指再也不会来了。

“你……”孙晓俏听了半天，也不知道该说什么才好，她对这件事竟然一点儿都不知道。

“我以为他是喜欢我的，所以才对我那么好，可是其实我很傻是吧？一个人对你好并不一定就是爱你，只有他真的说了爱你，这才能相信。”安彤说这话的时候还是很难过，因为欧野，她再也不懂什么叫爱。

“所以，当许凉说他爱你的时候，你就和他在一起了？”孙晓俏不可思议地看着安彤。

安彤点头，许凉的表白就像是一根救命稻草，所以她迫不及待地抓住了。

孙晓俏看着安彤，想安慰，却又不知道从何说起，长叹了一声说：“已经是过去的事了，我去饼店拿些点心来。”

“我就说欧野不是个好东西。”夏晴晴也不知道该说什么，觉得只有骂骂欧野才解气，却被安彤劝去休息了。

可当她们俩都走了，安彤的心绪却静不下来。夏晴晴口中的欧野让她挺难受的，可是她还是不相信那个是她认识的欧野。就算欧野不爱她，她也不相信欧野是那样的人。半年的相处，她虽然看不懂爱情，但却相信自己能够看明白欧野的人品。

就这样迷迷糊糊地到了要去接优优和连花儿的时间，安彤才回过神来，却见连辰不知道什么时候已经坐到了自己对面，而且眼睛一眨不眨地盯着自己，满是探究。

“你什么时候来的？”安彤吓了一跳，生怕连辰看出点儿什么来。她本能地不想让连辰知道这个世界上有一个叫欧野的人，或者说，她不想让连辰知道她认识欧野，过去的事情她不想牵扯到现在。同时又庆幸这不是做梦，要不还会担心自己会不会说梦话。

安彤现在算是知道连辰有多能吃醋了，上次她只不过和他吃饭的时候和孙晓俏多聊了几句，他就黑脸了一晚上，送她回家的时候，连晚安都没说。

其实安彤很不喜欢她和连辰现在的状态，自他从美国回来，似乎一切又回到了最初认识的时候。他虽然看上去温柔斯文，可是她最讨厌这种不清不楚的样子：行就行，不行就各回各家。觉得说得来，做个朋友也不是不行，但不明不白的又算什么？

越是这样，安彤越是对连辰偶尔散发出来的醋意感到愤怒。他什么都没说又有什么资格吃醋？安彤一年被蛇咬，十年怕井绳，她十多年前的经历不想再承受一次。那时候年纪还小，还能够说得过去，现在如果再来一次，她自己都会鄙视自己。所以，安彤偶尔会莫名其妙地冲连辰发脾气，比如此刻，她看到连辰一脸高深莫测的样子便没来由地觉得有些烦躁。

连辰哪知道安彤心里的波涛汹涌？慢条斯理地说：“来了好一会儿了，你想什么呢？”想什么呢？想的都是不愿意想的事。安彤情绪又有些低落，敷衍地说：“没想什么，发呆玩儿，你没事就忙去吧，我要去接孩子了。”说着便去后面的休息室拿包。

出来的时候，见连辰还在那儿，安彤好奇地问："你怎么还不走啊？"照连辰的脾气，应该是马上就出门走人了。

"孩子是你一个人的吗？我们一起去吧。"连辰说着便起身率先往门外走去，挺拔的身材因为背光，显得更加颀长。安彤忍不住想，书中说的玉树临风，是不是就是指这个样子的？

本想叫住连辰，说他去自己就不去了，可是安彤这一愣神的工夫，连辰已经走到门外了。

上了车，连辰却不发动汽车，而是侧过身子来，认真地问安彤："你是不是在怪我？"

"怪你什么？"

"怪我在你最难的时候没有陪在你身边。"

这话像是一记闷雷在安彤的心里炸响了。她不是没想过自己是不是怪连辰，但每次一开头，她便及时打住，因为她不敢想。她对自己说，安彤，你这三十多年哪一次不是自己扛过来的？为什么要这样想？这一次你一样可以扛过来。

直到现在，安彤心里也在扛，因为究竟那个广告版面是谁发到报社的她还不知道，她和陆成都怀疑是柳遥，可是又没有证据。

现在连辰这样问，安彤便像是忽然间脆弱了起来，她情不自禁地就觉得委屈，逼迫自己心里默默地说：安彤，不要强求他，他没有这个义务，他没有这个义务……这样想着，也就这样说出来了："你又没有这个义务。"

"安彤，我不希望你说这样的话。"连辰伸手紧紧地握住安彤的手臂，眼睛里有着从未有过的凝重。

安彤的手臂被捏得有些痛，忍不住想挥手甩开连辰的钳制，可没想到另一只手反而也被他拉住，然后被带进怀里紧紧拥住。

“对不起，都是我不好，我应该在你身边的。”连辰一个劲地道歉，可安彤却越听越恼火，一边挣扎着一边没好气地说：“我说了和你没关系，你没这个义务，这事儿也都过去了，咱们都不再提了好不好？”

连辰终于慢慢地放开安彤，却死死地盯着她说：“和我没有关系吗？我以为我们是有默契的。”

“什么默契啊？我和你有什么默契啊？”安彤整理着自己被揉乱了的头发，死死地咬着嘴唇，不让眼泪流出来，她恨感情上的默契。

安彤伸手去开车门，想要下车，不想却被连辰先一步把车门锁死了。

连辰完全没想到安彤的情绪会突然这么激动，可这却让他更加内疚，竟说出一句他自己都没想到的话来：“安彤，我爱你！”说出来，他自己都愣了神，这是他第一次说“爱”。

安彤也怔住，她以为自己听错了，忍不住扭头问连辰：“你，刚刚说的是什么？”

“我说，安彤，我爱你！”连辰再一次将安彤揽进了自己的怀里，并吻住了安彤刚刚被咬得发白，现在又异常艳红的唇。

连辰有一种从未有过的体验，他从来没觉得女人在他的生命中会占有怎样的一个位置。当初跟安彤提出结婚，也真的因为觉得她是一个不错的女人，他需要一个可以让他安心的女人。可是后来，看到安彤苦苦支撑的样子，他便忍不住地想要保护她，让她永远都活在他的羽翼下，开心幸福地过日子，不用再为任何事情操心，将过去忘得一干二净，不管是开心还是不开心的，都忘得一干二净。

可后来，连辰发现自己不知道什么时候竟然对安彤产生了一种迫不及待的占有欲。他不喜欢她和其他人在一起，不论是女人还是男人。这样的一种情绪让连辰忍不住疑惑，自己怎么会在正该好好为事业而奋斗的年纪里，对安彤产生这样的念头？连辰有些迷糊，所以他在美国待得久了一些，他需要时间来慢慢地厘清自己的情绪。

当连辰以为自己想明白的时候，他以为自己只是稍微有些波动，可连花儿的一个电话却让他破功，也让他彻底明白了自己要的是什么。

那天不过是闲聊，连花儿漫不经心后知后觉地告诉他安姨某一天曾经想要嫁给别人的时候，他顿时便慌得不行。可是任他怎么哄，连花儿也想不起来安姨到底是哪一天说的这话。连辰再也待不下去了，买张机票就飞了回来，生怕安彤真的就嫁给了别人。

上飞机前，连辰让人查到安彤的下落，飞机一落地，他便迫不及待地去找她。见到安彤之后，他安心了，也有些嘲笑自己的幼稚。安彤如果真要结婚，怎么会不通知自己？就算她不通知，连花儿也会说的。

可当看到安彤若有若无的疏离，以及时不时地产生的恍惚，连辰再一次紧张了起来，他发现有一些东西不是自己能够掌控的。

直到刚刚说出那句“安彤，我爱你”，连辰才恍惚大悟，原来他是真的爱上了安彤啊，所以他才那样地牵挂她。

不知过了多久，玻璃窗上发出了轻微的敲击声，连辰这才把安彤放开，然后便看到孙晓俏一张几乎都要变形的脸。连辰勉强还能够故作镇定，安彤却差点儿把脸埋到膝盖上，这么丢脸的一幕竟然暴露在孙晓俏面前。

连辰摁下车窗，又恢复了冷酷本色：“有事吗？”

孙晓俏顿时瞪大了眼睛，这男人简直是太让人无语了，你以为你刚才是在啃馒头吗？于是没好气地说：“你对待安彤的闺蜜，态度是不是应该好一点啊？”

连辰瞟了一眼还在埋头当鸵鸟的安彤，眼里出现了一丝笑意，道：“孙老板，安彤又不在这儿，我对你态度好不好的，她也不知道啊。你应该是不会挑拨我们关系的是吧。”

"你……"孙晓俏看了看连辰，又看了看身体明显僵硬的安彤，忍不住伸手拍了一下她的脑袋，"你就算钻到椅子底下去也没用，我说你怎么找这么一个睁眼说瞎话的男人啊……"

孙晓俏还没发泄完，便见安彤缓缓地起身，眼睛直视前方道："安彤的确不在车上，安彤去接小孩了。"

连辰一听这话，立即发动了汽车，只留下吸了一肚子尾气七窍生烟的孙晓俏。

"不在车上，那你是魂啊？你们两个大庭广众之下……你们，虽然是在车里，可还有那么大的玻璃呢，也不注意一点儿社会影响……"孙晓俏秒变泼妇，可是也没用啊，连辰的车虽然不比她的声音更快，但是隔音系统太强大了，那俩人根本不可能听到。

孙晓俏气咻咻地进茶楼将此事告诉夏晴晴，夏晴晴愣了半晌，才道："这是多好的事儿啊，没想到连辰也有这么激情的一面……"说到这儿，她戛然而止，抬起头来问孙晓俏："你说，我在连辰的生命里是不是就是个打酱油的？我就是小说中写的炮灰是不是？你说我好好地去打这个酱油，当这个炮灰干吗……"

夏晴晴说着说着便觉得有些心酸，喉咙哽住了，眼泪也流了下来。孙晓俏这才明白，其实夏晴晴并没有她所表现的那么洒脱：她和连辰也在一起几年了，当年她肯定是爱他所以才嫁的，只是后来失望进而绝望所以才选择离开。她本来以为自己的选择是正确的，直到现在才发现，连辰其实不是不会爱，只是不爱她罢了。这种打击真的不是一般人能够承受的，尤其是现在她肚子里孩子的爹都不知道是怎么回事，一直都联系不上。

"晴晴，不是你的错，要怪就怪连辰，当年他脑子是糊掉了吗？没打算好好对你，干吗又要娶你？"孙晓俏说完，夏晴晴便哭着趴到了她肩上。她本想说，我又不是男的，你靠得上吗？但想想，还是闭嘴，甚至伸手安慰地拍了拍夏晴晴的后背。

“晓俏，其实我，我不怪连辰，他觉得他是好好对我了，只是我们的标准不同。”夏晴晴抹了抹眼泪，告诉孙晓俏一件她藏在心里很久的事。

夏晴晴说，名城集团是她的第一份工作，之前都因为她太胖所以一直没有单位愿意要她，有的委婉地表示她不适合，有的更是直接地嫌她胖，有损公司形象。所以她狠狠地便报了一个减肥班，一年的时间，她吃了无数的苦，终于把体重降到正常人的范围。

“我没想到能够进入名城集团，而且他们还让我当前台。你知道一般都只有特别漂亮的人可以当前台的，尤其是名城集团这样大企业的前台……”现在回想起当年，夏晴晴仍然有些激动，所以她当时便想着要在名城工作一辈子，也像所有的女孩子一样，对高高在上的连辰抱着最不切实际的幻想。但也只是幻想而已，她其实还是想找一个普通一些的男孩，然后过着普普通通的日子。

“那你怎么又嫁给连辰呢？”孙晓俏觉得奇怪，这样的嫁娶简直是现实生活中的灰姑娘与白马王子啊。

“因为，发生了一件事。”夏晴晴叹了一口气说，那时候公司在一家酒店开年会，大家都很高兴，喝了不少酒，她有点晕，所以便想找一个比较通风的地方醒醒酒，谁知却误入一间布置豪华精致的休息间。她见里面无人，便想进去休息一下，可刚刚躺下门便被推开了，连辰跌跌撞撞地进了房间。

当时夏晴晴紧张坏了，正想退出去，却被连辰抱住了。她使劲地挣扎，可是连辰的力量太大了，她根本无能为力。正欲哭无泪，一群公司的同事却涌了进来，见到她和连辰在一起，便误以为他们在谈恋爱。

那几天夏晴晴特别忐忑，她害怕连辰为了澄清他们之间的关系把她开除了，可是又怕连辰不澄清他们之间的关系，让她被人孤立。她不想失去工作，可是也不想被人孤立，只是万万没想到，连辰居然问她要不要嫁给自己。

夏晴晴沉默了许久，然后轻叹了一口气道："嫁给连辰，哪一个女孩子会拒绝呢？我又不傻，可是我没想到婚后的生活和那些言情小说里完全不一样，房子够大，用人够多，可就是没有人气，没有温暖。他经常加班，经常不回家，我都不知道连花儿是怎么生出来的。"

"你没问他为什么要娶你吗？"孙晓俏听到此时很是生气，也有些担心安彤。

夏晴晴笑了笑，说："离婚的时候我问过，他说他心目中的婚姻就是这样的，他觉得让一个女人衣食无忧便是最好的婚姻，他甚至不明白我为什么要离婚。我不恨他，他是一个负责任的男人，只是他不爱我。或许是，他以为他不会爱上任何人，和一个看得顺眼的女人结婚，就是一个圆满的人生，比那些吃着碗里看着锅里的男人要强太多了。"

孙晓俏瞟了夏晴晴一眼，撇嘴道："我说你怎么这么想得开？我以后卖了你，你是不是还要感谢我啊？"

"我又不傻，你卖了我是你收钱，连辰可是给了我很多钱的，多得我这辈子都花不完，或许我是一个物质的女人吧，我觉得很快乐，很满足！"夏晴晴抬头看着孙晓俏，眼睛里真的一点儿抱怨都没有，不过还是有一些落寞，或者是为了肚子里那个孩子的爸爸。孙晓俏便想，那个男人一旦出现了，先得把他打一顿才行。

"只是，连辰如果不喜欢你，为什么要抱着你呢？"孙晓俏忽然想起这个问题。夏晴晴听了便是长久地沉默，许久之后才说："我也不知道，我到现在都觉得奇怪。他那天，真的太反常了，可是我不敢对连辰说，怕他会误会，以为我是在为自己找借口。”

“你找什么借口啊，难道想对他霸王硬上弓啊？”

“当时我们公司真的有很多女孩子这样想啊。”

“你们真够有出息的。”

“……”

夏晴晴故事讲完的时候，连辰的车也开到了幼儿园，只是因为路上特别顺，他们到达的时候，幼儿园还没有放学。

找车位把车停好，安彤和连辰便在车上等。

连辰看着安彤，心里便涌起一股从未有过的感觉，忍不住伸手又想把安彤揽过来，却被安彤推开：“这可是在幼儿园门口，你注意点儿。”为了转移连辰的注意力，安彤只好问连辰：“你今天是不是谈判不顺利？”

连辰一脸诧异，不知道安彤怎么会这么问，摸了摸脸说：“怎么会这么说？”

安彤指着连辰身上穿着的那件深色西服，里面衬着蓝色衬衣，外加条纹领带，这么隆重明显就是去谈判回来。

“你知道吗？你在茶楼的时候，脸部表情像动物似的。”安彤脱口而出，见连辰皱眉看着自己，一副没明白的样子，又忍不住解释，“这都听不明白？动物都是没表情的啊。”

“你的意思是说我智商低？”连辰故作生气地瞪着安彤。

安彤顿时笑得不行，说如果连辰智商低的话，这个世界上很多人都不用活了。

“真的吗？是不是在你心目中我比别人要优秀很多呢？”连辰听安彤这样说，顿时心花怒放。

“我的意思是，你本来情商低，如果智商还低的话，却还能管理那么大的企业，别人还怎么活？”安彤见连辰越来越垮的脸，顿时又乐不可支，“你看你，又生气了，你怎么那么多气啊？我先下去接人了。”

安彤打开车门，就向幼儿园刚打开的大门跑过去，今天她是第一个来接的家长，优优和连花儿肯定很高兴。

十九、再一次受伤了

安彤和连辰确定关系以后，最高兴的却是连花儿和优优，其次是夏晴晴。虽然孙晓俏有些别别扭扭的，但既然大家都开心，所以她也就懒得扫兴，破坏这么好的氛围。

只是没几天，连辰在美国的公司又出了一点事情，所以他又要飞过去一次。但是却不比第一次那么洒脱，不但要安彤去机场送，而且还再三叮嘱她天冷了要多穿点儿，多喝水多吃水果，甚至临上飞机前，还打电话叫助理送了一整箱各式各样的水果到安彤家，而且还要让人家指名道姓地是给安彤、花儿和优优吃。

“我终于有闺蜜和土豪谈恋爱的感觉了。”孙晓俏看着一整箱新鲜的进口水果称赞不已，嚷着又要搬回来，却被夏晴晴挤开：“你是已婚妇女了，我现在才是最需要水果的，再说了连辰可不是土豪，不懂别瞎说。”

说起已婚这件事，孙晓俏的表情便有些僵硬。可是夏晴晴眼睛只在水果上，一边翻着水果，一边还在问她什么时候办婚礼，到时候她一定给封一个大红包。

“办什么婚礼啊，俗不俗。”孙晓俏撇了撇嘴。可是夏晴晴却不这么认为，她郑重其事地对孙晓俏说：“这婚礼可一定得办，不说这是女人一生一次，更是他在他的亲戚朋友面前承认你的一种方式。要不然，你们以后走在街上，别人一看，心里不定就想，这女的是阿东什么人啊？他们怎么会走到一块儿？而且阿东长得那么好看，不知道多少小姑娘对他上心呢，也趁机绝了她们的那颗蠢蠢欲动的心。”

孙晓俏本来还嫌夏晴晴絮叨，可是听到最后却呆了，背起包，急急地就回去了。

阿东现在还住在孙晓俏那儿，两人虽然领了一张结婚证，但其他的都像谈恋爱一样，拍结婚照和见家长这些事都没有操办起来，甚至没有操办的打算。孙晓俏看着阿东的那张脸，常常会偷偷拿出结婚证，不敢相信真的结婚了，可是很明显，这和她理解的婚姻不一样。

在孙晓俏的想象中，婚姻应该是热闹的，甚至是鸡飞狗跳的，而不是像现在这样，结了依旧什么事儿都没有，她都不知道为什么要结婚。

虽然孙晓俏有的时候也会对自己说，我本来只是想生一个孩子，现在有了结婚证，可以生孩子了，又不用面对公公婆婆的问题，其实多好啊。可是，不知道是不是阿东太年轻了，孙晓俏拿了结婚证还觉得没有安全感。

但这个问题，谁也帮不了孙晓俏，毕竟她已经结婚了，不像谈恋爱的时候还可以劝她多考虑一下。

“你啊，是不是得跟阿东谈一下？”也许经过了一段婚姻，安彤一言就道尽了婚姻最重要的一点，可是孙晓俏却苦笑道：“哪有时间聊啊？他一回来就玩游戏，我以前也没发现他那么喜欢玩游戏啊？”

“再怎么玩游戏，也不至于没时间沟通的吧？”安彤不喜欢玩游戏，所以她也不大理解一个人玩游戏的时候可以沉浸到什么地步，但既然结婚了，总得收敛一点儿吧？

孙晓俏喝了一口咖啡，愁眉苦脸地说：“而且我们也不知道要聊什么，我现在都想不明白，我怎么就和他结婚了呢？他是温柔和体贴，但是婚姻似乎不应该就是这样……”孙晓俏伸了一下手，却又颓然地落下，不知道该从何说起。

或许是真的太茫然了，孙晓俏特意把安彤拉出来喝咖啡，可是现在还是不知道该怎么办，越聊越不知道怎么办。

安彤其实想告诉孙晓俏，最主要的原因是阿东太年轻了，年轻到对婚姻几乎没有什么理解。结婚证对于他来说，也许和一张纸没有什么区别，所以他给不了孙晓俏所期待的。

孙晓俏现在也没办法，只能顺其自然，反而问安彤和连辰有什么打算。

安彤想到连辰便愁了起来，这次连辰去美国时间倒是不久，一周后便可以回来，只是他给安彤打电话让她一定要去接机，因为他妈也跟着回国，他希望他妈能够在机场就见到安彤。

“哇哦，见婆婆啊？连辰也太着急了。”孙晓俏望着安彤笑，她记得安彤第一次见许凉他妈的时候，也是紧张得不行，于是拍拍她的肩道，“丑媳妇总要见公婆，你有经验，还怕婆婆吗？天下的婆婆都是一样的。”

安彤却撇撇嘴道：“现在还不知道会不会是婆婆呢。你呢？你跟那个可以当姐们儿的婆婆相处得还好吗？”

安彤特别期待什么时候能见阿东他妈一面，生出这样儿子的女人，该是怎样的倾国倾城啊。

孙晓俏摇摇头，阿东似乎忘了这件事。她曾经旁敲侧击地问过阿东，谁知他竟一脸不解地问孙晓俏，女孩子都说害怕和婆婆相处，既然害怕就不要相处了嘛，为什么又非要见公婆，太让人难以理解了。

“其实他说得挺有道理的。”安彤赶紧点头，大有同感，如果儿媳妇都可以和婆婆不见面，或许这个世界上矛盾会少很多。不过见孙晓俏眼睛像刀子一样刮了过来，又及时补了一句：“只是不符合实情。”

孙晓俏暂时原谅安彤的落井下石，又要拉着她去买衣服，因为她觉得安彤太需要买身衣服了，穿她现在的衣服去见婆婆，尤其是连辰他妈这样级别的婆婆，想想也知道是什么结果，所以必须得换装。

“连辰他妈不也是女人嘛，我这身衣服怎么啦？你事儿真多。”安彤觉得自己的衣服不至于那么见不得人，是孙晓俏自己想逛街散心，又不舍得花钱，所以拿自己的钱来撒气，可孙晓俏却表示如果她不想自己和连辰之间顺顺当当的，那就随便。

虽然觉得孙晓俏有些危言耸听，但安彤还是去了。只是没想到，精心购买的衣服最后也没穿给连辰他妈看，因为她在去机场的路上接到了秦晋阳的电话，说知道究竟是谁要陷害她了，让她赶紧去公司一趟。

挂断电话，安彤见时间还有富余，于是让司机掉头去了海韵广告。就算是辞职了，她也想知道究竟是谁这么恨她。

安彤一走进海韵广告，菲娜便蹭过来，悄悄地说：“姐你来啦，我终于洗脱嫌疑了。秦总在办公室里等你，你快去吧。”

菲娜的热情让安彤有些不适应，总觉得她又出了什么幺蛾子，可是还是秦晋阳那事儿比较重要，于是笑着道了谢，径直往秦晋阳的办公室去了。

秦晋阳的办公室里除了他在，还有柳遥。

“安彤你来啦。”秦晋阳深深地看了安彤一眼，又对柳遥说，“你现在可以把事情的经过说一遍了吧？”

“我说什么呀？事情又不是我做的。”柳遥站起来一脸怒火地看着秦晋阳。

安彤见这情景，想着敢情事情还没弄明白呢，如果没有什么确凿的证据，柳遥可不是那么容易被打倒的，于是说：“既然柳总监不承认，那我就先走了，等什么时候真的确认了我再来。”

“你给我站住。”柳遥暴怒。

“柳总监，你不用太愤怒，这件事情其实我也不一定要一个答案，很多事咱们自己心里清楚就行。”安彤瞟了柳遥一眼，再次准备离开，她想早一点儿到机场，今天这个日子毕竟对于她来说是很重要的。

“这件事情不是我干的，是余希希。”柳遥被安彤不屑的神情给刺激了，她凭什么想都不想就认为是自己做的？虽然真的很想安彤离开，可是这件事情不是自己做的，为什么要认？

安彤不可思议地看着柳遥，这件事情怎么会和余希希有关呢？

“余希希是谁？”秦晋阳皱眉道。余希希不是公司的人，并且这个名字他还是第一次听到，怎么会牵扯到安彤这件事上？

“余希希是我闺蜜，我们以前在国外留学的时候认识的。上次她来找我，因为要开会，所以我便让她先在办公室里等我，然后一起吃晚饭，后来她就趁我们开会的时候动了安彤的电脑。”柳遥三言两语地把事情交代清楚，安彤和秦晋阳都听呆了。

“那你当时为什么不说？”安彤怎么也没想到，这事儿居然也和余希希有关。

“我当时还不知道呢，还是今天余希希忽然打电话来说这件事，竟然还打错了打到了前台，也是奇怪了。”柳遥想到这里也皱了皱眉头，不过也就一瞬间，她又恢复了之前的不屑，“就算当时知道了我也不会说，你自己傻能怪谁？”

“柳总监，我和你有仇吗？我在行政部的时候也没有和你有什么冲突，调到媒介部的时间也不是很长，你干吗总要针对我？”安彤老早就想问这个问题了。以前忍着，后来没机会，现在她实在是觉得很奇怪，难不成真的是上辈子的冤家？

柳遥沉默了，眼睛里出现了从未有过的悲伤。

安彤看了一眼墙上的时钟，正准备放弃走人，柳遥却转身盯着秦晋阳说：“这还用问吗？当然是因为这个男人。”

秦晋阳微微侧过身去，眼睛避开，他不是不知道柳遥对他的感情，可是却一直不愿意面对。

“我帮他开公司，为他找合伙人找资源，只要和他在一起，我什么都不怕，放弃世界五百强高管的工作，我很享受和他一起打拼的感觉。我还记得当初创业的时候，我们一起吃泡面的情景，我以为这个公司是我们的开始也是我们的未来。可是直到你进入公司，我才知道这全是我的妄想，因为他从来没有用看你那样的眼神看过我。”柳遥说这些的时候，眼睛一直盯着秦晋阳，声音平静，可泪水却流了一脸。

安彤曾经想过柳遥会不会是喜欢秦晋阳，可是却没想到她居然爱得这么深，这让她莫名地对柳遥产生了一些愧疚，虽然她什么也没做过，一直和秦晋阳保持着正常的同事关系。

“对不起，我不知道……”安彤本想解释一下，告诉她自己和秦晋阳不是她想的那样，不想却被柳遥打断：“你不用解释，其实我知道和你无关，你并不在意秦晋阳，可是我没办法去恨他，我只能恨你。我无数次地想，如果你离开了，他就会和我在一起，只是没想到这件事竟然被余希希做了，真不愧是我的闺蜜。可是又怎样？他还是不爱我。你离开的这段时间，他每天躲在办公室里，把这间办公室简直当成了坟墓。”

“柳遥，我一直把你当成……”秦晋阳转过身尽量让自己看上去是真诚的。他知道这件事情不解释清楚不行，毕竟柳遥真的不遗余力地帮过他，可是柳遥却同样打断他的话说：“一直把我当成好哥们儿，好合伙人，还是好妹妹？你不要说了，你知道我家有很多泡面吗？因为泡面至今都是我最喜欢吃的食物，可是我却只敢买不敢吃，因为你不在身边。没有你在身边的泡面，味道一定是不一样的，我不敢去尝试。”

安彤没想到事情变成这样，这让她有些不知所措，觉得自己待在这里很多余，或许当初自己就不该进这家公司。如果没有自己的出现，或许柳遥真的就打动了秦晋阳也说不定。她现在自己在享受爱情，便有点儿接受不了别人为情所伤。

“事情既然已经弄清楚了，我就先走吧！”安彤说着再一次想退出秦晋阳的办公室，但却被秦晋阳拦住道：“事情既然已经弄清楚了，你还是回来上班吧，你的办公桌我一直给你留着。”

安彤现在哪里还敢招惹秦晋阳？不说自己现在和连辰的关系定了，就算没有连辰，她也从来没想着要和秦晋阳在一起。不知道为什么，和秦晋阳在一起，安彤总觉得紧张兮兮的。

“不用了秦总……”安彤本想果断地拒绝，可是却听到柳遥说：“安彤，咱们俩单独聊聊吧。”说完便看着秦晋阳，秦晋阳只好点点头，带上办公室的门去了外间。

柳遥看着安彤的眼神里有着从未有过的平静，没有仇恨，没有嫉妒，只有着雨过天晴后的云淡风轻。可是不知道为什么，安彤却觉得心里很不安，于是往前走了一步，对柳遥说：“柳总监你放心，我已经和朋友合伙开了个茶楼，我是不会再回来的。”

“这是你自己的事，已经和我无关了。”柳遥平静地说，甚至脸上还出现了一丝笑容，接着又神色迷茫，甚至有些癫狂地问安彤，“你说人这一生到底是为了什么？为什么我总是失败？我小时候想尽办法让我爸我妈复婚，最后我失败了；后来我想打败班上的第一名，我失败了；再后来我想考上理想中的大学，我还是失败了。到现在，我倾尽所有的努力去爱一个男人，可他就是不爱我……你说，我上辈子是不是做了什么亏心事，所以这辈子总是失败？我真的不想只在这辈子了，你说下辈子会不会更好一点？”

柳遥的话让安彤听着心惊胆战，刚开口说：“哪儿有什么上辈子和下辈子……”便见柳遥摇摇晃晃地站到了靠在窗边的一把椅子上，只要她伸腿跨过去就……安彤顿时吓出一身冷汗，尽量让自己平心静气地说：“柳总监，你想干什么？你快下来。”

安彤想打开门去叫人，却见柳遥神色凄迷地望着她笑，顿时就不敢动了，生怕自己一错眼珠，柳遥便跳了下去。

“安彤，我总是把你想象得那么坏，只有这样才能让我自己好过些，才能告诉我自己，秦晋阳总有一天会明白你不如我。可我知道，你并不是我想象的那样。”柳遥又笑了一下，然后一脚真的跨上了窗台。

就在柳遥纵身一跃的那一刻，安彤奋不顾身地冲过去拉住了她，不巧的是她今天正好换了一双跟比较高的鞋，孙晓俏说这样可以显得她高挑一些，现在却因为跟太高而狠狠地崴了一下，但她还是不顾一切地抓住了柳遥的手。

“柳总监，快上来。”安彤脚上的剧痛让她浑身直冒虚汗，手上的力度也越来越小。

“你放手吧，让我解脱，要不……我就真的恨死你了！”柳遥声嘶力竭地吼道。

安彤痛得浑身发冷，已经没有力气多说话，只能闭着眼睛使劲地拉紧柳遥的手，想着不能眼睁睁地看着柳遥死在她面前。

可是这时候，柳遥却使劲儿地用脚蹬了一下墙面，这样一来，安彤原本只是探出窗口的身子被拉出了一半。

“你快放开我，要不你也会死的，你想和我一起死吗？”柳遥的声音在安彤的耳畔忽远忽近的，听了格外的不真实。

安彤紧紧咬着牙齿，柳遥是一脸的泪，她却是一脸的汗，心里绝望无比，不知道自己能撑到什么时候，为什么外面还没有人看到挂到外面的柳遥，为什么秦晋阳还不进办公室。

其实有人看到柳遥了，只是因为楼层太高，所以看不大清楚，以为她是在清洗玻璃的蜘蛛人。

等到有人终于发现这边情况不对时，安彤的手几乎被柳遥拽得脱了臼，可她还是没放手，她整个人横着架在窗台上，脚上的扭伤因为用力的原因越来越严重，而且腰腹部也横在窗台的边沿挤成了一团，让她觉得呼不出气来。

就在安彤感觉到自己的手中的力量不由自主地一点一点消失，办公室的门终于被打开了。

“安彤？！”秦晋阳见到安彤几乎一半身子都探出了窗外，顿时吓得腿都软了。

公司同事和秦晋阳一起把安彤和柳遥都拽了上来，安彤意识到自己和柳遥都被救的时候，身子终于一松，再次晕了过去。

醒来时，安彤发现自己又在医院里。她很不喜欢这感觉，今年真是大起大落的一年。伴随着无奈的，还有脚上传来的剧痛，让她痛得哼哼起来。

“怎么样，很痛吗？”连辰的声音在耳边响起，安彤正想说抱歉，却落入了他温暖的怀抱，闻到连辰身上独特的气息。她几乎想再睡过去一次，可耳边却传来连辰细细碎碎的数落：“怎么那么傻？穿这么高的高跟鞋，自己没几两力气还要去救人，你知道你还有儿子还有我吗？你要是被她拉下去了，有个什么万一，我们怎么办……”

安彤第一次发现连辰也有这么婆婆妈妈的一面，却听得又很窝心。

“你就别啰唆了，安彤现在还病着呢，你应该好好安慰安慰她才是。”安彤这才发现，病房里除了她和连辰，还有一位五十岁左右的妇人：衣着很低调，但是即便安彤这种对服装不大关注的人都能看出价格不菲来，最关键的是整个人看上去很温暖，此刻正笑盈盈地看着她。

尽管保养得很好，但安彤本能地就知道这是连辰的妈妈，于是坐起身道：“这位是伯母吧？伯母您好。”却被连母摁下，连声说：“你别动别动，小心伤着，你的脚和手都受了伤呢。”

安彤这才发现自己还躺在连辰的怀里，脸上顿时火烧火燎的，不过她的手臂真的没什么力度，而且也没有知觉，撩开衣服一看，手臂上青紫一片，应该是在窗台上擦伤的，而且很痛，肚子外面的皮肤也痛得厉害。

“你看看，真是不小心……”连辰一看又心疼了，但还没抱怨完，便被连母瞪了一眼：“这怎么小心啊？那种情况下能小心得了吗？真是不知道心疼人，她可是在救人呢。”

“谢谢伯母！”安彤心里荡过一股暖意，一直悬着的心也放了下来，但还是真诚地对连母说，“本来是要去接您的，可是我也没想到会发生这样的事情。”

“接不接我有什么关系？我又不是孩子，你别多想，好好地养伤要紧。”连母轻轻地握着安彤的手，怕捏重了她会疼。

连母交代连辰好好地照顾安彤，又让安彤多休息，万事不要操心，连花儿和优优都由她来照顾，这才离开病房。

虽然同样是在住院，可是安彤这一次却觉得比上次住院要幸福多了。连辰把她当个孩子似的在照顾，工作都拿到病房里来做，偶尔也会发牢骚说：“花儿小的时候我都没这么照料过。”但安彤说请护工，他又不愿意。

还好连辰给安彤安排的病房是套间，否则连辰公司来来往往的工作人员都会让她休息不好。

孙晓俏抽空来看安彤的时候，她正一边喝着连母让用人送来的汤，一边看着电视，忍不住说："你看看你，像坐月子似的，你倒是因祸得福了，人家都说豪门的媳妇难做，没想到你婆婆这么平易近人。"

这话安彤是举双手赞成。她在医院里待了这么多天，连母天天给她送汤，有时间也会过来陪她聊聊天，比她自己妈都要体贴，让她觉得脚痛都不是什么难熬的了，因为老天是公平的，这方面失去的，总会用另一种方式补回来。

"你呢？如果阿东不带你去见婆婆，你自己就去找她嘛。你们已经结婚了，你怕什么？"安彤觉得孙晓俏在这件事上的方式有些拖拉，完全不是她的作风。

孙晓俏没搭理安彤的问题，却拿出一个苹果来问她吃不吃。

安彤摇头，说刚喝汤喝够了，但见孙晓俏的脸色有些憔悴，知道肯定是有事发生，于是拉着她的手问："怎么啦？是不是出什么事了？"

"你不吃我吃。"孙晓俏拿起水果刀来削苹果，可是一刀下去却把手切出个口子来。

"你怎么搞的？"安彤立即从床头柜里找出创可贴给孙晓俏贴上，脸上露出暖暖的笑意说，"连辰恨不得把药箱都搬过来了，我看到创可贴的时候还笑话他，我是脚崴了，而且这是医院哪用得着这些？可没想到竟在你身上用上了。"

"真不该说你是傻人有傻福，还是好心有好报。"孙晓俏也跟着笑，却紧接着又毫无防备地说了一句，"我想和阿东离婚。"

安彤一听便恼了，抬头看着孙晓俏，见她眼里隐隐有泪光，知道这不是开玩笑，便更是愤怒，于是甩开她的手质问道："孙晓俏你怎么回事啊？结婚离婚就像喝水那么容易，你态度严肃一点儿不行吗？你以为离婚是好玩的？这头婚和二婚是不一样的。”

“你以为我想离婚吗？可我实在是没办法和他过了。你都不知道他抠门到哪种地步，平时哪儿都不去，就怕花钱，我买个卫生巾他都要在网上团购，我又没用他的钱。”孙晓俏说到这里，深深地吸了一口气，但还是觉得没发泄完，将手中的苹果砸向垃圾篓说，“这也就罢了，连拍婚纱照的钱他都舍不得，说自己用手机拍，然后用美图软件处理一下，还说这样更真实。好，这也就不说了，可是我想有个孩子有错吗？他竟然不同意，说养孩子太费钱，你说有他这样的吗？不生孩子我干吗要结婚？全世界的人都生孩子就他养不起，他的工资也不少，留着干吗呢？”

安彤没想到一直像个好孩子的阿东，竟然在生活中是这个样子，可是虽然有这么些毛病，但也不应该是离婚的理由啊，于是她让孙晓俏再忍忍，节省也不是一件坏事，以后好好地磨合磨合，总会好的。

但孙晓俏却像是铁了心似的，摇头道：“我昨天已经让他搬回去了。我孙晓俏是谁？我受不了这委屈。你说也真是怪了，他那么一小孩，怎么比我爸还抠，你说他不会是心理有问题吧？”

“人家还不是为了省钱，比那些想方设法骗女人钱用的人不知道好了多少倍。”安彤让孙晓俏学学夏晴晴，人家那司机到现在还没露面呢，她不是还好好地怀着孕，每天该吃吃该喝喝？

说起这件事儿，孙晓俏的兴趣又来了，看了一眼房门，小声问安彤：“夏晴晴和司机那事儿，你们家连辰知道吗？”

“我还真没问。”安彤同样小声道，她之前和连辰还在暧昧期当然不好问，后来又这样那样的事儿，哪里还记得这事儿？不过现在想来，还是不方便问，这不等于直接问连辰：嗨，你知道你以前被戴绿帽子了吗？这叫她怎么说得出口？

孙晓俏点点头，也的确是不方便问，可是……她瞅了安彤一眼，又问："如果你这事儿不告诉他，以后他要是知道了，会不会怪你啊？"

"怪我什么？又不是我给他戴绿帽子，他要怪也只能怪夏晴晴。"安彤白了孙晓俏一眼。

"如果连辰知道这事儿，估计以后都不会给你派司机了。"孙晓俏想想便觉得好笑。

安彤看着孙晓俏那一张唯恐天下不乱的脸，忍不住想踢她一脚，没想到习惯性地伸出了受伤的那只脚，顿时痛得缩成了一团。

孙晓俏恨恨地说安彤自作自受，但见安彤那样子又有些慌，着急地说："我叫医生来看看吧，不会造成二次受伤吧？"

"不用了……一下子就好了，没碰着，没伤筋骨……"安彤的头上痛出了虚汗，不过也真如她所说的，渐渐没刚刚那么痛了。

孙晓俏心里悬起的石头刚落了下去，松了一口气拍了拍胸口，却见病房门被连辰推开了，后面还跟着拎着保温瓶的安迪。

见安彤脸色不好，连辰也忘了孙晓俏是谁的闺蜜，拧着眉问孙晓俏道："你又气她啦？"

"我……"孙晓俏正要辩解，但想想也的确是她气的，于是只好把话咽了下去，起身准备走人，不过走到房门口，又回来凑在安彤耳边道，"天干物燥，小心火烛。"

安彤一听这话，便不期而然地看到了一身橘红色连衣裙的安迪。

二十、二婚须谨慎

对于安迪，安彤的感情是复杂的。她很小的时候其实对安迪有一种莫名的崇拜，安迪走哪儿她就跟哪儿，哪怕安迪无数次嫌弃地说："你能不能别跟着我啊？走路慢死了。”可她傻呵呵地笑了之后，接着跟。

后来安彤也想过，自己为什么会有这样的想法？那主要是基于对美好事物的向往：安迪长得漂亮啊，有这样一个漂亮的姐姐是非常值得骄傲的。所以每次和小朋友吵架，不管是什么原因吵架，只要她快要吵输的时候，最后的一句往往是：“我姐姐是最漂亮的。”从而让对方偃旗息鼓。

那段时间，安彤是安迪最热切的粉丝，她甚至不介意亲戚朋友拿她俩在一起比较，然后感慨地说：“还是老大长得漂亮。”她心甘情愿地在安迪面前卑微和渺小。可是安彤也是会长大的，随着她长大的除了身体还有大脑，当发现自己吵架再也不需要用安迪来当盾牌时，她也有了自己的小心思，也希望像别人那样，可以和姐姐躲在被窝里，说一说今天那些或可笑或沮丧的事，谈一谈班上长得又帅又酷的男生，可安迪却总是那么不屑一顾，有的时候话都没有听完就转身离开。

就算这样，安彤还是期待着，哪一天安迪转身会发现她，会对她像其他的姐妹那样。直到那次，安彤一边择菜，一边向在旁边练舞的安迪絮絮叨叨地说着旁边那个巷口租住的女病人和她的儿子小阳时，却被安迪很粗鲁地打断：“有没有意思？人家只不过是利用你，你还真当他是好朋友？”

安彤不明白为什么安迪要说小阳利用自己，也觉得他不会利用自己，她至今还记得安迪不屑地冷笑一声，然后拉长了音调说：“哪怕你的一颗糖，对于他来说都是奢侈的。”那一刻安彤明白，安迪轻视的不仅仅是小阳，还有她，并且和糖无关。

自那以后，安彤不再追随安迪。因为她知道，在安迪的心里，她们只不过是血缘关系上的姐妹，仅此而已。所以安彤怎么也没想到，有一天，安迪会找她谈心。

“安彤，我说的话你有没有听到啊？如果是你，你该怎么办？”安迪坐在安彤的床尾，愁眉苦脸地说，只不过她那一身橘色的羊毛连衣裙却和她的心情似乎有些不搭调。

“你为什么穿这条裙子？”安彤很是好奇，因为安迪为了很好地体现自己的清纯，一直都是以淡色系为主。

说起穿衣打扮，安迪一直都是挺有心得的。她起身转了一圈道：“好不好看？是妈逼着我穿的。”

不得不说，安迪穿什么都好看，这条裙子别人穿会很土的吧，她穿在身上却有着别样的风情。有的时候造物主就是这么不公平，有些人怎么努力都总是有这样那样的欠缺，而有的人披个麻袋都可以引领潮流。

不过安彤也就一笑，因为她早已经习惯了。

“你刚说你喜欢上了谁？”

“不是我喜欢上了谁，是小毛喜欢我。”

“这有什么问题呢？我读小学的时候就知道小毛喜欢你了。”

“但我现在打算接受他，可是他妈却不接受我。”

安彤呆呆地看着安迪，她忍不住掏了掏耳朵，看自己是不是听错了。安迪居然会接受小毛，这信息量也太大了吧。

小毛是在青石巷对面开小超市的，和安彤姐儿俩一起长大，自小就对安迪各种喜欢。安迪曾经撇撇嘴对安彤说：“你知道什么叫癞蛤蟆想吃天鹅肉吗？”安彤又不傻，自然明白安迪的意思，所以她还曾偷偷地去找小毛，告诉他如果不想当癞蛤蟆的话，就离安迪远一点儿。可是小毛却非常认真地告诉她：“我愿意当癞蛤蟆。”自此被安彤归结为安迪粉丝团中不可救药类的死忠粉。

安彤一直以为，白天鹅就算是年纪大了，也应该会去找另一只老天鹅，怎么会回头去找一只老癞蛤蟆呢？可是偏偏，安迪就是看上了这个老癞蛤蟆，所以安彤不知道自己该说什么了。

“你给出出主意啊，你不是打不死的奥特曼吗？”安迪拉着安彤撒娇，让她感觉鸡皮疙瘩掉一地，忍不住说：“你以前不是说我是打不死的小强吗？”

说是这样说，但要认真起来，安彤也觉得安迪这事儿不大好办，尽管这件事对于其他人来说，也算不得什么。当初刘桂芳也不喜欢安彤，但最终还不是同意了？哪个当妈的都不希望自己的儿子找不到老婆，所以最终拼的其实是那个男人给不给力。在结婚这件事上，许凉还是给力的。

可，小毛的妈自小就不喜欢安迪。

安彤隐隐约约地还记得，一个下着毛毛雨的天气里，她放了学顶着书包往家跑，却被小毛妈拉住，并且对她说：“你可千万不能向你姐姐学，妖里妖气的。”安彤不知道小毛妈为什么突然说这句话，但却很明白小毛妈不喜欢安迪，并且这种不喜欢就像是天生的。因此安妈也不喜欢小毛妈，小毛妈对安迪的不喜欢持续了三十多年，安妈和小毛妈之间的矛盾也持续了三十多年。

“你怎么会想到要和小毛在一起呢？这太有难度了。”而且这难度还让人那么憋屈，估计是很多人都问过同样的问题。因为不但小毛妈不喜欢安迪，而且小毛还比安迪要小两岁。

安迪回答过很多人这样的问题，她希望得到外援，所以问过很多人，她该怎么办，因此听到安彤这样问，轻叹一声，喃喃道：“因为他对我好啊。”

“你不缺人对你好吧？”安彤其实知道，即使安迪现在三十多了，但是想对她好的男人还是有很多的，就看她愿不愿意接受。其实从安彤的角度来看，安迪年龄越大却越挑剔，只不过如果是孙晓俏，她会问，如果是安迪，她只会保持沉默。但现在既然是安迪自己提起来的，她就不能不问了。

安迪瞟了安彤一眼，然后淡淡地说："只有小毛对我好了三十多年。"这是事实，但还有另一个事实，谁都不能否认：小毛喜欢安迪这么些年是刻骨铭心，但小毛妈这么不喜欢安迪，也是刻骨铭心的。

安彤很欣慰安迪终于懂得了谁真的对她好，可是她仍然不相信安迪会守着小毛，守着他的那个小超市过一辈子。这就像是一个人喝惯了咖啡，有一天她知道了其实喝茶对自己的身体更有好处，也许她会去喝茶。但真的要她爱上喝茶，放弃咖啡，却不是那么容易的事。

想了想，安彤还是将这个比方告诉了安迪，然后说："当你有一天又想喝咖啡的时候，这茶，不就浪费了吗？对于茶来说，这也是一种伤害。"

"可你这也只是比方，我也有可能因此爱上茶，而彻底舍弃咖啡。"安迪耸耸肩，不以为然。

可是，你说的也是可能啊！安彤这样想，可还是没有这样说。她觉得安迪只是累了，她现在很想歇一歇，等到她歇够了，也许就知道自己真的要什么了。因此只好对安迪说："现在别说小毛妈不同意，咱爸妈也不一定会同意。"

安迪点头，告诉安彤，其实安爸安妈真的很难接受小毛，甚至把安迪赶回了她自己家。这让安迪很是愤怒，不解地说："我好不容易找到了我想再嫁的男人，他们为什么不理解，就是因为他没有钱吗？可是你现在不是和连辰在一起吗，他们有一个有钱的女婿还不行吗？"

安彤顿时哭笑不得，心想安迪这是不是进入了第二叛逆期。

在安迪走后，安彤对连辰说起这件事，忍不住说："如果我和小毛在一起，你和我姐在一起，在我妈看来，估计就是最完美的结局了。"

说这话的时候，连辰正在用牛皮纸帮安彤包他新买回来的书。

熬过了最初痛的那段时间，安彤便觉得无聊，于是成天用平板电脑看小说。连辰怕她费眼睛，所以网购了一批书回来。可是安彤却又让他去买些牛皮纸回来包书，连大董事长只好屈尊趴在茶几上做手工活儿。

只是，听了安彤的这话，连辰怎么觉得那么别扭，瞟了安彤一眼问："你和那个什么小毛是不可能的，就别想了，但为什么我和你姐姐在一起就是很完美？"

"郎财女貌啊，你有财她有貌。"安彤脱口而出。连辰却淡淡地说："如果你说得是对的，我可以找一队比你姐长得更好看的。"

你是要选妃吗？安彤没搭理连辰，也庆幸安迪不在，要不这得受多大打击啊？可她松的那个气还没完，病房门便被推开，安迪面无表情地拎着一袋香蕉出现在门口。

"你喜欢吃香蕉，我在医院外面看到有，就给你买了些。"安迪将香蕉放到安彤床头的柜子上，但却看都没看一脸尴尬的安彤一眼就转身离开，只是走到门边，还是忍不住顿住脚步说，"连大董事长，你如果找不到一队比我更好看的女人来给我看看，不准你娶我妹妹。"

这是安彤第一次听到安迪对别人称自己为"我妹妹"，她竟有些小激动，面露喜色地自语道："我长了三十多年，今天才成为她妹妹。"还没从这颇为纠结的情绪中拔出来，却听到某人冷冷地问："你嫁不嫁，得由她批准吗？"

当然不是，不过安彤不想这么直接地回答连辰，免得他太嘚瑟，所以她便转移了一个话题，问："你知道柳遥现在怎样了吗？"

连辰不屑于回答这个问题，这个疯女人怎样了他为什么要关注？管她死不死，如果不是她，安彤也不至于要再一次住院，他恨不得一巴掌把那女人拍到银河系之外。

不过，尽管对柳遥连眼角儿也瞧不上，但在安彤的软磨硬泡下，连辰还是将她抱上了轮椅，然后推着她去了另一栋楼柳遥的病房。

听到敲门声后，打开房门的竟是秦晋阳。他随意地穿着一件休闲夹克，似乎两天没有刮脸了，看着很是憔悴。

见到安彤，秦晋阳一愣，有些意外地问："你们怎么来了？"

安彤是秦晋阳送到医院来的，只是那会儿她还没醒过来，等她醒过来的时候，秦晋阳已经走了。因为连辰回来了，对他一百个看不上眼，就差拿着扫帚赶他走了。如果不是他那个破电话，安彤直接去了机场，啥事儿都没有。秦晋阳心里也愧疚得不行。

后来，秦晋阳去病房看过安彤，但却从来没有说过柳遥的情况，被安彤问急了，也只是说柳遥很好。

"晋阳，是谁来了？"是柳遥的声音，听着底气十足，应该是不错的。

安彤示意连辰推她进去，只是刚出现在柳遥的视线范围内，便见到她满脸的笑意忽然不见，取而代之的是忍耐和厌弃："你怎么来了？谁让你来的？"

安彤有些愕然，她觉得她和柳遥之间即使没有成为朋友，至少也不应该是像现在这样横眉冷对，何况，是她救了柳遥。

"晋阳跟我说，是你救了我？"柳遥冷冷地看着安彤。安彤正想开口，她却又说，"你们觉得这样有意思吗？我虽然是病了，可我不傻。"然后把脸侧到另外一边，一副很不想搭理安彤的样子。

"你，什么意思啊？"安彤有些蒙。

秦晋阳见此情形，赶紧低声说："柳遥的病比较严重，你别和她计较，要不你先回病房吧。"

连辰看到柳遥这样，也是气不打一处来，只是他懒得和这样的女人对话，见秦晋阳这样说，便凑到安彤耳边说：“有些人别太给脸了，咱回去，我给你削水果吃。”

安彤情绪有些低落，但又想，既然柳遥真的恨自己到救了她一命还无法释怀的地步，这辈子的确也是用不着再有任何交集了。正要点头，柳遥却冷笑一声道：“你竟然坐着轮骑？晋阳还说是你救了我，我看是你害了我还差不多。”说完，又盯着秦晋阳问：“你说，你是不是为了让我不告发她，所以故意扭曲事实？”

听了柳遥的话，安彤惊讶得思绪都停止了思考，这是怎么回事？她看着秦晋阳，柳遥怎么会说这样的话？

秦晋阳冲着安彤摇摇头，又示意她先出去，不想柳遥却从床上跳下来，朝着安彤冲了过来，好在被秦晋阳及时拦住，可是却阻拦不了她声嘶力竭地喊：“你们……你们当着我的面还眉来眼去的？”然后又冲着连辰喊：“你还是不是男人？你的女人当着你的面勾引别的男人，你还这么无动于衷？”

安彤简直要气炸了，不论柳遥到底是个什么情况，她都无法忍受她这样辱骂自己，闭了闭眼睛，深吸了一口气，才忍住不回击这个像是疯子的女人。

“真的是疯了。”连辰低声咬牙道，没再询问安彤的意见，便把她推出了病房。

人来人往的走廊中，安彤的心情却异常地沉重，重到她觉得自己都直不起腰来。

“彤彤，怎么啦？”连辰发现安彤的异样，赶紧停下来，走到前面蹲下撩起安彤的头发，却发现安彤竟然哭了。

“我是不是……真的那么的不讨人喜欢？”安彤很迷茫。她不知道为什么，自己都救了柳遥一命，可柳遥还是如此的恨自己。好像又回到了小时候，不论她怎么做，安妈的注意力永远在安迪身上，让她觉得很无助，也让她很自卑。

连辰半跪着将安彤拥进怀里，用力又清晰地说："你不用讨任何人喜欢，有我喜欢你就足够了，下次你如果再用生命去冒险救人，我会生气的！"

"是不是……我之前承受的那些'不喜欢'，都是因为要遇到你呢？"安彤刚刚还感觉四分五裂的心瞬间便被治愈，于是泪眼蒙眬地问连辰："你是心情治愈神器吗？"

"嗯。"连辰点头，"安彤专属的心情治愈神器。"

两人完全忘记了是在什么地方，直到旁边有人嘀咕："好感动啊，如果有个男人对我这样，我马上嫁给她。"这时他们才注意到，他们身边已经围了一圈人。

不过，刚刚的那句话安彤故作不知，连辰却问："那你要不要嫁给我？"于是大家又跟着起哄。

好在是因为在医院，医生和患者都忙，见安彤红着脸没个回应便也就散了。倒是有一个人却一直在一边儿看着，这会儿见人都走得差不多了，才过来问："到底结不结？我好叫人写请帖啊。"

安彤一听便知道是连母，这才发现，原来豪门也流行逼婚啊。

"快推我回病房。"安彤冲着连母尴尬地笑了笑，然后低声催促着连辰。

回到病房，安彤刚躺下，秦晋阳却过来了，他是来替柳遥道歉的，连母赶紧避了出去。

秦晋阳告诉安彤，柳遥其实并不是故意的。她被拉上来的时候，脑子磕到了，所以跳楼的那一段她完全想不起来。医生说，有可能是因为脑部受到损伤，也有可能是因为她自己刻意不愿意想起来。

安彤更相信是柳遥自己不愿意想起来，谁也不愿意有那么一段自杀未遂的经历，更不愿意被自己讨厌的人所救。她能够理解，可是却又觉得意兴阑珊，于是对秦晋阳说："秦总，你回去照顾她吧，我救她也不是为了要她感谢我，只是不想她死在我眼前，所以你们不用介意。"

"我……"秦晋阳很想说，他不会介意，因为他和柳遥之间并不是安彤想的那样，他只是觉得亏欠了柳遥，想尽可能地补偿她。

可是看到安彤一副不愿意多谈，连辰在一边又虎视眈眈，秦晋阳最终还是黯然地点点头，退出了病房。

连辰抬起手，对着病房门做了一个枪击的动作，却被安彤瞪了一眼："你干吗？"

"我忽然觉得我应该感谢那个疯女人。"连辰若有所思地说。

"为什么呢？"

"因为如果不是她跳楼，这个男人怎么会对她产生愧疚，怎么这么不费一枪一炮就消敌于无形。"

"那如果没有柳遥跳楼，你准备怎么办？"

"我准备拿名城置业来诱惑他，如果他被诱惑你也不会搭理他，如果他不被诱惑，勉强还有资格可以让我抬脚把他踢开。"

"真幼稚。"

"情场如战场，幼稚和老谋深算都是理所应当的。"

"嘁。"安彤白了连辰一眼，正要开口，连母却优雅地走了进来，坐到安彤床边细声细语地说："安彤啊，你明天就要出院了吧？正好趁这段时间，你们把婚礼好好商量商量，等到腿和身上的伤好了，就可以办婚礼了。"

安彤听着有点儿呆，她没想到要这么快就嫁给连辰。虽然是二婚，可她觉得自己应该更慎重一些，至少要跟连辰真正地相处一段时间才行。婚姻毕竟不能只看外在条件，哪怕是人品好也只是其中的一个方面，更重要的是两个人是不是能够很好地相处，能不能够互相理解，互相包容。

“安彤？”连母见安彤发呆，忍不住又叫了她一声。

“哦，好！”安彤回过神来，却随口这样应了一声，让连母听了笑得合不拢嘴，起身说她得赶紧回去准备准备，几乎是小跑着离开了病房。

确认连母已经离开了，安彤才问连辰：“你妈年轻的时候，办事的效率应该是超高的吧？”

“那还用说，那时候我们集团都是我妈撑着的。”

“那你爸呢？”

“我爸要美人不要江山，我妈要江山不要老公。”

安彤听到连辰这么简单的一句，脑海里情不自禁地冒出四个字“豪门恩怨”，然后感慨地说：“亏得你妈居然看得上我。”

“是我看上你的。”连辰强调，安彤也懒得和他争。

只不过第二天出院后，安彤才真正见识到什么叫成功人士的效率。她刚刚落座，连辰便拿出一大摞售楼书来，每一本都装帧精美，里面的房型全是别墅。

安彤看了几本，只当画册来欣赏，因为她觉得别墅太大了，一个人打扫得太辛苦，又不喜欢连辰请保姆的提议，吃喝拉撒睡总在别人的眼皮子底下，那和住宾馆有什么区别？她指着楼书说：“你看这么大，花儿和优优要是躲起来，我们都找不着。再说了，如果是住别墅干吗要新的，你现在不是住着呢吗？”

“那是夏晴晴住过的。”连辰很明显不大想提起前妻，尤其知道前妻怀孕快四个月了，那事主儿还没出现，他就觉得自己当初眼瞎，找那么一老婆，还找了那么一司机，简直是他光辉灿烂人生中的败笔和污点。

安彤心说，我都没计较，你还在意了？不过她本身也不想住别墅，所以也懒得说。

不过连辰见安彤不喜欢别墅，便又拿了一摞大的四居五居室的楼书过来，甚至说，如果安彤嫌小，也可以挑两套打通。

“打通？你以为我还是孩子，喜欢在大房子里面玩捉迷藏吗？”不过反正房子是名城集团自己开发的，最后安彤放心大胆地选了一个朝向非常好的，并且带露台的四居室，他们两人一间，两孩子大了一人一间，再一间做客房，那个大露台搭个玻璃房出来当书房，再在玻璃房四周种上花草，想想都美好得不行了。

不过，安彤总觉得哪儿不对劲。

“在阳光书房里给你放一张贵妃榻，你累了的时候可以在上面歇歇或者晒晒太阳，不过打雷闪电的时候得进屋，别吓着了。”连辰眼睛盯在楼书上，瞧了会儿，就拿起手机，准备让秘书把房定下来，但却被安彤拦住了。

“咱们……是不是得捋一捋啊？咱们怎么就谈到房子的问题了呢？”安彤觉得这节奏明显不对，可连辰却不这样认为，结婚难道不住新房吗？虽然他名下最多的就是钱和房子了，但对于他和安彤结婚的新房，他是很上心的，而且也觉得是很有必要的，甚至已经给秘书打好招呼，让他找全国最好的十大装修公司来为他的新家装修竞标。

安彤皱眉看着连辰，郁郁地说：“我好像没答应跟你结婚吧？”见连辰的眉头拧了起来，又赶紧更正：“不是，是没答应现在这么快就跟你结婚吧？”

“怎么没答应？”连辰把连母那天在病房和安彤的对答一五一十地再现了一下，这让安彤觉得很冤，郁闷地说：“那只是话赶话，我随口应的。”

连辰严肃地告诉安彤，作为一个成年人，不管在怎样的情况下都得对自己承诺的事负责任，要不就叫言而无信。

“我和你又不是做生意，何况你又没跟我求婚，我那自然不能算数。”安彤抱着死马当活马医的态度，能赖一些时候是一些时候。还是那句话，二婚有风险，结婚须谨慎。多少人二婚结得不满意，可是为了不离二次婚就那样凑合下去。安彤宁愿不婚也不愿意凑合，凑合的婚姻她受够了。

连辰正襟危坐地问安彤：“你想要我怎样向你求婚，有什么条件？”虽然结过一次，但连辰还真的没有求婚的经验，他暗自祈祷安彤不要像小姑娘似的，要求他什么在大庭广众之下拿着俗到极点的玫瑰，然后说着不可能实现的誓言。在连辰看来，这样的求婚只不过是为了满足女孩子们的幻想，而安彤明显不是女孩子了——不过他也不敢肯定，不知道从哪里听说过，每个女人的心里一直都住着个小女孩，直到她微笑着离开人世的那一天。

连辰很害怕安彤心里住着的那个小女孩出来捣乱，不过虽然最后并没有出现他害怕的情景，但还是让他脑子卡住了，因为安彤说：“如果你能让这个城市所有的人都知道你爱我，那我就嫁给你。”

虽然提了这样一个貌似做不到的要求，但安彤并不是真的想难为连辰，等到她想嫁的时候，也未必真的需要求婚。

夏晴晴知道安彤的条件后，忍不住扯着她的头发问：“你居然要求连辰这样做，你是不想结婚了吗？我告诉你，有一年国家级的电视台想采访他，他都拒绝了。你的要求这么高调，明摆着就是变相的拒绝。”

安彤告诉夏晴晴自己真实的目的后，指着夏晴晴的肚子说：“你的那位还没找到吗？”

夏晴晴缓缓地摇头，平躺在沙发上，沉默了好些时候才说：“安彤，真的是每个人有每个人的命，如果我是你的话，我的生活肯定不会是这个样子，也许我还和连辰在一起，但是却没有现在这样精彩，所以得失之间，真的连我自己都弄不明白了。”

安彤摸了摸夏晴晴的肚子，之前还说不要让这孩子的父亲知道这孩子的下落，可是现在，他的父亲都不知道这个世界上有一个他。

“你放心，我一个人也可以带好他的，虽然他的到来是个意外，但既然有了他，便是老天爷给我的最好的礼物不是吗？所以，咱们都要好好的，开开心心地过日子。”夏晴晴说着便笑了起来，看得安彤心里像是摆着一条水草般，既乱又窝心。这孩子可能会没有爸爸，但他却有最爱他、最乐观的妈妈，他是幸运的。

两人正闲聊着，安彤却接到孙晓俏的电话，说是茶楼里来了一个人，指名要找夏晴晴。电话里孙晓俏非常严肃又神秘地说：“我感觉像那司机。”

安彤把孙晓俏的话倒腾了一遍给夏晴晴听，然后催她：“你赶紧过去看一下，别放走了他。”

夏晴晴却呆愣着没动，直到安彤忍不住打她一下，才惊醒过来说：“我忽然不想见他了。”

“为什么呀？”安彤知道夏晴晴一直在通过各种途径找那司机，可是怎么找着了，却又不见呢？

“万一他不想要孩子呢？我觉得我现在这样挺好的……”夏晴晴的话终于让安彤明白，她其实是近乡情怯，怕出现自己无法承受的后果，所以干脆像只鸵鸟似的，把头扎进沙子里。

安彤给夏晴晴递了一杯热茶，轻轻地说：“无论如何你还是要去见一面的，即使他不要这个孩子，你以后对孩子也有个交代，要不孩子以后长大了问你，你怎么回答？”

夏晴晴想了想，艰难地起身，抱着不成功便成仁的态度去了茶楼。

二十一、不要告诉阿东

茶楼里来的并不是夏晴晴要找的男人，只是那男人的朋友，特意受男人的委托，来告诉夏晴晴他独自去了尼泊尔，然后还准备去黎巴嫩，让夏晴晴不要等他了，他自己也说不准什么时候回来。

“我干吗等他？他走的时候我们就分手了。”已经穿上了孕妇裙的夏晴晴告诉安彤和孙晓俏的时候，还另加了一句，“可能还说不准他就在当地找个人嫁了呢，说什么不耽误我。”

“嫁了？”安彤以为夏晴晴气糊涂了，要不是她肚子里怀着一个，听这话还以为她是同性恋。

夏晴晴平淡地喝了一杯牛奶才回安彤：“就他那㞞样儿，还能娶谁不成？只能是嫁了。”

安彤顿时翻了翻白眼，然后闭嘴。别看夏晴晴这会儿安静得就像雅典娜女神的雕像，但是她心里保不准就藏着无数小火苗就等着谁上前浇一勺油，然后熊熊燃烧。

偏孙晓俏是不怕死的，还坐到夏晴晴身边问：“那男人叫什么名字啊？不是连辰的司机吗，这会儿怎么成了资深驴友啦？”

“哼，他如果是一个纯粹的司机，我能看得上他？不就因为他见多识广，嘴皮子又甜，我才被他迷住了吗？你说我心眼儿被堵住了，连辰也眼瞎，怎么找了这么一司机？”夏晴晴将手中的杯子使劲儿往桌上一放，牛奶溅了孙晓俏一脸。

安彤心道，可不就是瞎嘛。

孙晓俏抽了纸巾狠狠地擦了一把脸，然后又把纸巾扔到夏晴晴的身上道："你说话小心点儿，要是连辰知道了，小心他再也不让你见花儿了。"

"连辰哪儿有你说得那么小气？"夏晴晴觉得孙晓俏太小题大做了。孙晓俏忍不住指着她道："你也太嚣张了吧？你都给人家戴绿帽子了，还说人家太小气，这真是没法儿跟你交流和沟通了。"

"你瞎说什么呢？"夏晴晴瞪大了眼睛，换了个姿势正对着孙晓俏说："我没离婚的时候可是和沈彦军清清白白的，我和他是在离婚之后开始的。你真是的，败坏我名声。"

原来连辰没戴绿帽子啊，安彤顿时轻轻地松了一口气。这件事儿于她就像是埋了一颗定时炸弹，怕万一哪天连辰知道了，那场面……她都不敢想。

"你想象力真的是太丰富了。"夏晴晴想想都觉得不能忍，没想到孙晓俏居然会这么看她，再瞅安彤，那躲躲闪闪的样子，估计也是这么认为的，于是她感觉自己的肺都要气炸了，好在孩子及时踢了她一脚。

孙晓俏被夏晴晴一句话给噎得不行，心道这完全不需要想象力好吗，可又的确是自己错了，只好重新给夏晴晴泡了一杯奶来赔礼道歉。但好奇心的力量太强大了，她还是忍不住又问："你没做对不起连辰的事，怎么那么怕他？就没见一个正常的前妻是你这样子的。"

孙晓俏的怀疑也不是没有道理的，而且安彤也是这样认为的，所以在一旁拼命地点头。

夏晴晴看着她们俩，鄙视地冷哼了一声，一边安抚地摸了摸肚子，一边说："我怕连辰是因为……可能他上辈子是只鸟，我是只虫子，所以我怕他那是一种本能，不是因为我做了对不起他的事。"说完特意对安彤说："你也不想想，就连辰那人，如果我真的做了对不起他的事，他还能不知道？你当他是吃素的？小心我告诉连辰这事儿，看他怎么让你好看。”

“这一直不是你俩在对话吗？我可什么都没说。”安彤说完决定赶紧远离战场，反正她们也没什么更有营养的话题了，于是便一蹦一跳地起身去阳台上看连辰接两个孩子回来了没有。

自从安彤说了求婚标准后，连辰一直都是闷声不响的，没有再往家里搬楼书，也没再提结婚的事，好像彻底不关心了，这让安彤有些忐忑不安。虽然她是想相处一段时间，但是现在完全不知道连辰是怎么想的。

晚上吃完晚饭后，安彤和连辰坐在桌前帮两个小孩做手工。

“你说这幼儿园是不是脑子有问题，这手工他们两个小孩能完成得了吗？”连辰的五官是都快皱到一堆去了，他处理美国公司的危机时，都没觉得有这么无助过。

此刻，连辰手上正在折腾一堆纸盒，而安彤则坐在对面拿着针缝一堆小碎布。

今天幼儿园的作业，男孩是用废纸盒做变形金刚，做得最漂亮的五个小朋友奖棒棒糖；而女孩子则是用碎布头儿做布娃娃，做得最漂亮的五个小朋友奖头绳一对。连辰对优优和连花儿说：“我明天给你们买一盒棒棒糖和头绳回来，行不行？”谁知两人竟一齐摇头。连花儿非常不满地说：“你买的棒棒糖和头绳，跟幼儿园奖的不一样。”

“怎么不一样啊，我保证买最漂亮的头绳，限量版的棒棒糖。”连辰非常认真地承诺。优优偷偷咽了一口口水，但还是说：“叔叔你不懂，幼儿园是奖的。”最后还是安彤明白了，孩子们这是想要拿奖呢，要的是一个成就感。

以前优优还小，幼儿园没做手工这要求，所以安彤从来不在家里放废旧的纸盒子，每次买鞋或者别的，都会及时把盒子放进垃圾箱，因此这几个废纸盒还是她硬着头皮向隔壁邻居要来的。邻居还说，如果不是看在她瘸着脚还为了孩子跑来跑去的份儿上，还真舍不得，因为邻居的小孩也快上幼儿园了，得留着。

事后连辰还埋怨，用得着为了纸盒子去求人吗？买几双鞋不就得了？反正也穿得上，可安彤还是没适应这样的消费方式。

至于那碎布头，是安彤把自己那几件穿了几年，一直纠结要不要穿的衣服给剪了，剪的时候心疼得不行了。连辰忍不住说："明天我给你买。"安彤白了他一眼道："衣服买得回来，衣服里面的故事买得回来吗？"

连辰想了想，却说："那把你这衣服都剪了吧，你以后的衣服里的故事，只能和我有关。"

"你知道'霸道'两个字怎么写吗？"安彤虽然话是这么说，可心里却是高兴得很，刚刚剪衣服的难受劲儿也没那么强烈了。

衣服到底是剪了，但是要把碎布头缝成一个娃娃，对于安彤来说真的是非常浩大的工作量。

刚开始的时候，优优和连花儿参与度还挺高，兴奋得在一边跑来跑去，提各种各样的意见，可最终还是因为难度太高，沦为在一旁递递剪刀和胶水的小工，顶多弱弱地问一句："这一块是要干吗呢？"直到睡觉的时间到了，被连辰和安彤赶到床上睡觉去了，才算清静了。

这一走神，安彤的手上又被扎了一针。"咝！"她忍不住轻哼了一声，然后放进嘴里含着。

"又扎着了？"连辰看着安彤，安彤无奈地点头。

第一次扎着的时候，连辰还紧张得不行，到处找创可贴，可到现在，他也和安彤一样，只能用无声的叹息来表达了。

当那个丑不拉几的机器人终于颤颤巍巍地立在桌面上时，连辰修长的身子远远地靠在椅背上，才敢嘘出一口气。安彤瞧着直乐，问："你是怕你的呼吸把它吹倒了吗？"

连辰瞅了安彤一眼，手一伸："看看你做的娃娃。"

安彤将布娃娃递给连辰，然后默默地看着他。

"是不是想要我夸你两句？"连辰突然问安彤。

安彤摇头，然后却又趴到桌子上笑得不行，看得连辰莫名其妙，不知道安彤这是抽什么风。

笑够了，安彤才直起身子，指着连辰手上的娃娃说："这娃娃你要是还夸，很容易变成讽刺的，而且，你会怎么夸呢？"

连辰看着手中的布娃娃，觉得真是哪儿都不对劲儿。眼睛小，嘴咧到耳朵后，眉毛一高一低，胳膊也一长一短一粗一细，如果评最差的布娃娃，应该会榜上有名的，于是只得放弃地摇头道："真的是词穷。"

"看来棒棒糖和头绳都拿不到了。"安彤叹气。其实她做手工一直自我感觉还不错的，但对于布娃娃却是那么的无能为力。

"别想太多了，这种教育方法本身就不对，回头我们得去反映一下，哪有这样折腾家长的？先睡吧。"连辰胡噜几下，就把所有的东西全扫到了旁边的塑料箱里，说是明天再收拾。安彤心里悄悄地乐着，没想到连辰竟成了居家好男人。

安彤出院后，连辰便一直住在她这里照顾她，还给她请了个钟点工打扫卫生和做饭。有时间的时候，他也会早些回来，一起在家里吃饭，或者接安彤他们去外面吃。连辰在这里，连花儿自然也就跟过来了，四个人的小日子竟过得异常平静而温馨，让安彤觉得，如果就这样生活下去，其实也挺好的。

可是美好的日子没过几天，孙晓俏便再一次拎着行李上门了，鞋都不换，就直接趴到沙发上去了。

“又不换鞋，我现在都拖不了地，这地都是连辰拖的，小心他冲你嚷嚷。”安彤说着见孙晓俏的气色不大好，只得先关心关心人，“你这是怎么了？和阿东吵架啦？”

其实不用问就是孙晓俏欺负阿东，然后还负气搬了出来，可以想象阿东一张漂亮得不像真人的脸是怎样的委屈。

孙晓俏把行李放到客厅，然后坐在沙发上直喘气，又自己给自己倒了一杯水才说：“我实在受不了他，你说这天快要冷了，我想买件皮草，他却说他是动物爱好者协会的，真够可以的，都小气到这种地步，我真的没法和他过了，居然找这借口。”

“他这样说了肯定就真的是这个协会的，而且你的衣服本来就够多的，为什么还要买啊？”安彤一想到孙晓俏的衣柜就头痛，她那房子本来就不大，但衣柜却不少。所以之前安彤一直怂恿孙晓俏找个有钱人，要不她那堆衣服一般人家怕是很难装得下。

孙晓俏听了安彤的话，坐起身强调：“你真是抱着金砖还以为是塑料，你们家连辰有钱，你却不知道花，现在天冷了，昨天立冬了知不知道？不定明天后天就下雪了呢，我不得买件衣服啊？再说，我花的是我自己的钱。”

“你去年和前年买的衣服今年成了夏款吗？扛不住冷吗？”安彤觉得这件事完全就是孙晓俏不对。

孙晓俏深吸一口气，幽幽地说：“如果只是为这一件事，我当然不会这么生气，可是生活中这样的事太多了。冰冻三尺非一日之寒，我是真的没办法和他在一块儿待了。”

安彤听这话心里忍不住跳了一下，孙晓俏这分明是话里有话啊，难不成她真要离婚？想到这儿，她立即握紧孙晓俏的胳膊说：“你可千万别往离婚那方面想啊，你一离婚就是……你要再结可就是二婚了。”

“二婚怎么啦？你二婚不还嫁连辰嘛，你说连辰比谁差啦？”孙晓俏挺不服气的。安彤找着连辰了，还说什么二婚的话，就算是闺蜜，她也觉得挺憋气。

“我这是瞎猫碰到了死耗子，可我现在不还是不大敢嫁嘛。如果是头婚，我肯定笑得都不知道东南西北，巴不得去领证呢。但现在好也得考虑，不好也得考虑。”安彤沮丧地窝在沙发上，这就像是一个饿了的人，明明很想吃眼前那块蛋糕，可是蛋糕太好看了，好看到让她觉得自己这么饿，其实配一碗牛肉面才是最合适的。

这心理，其实真的挺难破的，不都因为是二嫁，所以才前怕狼后怕虎，中间还怕是个坑？

孙晓俏倒是理解了安彤，但沉默了一会儿，她还是说：“如果真的走到离的那一步，也是我的命。”

听了这句话，安彤心里掠过一些悲凉的感觉。想当初她离婚的时候，也对孙晓俏说过这样一句话：“走到现在这个地步，也是我的命。”可她却觉得，孙晓俏还没走到这一步，于是想了想便说：“我这儿没你住的地方啊，书房连辰住着呢。”

孙晓俏一听，愣了一下，说：“这是多难的事啊？有我在连辰可以回去了，我可以照顾你。再说了，实在不行我睡沙发也可以啊。”

“你睡沙发怎么可以？”安彤马上表示反对，孙晓俏却嬉笑地凑到她耳边说：“你要是舍不得连辰走，或者舍不得我睡沙发的话，那你就和连辰睡一屋吧，反正你那房间也够大，床也够大。”

“这是房间和床的事吗？我和他还没结婚呢。你快滚，自己又不是没有家，总跑我这儿来。”安彤故作不理孙晓俏。

“就不走，谁让咱俩是闺蜜，这辈子也只能这样了。”孙晓俏说完，又得意地剥了个橘子吃，然后频频点头，“这橘子真好吃，哪儿来的？”

安彤瞟了孙晓俏一眼，本不想回答，但见她那馋样儿，还是说："这是南丰蜜橘，连辰让人特意买回来的。"见孙晓俏吃个不停，便把果盘往旁边放了放，"再好吃的橘子吃多了也容易上火，以前也没见你这么喜欢吃。"

"这不是好吃嘛，真是的，跟阿东一样小气，吃个橘子都不行。"孙晓俏撇了撇嘴，趁安彤不注意，又拿了一个美滋滋地吃了起来，门铃却响了。

安彤脚不方便，只能孙晓俏去开门，可是她过去看了一眼，却又回来了。

"谁呀？"

"阿东。"

"人家说不定是来道歉的呢，你先让他进来吧。"

"不接受。"

"就这件事本身来说，他没错。"

"我就不高兴见他。"

安彤翻了个白眼看电视去了，懒得搭理孙晓俏。可没一会儿，门铃又响了。安彤明白地告诉孙晓俏，如果再不开门，她就拖着瘸腿去开门了。

孙晓俏没办法，只好起身，但却只是把门锁松开了，眼睛都没看阿东一眼就转身了。倒是听到安彤突然叫道："快拿一个来，我都饿了。"这才好奇地回过头看了一眼，顿时哭笑不得。

别人都是抱着玫瑰花，阿东倒好，拎着一大袋黄色的花卷进来。

"你拎这么多花卷干吗？"孙晓俏觉得阿东太无视自己了，他居然还有心情去蒸花卷。

阿东一听这话，赶紧从袋子里拿出一个黄色的花卷说："你没觉得这像是一朵玫瑰花吗？我蒸了九十九个，象征着咱们一定能天长地久，而且这个不但能看还能吃。”

孙晓俏不禁扶额，她觉得自己真的什么话也说不出来了。阿东是从哪里来的自信，认为自己可以跟他天长地久的？

安彤其实也惊着了，九十九个花卷啊，这得吃多久啊？

孙晓俏和安彤是一样的心思，只不过安彤没说出来，她直接问：“除了能看能吃，还能观察它的变化是不是？”

阿东有些不解，问：“什么变化？”

“我把它放到床头，看着它变色，看着它发霉，再看着它长虫子，可不就是变化吗？而且它还是黄色的，黄色的好，黄色代替友谊，咱俩以后友谊天长地久。”孙晓俏说得阿东顿时目瞪口呆，喃喃地说：“因为家里只有南瓜，我就绞了汁……”他还以为孙晓俏会很喜欢他的创意，没想到她似乎更生气。

阿东求救地看着安彤，女人对于他来说，真的是个非常难搞的生物。

安彤没办法，谁能抗拒长成这样的一个小鲜肉一脸期待地看着你呢？于是瞪了孙晓俏一眼道：“别作了，你要人家怎么做直接说出来就好了。”

“我这叫作吗？我是怕说出来他会直接去自杀。”孙晓俏一脸你什么也不懂，乱插话的表情，倒让安彤好奇了，问：“你没说怎么知道人家要自杀？”

孙晓俏冲安彤眨了眨眼睛，意思是，你就瞧好了！然后叉起腰对阿东说：“我的要求是，在本市五星级酒店办一场盛大的婚礼！”

安彤微微皱了皱眉，虽然说这要求是有一点儿为难人，可也不算是太过分。只是阿东那表情，实在是有些怪异，瞧着既无奈又愤怒，身上的那件格子加绒的外套都让他给拧得变了形。

于是安彤也没说什么，和孙晓俏一起等着阿东的回答。可一秒钟过去了，一分钟过去了，十分钟都快过去了……安彤快要熬不住了，却发现孙晓俏已经坐到沙发上玩手机去了。

“你什么意见啊？”安彤忍不住问阿东。

阿东瞅了安彤一眼，然后竟然转身走了，并轻轻地带上了大门。

“瞧这修养，其实他除了小气点儿，也没什么坏的毛病。”安彤还要劝孙晓俏，别太冲动，孙晓俏却顶了她一句：“如果遇到危险的时候，他的小气就会要了我的命。”

安彤耸耸肩，婚姻里的事只有婚姻里的那两个人知道，外人说对了是误打误撞，说错了，那才是理所当然。

不想第二天孙晓俏出了一趟门，但回来的时候，却扔给安彤一样东西。安彤拿过来一看，颇为复杂的熟悉感扑面而来。

“你……你疯了吧，真的离啦？”安彤把离婚证又朝孙晓俏身上扔了回去。如果不是她现在不方便，估计会过去咬她一通。

孙晓俏没回答安彤，因为事实很明显，这证又不是做假的，于是躺在沙发上发呆。她也有点蒙，不管是结婚还是离婚，都让她蒙，婚姻是到她的人生里来打酱油的吗？

“早知道这样，我刚离婚的时候就该跟你绝交。”安彤忽然来了这么一句。孙晓俏终于回过神来，奇怪地问：“为什么呀？”

安彤认真地想了想，说：“我觉得你妈说的话可能还是有道理的，你说你本来多潇洒啊，找男人目标明确，思路清晰。可我离婚后你就不一样了，居然和阿东这么一小孩结了婚。结了就结了吧，你又莫名其妙的离婚了，这会不会真的是受了我的不良影响啊？”

孙晓俏本来想说安彤胡说八道，但眼睛转了转，却贼兮兮地凑近安彤道：“那你是不是觉得很愧疚啊？”安彤一看她这样就知道没好事，所以赶紧摇头："其实……还好，毕竟你是个成年人，你当然可以为你的行为负责任的。"

孙晓俏一脸无趣地挪开了身子，说："你真的很无聊，都不知道配合一下。"

"如果我配合，你会怎样？"

"我就会让你把连辰让出来给我。"

"做梦吧，你刚离婚居然就有这心思，我真服了你了。"

孙晓俏撇撇嘴，又不是别人逼着自己离婚的，难不成还要去死吗？不过安彤倒是提醒她了，这事儿怎么对自己老娘交代呢？上次真不该在聊天的时候露了口风。

"你吃什么？我打电话给你叫外卖吧。"安彤拿起手机问孙晓俏，连辰之前已经打电话来说他今天比较忙，一会儿会让秘书把她吃的送过来。至于孙晓俏，从来不在连辰的考虑范围内。

一说起吃，孙晓俏忽然觉得一阵恶心，忍不住跑到洗手间里"哇哇哇"地干号了一通。好不容易吐完了，回到沙发上，又觉得不行了，再一次奔向洗手间。

安彤见孙晓俏终于再次出来，脸上白得不行，于是心里微动，问："你不会是怀孕了吧？"

孙晓俏想都没想，直接摇头道："不可能，我来了例假的。"

那就应该是胃不舒服，于是安彤给茶楼打了个电话，让他们自行处理，有事情打电话过来。孙晓俏在一旁哀怨地哼哼："你和夏晴晴也真是的，一个怀孕一个受伤，看吧，把我给累病了。"

孙晓俏其实也就剩个嘴皮子，整个人蔫得不行，又往洗手间跑了几次，然后把冰箱的那罐糖醋生姜抱在怀里不撒手。安彤越看越觉得不对劲，下午硬逼着她去医院检查。但等连花儿和优优都回来了，孙晓俏还是没到家，而且电话也没打通。

“要不你出去找找吧？”安彤拉着连辰的手，让他别管自己了，怕孙晓俏有什么事。

连辰不耐烦地说：“你觉得我去找孙晓俏合适吗？你不知道什么防火防盗防闺蜜是怎么来的吗？”

安彤本来急得不行，但被连辰这样一说却乐了，道：“你还知道这句话啊？那你说，你需要我防闺蜜吗？”

连辰无奈地撇撇嘴，正准备起身，却发现孙晓俏回来了。他不禁暗自松了一口气，让他找一个和自己无关的女人，真的不是件愉快的事。

孙晓俏裹着一件茧式大衣，一张脸在灯光下白得吓人。安彤忍不住站起来问：“怎么啦？”脚下却传来一阵钻心的痛，忍不住冷嘶了一声。连辰忙过来扶住她道：“有话坐下来不是一样地问，小心点儿，我去给你端骨头汤喝。”

等连辰去了厨房，孙晓俏才到安彤身边坐下，靠在她身上道：“安彤，要不你嫁给他得了，我觉得他对你还不错。”

“先别说这个，你去医院是什么结果？”安彤心里略有些不安，觉得孙晓俏的反应有些反常。

“算是一个不好不坏的结果吧。”孙晓俏说着，便把化验单递给了安彤。

安彤接过来一看，整个人都呆住了，抬起头看了看孙晓俏，又仔细看了一遍化验单，哭笑不得地问孙晓俏：“你确定这单子是你的？不会是你从哪儿捡过来忽悠我的吧？”

孙晓俏摇头，说这单子的的确确是她的，绝对不是捡来的。

“那，你上午给我看的离婚证就是假的喽？”安彤近乎乞求地看着孙晓俏。可孙晓俏再一次摇头，说离婚证也的的确确是从民政局领回来的。

安彤把化验单往孙晓俏面前一拍："那你说怎么办，这孩子怎么办？"

孙晓俏捡起化验单，很安静地告诉安彤，今天医院人不多，她一去就排上队然后化验。但后来她在医院旁边的咖啡馆想了很久，最后决定把这个孩子生下来。因为是她的孩子，她不允许她的孩子悄无声息地从这个世界上消失。

"那孩子爸爸呢？"安彤问孙晓俏，这时候她倒希望孙晓俏像夏晴晴那样，有着一颗非常积极的心态，怀了孩子当然是去要找孩子爸爸。如果孩子爸爸不想要，那就积极地寻找别的路。可她心里却有些忐忑，毕竟孙晓俏不是夏晴晴。

果然，孙晓俏摇摇头说："我如果告诉阿东，他肯定要闹着复婚，我不想我的孩子以后吃一罐奶粉都要挑三拣四。他可以没有最好的生活条件，但也一定不能在挑挑拣拣中长大。所以，我们不告诉他这件事情。"

孙晓俏的这个决定在安彤意料之中，可又让她觉得心疼。一个女人独自带着孩子是很辛苦的，尤其是孩子一出生就一个人带，以后得受多少别人异样的眼光？光心理上都难以承受。

安彤还想说什么，手却被孙晓俏握住，期盼地说："安彤，我们，不告诉阿东这件事，好不好？"

"好。"安彤还能说什么呢？因为她根本不能断定孙晓俏和阿东复婚会不会更幸福。都说孩子应该有一个完整的家，其实孩子应该有的是一个幸福的家，如果这个家不幸福，对孩子也是一种伤害。

"我不会说，但我希望有一天，事情会比现在更好。"安彤说得很真诚。孙晓俏立即笑了："当然会更好，我孙晓俏一定会过得比现在更好，因为我有孩子了，因为我要当妈妈了。"

安彤没有忽略孙晓俏眼角的泪光，但她却故意装作没看见，指使着连辰下楼去买一些带酸的东西回来，像话梅之类的。

见连辰一脸怨怪地出了门，孙晓俏忍不住乐道："让你们家霸道总裁给我买这些东西，真的是太委屈他了。"

安彤小声嘀咕着："他若跟我摆总裁的谱，我就让他再也不要上门了。"

孙晓俏伸出大拇指。安彤始终是聪明的，婚姻应该是个什么样子，她一直都知道，不论是许凉还是连辰，都没有让她失了方寸。她一直在这个轨道上跑着，也许跑得很辛苦，但也跑得很带劲。

二十二、全城竞猜

孙晓俏怀孕了，而且怀得很艰难。之前她以为来例假了，其实是先兆流产，因此医生让她住院观察。

安彤和夏晴晴都没办法照顾孙晓俏，于是劝说她最好还是跟她妈说一声。可孙晓俏却摇头道："等等再说吧，还不知道是怎么回事呢。"上次孙晓俏不小心露了口风，她妈已经开心无比地准备大宴亲友，如果知道了她离婚的消息肯定会受不了。若胎儿也保不住，她都不敢想象那结局会是怎样。

"可是你现在怎么办呢？你总不能一个人躺在医院里吧？"安彤一筹莫展。最后还是连辰说，给孙晓俏请个好一点的护工，然后她们经常过去看看她，应该不会有问题。

孙晓俏非常赞同连辰的意见，反正在医院里住的时间也不长，稳定了就可以回来。

"那你到时候还是来我家住，我脚也慢慢地快好了。"安彤叮嘱孙晓俏，虽然阿东已经搬出了她的房子，但她一个孕妇在家里，而且情况还不大稳定，她怎么也不放心。孙晓俏表示她直到生之前，都会死赖着安彤的。

孙晓俏现在躺在医院里，夏晴晴的肚子也越来越大。相比较来说，安彤的情况算是最好的一个了。于是她决定去茶楼盯着，让孙晓俏和夏晴晴能够愉快地孕育新生命。

只是，安彤的这个决定，却遭到了连辰的反对。他不明白安彤为什么要自己跑到茶楼去，花钱请一个人也能够好好地管理，何必自己那么辛苦？但安彤却觉得自己去看着才放心，这就像是怀孕和代孕的区别，虽然最后孩子都是自己的，但是自己怀孕生出来的孩子，那感觉是不一样的。

“你过去茶楼，就是怀啦？”连辰无奈地问安彤。安彤哄着他说：“我去那儿和在家里其实是一样的，又不用我动，但我坐在那儿，其他人心里就会好过一些。像你，你能一整年不去你公司吗？”

连辰无奈地看着安彤，发现自己在安彤的面前似乎只有点头同意的份儿，从来都拗不过她似的。

早晨出门的时候，安彤特意穿了一条长长的连衣裙，一直罩到脚踝。刚把衣服穿好，送连花儿和优优上幼儿园的连辰也回来了，围着安彤转了一圈儿，却说：“这会不会不太方便啊？”

连辰觉得其实安彤的身材还是不错的，脚没受伤的话，穿出去也是挺风情万种的，可是现在却一走一瘸的，却穿长裙，总觉得不大合适。安彤却很满意，她抖了抖裙摆说：“你看，一点儿都看不到我的脚，我不动的话，你能知道我是一个瘸子吗？我往那儿一坐，多像女神啊。”

“什么瘸子？只是受伤罢了。”连辰说着也不管了，抱起安彤就往门外走，“我的女神，咱们出发吧。”

有了夏晴晴的前车之鉴，连辰果然不放心司机接送安彤，所以每天都亲力亲为。安彤不得不郑重地告诉他，夏晴晴是在离婚后才和那姓沈的在一起的，他不用杯弓蛇影，弄得好像对她挺不信任似的。可连辰却表示，他接安彤接得很快乐，很幸福，不用找别人来代替，也不是别人能代替得了的。为了表达这种快乐，他不只是每天早上送晚上接，中午还要安排她吃的饭。

安彤当然也很享受连辰这样的照顾，无聊的时候还发个微信骚扰他一下。

"亲爱的在干吗？"

"工作。"

"有美女在身边吗？"

"？"

"美女听不懂啊？故意的吧？我就知道你身边有美女。"

"在办公室里。"

"办公室就不会有美女吗？"

"没有。"

"那你们公司的女人们呢？"

电话响了，安彤一看是连辰，估计是不耐烦这样在手机上聊天。可是安彤却很喜欢这样在手机上撩拨连辰，于是挂断。可是连辰又拨了一次，安彤再挂。刚挂断，铃声第三次响起，她只好接了。

电话那边传来连辰的声音："我办公室里怎么会有别人？我们公司的女人跑我办公室来干吗？你是不是有什么事啊？我马上过来。"然后挂断电话。

安彤呆呆地看着手机，心想这男人怎么一点儿情趣都没有啊？只好再打过去告诉他，其实没什么事，只是自己太无聊了。于是没一会儿，连辰秘书小李拎了一捆书到了茶楼，并且笑着说："还有一捆书，连董让我现在送到您家去。"

"为什么送我家去呀？"安彤不明白，小李迟疑了一下，摇头道："对不起安姐，我也不知道。"

安彤和小李接触了这么久，也知道他的性格脾气了，于是亲热地对他说："有些话你们连董可能不会直接让你转告我，但未必没有让你以你的口吻告诉我的意思。你得懂你们连董的心思，工作才能做得好。"

小李考虑了一下，觉得安彤的话应该是很有道理的。因为董事长真的话极少，如果有些话他说了，那应该是有目的的，于是老实地说："我好像听到连董说，您晚上有书看了，就不用无聊得随便拉一个人打电话了。"

居然是这个理由，真小气！安彤撇撇嘴，她一听就知道是什么意思，不就是昨天晚上秦晋阳给她打电话关心一下她的伤势，然后她也问了一下柳遥的情况，就这样闲聊了会儿。谁知道那时候刚好连辰也打电话进来，打了几次没打通，最后竟直接上门来，坐在她床边，看着她聊。

"你回去转告你们连董，男人心眼儿得大一点，否则容易老，老了就没人要了。老无所依将会是他这一生最凄惨的时刻。"安彤想着连辰这么霸道，又因为自己稍微刁难一下，就不再提结婚的事，心里便莫名地冒起了小火花，忍不住想借题发挥一番。反正对着小李，她嘴皮子利索得很。

可小李却呆呆地看着安彤，并没有像她预想的那样屁颠屁颠地转身离开。

"小李，没什么事儿了，你可以回去跟你们连董汇报了。"

"可是姐，我不敢。"

“什么不敢啊？”

“你说的那些话，我……我不敢说。”

“不是你说的，是我说的，你只是转告一下。”

“我知道是转告，可我还是不敢说。”

“如果我让你们连董以后换个胆子大点儿的人来，你敢不敢？”

“姐，我们集团的人在连董面前，胆子都和我差不多。”

安彤顿时哑口无言，盯着小李气恨恨地看了一会儿，觉得名城集团的人都是披着羊皮的小狐狸，但到底也只能沮丧地挥挥手：“快走快走，小狐狸，姐为难你就是为难我自己，快，瞬间从我眼前消失。”

小李松了一口气，脸上也洋溢起阳光般灿烂的笑容。安彤不禁撇撇嘴：“原来你会笑啊。”小李笑得更起劲儿了，但却不敢多做停留，赶紧调头走人。刚跨出一步，却顿了顿，又回头对安彤说：“如果我找着一个合适的机会，还是会帮姐转告的。姐还是不要跟连董说换人了，我家境况不好……”

“是不是上有八十岁老母，下有嗷嗷待哺的孩子啊？”安彤不禁翻了个白眼。她早就知道小李其实是个富二代，到连辰身边只是学习取经来的，还把自己说得那么可怜。小李却挠了挠脑袋说：“也差不多，只不过我妈没那么老，我还没结婚。”

“你，快点从我眼前消失。”安彤指着门对小李说。小李一个立正，果然非常快速毫不含糊地出门离开了。

安彤无聊地趴到了桌面上，眼睛却瞟到了一张报纸，上面硕大的两排大标题特别显眼：名城集团新楼盘取名“AAT”爱情公寓，全城竞猜其名称含义。猜中者将获得抽奖资格，奖品是一套房。

AAT？安彤瞬间坐起来，这意思……难道是“爱安彤”？不过，这情节也太韩国了吧。等等，会不会是自己自作多情呢？

拿起手机，安彤想想还是放下了，总不能打电话直接问连辰，你这楼盘的名称是不是“爱安彤”啊？太丢人了！可是不问清楚，她的小心脏总是扑通扑通地跳个不停，怎么安抚也压不下去。

正左思右想，服务员小叶拿着报纸跑过来对安彤说：“安姐，你有文化，你看这 ATT 是什么意思啊？”

安彤看着小叶心里却百味杂陈，最应该着急的人是自己好不好？可是小叶却毫不掩饰地用期待的眼神看着安彤，让她也说不出别的话来，只好问：“你问这个干吗？这都是炒作，还真信啦。”

“哎哟安姐，不只是我啊，很多人都在说这个事。不管是不是炒作，这一套房子是真的啊，我如果有一套房子，不就在本市安家了嘛，少奋斗多少年啊。”小叶一脸憧憬地说，又追问安彤有没有想明白这是什么意思。

“想……想不明白，就三个字母怎么想啊。”安彤心虚地端起手边的茶就喝，却被小叶拦了下来：“安姐，这不是你的茶，是刚刚那位小鲜肉的，已经凉了，我给你泡壶金骏眉去。”

小鲜肉？真够潮的。

小叶去泡茶，旁边那桌的客人也听到了她们的对话，于是凑过来对安彤说：“我觉得啊，这虽然是字母，但也不难猜。第一个是 A，又是给年轻人住的爱情公寓，那肯定就是爱的意思。至于后面的 AT，就得好好想想了，应该也不难想的。”

“那您好好想想。”安彤敷衍地笑了笑。那女士瞧着有六十多，却是个固执的，硬是拉着安彤问：“你说我说得对不对嘛，当头的那个 A，是不是爱字？我觉得肯定是。”

“是，我也觉得是，只能是这个嘛！”安彤只好严肃认真地说，女士才满意地坐下来继续喝茶。

安彤和女士说话的时候小叶已经拿着茶壶过来了，她眼睛转了转，轻轻地对安彤："安姐，我忽然发现你的名字的简写也是AT，会不会是'爱安彤'的意思啊？"

安彤刚喝进口的茶差点儿喷了出来，呛得她肺都要炸了。小叶赶紧拍着她的后背，着急地说："姐你这么激动干吗？我也就开个玩笑，谁真的会取这个名字呢？"

好不容易平静下来，安彤拍了拍胸口，对小叶说："你也可以试一下啊，也许就是这个呢。"

"姐，你可真幽默。"小叶听了乐不可支，心里却想，这房地产公司的人脑子又不是坏掉了，干吗要弄一个"爱安彤"的意思？

安彤只好用怜悯的眼神看着小叶，摇头叹气道："你知道为什么这个世界上有那么多人发不了财吗？因为别人已经把钥匙递到她手上去了，她却不伸手去拿，真是命啊。"

小叶眨了眨眼睛，然后感慨地说："这人还真傻。"安彤差点儿又被呛着了。

冷静下来，安彤却越想越觉得这件事儿是真的，心里还是免不了有些激动。但看到大家都一副群情激昂的样子，甚至有些客人已经凑成一桌研究这是什么意思的时候，就觉得真的是太高调了，她决定晚上好好地和连辰沟通一下。

刚打定主意，安彤便接到孙晓俏的电话："安彤，AAT是不是爱安彤的意思？你们家连辰真的是太浪漫了，简直是韩国大叔啊。对了，你说如果我也参加这个活动，连辰会不会给我走走后门啊？"

安彤被孙晓俏的一通话炸得头都晕了，不耐烦地说："你不是有房吗？掺和什么呀？"她此刻的心情就像是夏天的天气似的，一会儿风一会儿雨，一会儿晴一会儿阴，哪有心情去顾及孙晓俏？

孙晓俏已经出院了，但是还是不大敢动，不过安彤听着她那底气十足的声音，也知道她没什么事。

“谁还嫌房多啊？”孙晓俏自看到这个新闻，便兴奋得不得了，一直沉浸在一套房子的憧憬中，听到安彤这种口吻便有些不高兴了，拉长了声调，“我有房怎么啦？谁嫌房子多啊？再说我那个房子多小啊，以后宝宝长大了不得需要自己的房间吗？你们家连辰的房子由着你挑，我这凭借自己的智慧来争取一下还不行啊？你快说是不是这意思吧。”

想得真远，安彤忍不住嘀咕，但也只好告诉孙晓俏，连辰也没对她说，她也不知道是个什么情况，等弄清楚了再说。

“行行行，你晚上就约他去外面吃饭吧，优优让许凉去接，连花儿让夏晴晴带过去。”孙晓俏摸着肚子满怀期待，心情简直好到爆，似乎真的看到了她正和宝宝快乐地在一套装修精致的房子里玩耍。

孙晓俏的电话一挂断，又接到夏晴晴的电话，非常开心地表达了她美好的祝福。

安彤忽然发现，这件事情除了她以外，大家都保持着非常单纯的快乐，和非常单纯的热情。她不禁嘀咕道：“都是那套房子闹的，土豪！”

只是晚餐还没轮到安彤来安排，连辰便已经订好了餐厅，连花儿也给安排好了，优优这边自然由安彤来跟许凉说。

餐厅在木市唯五家五星级酒店顶楼的星空包厢。星空包厢，顾名思义，坐在包厢里可以看到漫天星光。

包厢里点着几只红烛，于是星光、烛光和城市的灯光融合在一起。她感觉自己似是置身在一个奇妙的空间里，虽然空旷，但却因为连辰在身边，又是那样的温暖和踏实。她忍不住主动握着连辰的手说：“这里，真好！”

连辰将安彤拥进怀里，柔声问：“这里是哪里？”

安彤笑着回拥着连辰，又点了点他的胸口道：“就是我抱着的这里啊。”

两人在星空下默默地依偎在一起，都舍不得开口打破这么温馨美好的氛围。安彤心里甚至想，如果这时候连辰向她求婚，她肯定会答应的，毕竟她也不确定能不能再找到一个让她靠得这么安心的人。

婚姻对于女人来说，什么最重要？安彤认为爱很重要，但安心更重要。

直到不知是谁的肚子叫了一声，连辰才放开安彤，让服务员上菜。吃饭的时候，安彤想到了今天报纸上的广告，于是问连辰那是什么意思。

连辰故作神秘地耸了耸肩道：“不知道啊，我不管这种小事的。”

安彤一愣，然后又觉得有点儿不好意思，看来真的是自己想多了。正要找点什么话题免得尴尬，不想连辰却乐了，笑着说：“真傻，这意思别人不懂，你还不懂啊？”然后得意地问：“我的点子好不好？比那个什么做广告的人好很多吧？”

安彤知道连辰说的是秦晋阳，忍不住失笑，奔四的人了，还像个孩子似的争风吃醋。她是不知道，连辰年轻的时候不懂爱情，认为爱情是个既费时间又费精力的事情，而且那时候他刚接手公司的事务，一切都是茫然的，也没有时间想太多。现在事业稳定了，又碰到了自己喜欢的人，当然就有点儿收不住。

“你这个……从策划上来说是非常不错的。”安彤首先肯定了连辰那聪明的脑子，但一想到今天孙晓俏她们的表现，还是特别温柔地对连辰说，“你说咱们能不能低调点儿？现在……我觉得太招摇了。”安彤想着和连辰好好商量，能不能换个方向什么的，反正现在也还在竞猜的过程中。

可是连辰却有些难以理解，让全城的人知道他爱安彤是安彤自己要求的，他甚至没有让人来参与，自己想了好几个晚上才想到这个主意来，安彤现在的态度让他有点儿不开心。

连辰的心里很奇怪，之前他很不想让自己的生活暴露在众人的面前，可是现在，他很愿意告诉别人，他喜欢安彤，他要向安彤求婚，他们要生活在一起。他觉得这是一件让人很快乐幸福的事——以前觉得挺俗的一件事，现在却非常愿意去做。

安彤看到连辰沉默着不说话，有些懊恼，这些话其实明天再说也不迟啊，干吗非要这会儿说出来扰乱气氛？于是声音里便情不自禁地略带娇嗔地说："是我不对，我向你道歉好不好？你不要生气了。"

连辰扬了扬眉，慢条斯理地吃了一口牛排，又喝了一口红酒，才说："再说一遍。"

"是我不对，我向你道歉！"安彤非常正式地重复了一遍，以示她的真诚。

连辰摇了摇头，皱着眉说："语气不对，要刚才的那种。"

刚才的那种语气？安彤回忆了一下，顿时哭笑不得，但看到连辰那期待的样子，于是学着韩剧里面小女生的样子，站起来，双手握在胸前，装出一副可怜兮兮的样子说："欧巴，你原谅我好不好吗？"

"啊，你……"连辰被安彤的这个样子惊呆了，半晌才回过神来，顿时低下头去，手撑在桌子上，笑得一抽一抽的。见他这样，安彤顿时也撑不住了，想象着自己刚才的模样，也笑倒在一旁的沙发上。

这一乐，刚才那么浪漫温馨的氛围全没了，不过却更像是心无嫌隙的一家人了。笑够了，安彤又追问连辰到底答不答应，反正氛围已经破坏了，她不如干脆把这件事情搞定。

连辰走到沙发边，拥住安彤说："这次你听我的好不好？让全城人见证我们的婚姻，我们一定能够白头到老。"尽管连辰说得很诚恳，但安彤还是觉得不大好，想象着自己以后出门，都会被别人指指点点，她都恨死自己当初为什么那么说了，还不如说，你给我把天上的星星摘下来，不对，是把天上的太阳摘下来。

见安彤脸部表情很纠结，连辰也猜到她在想什么，于是决定再来一针强心剂，凑在安彤耳边说："我告诉你啊，你老公我可是很受欢迎的，如果全城人都知道我那么爱你，会减少一些不必要的麻烦的。"

安彤仔细端详了连辰一阵子，浓密的眉毛如寒剑出鞘，深邃的眼睛看得她都浑身有些发热，薄唇轻轻勾起，却异常性感……这张脸的确是很容易招蜂引蝶啊，何况还浑身金光闪闪。不过她又觉得不对，怀疑地问连辰："你忽悠我的吧，你这张脸虽然长得很对得起你爸妈，但却像个雕塑似的面无表情，人又是冷硬冷硬的，除了余希希，谁敢往你身边凑啊？"

"总有那么一些喜欢雕塑又不怕冷的人嘛，余希希就不要提了，我已经把她送到美国了。"连辰解释完了，又觉得安彤太天真了。他觉得是不是什么时候该让安彤见识一下他的魅力，让她也对自己产生一种死死抓住不放松的心态。

安彤不得不承认，其实连辰说得是有道理的，这个世界上什么样的人没有呢？记得当初她还在海韵广告上班的时候参加大学同学聚会，有一个大龄未婚的女同学便主动打听她公司老板的情况，得知秦晋阳还没有结婚，于是软磨硬泡地找她要电话，她没同意，竟趁着安彤去洗手间的时候，把她手机拿出来抄了电话号码，后来更是对秦晋阳各种骚扰，从电话骚扰到送早点，从送早点到晚上守到秦晋阳的家门口。最后秦晋阳威胁要报警，她才放弃。

现在的女孩子们真的是好生猛啊，安彤心里默默地感慨了一下，于是同意了连辰的说法：为了一劳永逸，高调一下也不是不可以，被别人指指点点就指指点点吧，反正也不是指着她骂。

“这才乖。”连辰在安彤的唇上狠狠地亲了一下，正想深入下去，却被安彤推开，一脸惊讶地问：“你刚才说你是我的什么？我……我老公？我们还没结婚呢，小心花儿和优优听见了。”

连辰用手捂住安彤的眼睛，不满地说：“不要用这样的表情看着我，这不是很正常嘛，我都满足了你的求婚条件，你还不愿意嫁给我吗？花儿和优优听到我这样叫你，只会开心。”

两人耳鬓厮磨了很久才准备起身离开，只是没想到却在电梯里遇到了欧野。

“安彤。”欧野看着安彤，笑容温润。

安彤其实很受不了欧野这样叫她，不是“安彤你好”，也不是“又见面了安彤”，而只是一个名字“安彤”，像是……像是什么安彤也说不上来，但真的让她有些不自在。她觉得自己现在和欧野没有那么亲密，她甚至不明白，为什么十几年的时间，在欧野那里像是被橡皮擦擦去了似的。

“你好，欧野，没想到会碰到你！”安彤用了最生疏的方式来表达了对这一次的相遇的感觉。但欧野还只是那样微微笑，又冲连辰点点头，然后低下头问安彤：“怎么你最近没去茶楼？”

安彤很明显地感觉到连辰看了她一眼，顿时有些恼，但还是镇定地说：“我今天就在。”

“哦，我恰好今天没去，去看了一套房，准备就在这里定居下来。”欧野说着自己的打算，不知道的人若此刻进电梯，还以为他们是一对儿，不过连辰一直紧紧地牵着安彤的手。

欧野的话，安彤没有发表任何意见，那是他的事当然他自己处理，却听到他突然问：“那个 ATT 爱情公寓你觉得好不好？”

“嗯？”安彤被这个名字给惊到了，又想，既然是连辰公司开发的，除非脑子被门夹了才会当着他的面说不好呢，于是特别真诚地说：“好啊，我觉得这里的房子挺好的，名字也取得好。”

“真的吗？那我明天就去把房子定下来。”欧野眼中的笑意更深了，让他整个人有一种说不上来的光彩。

安彤觉得房子好就定下来也没什么不对，于是点点头，不想手却被连辰狠狠地握了一下，并且说：“到了。”

电梯门打开，连辰将安彤抱起，他终于瞥见欧野那完美笑容中的裂痕，于是心情巨好。

酒店外面，欧野已经恢复了之前的礼貌与温情，向安彤挥挥手道：“安彤，明天见。”

明天见？安彤没明白为什么明天见，刚刚好像没有约明天见啊。正要问，却见欧野已经钻入一旁看着就很烧包的车里，然后绝尘而去。

“别看了，快上车！”连辰把安彤塞进车里，却听到安彤问：“他为什么要说明天见啊？他不是说明天要去定房的吗？”

“他的意思是，明天带你去看房。”

“为什么要带着我去？”

“因为想你当新娘啊。”

“一边儿去，别瞎说。”

“你真的没听明白他话里的意思吗？”

“你都在我身边，他能有什么意思啊？”

“我刚刚都说了，这个世界上总会有一些莫名其妙的人，长着一副莫名其妙的脑子，以为自己能办成一件莫名其妙的事。”

“你刚刚什么时候说了？”

“我心里说了，你为什么不和我心意相通，是不是在想着那个人？”

……

安彤直接无语地倒在座位上，然后侧过身去，不再搭理连辰。男人吃起醋来，真的一点儿都不可爱，不过却让她心里甜丝丝的，不禁有些怀疑自己，是不是为了让连辰吃醋，所以才故意和欧野那样对话的。

连辰一直眉头紧锁，想着是不是要加快进程，好早点儿把安彤娶回家，看哪个没眼色的还想打她主意。

可就在这个时候，安彤接到了安妈的电话："安彤你快回来吧，这可怎么办啊？安迪不见了。"

电话里，除了安妈的哭泣，还有一些嘈杂和咒骂的声音，安彤不禁急得不行。

二十三、命中注定关心你

安彤和连辰赶到青石巷的时候，巷口已经围了好几圈人，最外面一圈人还踮着脚一蹦一蹦地往里看。

"怎么办？"安彤有些着急，车开不进去，可她却隐约能听到哭声，这让她有些焦躁。

连辰按了几下喇叭，可那堆人似乎集体失聪了，竟然毫不理会。

"真是喜欢热闹，都不用睡觉的吗？"安彤看了看时间，已经晚上十一点了，可是眼前的一群人精神却异常抖擞。

安彤头大如斗，究竟安迪又惹出什么麻烦啦？她无奈地用眼睛瞟着连辰，连辰冲她一笑："这也算是中国特色，咱们只能把车停在这里，走进去吧。"安彤点头，也只能如此了。

看热闹的人都是多年的街坊邻居，看到安彤回来，非常自觉地让开了一条道，让安彤有一种明星走红毯的感觉，只可惜是被连辰抱着的。

但看着那些大爷大妈眼睛里的好奇、渴望与期待，她便瞬间清醒过来，他们不过是希望多一个人参与，会更热闹一些而已。

也有的人为了表示自己是与众不同的，是善良的，是过于表示关心的，所以拍拍安彤的肩膀道：“你快去劝劝，都是多年的老邻居了，别吵了，伤感情！”

“吵成这样还有感情吗？”有的说。

“怎么没感情啊？这里不知道什么时候就要拆了，以后想见都见不到了。”之前那人非常不屑，于是现场闹成一团。

“是不是有拆迁办的人过来啊？”

“总是会来的，你急什么？”

“我哪有急？如果真有拆迁办的人过来，我也好好准备准备啊。”

“怎么准备？说出来我也好好准备准备。”

……

安彤听了直翻白眼，谣言就是这么来的，估计这几个月青石巷会掀起一场拆迁风了。但她现在顾不得这么多了，因为哭骂声越来越近，非常明显是小毛妈的声音，尖厉中又带着沙哑，如果不是这里有一圈人，她会觉得很恐怖。

“快让你女儿交出我儿子来，否则我跟你们没完。”小毛妈一手叉腰一手指着安彤家的大门骂。一张肉乎乎的圆脸涨得通红，平时卷得十分飞扬的头发此时也耷拉着，但模样却十分凶狠，像一个在战场上奋勇杀敌的女战士。

安彤一见这情形就怔住了，面对这样的人物她其实是有点怵，因为她们往往采取的是武斗，就安彤这小身板，根本扛不住。再说今天连辰还来了，如果把他拉进来，那脸就丢大了，搞不好明天都要上新闻头条了。

“要不你先回车里吧。”安彤小声地对连辰说，然后使劲儿地推他。

连辰握住安彤的手，正要拒绝，却被小毛妈瞧见了。她几步就冲到了安彤面前，愤怒地摇着手指说：“你们家终于有人出头啦？安彤我跟你说，你们家做事太不讲究了。我告诉你，你们如果不把我们家小毛交出来，我就死在你们家门口。”

“毛阿姨，您先别激动，咱们有话先进去好好说行不行？”安彤顾不得连辰，非常低姿态地劝说着小毛妈，并瘸着腿伸手去扶小毛妈。

小毛妈如果是这么轻易能被劝走的，她也不会招来这么多人堵在安家门口。

挥开安彤的手，小毛妈强硬地说：“你别给我动手动脚的，有话就在这里当着大家的面儿说。再说，我们也没什么可说的。我只要你们把小毛交出来，交出来了什么事都没有，交不出来，事儿就大了。”

“阿姨，小毛是个成年人了，哪里是我们藏得住的？”安彤为难地说，心里把安迪和小毛骂得个狗血喷头，都奔四的人了，怎么做事一点儿都不靠谱？自己一走了之，也不管家里人怎么应付。

小毛妈现在只一心想要儿子，她倒不是担心小毛，而是一想到辛辛苦苦养大的儿子，竟然不声不响地就弃她而去，就把安迪和安家所有的人都恨得要死。

“你说什么都没用，我只要小毛。”小毛妈一屁股坐到安家门口，一脸的倔强，但安彤还是看见了眼里面深深的失望。

安彤心里其实也不好受，她知道小毛妈对小毛的感情有多深。自从小毛爸过世后，小毛就是小毛妈的全部。只是，小毛妈也是上了年纪的人，一晚上这么着坐在地上也不是回事啊。于是蹲到小毛妈身边说：“毛阿姨，我也是您从小看到大的。您看在我的面子上，咱们先回家行不行？这天也冷了，搞不好还会下雪呢。您要是冻病了，小毛回来可不得心疼死啊。”

“他才不会心疼，他见我死了才开心呢。”小毛妈恨恨地说，还在地上吐了一口吐沫，但说起儿子，口气还是不自觉地有些缓和了。抬起头见安彤是真心地关心自己，忍不住说，“小毛他要是和你在一起，我就不会反对了，这臭小子什么眼光，喜欢上了那么一个东西。”

“毛阿姨，其实我姐挺好的。”安彤没想到小毛妈会来这么一句，她嘴里的“那么一个东西”可是自己的姐姐。她姐妹俩再怎么不搭，也不能让别人当着自己的面诋毁她呀。

“好什么好啊？你看她穿得那个妖精样，你看她说话的那模样那声音，就是她勾引我家小毛的。”小毛妈听到安彤为安迪说话，刚刚好一点儿的情绪又激动起来。

安彤耳朵都被小毛妈的声音震聋了，连辰皱着眉准备开口，却被安彤一个眼神制止住了。女人间的事男人可千万不能掺和，一掺和就会闹大。但眼下，她也不知道该怎么处理为好。

这时，安家大门打开了，安爸和安妈披着大衣站在门外。小毛妈赶紧起身，眼睛死死盯着他们俩。

“你吵够了没有？”安爸沉着声道，说完让安彤和连辰快进屋，别冻着了。

“你什么意思啊？我吵？你以为我喜欢吵啊？你把我儿子还回来，我就不吵了，我马上回去睡大觉。”小毛妈见到安爸安妈又亢奋起来，声音都哑了，却还是一副与天斗与地斗与安家斗，不把小毛斗出来誓不罢休的样子。

安彤自然不能把爸妈扔在外面与人吵架，因此便站在原地没动。可看着小毛妈这个样子，忍不住想如果优优长大了也遇到这样的事情，自己该怎么办，估计也会伤心。但像这个样子的伤心法，其实还是挺需要勇气的。

安妈把安爸往身后一推。女人都知道在吵架的时候，男人不需要参与，男人是在打架的时候用的，这也是另一种的物尽其用。

“你找我们要小毛？”安妈的表情异常冷静，用眼角瞥着小毛妈。那模样，甚至……有些高贵，这么奇怪的念头吓了安彤一跳。

小毛妈也不知道安妈葫芦里卖的是什么药，但还是非常有力地点点头。她要让安迪明白，即使她和小毛结婚了，小毛也是自己的，自己这个妈也是最重要的。

“那我们家安迪呢？”安妈瞪圆了眼睛，指着小毛妈问，“那你把我们家安迪交出来。”

“你们家安迪和我有什么关系啊？”

“那你们家小毛和我有什么关系？”

小毛妈被安妈的逻辑给震住了，安彤却忍不住鼓掌喝彩。这形象配合这问话，实在是太搭了，心里忍不住嘀咕：妈呀，你这么牛还给我打电话干吗？还哭得那么伤心欲绝。

小毛妈这会儿也回过神来了，指着安妈的鼻子喊道：“是你们家安迪勾引我们家小毛的，当然是我找你们要人。”

安妈躲开小毛妈的手，冷哼了一声，站在了门槛上，居高临下地看着小毛妈说：“你凭什么说是我们家安迪勾引你家小毛的？你们家小毛还拖着鼻涕的时候，就死乞白赖地跟在我们家安迪后面。这么些年了，我们家安迪有给过你们家小毛一个正眼吗？若不是实在被他感动了，会和他在一起？你不但不感恩，还把这俩孩子给逼走了。你说，你们家小毛到底把我们安迪带到哪儿去啦？我告诉你，二十四小时内我们家安迪还没回家的话，我们就去派出所告小毛拐卖妇女。”

这一席话，彻底把小毛妈给炸晕了，她没想到事情现在竟然反过来了，现在竟然是安妈要告小毛。她知道告安迪勾引是不可能的，所以并没有去找警察，可是现在安妈告小毛拐卖妇女，好像是有这么一种罪行啊，小毛妈也不知道是不是适用于小毛，但心里还是慌了。

“毛阿姨，要不我先送您回去，明天咱们再商量该怎么办。”安彤想递个台阶给小毛妈下。

小毛妈看了安彤一眼，还是没有下定决心，觉得这样走了有些不甘心，可是如果不走，安妈真的报警告小毛可怎么办？这会儿便有些后悔，觉得自己事先想得太简单了，不应该光想着出气。

“既然大家都这么着急，就别等明天了，我给派出所的朋友打个电话，让他们现在就来人。”连辰拿出手机来，小毛妈的脸色顿时变了。安彤的男朋友是谁，她可是通过小毛了解得非常清楚的，这可是一个有分量的人。

而且，小毛妈还有一点小心思。连辰是搞房地产的，这块儿要是真的拆迁了，说不定就是连辰名下的公司，搞不好可以多要一点儿赔偿呢。就算不是他名下的公司，他和别的房地产商肯定也认识，也可以递个话什么的。

这样一想，小毛妈心里就更是后悔了。这时安彤及时在她耳边说：“毛阿姨，咱们也是老邻居了，我们也理解您的心情，但也请您理解一下我们。我姐姐还是个女人呢，我们也着急，这要闹到派出所对谁都不好。说不定以后还要做亲戚呢，是吧？咱们先同心协力把小毛找回来，到时候您想怎么惩罚他不行，你说呢？要不咱们还是先回家？”

一番话说得小毛妈频频点头，并表示自己可以回家，用不着安彤送，完全没意识到，安彤已经把所有的责任都推到了她亲爱的儿子小毛身上。

小毛妈走了，围观的观众自然也散了，还有几个人非常马后炮地

说："快进去吧，天怪冷的。"安彤终于长长地松了一口气

安爸安妈招呼安彤和连辰快进屋喝口热茶暖暖。

安彤一边进门，一边问连辰："你在派出所认识谁啊？"连辰给她紧了紧身上的羊毛披肩说："不认识啊。"

"原来你是唬她的啊？"安彤不禁失笑。

"想认识也不是不可以。"连辰自信地说。

安彤听了顿时很愉快，瞬间觉得所有的麻烦都不是事儿了。

一进屋，安妈便没有了之前的彪悍，刚坐下来，眼里便涌出了泪水，怎么抹都抹不干，最后狠狠地捶了捶桌子说："你说她怎么就这么不懂事，字条都不留一个就走了。"

"妈，您别着急，我姐她会回来的。"安彤的安慰很没力度，因为她实在不明白安妈怎么会这么担心。之前安迪还去新疆见小鲜肉，她也只是叹叹气而已。

"以前她不论去哪儿，不论是干吗去，我都知道她长不了，肯定还是会回来的，我生的女儿我知道。可是现在是小毛和她一起出去的，小毛多踏实啊……"安妈说着说着又伤心起来。

安彤总算是明白安妈为什么这样了。安迪以前在外面没人靠，所以她撑不住，肯定会回到安爸安妈身边。可是现在有小毛了，小毛又是那么靠谱的一个人，安迪有小毛依靠，回不回来就成了未知数。

"那妈，您叫我们回来是……"安彤试探着问安妈，却被安爸打断："别听你妈的，你们回去吧，大半夜的还跑来跑去的。"

安妈突然起身，指着安爸激动不已地诉说着安爸从小就有多不喜欢不待见安迪，从安迪喜欢吃叉烧包安爸不给买，说到安迪第一次出嫁安爸面部一点儿都不悲伤，不知道的人还以为安爸一直在虐待安迪。

"妈，我爸没那么……"安彤见安爸给安妈训得只叹气，顿时想帮

着解围，可却被安妈瞪了一眼：“你们父女俩穿一条裤子的，就见不得安迪好。”

听了这话，安彤惊愕地抬头看着安妈。她没想到在自己妈眼里，自己竟是一个见不得安迪好的人，这让她真的，十分地……不仅仅是用伤心可以来形容的，喉头像是塞了一团棉花似的。

安爸再也忍耐不住，也指着安妈说：“你说我也就罢了，说安彤干什么？她是妹妹，但什么事不是让着安迪的？小事就不说了，就说上大学那件事，如果不是我坚持，你们就会因为安迪要结婚，钱要准备结婚的事，而让安彤好好的大学不上，再复读一年。这是你们当妈做姐姐干的事，你自己想想亏心不亏心？”

安彤听了这话如遭雷击。她从来不知道这件事，可现在猛地一听，只是惊讶，并没有什么感觉，可是身体却抖个不停。

“安彤，你怎么啦？不舒服吗？”连辰听了安爸的话，心里也很恼火，现在看到安彤这个样子，顿时心疼得不行，也不管什么场合，把她拥进了怀里。

安爸情急之中，没注意到安彤，还在激烈地说着：“安彤从小吃的让给安迪，喝的让给安迪，衣服穿的都是安迪的旧衣服，长大了连男朋友安迪都想抢，你别以为我不知道。”

安彤被连辰拥进怀里后，便紧紧地抓着他的衣服，然后将头埋在他的胸前，力量大得他都有些痛。

“安彤，你别这样，会喘不过气来的。”连辰在安彤耳边轻轻地说，可是安彤却一动也不动，仍然死死地将整张脸抵在连辰的胸前。

安爸安妈这时候也注意到了安彤的不对劲，顿时都有些慌了，纷纷过去急问：“彤彤，你怎么啦，不舒服吗？”

安妈刚刚口不择言之后，她便知道自己说得太过分了，所以不论安爸怎么说，她也没有还口。可现在看到安彤这样，她真的是后悔得不行。不论怎么说，安彤也是她自己亲生的女儿，哪有真的不疼的？

见安彤怎么都不松开自己，连辰干脆不再试图将安彤拉出来，反而抱紧了她，给她最大的安全感。

过了许久，安妈急得不行，跺着脚说：“咱们赶紧送彤彤去医院吧。”安爸瞪了她一眼道：“你现在终于知道你错啦？”

连辰这时候也有些着急，正准备按安妈的意思，带安彤去医院，没想到却听到安彤突然发出来的哭声，而且越哭声音越大，最后差点儿哭抽了过去了。

一旁的安爸安妈手足无措之后，也跟着抹泪，一个女儿不见了，一个女儿伤心至极，他们心里也低落到了极致。连辰还是第一次知道安彤在家是这样的情形，可他却无能为力，只能轻声安慰。

安彤哭得手脚发软。连辰考虑了一下，询问她的意见：“咱们先回去好不好？”安彤却又呆呆地坐着。

连辰干脆直接把安彤抱起来，冲安爸安妈点点头。便迈着大长腿直接走出门外，然后将安彤塞进车里疾驰而去。

安爸安妈面面相觑，同时也有着深深的失落。女儿养大了，却一个又一个地被男人带走了，也不知道是为了什么。

汽车在高速公路上飞驰，尽管已经是下半夜了，但路上橘黄色的灯光却让安彤的心一点点地回暖。她虽然一直没开口，但并不是失去了意识，而是不想说话，觉得一切索然无味而已。

连辰伸过手来握了一下安彤的手，见不凉，心头终于松了松，便说：“累了吗？累了就睡会儿。”

安彤摇了摇头，她很困，可是却睡不着，小时候的事情像一场电影一般出现在脑海里。

“连辰，你说我是不是很矫情？”安彤忽然问连辰。

“为什么会认为自己矫情？”连辰见安彤开口了，这才真正地放下心，可却更加心疼得不行。

安彤想了想，告诉连辰，虽然安爸安妈，尤其是安妈对安迪关注得更多一些，可自己却也因此收获不少。她比安迪更加坚强勇敢，更懂得适应环境，更明白自己的位置。即使安彤是一个人，还带着优优，可她活得却更加踏实。

于是两人便闲聊起来，从小时候聊到现在，从父母聊到孩子。聊到最后，安彤都觉得奇怪，自己今天的话怎么这么多，还在怔忡间，却听到连辰说：“你把我都变成话痨了。”

“自己话多还怪我？”安彤嗔怪道。连辰伸手捏捏她的脸，他什么时候成了话多的人？

“咦？我们这是去哪里？”安彤这才发现，这条路不是去自己的家。

“不会把你卖了的。”连辰告诉安彤，这是前往温泉小镇的路。

安彤不可思议地看着连辰，指了指车上的液晶显示屏说：“大哥，这都凌晨两点了，这会儿去泡温泉？”

“谁说到这里来就一定要泡温泉的？到时候你就知道了。”连辰让安彤什么都不要想，一切都交给他就好。

温泉小镇离市内并不远，平时一个小时左右的车程，这么晚的路上没什么车，要更快一些。

当踏上温泉小镇的水泥路面，安彤觉得一切都那么不真实。

“脚能行吗？我抱你进去。”连辰抱安彤都抱成习惯了，安彤也不觉得突兀。倒是温泉酒店前台昏昏欲睡的前台小姐见到二人如此，顿时睡意全无，这也太……恩爱？浪漫？想了半天，才想起“高调”这个词，可是这深更半夜的……“您好，欢迎光临！”前台小姐慌里慌张地说。

看连辰办了入住手续，安彤不禁好奇，忍不住问：“你带我来，就为了睡一晚上吗？”话一开口，她的脸瞬间便红了。这个问题真是太尴尬了，如果孙晓俏在，肯定又要骂她不过脑子。

连辰却似乎没有觉察到安彤的语病，只是笑笑说：“一会儿你就知道了。”

终于办好了手续，连辰又抱着安彤进电梯，直接按了最高的楼层。

用门卡打开房门，进门安彤忍不住惊叫。里面并没有电视剧里演的那样，摆满了蜡烛或鲜花什么的，而是一张看上去异常舒服而柔软的床放在巨大的圆台上，家具和沙发都极为高档奢华，地上还铺着厚厚的羊毛地毯，中央空调的暖气开得很足。

安彤被连辰放到床上，这才发现，这里居然是一个大的玻璃房，但和星空包厢却不可同日而语，这四面和头顶都装着玻璃，而且大很多。

安彤忍不住躺倒在床上，一旁的连辰及时关掉房间的灯，安彤目光所及之处圆月星空美轮美奂。

“喜欢吗？”连辰坐到安彤身边柔声道。

安彤赶紧点头，说不喜欢也太装了，但点头又不足以表达她的心情，于是发自内心地说：“你们有钱人真的是太会享受了，可怜我们这些小白领，辛苦一辈子，别说看，想都想不到会有这样的房间。”

连辰听了，嘴角忍不住抖了抖，这话像是说阶级敌人似的。

“你说，如果下流星雨，得有多美啊。”安彤想象一下那样的场景便觉得美好到爆。

“流星雨总会有的，这个房间我包下来了，你任何时候都可以来，咱们总能看到流星雨的。”连辰轻轻地在安彤的唇角吻了一下，然后轻轻地拥住了她。

安彤感觉着腰上的沉重，顿时一动都不敢动，连呼吸都控制着，只是眼睛随着月亮在云间穿梭，心里却盘算着接下来该怎么办。不过似乎也没有别的可能，她脚还没好呢。

过了许久，安彤也没想出个结果，倒是听到耳边有轻微的鼾声，她侧过头一看，连辰竟已经睡着了，温热的鼻息吹进她的脖颈里，痒痒的，可她心里却柔成一汪水。他很辛苦很累吧？但却还要陪自己玩那个可笑的让全城人都知道的爱情游戏，还要陪她吃饭，陪她去应付那些无聊的事情。

这个时候的安彤就像天底下所有贤惠的小妻子一样，早把天上的月亮和星星丢到一边，而是在心里盘算着腿好了以后该炖些什么给连辰补补。

安彤一边想着食谱一边也睡着了，然后做了一晚炖汤的梦，直到最后被人推醒："彤彤，该起床啦！"

睁开眼，便见到连辰明亮的眼睛，长长的睫毛遮住了他的上半边眼睛，忍不住想伸手过去拨开，却被连辰抓住，说："别闹，看那边。"然后把她转了个方向，从身后揽进了怀里。

安彤还没开始不好意思，便被眼前的一幕惊呆了。透过玻璃看到外面雾气腾腾，隐约可见山峦和屋顶的形状，而玻璃墙外细细的玻璃制成的架子上，爬着各种藤类植物，在晨光中努力地开着小花儿，晓风一吹便颤颤巍巍的，风一过，又斗志昂扬地张着花瓣。

"这是在山顶上吗？"安彤没来过这里，昨天晚上又光顾着和连辰斗嘴，完全没搞清楚自己的位置。

"还称不上是山，但是这个房间一会儿足可以看清楚整个小镇了。"连辰解释着，然后示意安彤注意看前方。

安彤不大明白连辰的意思，但还是顺着他说的方向，一动不动地瞧着。原来烟蓝色的天空不知不觉间变了颜色，从粉红到橙黄，最后云朵都泛着光芒，那些小花儿都明亮起来。

而当太阳终于羞答答地爬出来后，安彤惊讶地发现房间的玻璃墙是有玄机的，居然折射出一缕缕柔和的光芒，让她感觉像是置身于仙境之中。

“太美了！”安彤轻轻地叹道，怕声音大了会破坏掉眼前这么美好的一切。

连辰什么也没说，只是环着安彤的手紧了紧。得了她这么一句话，这一切也就都值了。

太阳完全升起，浓雾散尽，小镇的一切也在安彤眼前渐渐清晰。她又像是从天上回到了人间，觉得既亲切又踏实。

不过是在床上躺了一晚，安彤却像是走进了一场非同凡响的梦境，让她久久不语。

“要不要去冲洗一下？你昨天太累了，那么快就睡着了。”连辰的声音终于在身后响起。

安彤转过身来搂住连辰，心疼地说：“明明是你太累了，是你很快就睡着了。”却听到连辰闷闷地笑：“你是觉得遗憾吗？”她愣了一下，才明白连辰是什么意思，忍不住害羞地捶了他一下。

“谢谢你连辰！”安彤又紧紧地抱住了连辰。

“跟我不用说这样的话。”连辰说得很认真很郑重。他早已把安彤当成了自己的家人，呵护她照顾她本来就是理所当然的事情。

“从来没有人对我这么好过。”安彤说着心里一酸，平静了一晚上的情绪随着泪水冲出了眼眶。

连辰忙用大手去擦安彤脸上的泪，可是怎么擦也擦不干。他心里一慌，便吻了上去，过了许久，才放开安彤柔声说：“因为命中注定要由我来关心你的，别人不关心你只是为了衬托我而已。”

这样的安慰还真是少见，原来都不是真的不关心她，只是为了衬托连辰的。虽然知道这只是一个笑话，但她的心里还是好过了很多。

拥抱了会儿，连辰又在安彤的嘴上轻轻吻了一下，才放她去洗漱，那里还有连辰通知人送来的适合安彤尺码的衣服。

然后，两人在小镇吃了早点便驱车回家。

不过只是一晚，但安彤觉得和连辰之间又走近了些，尤其看到身上驼色的大衣，她就觉得好像知道了什么叫“幸福”，连辰连她喜欢的颜色都知道。安彤从来没想到，一个男人会细心到这种地步，连衣服都买好了。即便是新衣服，还是交代酒店的洗衣房清洗一遍再烘干。

回家的途中，安彤看到阳光在各种庄稼上跳跃，便觉得自己的生活就像是这条路，将充满阳光的温暖，而且清楚地知道自己的目的地，这让她心里有着莫名的笃定。

二十四、优优归谁

回到家，安彤发现安爸安妈已经在她家门口等着了。

看着双眼无神、精神不佳、一夜间似乎老了好几岁的父母，安彤心里一软，示意连辰放自己下来。

“爸妈，你们怎么这么早就过来了？”安彤在连辰的搀扶下过去紧了紧安妈的衣服，道，“您身体不好，怎么不穿多点？”

安彤的话让安妈更是惭愧不已，她拼命地摇头道：“妈不冷！彤彤，你别怪妈。妈昨天晚上脑子被驴踢了，说了胡话，对不起你，你别怪妈啊。”

“彤彤，你妈就是这张嘴，爸昨天晚上也说得有些过分了，其实没爸说得那么严重，都是些小事，你别放在心里。”安爸也在一边愧疚地说着，生怕安彤心里结疙瘩。

见安爸安妈都是又紧张又后悔地看着自己，安彤伸出双臂紧紧地抱着他们，嗔怪地说：“我是你们的女儿，你们把我养大了，又送我读书，给我成家立业，有什么话不能说的？以后想说什么就说，但可千万不要再说对不起了。”

安爸安妈使劲儿点头，眼睛里泪光盈盈的，心里宽慰了很多，还是小女儿知道心疼人。

“彤彤，妈赶早起来炖了一些骨头汤过来，你和连辰先趁热喝吧。”安妈献宝似的将保温瓶递给安彤。安彤正要接，却被安爸拦住了，然后对安妈说：“你没看到彤彤不方便吗，你先拿着，进屋再说。”

安彤于是赶紧开门，安爸安妈一进屋便忙得不行，做清洁的做清洁，去厨房拿碗的拿碗，连辰喝了一碗汤便上班去了。他让安彤今天就不要去茶楼了，在家好好陪一下安爸安妈。

“你去上班吧，没事儿的，她如果真想去，一会儿我们送她去。”安爸安妈嘱咐连辰以工作为重，安彤的事就交给他们了。

自从安彤受了两次脚伤，连辰一直在身边照顾着，安妈便对他满意得不得了，偶尔安爸担心他太有钱，以后会不会抛弃安彤，她都会在一旁替连辰分辩：“有钱就没有真感情了吗？再说了，许凉倒是没钱，不还是离了？我看他就比很多人好，你看他对安彤多好。”

“现在好能保证以后好吗？”安爸是男人，自认为“男人有钱就变坏”这句话其实在某些时候是有些道理的。

安妈可不以为然，她觉得连辰不是那种突然有钱的，而是自小就有钱，他要坏早就坏了。而且她白了安爸一眼：“至少他现在对安彤好，以后的事，不只是他，哪一个都说不准，只能看安彤的命。”

安爸觉得也有道理，于是也就默认了。不默认也不行，安彤的事他们一直都没什么话语权。

“安彤，以后我和你爸就住在你这里，帮帮你。”安妈突然说，她决定将过去三十多年亏欠安彤的都补回来。

安彤听着却紧张了，虽然是自己的爸妈，可是突然参与到自己的生活里来，她还是有些不适应，甚至——恐慌。可是自己的伤现在还没好，已经很麻烦连辰了，如果有安爸安妈在，他也可以松一口气，所以安彤又有些纠结。

安妈没听到安彤的回应，只当她答应了，于是开始支使安爸回去拿换洗的衣物。安彤这才明白过来，原来安妈之前是在征求她的意见的。

“妈，我这里也没什么需要帮的，你们不用住过来吧？”安彤试探着说了一句。安妈便皱了眉：“你嫌弃我们呀？”

安彤赶紧摇头说不是，只是觉得他们年纪大了应该颐养天年，哪能再让他们操心？她会心里不安的。可是安妈听了却反倒安慰她，说父母操心子女的时候是最开心的，要不还会觉得失落呢。又说：“你不马上要结婚了吗？妈得好好给你准备准备啊。”

“准备什么呀？”安彤不明白，现在结个婚多容易啊，又不像古代要十里红妆，连辰那里有房子，而且两人都是二婚，婚礼都不用办，领了证之后，她带着优优直接住过去就行了。

听了安彤的计划，安爸和安妈都瞪大了眼睛，怎么着也不同意。虽然安彤是二婚，可她是第一次嫁给连辰呀，怎么能不办婚礼呢？

“嫁一百次，我也要风风光光地把你嫁出去？我要告诉所有的人，我女儿谁也不能欺负。”安爸说得十分铿锵有力。安彤却苦笑，难道不办婚礼了就要被人欺负了吗？这老年人的想法真的是想不明白。

“你胡说些什么呢？”安妈瞪了安爸一眼。安彤还以为她思想开放了，谁知道接下来安妈说的却是：“什么嫁一百次啊，吉利不吉利？咱们彤彤这就是嫁最后一次。既然是最后一次，当然得风光大办，对吧？”

安爸乐呵呵地点头，表示赞同。老两口前所未有的意见一致，和谐得安彤都不忍心去破坏。

趁安爸安妈去买菜的时候，安彤打电话把这件事告诉了连辰。

连辰一听老两口要住在安彤这里，挺高兴的。能让安彤和她父母的关系更紧密一些，是他非常乐于看到的。虽然自己无所谓，但安彤应该会开心幸福很多。再后来听到安彤说安爸安妈是要来给她准备婚礼的，更是准备中午就过来陪老两口吃饭。

中午连辰倒真的是过来了，只不过一个劲儿地被安爸安妈催问婚礼定在什么时间。他只好郑重承诺，一定会给安彤一个一辈子也忘不了的婚礼，至于细节他还得好好想想，等想好了，再告诉安爸安妈。

私下里，安彤问连辰关于婚礼的事，是不是敷衍安爸安妈的。连辰表示他怎么会去欺骗长辈，而且他们还那么大年纪了。

“那你准备什么样的婚礼啊？”安彤也给勾起了好奇心，可连辰却还是只有两个字：“保密。”而且还让安彤到时候不要哭得稀里哗啦的，那样就太难看了，有损连董事长夫人的形象。

连董事长夫人？安彤眨了眨眼睛，她竟然从来没把自己和这个名称联系在一起过。想想，或许是连辰和她在一起的时候太接地气了，过的都是细细碎碎的小日子的缘故，可偏偏这样的细碎正是安彤想要的安全感。

若是连辰像电视剧里演的那样——安彤眼睛一瞟，他便把目光所到之处的所有物件都买回家，叹息一声，便紧张到要飞起来，她可能还真的没有现在这样踏实。

安爸安妈过来的时候，孙晓俏去医院检查了，然后在外面吃过了午饭才回来。对于安爸安妈的到来，她表现出了极大的热情，而安爸安妈也让她好好休息，一定当自己女儿一样伺候她，把孙晓俏感动得都快要哭了。

有了安爸安妈的照顾，安彤的腿恢复得很快，一段时间后，只要不跑步，基本上没什么问题。

这天安彤有些感冒，便没去茶楼。午休起床后，安爸安妈去幼儿园接优优和连花儿，安彤和孙晓俏则坐在开满了菊花的阳台上晒太阳。

孙晓俏闻着空气中隐隐传来的菊花香，感到惬意极了，忍不住伸展了一下胳膊说："安彤，这菊花开得可真好。你说都快冬天了，它们怎么还开着呀？当自己是梅花吗？"

安彤喜欢在什么季节养什么花，冬天的时候种水仙，夏天还是种一缸莲花，秋天菊花是少不了的，唯有冬天的梅花不好种，幸好还有这菊花，居然花期这么长。

"等会儿剪几枝，你插到花瓶里摆在床头。"安彤家里的花瓶也多，全是净白的，插什么花儿都好看。

孙晓俏却有些不放心，问安彤："我现在可是孕妇，这菊花香可以一天到晚闻着吗？"

这一问，安彤也有些忐忑。优优都这么大了，怀孕时候的事她早忘了，而且能不能闻菊花香，这么细节的事情，更是早忘到不知道哪儿去了，只好说一会儿上网查了再告诉她。

两人聊了一会儿孕期小常识，最后安彤让孙晓俏还是多找夏晴晴，毕竟现在她们俩是同一类人。

"我现在就叫夏晴晴过来。"孙晓俏拿起手机打完电话，却又想起了什么似的说，"安彤，你以后和连辰结婚了，生不生二胎啊？"

生二胎？安彤以前也想过，那时候她想着是不生的，因为就她这情况估计再找一个也是二婚带孩子的，两人都有了小孩，干吗还要再生一个？弄得家里情况太复杂了。可是现在，安彤却有些迟疑了，因为她觉得有一个连结她和连辰血脉的孩子，应该是一件非常美好的事情。

这想法一冒出来，安彤便忍不住有些期待，甚至在脑海里描摹孩子的模样，是像自己多一点，还是像连辰多一点。想着想着，便忍不住说：“我，还是想再生一个。”

“那，优优和连花儿会不会不高兴啊？”孙晓俏有些担心地问。她说她在医院里听到怀着二胎的孕妇说，家里的大女儿天天在家里闹，死活不让她生出来，甚至趁她不注意就往她肚子上来一拳。她只好躲着大女儿，可越躲，大女儿心里越认定了妈妈有了二胎就不喜欢她了。

安彤听了心里也有些忐忑，但想着优优的性格那么温顺，还是摇头说：“我们家优优不会那样的。”

“优优是不会那样，可不代表他心里乐意啊。你说你爸你妈生你们姐儿俩，还有偏心的呢，你就能保证你以后喜欢两个小孩子是一样的？”孙晓俏问安彤，安彤点头保证不会偏心，都是自己生的，而且她自己也因为这个，这么多年了，不论给自己做了多少心理建设，偶尔还是会觉得意难平，怎么会让自己的孩子受同样的委屈？

可孙晓俏却挥挥手道：“不是这么回事，你想啊，你再生一个那么小，你给予的关心肯定会更多，那在优优看来，会不会有别的想法？”她觉得这是一件大事，孩子在某些事上是不讲道理的，生了一个却又伤了另一个，想想都有些残忍，所以一定要把优优的工作做通了。

安彤觉得孙晓俏说得也有道理，不过现在说这些还为时太早，毕竟她和连辰还没结婚。以后的事，肯定还是要和连辰商量着办的，说不定连辰不想要呢。

“连辰怎么会不想要？他是恨不得你能生出一窝来。”孙晓俏挺鄙视地撇撇嘴，说连辰刚开始的时候不是装冷男神吗，现在倒是往老婆奴的方向发展了。

两人说着话，丝毫没注意到阳台旁边的窗帘后面站着一个小小的身影，眼睛里有若有若无的思索，还有，担心！

第二天，安彤接着去茶楼。

守心茶楼的生意越来越稳定了，这和连辰也有很大的关系，他们集团会赞助一些文化活动，如读书会等等，唯一的一个要求便是活动要在守心茶楼来举行，活动组织者当然没什么不同意的。后来，发现这个茶楼环境不错，位置闹中取静，后来即使不是名城集团赞助的活动，也会到这里来举行，平时没事也过来坐坐，因此便形成了一批固定的茶客。

安彤偶尔会和茶客扯扯闲篇，但却不过度参与，因为茶客毕竟是客，保持距离才是最好的往来。

只是虽然熟客多了，安彤也见多了熟悉的身影。可是当她看到刘桂芳那熟悉的身影时，心里不免还是有些忐忑。

凡刘桂芳经过的地方，必定是有矛盾产生的时候。

刘桂芳早就知道安彤和几个朋友合伙开了个茶楼，这让她挺鄙视的。她知道安彤没什么钱，这开茶楼的钱还不是那个男人给的？于是安彤在她心里就和某些虚荣的坏女人画上了等号，甚至就有点儿不配当她的儿媳妇了，也就没再来找安彤说复婚的事。可是这次，她却不得不来了。

“优优奶奶，您是怎么来了？快进来歇会儿。”安彤把老太太带到休息室，又让服务员倒了一杯鲜果汁过来。

刘桂芳最喜欢喝果汁，而且这还是她最喜欢的橙子汁，心里就更熨帖了，觉得这果然还是原配的儿媳妇好。上次那个菲娜居然给她倒咖啡喝，那苦不拉几的东西，哪能入得了口？

这么想着，刘桂芳便握住了安彤的手，语重心长地说：“孩子啊，是不是遇上什么难事儿了？”

安彤一听有点蒙，哪有什么难事儿呢？她现在一想到连辰，就情不自禁心里甜丝丝的。要说难，这感觉真还让人为难，以前似乎都没有过。但安彤还有一点儿理智，知道老太太说的肯定不是这件事，但还能有什么难事儿呢？现在就算是有难事儿，也让连辰不声不响地就解决了。

“有什么难事儿，说出来妈给你解决。如果你腿不方便，妈过去照顾你。”刘桂芳又晃了一下安彤的手臂，毫无顾忌地自称“妈”。

安彤回过神来，赶紧说：“没有难事儿，您听谁说的呢？我爸妈现在住我那儿照顾我，我挺好的。”刘桂芳听这话，心里更放心了，和自己爸妈住在一起，这表示安彤还是挺知道廉耻的，还是挺好的一个女人。

不过，刘桂芳这次过来不是为了这事儿，她欲言又止了半天，最后还是开了口：“优优说你要结婚了，而且要再生一胎，所以我就想，你是不是遇着难事儿了，要不怎么好好地就结婚了，而且还想再生一胎。”

安彤愣了，自己三十出头，再婚也算正常吧？怎么在刘桂芳那里，却成了好好的却要结婚了，难道结婚不是件喜事？而且优优……安彤心里一惊，知道自己昨天和孙晓俏之间的对话被优优听到了。

但就算如此，刘桂芳又有什么资格说三道四的呢？她每周都会送优优去刘桂芳那里待一天，和许凉虽然离了婚，但孩子还是需要爷爷奶奶的，毕竟这样的祖孙情和父母子女之间的感情是不一样的。而且安彤也知道许凉父母对优优有多疼爱，她也不忍让两位老人见不到孙子。

“优优奶奶，我没有什么困难，而且再婚也是仔细想过了的，我爸妈也同意，优优也喜欢对方。”安彤尽量地把事情和刘桂芳讲明白。有些时候，刘桂芳其实挺胡搅蛮缠的，而且刘桂芳和她关注的事情不会在一个点上。

果然，刘桂芳想了一下，长叹一口气说："夫妻哪有原配的好呢？要说知冷知热，谁也比不上原来的好啊。"

安彤低下头没吱声，心里却在说，许凉那边不知道怎么样，反正自己这边倒是看出来了，连辰对自己的知冷知热是要比许凉强上一百倍的。

"你倒是说句话呀。"刘桂芳见安彤这愣不吭声，硬是要给急死。

安彤真的不知道怎么说才能跟刘桂芳说得明白，于是决定把话说得再明白些。她非常认真郑重地对刘桂芳说："优优奶奶，我和许凉离了，真的到头了。就算我现在不结婚，也不可能和他在一起。我会让优优幸福快乐的。"自己带着优优真的比和许凉在一起还要自在一些，许凉就是个没长大的孩子。

"如果你真要结婚的话，我也不反对，但优优就得给我带着。"刘桂芳见安彤真的回不了头了，于是说出了她的真实想法。

"什么？这怎么可以？"安彤脱口而出，她没想到刘桂芳竟然是来要孩子的。

"怎么不可以啊？我是孩子的奶奶，孩子姓许，本来就应该随我们家呀。"刘桂芳的声音尖厉起来。她对于优优的归属一直不满，老许家的孩子居然不能留在老许家，想着这件事儿，她都会捶许凉几下，问他为什么离婚也不吭一声，弄得房子孩子都没了。

安彤不想在茶楼里和刘桂芳吵，便低下声音说："优优奶奶，咱们有话回家说好不好，这里……不大合适。"

"是道理，在哪儿都能说清楚，说不清楚的话回家说也没用，在这里人还多，你外面的那些客人都是居家过日子的，他们都可以来给评评理。”刘桂芳往椅子上一靠，双手抱胸，然后盯着安彤，一副誓不罢休的样子，让安彤真的是左右为难。

正好这时候，服务员有事要问安彤，她便趁机走出了休息室，处理完事情后悄悄给许凉打电话，让他赶紧过来把他妈弄回去。

“我妈去你那儿干吗？”许凉不信，别说离婚了，以前没离婚的时候，刘桂芳都没干过这事儿。

“你妈来要优优的。”安彤想到这儿，心里就有气。优优如果真给他们带，不定会惯成什么样子。

许凉没声儿了，有谁能比他清楚优优对于他妈的意义？如果不是看到安彤把优优照顾得很好，也不可能放优优，刘桂芳哪里会忍得住？只是今儿，怎么又想起这件事了？

“她还说什么了吗？”许凉接着问。安彤却不愿意多说：“你赶紧过来先接走，有什么话以后见面再说。”说完便挂断了电话，因为她已经看到刘桂芳从休息室出来了，于是赶紧迎上去：“优优奶奶您怎么出来了，是不是要去洗手间？”

刘桂芳瞅了安彤一眼：“我是出来找你的，你躲哪儿去了？”

“我哪有躲？服务员刚不是找我有事儿嘛。优优奶奶这是上班时间，要不咱们晚上回家说？”安彤试图再一次把老太太劝回家，但刘桂芳却又踱回了休息室，且边走边说：“你工作忙，你就忙去吧，我等你一块儿下班。”

“优优奶奶，您这是干什么呀？”安彤急得直跺脚，这老太太今天怎么这么磨人？自己就算是再婚，不还是优优的妈嘛。

可刘桂芳不这么想。她想得可远了：安彤之前是照顾优优一个人，结婚了还要照顾她老公和老公的孩子，优优得到的照顾不就少了吗？再往后了说，如果安彤再生一胎，更没优优什么事了。想到这儿，刘桂芳便百爪挠心，似乎看到了优优面黄肌瘦被虐待的样子，泪水就情不自禁地流了出来。

“有后爹就有后妈，你结了婚，还能待优优好吗？”刘桂芳哽咽着说。她谁的面子都不想给，只要自己的大孙子好，自己的这张脸都可以不要了。

安彤顿时无语，她想说优优是自己的儿子，怎么能不对他好呢？可也要人家老太太相信。当过刘桂芳几年儿媳妇，安彤还是很了解她的，有些时候钻进了牛角尖，想再拽出来，还真的不是件容易的事儿。

“我都不知道怎么跟您解释。”安彤长叹一声，坐到了刘桂芳对面的椅子上，前婆媳俩就这样大眼瞪小眼，谁都没再开口说话。

是许凉的电话打破了休息室沉闷的气氛，他在电话里说已经到了守心茶楼门口，让她赶紧出去一下。

安彤不好当着刘桂芳的面儿说太多，怕露馅儿，只能起身说：“优优奶奶，我一个挺熟的客户来了，我去迎迎。”

“忙去吧，我不打扰你工作。”这方面刘桂芳拎得清，如果真把安彤的事业闹没了，遭罪的也是优优。

安彤在楼下见到了一身黑衣装扮的许凉，不禁皱了皱眉。三十大几的人了，弄得像二十多岁的小年轻，耍的哪门子酷？于是说话也没好声儿：“怎么不进去呀？”

“你先告诉我是怎么回事呀，知己知彼才能百战百胜嘛。”许凉说得倒是挺有道理。他以前就经常对安彤说，对付他妈就一句话“打蛇打七寸”，安彤当时嗔怪许凉怎么把自己妈用蛇来打比方，后来却知道，其实许凉说得倒是一点儿错都没有，真是那样的。

将事情的经过对许凉说了一遍，安彤闲闲地看着许凉：“你觉得这次，你妈的七寸在哪儿？”

许凉却瞅着安彤，半晌问：“你真要嫁给连辰？”

“对啊。”安彤现在倒没什么犹豫的了，她也实在找不着不嫁的理由。

“你傻呀？”

“你才傻呢。”

“人家那么有钱干吗娶你呀？”

“人家有钱怎么就不能娶我了？”

“你不怕遇着个骗子啊？”

“他骗我什么呢？”

安彤的一句话问倒了许凉：是啊，骗安彤什么呢？又不是有倾国倾城的容貌，又不是有富可敌国的老爹，学历也不是很高，就算找保姆都嫌她不够专业。想到这儿，许凉下巴一挑：“那你觉得他为什么娶你？因为特别爱你？”

特别爱自己吗？安彤很想说是，说连辰就是特别爱自己，可是她怎么都说不出口。

见安彤卡壳了，许凉趁机语重心长地说：“你这一次是叫再婚，一定得好好选。”

“我当然会好好选，错了一次还能错二次吗。”安彤很不喜欢被许凉这样交代，好像自己还是他什么人似的。

但许凉未必就想和安彤撇开关系，他重重地点了一下头道：“你是我儿子的妈，你的婚姻关乎我儿子的快乐，我儿子的快乐又关乎我的幸福。”

“那你当初怎么就不直接把快乐给你儿子呢？”安彤想想当初许凉经常打牌一宿便气不打一处来。

“我……”许凉想辩解，可安彤说的是事实，他也说不出个别的来。

安彤能不了解许凉吗？这个男人就算千般不好，但有一点好，便是实话实说。他自己如果真的是个痞子，他就会承认自己是个痞子；他是个无赖，也绝不会说自己是被逼的。安彤最后还是自己压住了脾气，推了许凉一下："行了，找好你妈七寸就赶紧进去吧。"

两人走了几步，许凉又叫安彤停下来，说："你别进去，你进去她就出不来了。"

"你想拿我当饵？"安彤好奇地问。许凉却一挥手："瞎想，该干吗干吗去，只是别进去就行了，最好找点别的事儿干。"

"不行，你说清楚，你准备干吗？"安彤对许凉很不信任，见许凉不想开口，又补了一句，"知己知彼，百战百胜。你不告诉我，以后万一又碰到这件事呢？"

"碰到就是另外的方法了。"许凉嘀咕着，但还是告诉安彤，"我是想告诉我妈，你见客户去了，已经走了。"

安彤听了顿时哭笑不得："你靠不靠谱啊？今天就算是把她带回去了，明天她肯定还是会来找我的。"

"明天找你不会躲啊？明天找不比今天找要好吗？"许凉说着就抬脚走进茶楼，并丢下一句话，"今日事今日毕！"

除了翻翻白眼，安彤也没别的办法，总不能也跟着上去，那刘桂芳肯定要闹起来。要说刘桂芳有一点挺好，就是她做事只找她想找的人，不会殃及无辜，但是也特别有毅力，她想办的事，就没有办不成的。

思来想去，安彤还是决定在茶楼外面等刘桂芳，只要她出来了就好办。趁许凉在，把她拉去别的地方聊开了最好，她可不想在这上面拖泥带水浪费时间。

许凉倒是很快就把老太太带出来了，但是看到安彤顿时泄了半口气，只是泄出去的气还没提回来，便被老太太劈头盖脸地一顿骂："你不是说她去见客户了吗？啊？都离婚了，你还这么护着她，帮着她来骗你妈……”

刘桂芳的骂功安彤没见识过，但听说过，而且还是听她自己说的。

据说当时许家还在农村没迁出来，刘桂芳在村里是有名的厉害人，谁都别想欺负她，否则她闲着没事就到那人大门口骂。农村人倒不怕骂，谁不会骂两句呢？顶多对着骂就是了，谁也不吃亏。可遗憾的是，全村人没一个人骂得过刘桂芳的，就是几个人一起来都不是她的对手。那是刘桂芳记忆里最光辉的一段历史，时不时地就会翻出来念叨。

只是，每个人都有克星，刘桂芳的克星便是许凉。如眼下，她还没骂完呢，许凉便凑过来在她耳边嘀咕。没一会儿，刘桂芳便换上了笑脸朝安彤迎了过来。这感觉让安彤很不舒服，感觉莫名其妙地被算计了。

二十五、妈妈，你就嫁了吧

刘桂芳竟是向安彤示好的，她甚至向安彤道歉，说她刚刚的态度不是很好，说她已经被许凉教育了，请安彤不要和她计较。

“彤彤，你别怪妈啊，妈这性格你也是知道的，别多想。”刘桂芳亲热地握着安彤的手说，甚至还在手背上摩挲了几下。那一脸慈祥的模样，这在安彤第一次进门的时候都没有过。

“优优奶奶，您……终于想通啦？”安彤试探着问刘桂芳，声音里有着自己没有意识到的激动。

刘桂芳听了这话微微皱了一下眉头，又朝许凉看了一眼。

许凉非常及时地挤了挤眼睛，刘桂芳虽然有些不满，但还是说：“不管怎么着，我是优优奶奶，你是优优妈妈，他以后跟着谁，咱们俩都得和和气气的，这样孩子才高兴，你说是不是？”这话安彤当然同意，她可不愿意优优这么小的年纪便成为夹心饼干。

不过，鉴于安彤这么多年对刘桂芳的了解，总觉得她不可能这么快就有所改变。不过既然刘桂芳已经这么说了，她当然也不能往外推，于是热情地说：“您说得对，咱们都是为了优优好。”其实她还想问，您老人家打算回家吗？

最后，还是被安彤料中了，刘桂芳老人家不想回家，不把优优的事说清楚，她晚上觉都睡不着。

刘桂芳是个直脾气，好话没说两句，便又说：“既然为了优优好，那优优还是给我带吧。我和他爷爷都退休了，我们可以全天候全身心全方位地照顾优优，保证他德智体美劳全面发展。”

刘桂芳哪里知道，这话让安彤更不愿意把优优给她带，这分明就是“溺爱”的节奏。她怕的就是刘桂芳的全天候、全身心和全方位，这样养大的孩子以后还有用吗？

但安彤了解刘桂芳，有些话说出来也没用，所以态度便有些强硬：“优优奶奶，我才是优优的妈，我会照顾好他的，真的不劳您操心。”

这已经是安彤说出来的最硬气的话了。看到刘桂芳已经白了一大半的头发，她其实心里还是有些发酸，虽然刘桂芳一直不待见她，但对优优是真的好。可安彤也知道，正是因为如此，如果她有一点犹豫或迟疑，刘桂芳可不会顾念亲妈不亲妈，只会认为她对优优的心不诚。

只是这次刘桂芳的态度很坚决，无论安彤怎么说，她都坚信只有自己才是不带一点儿杂质地对优优好，其他人都是有条件的，包括安彤。

在安彤和许凉还没离婚的时候，有一次优优调皮，安彤忍不住当着刘桂芳的面打了优优一巴掌，顿时把刘桂芳心疼得不行，一边抱着优优一边流泪：“这还是个好的，这要万一是个残疾什么的，不得给他妈打死啊？”那一刻，安彤是天底下最恶毒的妈。

现在安彤要结婚了，刘桂芳断定“有后爹就有后妈”。

“你怎么照顾优优？你的时间有我充足吗？我可以一个月不重样地给优优做早点，你行吗？我可以中午把饭菜送到幼儿园去，你行吗？我可以晚上陪他睡觉，你行吗？我是全幼儿园第一个接他放学的，你行吗？我眼珠子里可以只有他一个人，你行吗？你行不行？”刘桂芳仰着脖子，虽然个头儿比安彤矮，但却有一股居高临下的气势。

“我不行，可优优也不需要这样。”安彤有些累了，态度便有些不耐烦。

刘桂芳的眼眶红了，她觉得自己大孙子正处在水深火热之中，自己想帮一把，这亲妈愣是不让啊！想到这里，老太太瞅了安彤一眼，心道，这是亲妈吗？

安彤朝许凉使了个眼色，意思是，赶紧把你妈搞定。

许凉耸耸肩，表示没办法，接优优过来他没什么意见，只要不是自己带就行。

对于许凉，安彤一直是抱着懒得和你计较的方式。这次，又是指望不上了。刘桂芳不走，安彤站得脚都痛了。

“要我答应也行，我也有条件。”安彤决定速战速决。

刘桂芳赶紧挺直了身子，催促道：“你说你说。”

“第一，许凉要有正式稳定的工作；第二，许凉要亲自带优优。”安彤说完看着许凉，“答应吗？”

“为什么一定要许凉亲自带？”刘桂芳觉得安彤这是故意刁难，她的儿子她最清楚是个什么德行。

“因为优优有爸有妈。不让我带，自然就是许凉带，除非我和许凉都死了才轮得到别人。”安彤的话让刘桂芳的一口气哽在喉咙里。

安彤看着许凉，刘桂芳也回头看着许凉。

许凉顿时头大，自己亲儿子肯定是喜欢的，但喜欢和带是两码事啊。一想到以后被个孩子箍死了，他就觉得前途一片黑暗。

安彤瞧许凉那样子便知道他想的是什么，也就放了心。刘桂芳自己生的儿子，她更知道了，于是再也不搭理许凉，只是看着安彤说："你不答应我就天天来。"

"那我就不来，反正我请了人，我妈现在住我家。您如果愿意，可以和我妈说去。"安彤一句话堵住了刘桂芳，因为她知道刘桂芳这辈子最不想吵架的人就是安妈，安妈的话总让她要想半天才明白过来是什么意思。

过来接安彤的连辰，早就看到她和前夫及前婆婆在说着什么。他觉得这种时候自己不该去掺和，可见那几个人说个没完，安彤又是一脸无奈，便忍不住下车走了过去。

"怎么啦？"连辰走到安彤身边，小声问她。

刘桂芳一眼就看出连辰和安彤是什么关系，冷哼了一下说："这就是你给优优找的后爹？一看就是个小白脸，不像是好人。"

连辰这还是第一次听到有人说他是小白脸，还不是好人，于是脸更加白了，眼神也凌厉起来，吓得老太太往后退了退，却硬撑着道："你看看你看看，这么凶，怎么会对优优好？我可怜的孙……孙子……"

"他爸妈又没死，用不着你管。"连辰冷冷地开口，竟和安彤一样的意思，呛得老太太一下作不了声，半晌才说："我是他奶奶，亲奶奶。"

"父母在的时候，法院不会判给奶奶，除了他爸妈都死了。如果还有什么问题可以找我的律师谈。"连辰说完，递了一张名片到刘桂芳手上，然后拉着安彤就走。

刘桂芳顿时傻了，她什么时候见过这阵仗？打一出生到现在，也没进过法院见过律师啊。于是颤颤巍巍地拿着名片，问一旁同样傻呆呆的许凉：“还得找律师，打官司？”

许凉看了看名片，纸张不错。见老娘一脸的不解，还有一点害怕，于是郑重地点头：“如果她不放，咱们只能打官司要孩子。”

“哎哟，我老许家的大孙子唉……”刘桂芳双手还没在大腿上拍下去，便被许凉捂住了，他在老太太耳边悄声道：“妈，您控制一下，这里人来人往的，要是有人拍下来您这样子，法院会说你没素质，没资格教育优优。”

刘桂芳狐疑地看着许凉：“你就尽吓唬你妈。”

“您想想电视里是怎么演的。”许凉知道刘桂芳最喜欢看这种婆婆妈妈的电视剧，肯定有这样的剧情。

刘桂芳想了想，还是跟着许凉走了，但却并没有死心。她可不能眼瞅着大孙子落入苦海不拯救哇。

而连辰把安彤塞进车里之后，安彤这才发现，连辰竟然穿了一件特别正式的西装，也许是定制的，因此让连辰看上去特别挺拔俊朗。于是忍不住问：“你今天是不是参加了什么会议忽悠人去了？”

“是有重要的事，不过可不是忽悠人，我是很真诚的人。”连辰一本正经地纠正，让安彤忍不住想笑。

半个小时后，连辰把安彤带到了一家独立建筑前。建筑外墙刷着灰色的涂料，上面爬满了爬山虎，只是因为天冷，爬山虎成了一墙枯萎的线条，竟别有一番味道。

建筑物前面还有一个小院子，院子收拾得很雅致，院门口竟然立着一棵梧桐。而这时候，安彤才注意到院门上挂着一个牌子“梧”。

安彤一抬头，看到二楼正面竟然有一个大大的玻璃橱窗，上面放着塑料模特，模特身上穿着美轮美奂的婚纱。

“连辰，这是……是什么地方？”安彤心里隐隐有些感觉，这里怕是与结婚有关的地方，但她不敢直接问。万一不是呢，那可就丢人了。

连辰把车停稳，然后下车帮安彤打开车门，边把她从车里拉出来边说："这是一家婚纱设计工作室，老板叫苏珊，是业内最顶尖的设计师，不过却喜欢旅行。难得这两天她在，让她给你设计一款世界上独一无二的婚纱。"

安彤确认了这个信息，笑容就挡不住地从唇角跑了出来，但又有些腼腆，说："咱们真的办婚礼啊？"

连辰脸一黑："你觉得嫁给我很丢人吗？"

"没有啊？"安彤有些不解，不明白连辰怎么会这么想。

连辰牵着安彤的手继续往前走，嘴里却说："没有？那你为什么嫁给他的时候办婚礼，嫁给我的时候却不愿意办？"

安彤顿时失笑，这个小气的男人，竟然是因为这个原因。

连辰的意思很明显，安彤自然不好再说别的，只能跟着他去见那位"业内最顶尖的设计师"苏珊。

安彤原以为既是业内最顶尖的，怎么着也有一段奋斗的经历吧，所以至少也该有四十多岁，甚至还有可能是个外国人。

因此当苏珊从门内迎出院子的时候，安彤惊讶得都僵住了。她竟是位三十岁左右，卷着大波浪，风情万种的御姐。

"这位便是连太太吗？"苏珊和连辰打过招呼之后，朝安彤优雅地伸出了手。

连太太？安彤瞥了连辰一眼，连辰却没有任何反应。她只好握住苏珊漂亮得像石雕的手，笑着说："我叫安彤，您好！"

"想必你已经知道我了，连太太，我一定要帮你设计出让你满意的婚纱来，就算是范冰冰过来都抢不走你的风头。"苏珊优雅地将安彤和连辰往二楼她的办公室引。她穿着白色的喇叭裤，配白色高领毛衣，外面披着皮草长款马甲，黑色长款毛衣链，动或不动都是风景。

“多谢！”连辰简短地回了一声，牵着安彤的手却没分开，丝毫不顾及苏珊多次落在那上面的目光。

苏珊的办公室简直是一个白色的世界，白色的墙，白色的办公桌，白色的沙发，除了头顶上的水晶灯，甚至连桌子上放的花都是纯白的百合。

“我喜欢白色，很纯洁！”苏珊看出安彤眼里的诧异，因此解释道。

“很漂亮，很有味道。”安彤说得很真诚，因为颜色相同，所以只能在造型上下功夫，最后呈现出这样一间别致又温馨的办公室，其实并不是一件容易的事。

闲聊了几句，苏珊便让助手带安彤去量尺寸，等她出来的时候，连辰已等在了门口。

“就这么走啦？”上了车，安彤不解地问连辰。想当初和许凉结婚的时候，在婚纱店里租一件婚纱都要纠结半天呢。

连辰发动汽车说：“苏珊知道什么样的婚纱才最配你。”这句话说得安彤很是期待。

望着汽车两边飞速往后退的建筑物，安彤默默数着结婚的流程，想着，不是应该先求婚的吗？她偷看了一眼自己空无一物的无名指，心里忍不住有些别扭，忍不住想，难怪古代要有媒人呢，不满意还可以找个人拐弯抹角地提一下。

连辰将安彤的一举一动尽收眼底，忍不住扭头偷笑。

“咱们现在又去哪儿啊？”安彤闷闷地。

“开心得晕了吗？这个时间点当然是去接优优和花儿放学。”连辰的声音明显上扬。安彤不解地瞅了他一眼，什么事情这么开心啊？

到了幼儿园还没放学，连辰停好车，便告诉安彤他有事要去处理一下。

“到了幼儿园还有事，难道你还想把这幼儿园买下来不成？”安彤忍不住抱怨。

连辰扯了扯安彤的头发，笑着说：“也行，到时候咱们儿子从幼儿园起，就是霸道总裁。”

“咱们儿子？”安彤刚明白过来，连辰却已经扔下她走了。

好在连辰没多久就回来了，但是一过来便要拉着安彤进幼儿园。

“这门还没开呢。”安彤指着紧闭的大门。

“咱们过去就开了。你脚还没好，不能和别人挤，再说了，也给优优和花儿一个惊喜。”连辰说着牵起安彤的手就走，走近了，安彤才发现，大门旁边的侧门其实没上锁。

此刻孩子们还都在教室里，因此操场上很空旷。安彤想着优优和连花儿开心的样子，心情也好了起来，但却浑然不知连辰其实已是幼儿园诸多未婚小老师的梦中情人。此刻见他牵着一个女人的手，小老师们站在教室的窗口往外望时的心情，跟过山车似的忽上忽下。

两个人到了优优和花儿的苗苗班，放学的铃声还没响。

一推开教室门，安彤便觉得有些不对劲儿。以往这个时候，小朋友们就像脱缰的野马，管都管不住，全都迫不及待地背着小书包，跳着脚，伸着脖子等自己的家长来接。可今天，所有的小朋友全都背着手安安静静地坐着，一点儿都没有平时的活泼劲儿，可看他们的眼睛却满是兴奋，甚至期待。

“刘老师好，我们来接花儿和优优。”安彤走上前去客气地和刘老师说话，但骨子里还是有些小得意，眼角忍不住瞟了一眼优优和连花儿，果然他们都亮晶晶地看着自己。

“优优妈妈，恭喜恭喜！”刘老师笑眯眯地迎了过来。

“啊？哦，谢谢啊！”安彤有些没明白，她和连辰要结婚的事情，早被连花儿这个小喜鹊分享给刘老师了，刘老师也恭喜过了，怎么又恭喜呢？

刘老师冲安彤眨了一下眼睛，转过身去，对小朋友们说：“宝贝们，我们接下来要说什么呀？”

“祝花儿爸爸、优优妈妈结婚快乐，白头到老，天长地久！”一句祝福被孩子们用清脆的童音一个字一个字地说出来。安彤感动得捂住了半边脸，但眼泪还是情不自禁地往外淌。

穿着一身公主裙的连花儿忽然站起来，拿着一个首饰盒跑到安彤面前，又费力地打开，将里面的钻戒递给安彤，并大声说：“安姨，你嫁给我爸爸好不好？我们一定会对你好的哦！”

连花儿刚说完，安彤还没来得及回答，全班的小朋友们却又一起朝安彤跑了过来，将手中的玫瑰递给安彤，其中还包括优优。安彤这才明白过来，原来他们背着手，是因为手上拿着玫瑰。

安彤忙着接玫瑰，脑子里却一片空白，半个字也说不出来。

“有孩子们参与的婚礼，才是我们最完美的婚礼。”连辰在安彤的耳边小声说，然后蹲在优优面前认真又郑重地问，“亲爱的许优小朋友，你愿意把妈妈嫁给我吗？”

优优这时候也很激动，他看安彤一眼，不等她给出回应，便猛点头道：“愿意啊愿意啊。”又回过头来对安彤说，“妈妈，嫁给连叔叔吧，我同意了！”

这时门外响起一阵笑声。已经到了放学时间，家长们都过来接孩子们了，此刻正挤在门口看热闹。

安彤将连花儿和优优一起抱进怀里，温柔地说：“好，我答应你们！”

连辰这才起身，将连花儿手里的钻戒轻轻地给安彤戴上。

这一幕让安彤之后很长一段时间都晕晕乎乎的。她憋了几天，还是忍不住对孙晓俏说："你说他是怎么想出来的？竟然让花儿替他求婚，我怎么都没想到。"

"他这才是真正地体贴你。你们这样的婚姻最难相处的其实是你和花儿。花儿还小，但未必不明白，既然是她向你求婚的，以后若有什么事，她就不会太为难你。"孙晓俏现在是真的感觉到连辰不错，什么都替安彤想到了。"连辰真的比许凉强多了，你真的是越嫁越强了，命真好。"

安彤听了这句一愣，她原本只是很感动，觉得求婚的时候一家四口都参与其中，真的好温馨，却没有孙晓俏想得这么多。

"我和花儿能有什么矛盾啊？我觉得那些电视剧里演得都太过了。"安彤觉得孙晓俏是不是想多了。

孙晓俏却给安彤讲了一个故事，说她以前还在4S店里上班的时候，一个女孩子买车，就打电话让她后妈来付钱。后妈晚来了一会儿，她就当着后妈的面给她爷爷奶奶打电话。"你知道吗？那速度，比出警都快，她爷爷奶奶就当着我们所有人的面，把那后妈臭骂一通。"孙晓俏边说边盯着安彤，希望她一定要看清事实，别想得太美好。

"那……花儿以后如果后悔了，又不好对我太过分，那会不会恨连辰啊？"安彤有些不安，万一连花儿以后长大了，责怪连辰用这种方式堵她的嘴，岂不是更不好？

孙晓俏觉得自己举的例子是不是太过极端，把安彤吓狠了。于是又安慰她不要想得太多，至少现在有一个良好的开始，而且连花儿还小，再加上夏晴晴不是个多事的，只要她真心地对连花儿好，连花儿应该不会有那样的想法。

事已至此，安彤也明白想太多是自寻烦恼，于是就不再多想，与其杞人忧天，不如安心快乐地等待婚礼。以后的事情以后再说吧。

“你呢？你真的不再和阿东在一起啦？”安彤问孙晓俏。她现在一切都好，自然也希望闺蜜能有一个好的结果，况且都有孩子了。

阿东虽然年纪不大，但胜在懂事。这些日子以来，差不多每天都来找孙晓俏，而且一待就是半天，亲自给孙晓俏炖吃的，还帮安爸安妈做家务，把安妈喜欢得不行，恨不得是自己的女婿。

安妈的这想法，不知道怎么地，竟让连辰察觉到了，他因此对阿东有些看不顺眼，却也不好撵他走，也只能尽量抽空讨好讨好准岳父岳母，比如帮着择一把韭菜，餐后洗洗碗什么的。天稍有些降温，便把极好的羽绒服送过来，终于让安妈觉得还是自己的女婿好，这么有钱却没架子。

安彤觉得阿东变了不少，但孙晓俏却还是没有松口。

“阿东还是个孩子，他不是正在往成熟的方向发展吗？你看他现在对你多好，前几天还带他妈来看你，啧啧，真是漂亮，我以后老了要是有这颜值多好。”安彤想起阿东的妈妈，便忍不住惊叹，这女人是怎么长的，漂亮成那样。想到这儿，安彤又问：“阿东不会是个富二代吧？”想他妈那么好看，不嫁富豪似乎都有违天理。

“不是吧？是的话还住我那儿？”孙晓俏沉默了一下，又说，“他做这些只是为了孩子，并不是为了我。”

安彤顿时无语，孙晓俏这婚结得可真是迷糊。

“真想不通你是怎么结的婚，不过，你和你的孩子还争什么呀？对他好不就是对你好吗？”安彤觉得这孩子生了和没生还是有区别的。当初如果许凉对优优好一点儿，她再怎么着也会维持那个家的完整，甚至她觉得对孩子好，比对她好要重要得多。

“那现在呢？”孙晓俏笑着问安彤，如果连辰只对优优好，却不爱她，她会嫁吗？

安彤摇头：“不会，可是阿东是你肚子里面孩子的亲爸爸。”

“那如果许凉现在对优优特别好，你会嫁给他吗？”孙晓俏又问。

安彤毫不迟疑地摇头，因为许凉不爱她，她也不爱许凉，这样的婚姻对于优优来说只是有一个家，但却不是一个幸福的家。

可，安彤总觉得这和孙晓俏的情况不一样。她已经不爱许凉了，可孙晓俏对于阿东，肯定还是有感情的，否则她有很多办法让阿东死心。

不过安彤还是明白，她知道，却不能提出来，孙晓俏至少现在还会和阿东有来往，万一听了自己这样说，她一个恼羞成怒，真的做出什么让阿东心冷的事来，以后后悔都来不及。

“不论怎样，你自己好好考虑，不要太早做什么决定。”安彤拍了拍孙晓俏的肚子，再有一个月，这肚子怕就是要显怀了吧。

夏晴晴的肚子已经非常明显了，她每隔两天就要来安彤家，让安妈帮她补补，当然也没少给安妈买东西。

安爸安妈很喜欢这样的生活，人来人往的，每天都热闹得不行。他们虽然要多做些饭菜，但帮忙的人也多。

那天，安妈一边给孙晓俏和夏晴晴端鸡汤，一边说：“以后安彤结婚了，你们就去青石巷去，阿姨照样给你们炖。”

夏晴晴已经穿上了棉的孕妇装，但孙晓俏穿的却还只是稍微宽松。她们俩虽然都是孕妇，但在很多事情上审美不一致。不过她们都很喜欢喝安妈炖的鸡汤，上面的油都撇净了，味道又鲜美，因此都挺舍不得安妈。

忽然夏晴晴眼睛一亮，对安妈说：“阿姨，你到时候和安彤他们一起住啊，那地方离我和孙晓俏家都近，我们过去也方便，时不时地还可以住两天。”

“我可不去她那儿，他们到时候两个孩子呢，哪住得下？”安妈当然还是想回到自己的青石巷，金窝银窝不如自己的狗窝。

“住倒是住得下，不过你们俩得一起住在书房，到时候会不会俩孩子隔着肚皮打架？”安彤对孙晓俏和夏晴晴说，她一想到孩子隔着肚子打架的情景就想乐。

夏晴晴不解：“为什么要住书房啊，连辰那个新别墅那么大。”

安彤告诉夏晴晴，她选了一个四居室，房子小点儿住在一起温暖。

夏晴晴干号一声，说：“不行，你们必须住那别墅。我告诉你，那别墅环境好得不得了，照连辰的品位，装修得肯定也漂亮。”

“你住过啊？你住过的房子安彤怎么能当新房啊？”孙晓俏白了夏晴晴一眼。

“我没住过，当初建那个楼盘的时候，我看了效果图。”夏晴晴一脸冤枉地瞪了孙晓俏一眼，又热络地对安彤和安妈说，“那别墅可漂亮了，前面就是一面大湖，旁边建的都是高档会所和超市，风景好，视野开阔，又安静，而且别墅的楼顶上还有游泳池和小花园。”

见安彤和安妈表情平淡，夏晴晴又用胳膊碰了一下孙晓俏说：“前湖后山，自然氧吧，养胎特别好！”

“离婚了还想占人家便宜，有点儿出息行不行？”孙晓俏鄙视地看了夏晴晴一眼，但心里却还是有些心动的。

安彤看着她俩觉得好笑，不过也很好奇，连辰的那栋别墅是不是真的有那么美。正想着什么时候让连辰带她去见识见识，电话便响了，一看，是连辰，心道，真是想曹操曹操就到。

接通电话，连辰在那边尽量用温和的声调说：“彤彤，我刚到幼儿园，刘老师说，优优被他奶奶接走了。”

“什么？”安彤猛地起身，顿时一阵晕眩，好不容易才站稳了。

安彤就知道刘桂芳没那么容易放手，因此她也没再去茶楼长待，每天去几趟，有事就处理，没事就回，却没想到她竟然穿过半个城市把优优接走，真是疯了。

安彤把大概的情况说了一遍，安妈催她赶紧把优优接回来。

二十六、优优是我的

安彤几步走到门口，手都扶到门把上了，但想了想，还是无奈地松了手。

对于优优来说，刘桂芳不是外人，是他的亲奶奶，亲奶奶去接孙子放学，是再正常不过的事，自己如果现在巴巴儿地去接孩子，逼急了刘桂芳反倒不好。安彤总觉得刘桂芳的骨子里有一种疯狂的成分在里面，这让她在和刘桂芳相处的时候，总有些小心翼翼。

“你怎么又回来啦？”安妈原本在厨房，听到声音，系着围裙便跑了出来。见是安彤又回到了客厅，顿时有些急，孩子都被接走了，她还这么不紧不慢的，也不知道像谁。

“妈，刘桂芳是优优的奶奶，我……”安彤走到桌边坐下，背却挺得笔直。她并不是真的不着急，若是在平时倒还好，现在刘桂芳心心念念要接走优优，这时候没有谁比她更不安的。可是她能想象这会儿赶过去，刘桂芳是怎样的反应。那对于优优来说，其实是一种伤害。

“要不你晚点儿去，吃完晚饭再去。”孙晓俏说，那会儿去接也合情合理，毕竟优优明天还要上幼儿园。

夏晴晴挺赞同孙晓俏的说法，认为不能逼得太紧了，如果让刘桂芳以为她接孙子都不行，搞不好会更加坚定她要孙子的决心。

听了孙晓俏和夏晴晴的话，安妈也不再逼安彤，唉声叹气地进了厨房。

安彤晚上一放下碗筷，就拉着连辰去接优优，可是刘桂芳却说想留优优住一晚上。她很诚恳地说："让他跟我睡一晚上，我明天送他去上幼儿园。"

安彤原本不同意，可优优却拉着她的手说："妈妈，你就让我跟奶奶住一晚上嘛，奶奶说了，明天早上给我煮彩色的饺子吃。"

"我面都和好了。"刘桂芳在一边补充道。

"让他在这儿住一晚，再怎么说我也是他亲爸，留儿子住一晚，也不算过分吧？"许凉见安彤迟疑，顿时有些不高兴。

安彤不好再强求，只好摸了摸优优的脑袋，叮嘱他早点儿睡觉，晚上不要踢被子等等，便无奈地和连辰两手空空地离开了。

可安彤万万没想到，她第二天刚起床，便接到幼儿园的电话，说优优没到幼儿园。

"你看吧，我就知道那刘桂芳没那么好。"安妈气得指着安彤骂，说她太容易相信别人，可是刘桂芳的话怎么可能相信？"你不记得你坐月子时候的事啦？"

安妈想起这事儿便对刘桂芳没好印象，那时候安彤刚生完优优从医院回家，安妈本想和刘桂芳一起照顾安彤坐月子，可却说不需要安妈帮忙，发誓一定会好好照顾安彤，结果安妈有一次过去没提前打电话，却发现安彤在吃面条，上面连个鸡蛋都没有。后来安妈才知道，原来刘桂芳是怕安妈照顾习惯了就住下来，以后优优净和姥姥亲，不和她亲。

"妈，多少年前的事了，或许是路上堵车呢。"安彤劝说了一下安妈，便拿起电话就打给许凉。

"你在哪儿呢？"安彤问。

"在家呢。"许凉的声音恹恹的。

“那优优呢？幼儿园说还没到呢。”安彤一听这话这语调就气不打一处来，“你怎么回事啊？接优优不提前说一声，今天去幼儿园又迟到，你这样会让优优觉得不准时到园是正常的。”

“我知道。”许凉也没有办法，他无奈地诉苦，“我正准备给你打电话呢，现在我妈说要给优优换幼儿园，而且都不让我出门，除非我答应去考公务员，你说我这个年龄能考公务员吗？”

“换幼儿园？为什么？”安彤心里慌得不行，她担心的事还是发生了，这刘桂芳不会扣押着优优不放吧？

“你知道为什么啊，我们家有谁拿我妈有办法？我现在也是没办法了。”许凉一副你自己来想办法的语气，让安彤恨不得把手机向电话那头砸过去。

狠狠地挂断电话，安彤就准备去许家，却被安爸拦住。

“彤彤，你这样过去刘桂芳是不会把优优交给你的。”安爸怕安彤着急，硬逼着她喝了一杯牛奶，又要她坐下来先好好想想办法。

安彤现在是真的坐不住了，哪怕是接不回优优，她也得过去看一眼才安心。

“那你打电话给连辰，让他陪你走一趟。”

“这会儿他肯定在公司了，这些天他忙得很。”

安爸还是坚持安彤等连辰过来，可安彤勉强喝完一杯牛奶，无论如何都等不了，便不顾安爸的反对，外套都没拿，就急急地出门，下楼叫了辆出租车便走。只是她没想到刘桂芳连门都不让她进。

“优优奶奶，您开门呀。”安彤拍在门上，都快把手拍肿了，里面才传来刘桂芳冷冷的声音：“不开！”

不管怎么样，总算有回应，安彤心里都是高兴的。她赶紧说：“优优奶奶，优优要上幼儿园的，你让我送他去好不好？”

“幼儿园怕什么？耽误不了什么。”刘桂芳继续冷冷地说。

“那……您能不能先让我进去和优优说句话？”

“有什么话可说的呀？他吃得好喝得好。”

“优优奶奶，您不能这样把优优关在家里。”

“你答应把他给我带，我就不关他在家里了。”

“您怎么能这样威胁我？”

“哼！”

……

之后任安彤再怎么恳求刘桂芳都不应声，偶尔会听到优优在里面喊“妈妈”，叫得安彤都恨不得变成虫子飞进去。

“妈，您让安彤进来好好说不行吗？你看优优哭的。”是许凉的声音，他觉得这样真的不是个办法，可是刘桂芳固执起来，真的是叫人上天无路，下地无门。

“我和她没什么好聊的。”刘桂芳打定了主意用强硬的方式，坚决不和安彤对话。她觉得安彤自转到业务岗，自己又开了个茶楼后，变得狡猾了很多，嘴巴尤其能说。

许凉见说服不了刘桂芳，便趁刘桂芳去洗手间的时间，准备把门打开。

安彤听到了开门的声音，她赶紧趴到门边上，打算不管是谁开门，只要有一条缝儿，她都要挤进去。

可是，还没等门打开，便听到刘桂芳在门边喊：“不准开门，你今天要是把门打开了，我就不认你这个儿子。”

“妈，我有事要出去呢。”

“儿子都没了，你还去哪儿啊？”

“奶奶，我想见妈妈。”

“优优乖啊，过几天就见着了。”

安彤听到优优的哭声，心都要碎了，于是又使劲儿地拍门：“优优，妈妈在外面呢，你不要害怕啊。”

“他在自己家害怕什么呀？”刘桂芳隔着门厉声道。

接着，门内传来一些声响，之后便再没了动静。安彤猜刘桂芳是把大门反锁了，然后又带优优到房间去了。

安彤看着紧闭的大门，咬咬牙一屁股坐到了门口，她就不信他们永远都不出来。刚坐下，便见连辰从楼梯口出现了。

“你怎么坐这儿啊？快起来，地上凉！”连辰过来就把安彤从坐地上拉起来，还给她拍了拍灰，又把自己的大衣脱下来给她披上，才递过来一袋从肯德基买过来的早点，“将就着吃吧，你有低血糖呢，空腹怎么行？”

“你怎么来啦？”安彤一见到连辰，刚刚的那股子劲儿便像是洪水似的往外泄。如果不是在刘桂芳的家门口，她肯定会扑到他怀里哭一顿。

连辰好奇地看了安彤一眼：“我能不来吗？”又指了指大门：“怎么回事啊？不让你进？”

安彤点点头，又委屈又担心。

“先吃点儿再说。”连辰又从安彤的手里拿过快餐袋，然后从里面拿出一个紫薯球递给她。

安彤喉咙里像是塞了一团棉花，吃了一口便哽在那儿，泪水却像喷泉似的从眼眶里喷了出来。

“别哭了，有我在，优优谁都抢不走。”连辰用大手抹了抹安彤的眼泪，又拿出一碗皮蛋瘦肉粥给她，“吃这个吧，这个好咽下去。”

安彤总算是把这碗粥给喝完了，连辰捏了捏她的手，见不凉，才把安彤拉到离门远一点儿的地方说："优优这事儿你不能急。你想啊，这不是别人家，是优优他爸爸家，他们不会对他不好的。"

"那也不能就让优优在这儿待着呀。"安彤不等连辰说完，便忍不住打断说。

"你先听我说完。"连辰握紧了安彤的手，清晰地说，"咱们先确定优优不会受到伤害，因为他不是被绑架；然后咱们再想办法跟他们协商，协商不成咱们就报警；报警还是解决不了的话，咱们还可以去法院，因为孩子是判给你的。"

听了连辰的话，安彤想都不想就拿出手机说："那报警吧！"却被连辰制止了。

安彤皱着眉看着连辰，一脸的不满。

连辰指了指许家大门，柔声道："毕竟是个老人，也许只是一时想不开。还是之前的那句话，她不会亏待优优。要不，咱们给她一个缓冲的时间，明天再来？"

安彤当然不愿意，可她又不得不承认，其实连辰说的话是有道理的：无论怎么说，刘桂芳的年龄在那儿；和优优的血缘关系在那儿。

只是随后的两天，刘桂芳还是不给安彤开门，也不送优优去幼儿园。到了第三天，安彤实在是受不了，便报了警。

警察来得倒很快，刘桂芳终于也把门打开了。

安彤见到刘桂芳的第一眼便吓了一跳。一直以来，刘桂芳虽然操劳，可是精神却很好，但现在却是一脸的委顿，干巴巴的一双手把优优紧紧地搂在怀里，任优优怎么哭闹都不撒手，而且还丢出一句话："你们要是带走我孙子，我就死给你们看。"

没有人怀疑刘桂芳说的不是真的，因为大家都从她的眼睛里的不管不顾看出了她的决心。

最后警察也没有办法，退到门外对安彤说："你们只有去法院起诉了，由法院强制执行。"

若不是连辰在旁边，安彤都要瘫倒在楼道里。刘桂芳的眼神叫她害怕，她不能把优优放在许家。

下了楼，安彤茫然地问连辰："怎么办？"

"只有起诉了。"连辰给安彤紧了紧衣服。

"法院强制执行？"安彤握住了连辰的手，连辰反手将她的手握在手心，然后点点头。

安彤的眼中又出现了一些亮光，可是刘桂芳刚才的状态，让她想想都觉得害怕。如果法院来了人，她也是那样，怎么办？

想到这儿，安彤从包里拿出手机，给许凉拨了一个电话，急急地说："我看你妈精神上似乎有些问题，你好好看着她，千万别让她伤到优优啊。"

因为着急，安彤也没想到措词问题，但许凉听着却有些不爽，口气也不大好："你胡说什么呢？她只是太喜欢优优了，你怎么能这么说她？"然后挂断了电话。

安彤倒不生气，她提醒到了许凉，相信他就算再不满意，也会多注意一些的。

"我们先回去再说吧。"安彤无奈地再一次和连辰一起离开了。

可就在这会儿，安彤似乎听到了有人喊"妈妈"，似乎是优优的声音。

"连辰，好像优优在叫我。"安彤顿住脚步。

连辰正要说安彤是太着急了，却见她已经转身往回跑。

刘桂芳家在后面两栋，安彤跑到楼下，一抬头看到三楼的窗户，差点儿吓晕过去。优优竟跨坐在刘桂芳卧室的窗户上面。

“优优你干什么呀?”安彤脚一软，倒在了紧跟来的连辰的怀里。

“妈妈!”优优看到安彤，小脸顿时高兴了起来，甚至还向安彤挥了挥手。

安彤感觉自己的魂都要飞了，她冲着优优声嘶力竭地喊:“你快进去，快进去呀!”

“妈妈，我跳下去，你接着我。”优优说着就要往下跳。安彤眼前一黑，但还是撑着自己往窗户下面跑。

“优优，别跳，别跳啊……”安彤都喊不出声了，她的脑子里嗡嗡作响。

优优愣了一下，不知道该不该跳。

“妈妈，我想跟你回家，我要上幼儿园。”优优委屈地说，眼看着又要行动，安彤大喊:“你要是跳下来，妈妈就再也不理你了。”

优优又是一愣，不解甚至有些委屈地看着安彤。

“许凉你在哪儿，你死了吗?”安彤觉得自己都快疯了。

不过好在这时候，许凉真的出现在安彤的视线里。他悄悄地走近优优，然后一把把他抱了进去。

安彤愣愣地看着已经空无一物的窗户，终于清晰地听到自己心脏疯狂跳动的声音。

“优优……”安彤喃喃自语，然后对抱着自己的连辰说，“我们回家，我们去法院，不能再过来了，不能再逼优优了。”

“好，我们回家，不着急。”连辰拥着安彤往停车场走，他知道安彤已经到了崩溃的边缘。

当晚，安彤便发起了高烧，连辰一直坐在床边端茶送水地照顾她。熬了一整晚，却在第二天一大早又接到许凉的电话，优优不见了!

安彤刚退烧，浑身发软，可是她哭着坚持要连辰送她去许家，否则就不嫁了。

在车上，安彤一直在流泪，一会儿想到优优被拐卖到极远的山里，一会儿脑子里又出现优优跪在路边乞讨的样子，一会儿似乎又听到优优的哭声，折磨得她觉得人在地狱也不过如此。

连辰抱着安彤进了小区，刚到许家单元楼的楼下，便发现一旁的竹林里闯出来一个小小的身影，分明就是优优。

"优优……"安彤一见到优优，便挣扎着下来，却被猛地钻进怀里的优优直接扑到了地上。

连辰费老了劲才把母子俩从地上拉起来，却见安彤烧得通红的脸，使劲儿地在优优的脸上磨蹭着，然后又虚弱地对连辰说："你掐一下我，看是不是做梦。"

"傻瓜，当然是真的，你自己的儿子也不认识吗？"连辰忍不住亲吻了一下安彤的额头，却吓了一跳，安彤又烧起来了。

"妈妈，我好想你啊。"优优紧紧地搂着安彤的脖子，委屈地说。

"优优……"安彤虽然没多少力气，却再也不放过优优，可下一秒又拉开捧着优优的脸惶恐地问，"宝贝，你……没哪儿不舒服吧？你怎么跑出来的？"

"爷爷出来买菜，没锁门；奶奶在厨房，我就跑出来了。"优优说着还有些小得意，等着安彤表扬，可安彤却迷迷糊糊想到昨天优优准备跳窗户的事，顿时一个颤抖，伸手冲着优优的屁股拍了一巴掌："你怎么这么不懂事？昨天跳楼，今天离家出走，你才多大啊？这么让人不省心，谁让你从那上面跳下来的？那是三楼知不知道啊？妈妈接不住你的……今天，今天要是被坏人拉走了，你是……是要妈妈的命吗？"

安彤说着说着，便号啕大哭起来。优优顿时也哭了起来，边哭边说："我想和妈妈在一起！"

“安彤，已经没事了，小心吓着优优了。”连辰拍了拍安彤的肩膀，然后把一大一小都拥进怀里好好地安慰。

稍微平静了一下，安彤急急地对连辰说：“咱们快……快走吧，要不，优优奶奶，又下来抢人就麻烦了。”她说着就想要抱起优优，可是却怎么也抱不起来。

连辰听着安彤虚弱的声音，心疼得不行，赶紧抱起优优说：“好，咱们这就走！我来抱着，他沉。”

三个人正准备往停车场走，却听到了救护车的声音呼啸而来。

安彤询问地看了连辰一眼，连辰摇头：“不是我叫的。”优优只是失踪，也该是报警，而不是急救。

救护车很快就进了小区，连辰拉着安彤赶紧站到一边避让，却见救护车开到了刘桂芳的单元楼下，她心里不禁涌出了不好的感觉。

“不会是优优爷爷出事了吧？”安彤依偎着连辰说，她现在光站着都觉得脚发软。

连辰担心地看了安彤一眼，见她眼睛都快闭上了，却还想着别人，忍不住说：“咱们不管了，我送你去医院打个点滴吧。”可是安彤却没动，仍然看着救护车的方向，小声说：“优优爷爷有心脏病，会不会出事啊？”

连辰将安彤搂紧了些，安慰道：“不管怎样，都和你没有关系。”

安彤虽然发着烧，但神志还是清楚的。她知道连辰的意思，从法律上来讲，优优归她抚养。现在刘桂芳以这样的方式抢走优优，这种行为可以说是违法的，所以安彤并没有什么错。可是法律之外还不外乎人情，她虽然不愿意放弃优优，可却也不愿意许家的任何一个人出事。

“再等等。”安彤恳求地看着连辰，连辰本不想答应，许凉竟抱着刘桂芳从单元楼跑出来。刘桂芳在许凉的怀里一动不动，安彤想都没想便挣扎着过去问："许凉，这是，怎么啦？"

"被吓到了，医生说是中风！"许凉头都没抬，说完便进了救护车。

救护车很快就开走了，安彤愣愣地看着那条已经没了救护车的路。中风？安彤一时竟想不明白，事情怎么变成了这个样子？优优没事了，但刘桂芳自己却中风住院。

连辰抱着优优走近安彤，优优朝安彤扑了过来，深深地埋在安彤的脖颈处，蹭了半天才问："妈妈，奶奶怎么啦？"

安彤听着优优的声音闷闷的，便知道这孩子哭了。他虽然不愿意离开自己，但并不代表他不爱刘桂芳。

"奶奶没事！"安彤拍着优优的后背安慰着他。其实她自己心里也很忐忑，顿时一个恍惚，差点儿摔倒在地。

或许是在刘桂芳那里太紧张了，优优一回到家吃了点儿东西就睡了，安彤也昏昏沉沉地睡着了。

安爸安妈照顾着优优，安彤还是连辰没日没夜地照顾着。等到她烧退了，清醒过来的时候，才知道自己睡了快两天，而连辰也憔悴了很多。

安彤知道优优就在隔壁他自己的房间睡着，悬着的心才真的落了地，心情好了，精神也好了，抚摸着连辰的脸心疼地说："看你，为了照顾我，竟然由帅哥变成了小老头儿了。"

连辰伸手握住安彤放在自己脸上的手，笑着说："我最年轻最帅的时候你可没看到，不过我变成小老头儿的样子，你一定知道。"

"可是我却觉得，我和你在一起的时候，肯定是你最帅的时候。"安彤用大拇指摩挲着连辰下巴上的胡楂儿，却被连辰轻轻地吻了一下，痒得她的心里都一漾一漾的。

连辰起身坐到安彤身边，搂着她在她耳边说："等你好些了，咱们去把结婚证领了好不好?”

“好……”安彤的话刚一说出口，连辰便伏身下来，吻得她都觉得自己要晕了过去。

喝了碗粥，安彤总算觉得自己有了些力气，又想起刘桂芳来，便给许凉打电话问一下情况。许凉说，刘桂芳的情况比较严重，虽然没有生命危险，可是以后肯定会有后遗症。

“不好意思，我病了几天，明天，我带优优去看看她。”安彤说，此刻冷静下来的她，才意识到自己是不是过于急切了些，如果不这么着急的话，也许会有更好的办法。

“明天再说吧，还不知道情况怎样。”许凉叹了一口气。刘桂芳现在虽然有意识，可是却说不出一句完整的话来，只会用眼珠子表示，若没如她的意，便像个孩子似的哭。

“你，没事吧?”许凉是第一次面对这样的情况，到现在都是手足无措，不知道下一步该怎么办，但却知道了，人有困难的时候，真的需要关心和爱，哪怕只是一句问候，也是一种力量。

安彤告诉许凉，她只是发烧，已经没事了。许凉听了也就放心了，正准备挂断电话，又想起了优优，于是又问:“优优怎么样？有没有吓着?”

安彤把优优的情况说了一遍，许凉便不再操心。但挂断电话守看着床上悄无声息地躺着的刘桂芳，心里却涌起浓重的愧疚感，都是因为他，原本那么精神抖擞的一个人，现在成了这副模样。

这一夜，许凉想了很多，从小时候到他和安彤之前的婚姻，再到现在刘桂芳中风。他发现自己三十多了，生命里似乎从来都没有“承担”两个字。

揉了揉脸，许凉觉得他的生命似乎出现了一个拐点，虽然不知道是好还是坏，但肯定和以前不一样了。

第二天，安彤虽然还没有完全恢复，但还是决定带着优优去一趟医院。可是却没想到刘桂芳看到她，情绪激动，不断地挥着那一只健全的手，嘴里还发出“哦哦”的声音。医生立即把安彤赶出了病房，并斥责许凉不应该随便让人进病房，刘桂芳现在可是受不了刺激的。

坐在病房门口，安彤的心里却淡定了很多。她知道刘桂芳肯定恨自己的，恨自己不应该离婚，不应该带走优优，不应该不让优优回许家，而这些的不应该导致刘桂芳躺在床上成了这副样子。

安彤坐了很久也没想明白，如果再来一次，她会是怎样的选择。直到连辰到医院来接她，她才回过神来：“你怎么过来啦？”

为了空出结婚的时间，连辰一直在加班，而照顾安彤的病，又耽误了两天，所以安彤带优优来医院是自己坐出租车来的。

“如果连你都放到一边去，我还结什么婚？不如找个保姆去。”连辰见安彤没有系围巾，便把自己脖子上的取下来帮她系上。

“用不着，这在医院里，又没有风。”安彤要把围巾还给连辰，却被他摁住：“你还病着呢，回头我给你买一条好点儿的。”

安彤赶紧拒绝，连辰所说的“好点儿”估计不是一星半点的好。

连辰倒也懒得纠结这个问题，到时候买回来了，安彤还能扔了不成？于是朝病房侧了侧头问：“优优还在里面？”

安彤点头，说：“估计要等老太太睡着了才出得来。”

也不知道刘桂芳是不是怕优优走了，所以才一直撑着不睡，反正优优在里面几乎待了三个小时才出来。

走出医院的时候，安彤与优优爷爷许克迎面碰上。许克一直对安彤不错，因此很和蔼地冲她笑了笑，又和优优说了几句话，叮嘱了一番赶着去了病房。安彤却注意到许克手里拿着的是快餐。快餐油重，其实不怎么适合年纪大的人吃，尤其是刘桂芳。

安彤回家后便查中风病人的资料，发现中风后，病人的饮食尤其重要，要低盐、低脂、低胆固醇和高纤维素，而许凉和他爸许克被刘桂芳照顾惯了，连面条都不会煮，更别提做饭。于是安彤便每天弄好了饭菜给许凉送过来，再让他送进去给刘桂芳吃。有的时候她实在是没时间，安妈便帮着她弄。

许凉自然知道，安彤已不是他老婆了，这样的帮忙也只是暂时的，所以他和许克都开始照着菜谱学做饭，虽然做得不好吃，却让刘桂芳吃一顿感动得又哭一顿，常感慨自己命不好，好不容易享受了儿子和老公的福，却不得不躺在床上。

过了大半年，刘桂芳总算是从床上起来了，但右边的手和脚毫无知觉，纵然如此，她还是很顽强地把自己的生活料理得很不错，尽量不给许凉和许克增加麻烦，当然也没再提要接优优回许家这件事，只是一直听不得“安彤”两个字。

当然，这是后话，现在对于安彤来说，最要紧的是和连辰的婚礼。

二十七、三进医院

安家和连家的第一次见面是在本市某高档酒店最奢华的包厢。安彤觉得没必要，连辰却说这代表的是他对这件事情的重视。安彤也就没再多说，因为钱对于连辰来说根本不是个事儿，在五星级酒店里面吃顿饭，只不过相当一般人打个车而已。

安爸安妈今天特意穿了一身唐装，巧的是连母竟然也是唐装，于是气氛至少在表面看上去，很是和谐温馨。只是没想到跟着来的还有薛姨妈和余希希。

安爸安妈和连母客气地寒暄了起来，薛姨妈和余希希却是连一个眼神都欠奉，安彤都不知道她们俩来是什么意思，于是打起了十二分的精神。

“亲家公亲家母，你们看把日子定在二月初好不好？正好办完婚礼就过年。”连母开心地拿着皇历，指着上面的日子问安爸安妈。安爸安妈能有什么意见呢？安彤能嫁连辰，他们睡着都要笑醒了，于是赶紧点头称是。

得到了亲家肯定的回复，连母才对大家说，她把婚礼的日期定在了二月四号，虽然天气冷了点儿，但如果在室内办，暖气开足点儿，也不影响。

安彤听到这个日期，忍不住小声对连辰说：“二月？只有一个月的时间了。”

正巧连母和安爸安妈正在礼貌地敬酒，于是安彤的话便听到了耳朵里。连母笑着对安妈说：“亲家，看来彤彤不满意，那要不我们把前面的日期再看看？就算没这个好，只要是吉日就行。”

“我不是这个意思。”安彤赶紧摆手红着脸说，却见连母朝着自己笑，才知道连母是跟自己开玩笑呢，顿时脸一红，然后发现连母比连辰幽默多了，看来连辰像他爸。

“既然不是这个意思，那就定了二月四号吧，这日子多好，百事皆宜！”连母笑着对安彤说，明眼人都看得出来，她真的很喜欢安彤。

安爸安妈也都点头。虽然时间紧了点儿，但难得亲家喜欢自家闺女，作为父母来说，没什么比这个更让人开心的了。

大家都没有意见，连母便合起老皇历。坐在一旁的薛姨妈却一把接了过去，“哗哗哗”地边翻边说：“姐，这上面就是胡乱印的，真正的吉日咱们是看不懂的，得找高人来算了才能作准。”

连母一愣，心里顿时有些不确定。作为一个母亲，谁不愿意在这件事上尽善尽美？这可关系着两个人的一辈子，何况连辰和安彤都还是离过一次的，这次最好不要再出什么差错了。

安爸安妈听了也有些忐忑，对视了一眼。安妈迟疑地说："还有这个说法啊？我两个女儿以前可都就只是翻翻皇历的。"安妈这意思本不是质疑，她也希望安彤这次一定和和美美白头到老啊，如果真的要找高人算，她也是愿意的。谁知薛姨妈却撇了一下嘴说："所以两个都离婚了呀。"

薛姨妈的这声音说得不大，但全桌子的人都听见了。

"你这话是什么意思？"安爸非常不满地说，但安妈却直接拍了桌子，指着薛姨妈道："我两个女儿离婚了怎么啦？犯得着你来说吗？"

安妈年轻的时候就是个火暴脾气，这么些年来，安爸一直让着她，不让她有发脾气的机会，导致她还以为自己的脾气随着年龄的增长也消磨没了，为此还惆怅了一阵子，此刻才知道原来是之前一直太顺了。不过这感觉让安妈很享受，她有一种重新焕发青春的感觉，女汉子的雄风犹存嘛，年纪大的人谁不喜欢这感觉？

何况，安妈是最护女儿的，别的事情好商量，说到她女儿，她就没那么好说话了，包括安彤。安彤读小学的时候，曾被一个男生欺负，安妈便去那男生家里，也不知道说了什么，那男生后来长大了见到安彤都怕。安妈便是这样一个人，哪怕是她在安彤身上下的功夫少些，但也只能她自己忽略，别人却是碰不得一分的。

可薛姨妈也不是一般人，她摸了摸自己头上镶钻的发夹，慢条斯理又不屑地说："我说的可是实话，又没有捏造事实，你两个女儿是不是都离婚啦？"

安妈愤怒地盯着薛姨妈，就在安彤又气恼又担心安妈的脾气在沉默中爆发的时候，安妈竟诡异地笑了，而且态度看上去和蔼可亲，这让安彤更加紧张了。

果然，安妈对安爸说："这件事情恐怕是咱们想岔了，真没想到薛姨妈这么懂啊。"又抬头对薛姨妈说，"您结婚的时候一定也是找高人算过的吧？现在想必夫妻很是恩爱吧？"安妈这话可是直接戳了薛姨妈的心窝子，都快要成为亲家了，还能不知道薛姨妈结三次离三次，现在正处于空窗期？分明是故意来气她的。

薛姨妈扭过头，想用眼神碾压安妈，可安妈说完后根本不搭理她，而是专心致志地吃菜，用纸巾擦嘴，然后和连母闲话两句，又叮嘱安彤以后一定要好好地孝敬公婆。

安妈这番表现让安彤想到了那句：你就是个屁，我心情不好就憋着你；心情好，把你放了！但谁愿意自己成为一个无关紧要且被别人轻轻松松放掉的屁呢？尤其是高傲的薛姨妈。

原本结婚的次数多，在薛姨妈的眼里是挺值得骄傲的事，哪个女人能像她这样，离了几次都有人娶呢？包括现在，都是有好几个备胎的，只是看她怎么选罢了。可是这些话，薛姨妈不可能在这场合说出来，而且安妈那鄙视的语气谁能听不出来？真说了，指不定她会怎么回击呢。

薛姨妈见安妈不理会自己的眼神，正要拍案而起问个究竟，却听到连辰说："信则有，不信则无。我和安彤在一起每一天都是吉日，就二月四号，不改了！"

安彤震惊地看着连辰，没想到他竟然能说出这么让人回味的话来，心里顿时有些小激动。可这含羞带怯（当然是窃喜）的表情看在余希希的眼里，却像是挖她的心一样难受。

"表哥，这结婚的日期还是要好好定的，万一……多不好是吧？"余希希说得极为勉强。这些日子她倒是清瘦了不少，不过这也在安彤的意料之中，要说减肥，来得最快的还是失恋，效果立竿见影。

不过这次回来，余希希倒也安静，竟一直没有找安彤的麻烦。

尽管如此，却不代表安彤相信余希希真的放弃了。如今天，安彤穿着灰色蕾丝拼接连衣裙，外面罩着卡其色大衣，她原本觉得简单大方，又不那么张扬，见家长是最好不过的。可是没想到余希希却穿着红色长裙外搭灰色皮草，还戴了一条金光闪闪的钻石项链，脸上的妆也极为精致，比她更显喜庆，不知道的人还以为是余希希和连辰结婚呢。

如果这个世界上有那么几个人让安彤看不习惯的话，余希希便是其中之一。因此听到余希希这样说，安彤想都不想便说："日子既然是长辈们选的，肯定不会有错的，而且还有长辈们的祝福在里面，比什么吉日都要强。"

安彤这话说得漂亮，不但安爸安妈觉得有面子，连母也很开心，便当即拍板就定二月四日。

这一次，薛姨妈和余希希母女可以说是惨败，走出酒店的时候，两人都是单独走的。

"她们现在不会再出什么幺蛾子了吧？"孙晓俏听了安彤说了酒店的过程，忍不住又替安彤担心，老是被这么一个人盯着，其实是挺烦的。

"你不是说你要剖腹产吗？还走个什么劲儿？"安彤看着孙晓俏撑着腰在家里走来走去，觉得眼都看晕了。

孙晓俏叹了一口气，说："我倒是想，可是听说医院要看情况，不是你想剖就能剖的，如果胎位正，医生还是会让顺产。"

于是安彤干脆戴上眼罩和孙晓俏聊天。

"这大半年来，我感觉我都要累死了，一波未平一波又起，你说这都出了多少事儿了。这次倒算是好的，我还以为薛姨妈和余希希会大闹一场的呢。她们这样，我反倒有些不安心，总觉得还会有什么阴谋。"

安彤揉了揉眉心，忽然之间她觉得一个月的时间是不是还是太长了？倒不是她急着想嫁，而是薛姨妈和余希希那表情实在是让她没办法安心。

孙晓俏看了一下走步器，觉得差不多了，便坐到安彤身边，取下她脸上的眼罩说："你别一朝被蛇咬，十年怕井绳，都快结婚了，还想那么多干吗？再说连辰也不是一般人，你要相信他能够解决好。"

安彤点点头，认为孙晓俏说得其实挺有道理的。人的一辈子哪有这么多倒霉的事儿呢？再说了，难道因为倒霉的事儿多了，就不好好过日子了吗？

可真的是好的不灵坏的灵，怕什么来什么，安彤这心理还没建设完，手机便疯狂地响了起来，上面竟然显示的是余希希的名字。

看着手机上那个不招人喜欢的名字，安彤很不想接，而且偏偏她手机电话的铃声还是王力宏的那首歌：爱的都是你，痛的都是你……孙晓俏凑近一看，不禁乐了："这是谁给你弄的铃声？"

安彤正纠结要不要接，正想伸手的时候，手机停了，她松了一口气，告诉孙晓俏，这铃声是连辰给她下载的。孙晓俏顿时乐得不行，拍着沙发说："没想到这霸道总裁还是个闷骚型的，那，你怎么会存余希希的电话呢？"

"你当我愿意存啊？这不是为了知己知彼嘛，我如果连她电话都不知道，万一她要害我，我想打电话骂她一通都不行。"安彤说得斗志昂扬的，但孙晓俏却鄙视地"嘁"了一声，再没有人比她知道安彤只是嘴皮子厉害的主了。

安彤知道孙晓俏是什么意思，她正要解释说她也是有底线的，可手机又响了起来，居然还是余希希。

"这女人倒是不依不饶了。"孙晓俏感慨着，然后帮安彤接通电话，小声说，"快接，吵得我头发晕，不利于胎儿。"

安彤瞪了孙晓俏一眼，这么好听的铃声，会不利于胎儿？

“安彤，你赶紧过来一趟吧，花儿把自己锁在房间里不出来。”余希希在电话里急得不行，安彤听了也急了，赶紧问：“为什么呀？”

“她……她说……说……”余希希支支吾吾地不说个明白，安彤不禁急了，正想再问，余希希又说了，“花儿不想让你和连辰结婚。”

“这不可能。”安彤脱口而出。这些日子以来，她和花儿的感情是很不错的，而且当初求婚的时候，还是花儿递的钻戒，花儿明显很喜欢自己的。

“那你看着办吧。”余希希说完这句，便气咻咻地挂断了电话。

孙晓俏听了安彤的说法，第一个意思就是有阴谋。

安彤也觉得不对劲儿。如果花儿真的如余希希说的，而且又需要自己去调解，那应该是连辰打来电话，再不然，也应该是连母，怎么会是余希希呢？！

“你还是去一趟吧，万一是真的，你要不去，她又该说你不关心花儿了。”孙晓俏催促安彤先去看了再说。安彤也是这意思，既然余希希已经打了电话，她就没办法置之不理，何况她也是真心关心连花儿。

是保姆给安彤开的门，见到她就说大家都在楼上呢。

安彤上了二楼，发现所有的人都在二楼连花儿的房门口，拍门的拍门，解释的解释，就连连辰也是一脸无奈。

“花儿，你快开门，奶奶做了你最喜欢吃的糖醋排骨呢。”

“不吃！”

“花儿，表姨带你去游乐场玩好不好？”

“不玩！”

“花儿，那奶奶带你去商场里买漂亮裙子好不好？”

“不买。”

“快开门花儿，你是大孩子了，咱们有话好好商量！”

“爸爸就是个大骗子。”

“花儿，你再不开门爸爸生气了啊。”

“呜呜……”

“你吓唬一个孩子干什么呀？一边儿去！”

……

安彤看着这一幕，心里顿时有些忐忑。这花儿如果正在气头上，恐怕是越劝脾气越大呢，但她还是走了过去。

“你怎么来了？这里没你的事，我送你回去。”连辰看到安彤便快步走过来，牵着安彤的手便要疾步下楼。

安彤还没弄明白，便听到余希希愤慨地大声说：“表哥你就那么护着她？不就是怕她知道连花儿反对你们结婚吗？你不用遮着掩着，我在电话里已经跟她说了。”

余希希的声音很大，房里传出连花儿越来越大的哭声。

连辰阴沉地转过身，冷冰冰地对余希希说：“立刻，马上，从我们家搬出去。”

“表哥……你，为了这个女人，你连自己的亲生女儿都不管了，还要赶我走？”余希希的眼眶里立即出现了泪光，看得出来，她真的是伤心了。

“连辰你怎么这么绝情？希希可是从小和你一块儿长到大的，你为了这么个女人竟然这样伤害她。”薛姨妈刚刚回来，刚准备上楼便听到连辰让她女儿搬走，忍不住大怒，再也不顾优雅的形象，噔噔噔地便跑上楼梯斥责连辰。

连辰同样冷冷地看着薛姨妈，然后毫无表情地说：“她不是什么别的女人，是我的妻子。你们不尊重她，便是瞧不起我，又何必住在这里？何况，花儿为什么突然会这样？”

这下连薛姨妈都急了，和余希希一起，跺着脚气愤地要连母主持公道。连母却不理这一切，只是继续拍门：“花儿，我是奶奶，你有什么话跟奶奶说好不好？”

这时候门突然被打开，连花儿从里面冲了出来。大家都一愣，薛姨妈最先反应过来，她拦住连花儿的路，伸出手来，说：“乖乖，来姨奶奶这儿……”可花儿并没有如她想象的那般扑进她的怀里，而是一边推开她，一边从她身边冲了过去。

薛姨妈是上了年纪的人，哪里经得住花儿这样一冲，眼看着要倒了，便想找个什么支撑一下，可最近的只有花儿，于是不管不顾地拉了花儿一把，但手下却一滑。花儿因为这一拉，两条小腿便绊在一起，眼看着就要从楼梯上滚了下去。

“花儿……”

“花儿……”

“花儿……”

这一切不过是电光石火间，等到大家反应过来的时候，花儿已经站在了楼梯台阶的边缘。安彤想都没想便伸手去拉花儿，可脚却不知道被谁绊了一下，顿时向楼梯口倒了下去。

完了，这次又要受伤！但在倒下的那一瞬间，安彤还是把花儿推向了连辰，却加剧了她自己下跌的速度。

“彤彤……”连辰几步就蹿了下来，可安彤已经重重地摔在了楼梯的台阶上，感觉自己都要摔成好几截了。

连辰抱起安彤，连母也牵着连花儿下了楼梯，急急地问：“彤彤，怎么样啦？”

安彤痛得都说不出话来，连呼吸都痛。

连辰赶紧把安彤轻轻地抱到沙发上，柔声道：“你别说话了，好好躺着。”然后拿出手机，安彤赶紧伸手，身上又是一痛。

连母坐到安彤身边，关切地问：“很痛吗？”

安彤想摇头，却见连辰在拨号，顿时急了，扛着痛说：“你别……别打120，我没事的。”

“你好好躺着，别说话。”连辰说着便拿着手机去了外面。

安彤稍微好点儿，便看到连花儿眼睛里含着眼泪，缩在连母身后怯怯地看着自己。

“花儿，安姨没事，你别怕啊……”安彤说着便倒吸了一口冷气，真是说句话都牵连着身子痛。

“当然没事，楼梯又不高，这么大个人了，又不是小孩子，能摔成什么样呢？躺会儿就行了，别让孩子学着娇气。”薛姨妈一拐一拐地下楼来，见到大家都围着安彤，居然没有人招呼她一下，连余希希都只顾狠狠地盯着安彤，心里顿时火起。

只是薛姨妈没想到，连母不但没认同她的话，反而斥责道：“你少说两句，有你这样当长辈的吗？”

“姐！”薛姨妈急了。可连母却抬手制止了她，只是问走进来的连辰：“怎么说？”

连辰说医院的急救车一会儿就到，便坐到了安彤身边，安慰她道：“我不知道你伤在哪儿，不敢轻易动你，一会儿医生来了再挪动你会比较好，你先忍忍。”安彤的心里顿时暖暖的，虽然又要进医院，但她觉得有连辰陪着也没什么。

救护车很快就到了，医生检查了一下安彤，初步判断没有骨折，但还是小心翼翼地把她抬进了救护车，连辰跟着车走，其他人留在家里。

这一次安彤真的是万幸，虽然当时痛得狠，但在医院查了个底儿朝天，却没有什么特别让人担心的地方，基本上都是软组织挫伤，没有伤到筋骨，甚至都不用住院。

安彤终于松了一口气，可连辰却坚持要她坐轮椅。

“你这样让我觉得我都奔着日薄西山去了。”安彤不情不愿地冲着连辰嚷嚷，但声音里却情不自禁地带出一些撒娇的味道。

连辰听着心里直发软，但还是心疼，将一件披肩裹在安彤身上，仔细地按紧了些说：“还早着呢，不过等你老了，我也这样伺候你，推着轮椅带你晒太阳好不好？”

“我老了就一定要坐轮椅吗？”安彤白了连辰一眼，可想着自己这么年轻，这一年就频繁地进出医院，忍不住说，“还真有可能，你看我今年认识你就老是坐轮椅，等到我老了，估计得躺在轮椅上了。”

一句话叫连辰黑了脸，什么叫认识他之后就老是坐轮椅？忍不住抗议：“难道我是你的灾星吗？”不想安彤却点头，认真地说：“是啊，第一次是你烫伤了我；第二次是余希希吃醋害我引起的，她害我还不是因为你；这一次也是因为花儿。你可不是我的灾星？！”

连辰越听脸越黑，直到最后忍不住低吼：“那你要怎样？不嫁给我了吗？”

安彤听了心里却越发开心，故意云淡风轻地说：“我的意思是你以后得对我好点儿，我冒着这样的风险嫁给你，多不容易。”一句话又叫连辰笑了，讨好地说：“你想要我怎么对你好，我就怎么对你好。”

安彤终于满意了，却听到一个不可思议的声音，甚至声音里还带着一丝颤抖：“连……连董……”

安彤抬起头一看，一个二十来岁的女孩正瞠目结舌地看着自己和连辰。难道又是风流债？忍不住瞅了瞬间变回冰块脸的连辰一眼，无奈地想，男人长得太帅了就是不好，就他这样没有温度的表情，也挡不住姑娘们前仆后继地去撞冰。

姑娘和安彤都看着连辰，连辰觉得自己不开口似乎也不合适，尤其是他怕安彤误会，因此咳了一嗓子说：“那个，谁啊，上班的时间好好上班。”

安彤顿时晕倒，这男人知不知道什么叫正常的人际交往啊？她正要开口，对面的“那个谁”姑娘却拼命地点头：“连、连、连董，我、我马上，就，去上班……”

看着姑娘惊慌失措地一溜烟跑不见了，安彤顿时摇头，不满地说：“真的是资本家本质，你们公司不休假的吗？”

连辰皱了皱眉，说：“我们整个集团都是执行双休，每一年还会根据工作年限有不同时长的年假。”

“啊？那，今天是周末啊，你居然叫她去上班，她还就去了！”安彤眨了眨眼睛，连辰也眨了眨眼睛，然后一起无奈地笑了。

连辰推着安彤走在医院花园前往大门的时候，却看到挺着肚子的夏晴晴正从外面走进大厅，并且一眼就看到了他们，可却愣了一下才急急地过来。

“你走慢点儿。”安彤忍不住提醒夏晴晴，怀着孕呢。

“安彤，花儿呢？她哭着给我打电话，说了半天我也没明白，到底是怎么回事？咦，你怎么坐在轮椅上了？”夏晴晴一连串问了几个问题，安彤都不知道回答她哪个好。

“花儿没事，安彤为了救花儿受伤了。”似乎除了安彤，连辰对谁说话都是这样言简意赅的，好像多说几个字便浪费了他的精力似的。

夏晴晴松了一口气，然后才算正常了，上下打量了安彤之后，关心地问：“你这次，又是哪儿受伤了？”

安彤不动声色地瞟了连辰一眼，意思是，看吧，我又哪儿受伤了，认识你之后，我老是受伤。

“她不能多说话，你还有事吗？”连辰其实很郁闷，别人前妻和后妻都像仇人似的，自己这前妻后妻却好成这样，这到底算好事儿，还是坏事儿？

不想，夏晴晴一听连辰说安彤不能多说话，又紧张了，抓着安彤问：“怎么还不能说话了，这到底是哪儿出现了问题？摔着喉咙啦？”

安彤忍不住翻了个白眼，很想说，你见着谁摔跤能摔着喉咙的？可是她说不出来，因为夏晴晴摁住了她刚好摔的那只手，痛得她虚汗都冒出来了。

“轻点！”连辰看着真着急，如果是别人他一挥手就推到一边，让她与安彤保持安全距离，可是夏晴晴是个孕妇，他也只能干着急。

好在夏晴晴及时收了手，但看到安彤痛苦的表情，急得眼泪都快流出来了：“这是……这到底是哪儿受伤了啊？怎么痛成这样啦？得亏你帮花儿扛着，如果这是花儿怕是小命都没了。你放心啊安彤，以后让花儿一定要好好地孝顺你，当亲妈一样孝顺。”

“以后的事以后再说，你别再对我进行一次伤害就行了。”安彤缓过神来了，发现已经有不少人在看着他们，又说，“现在咱们能不能先回家？这里也不是说话的地方。”

“咦，你会说话呀？”

“我当然会说话，谁还真能摔了喉咙。”

“那他怎么说你不能多说话？”

“他是说不能多说话，不是说不能说话。而且，他是另一个星球的人，认为多说话有碍康复。”

“哦，那，你是腿又伤着啦？”

“不是！”

“不是为什么坐轮椅啊？”

“坐轮椅有人推着，多舒服！”

“你太会享受了，我一孕妇都没有这待遇！”

连辰原本只是当自己听不见，默默地听着两个女人无聊地对话，但听到夏晴晴这一句，才开口道：“生产的时候，提前说一声，我让人给你安排好。”

安彤听着倒不介意，甚至心里还挺高兴，虽然连辰看着冷冰冰的，其实他真的不是那种骨子里冷血的人。倒是夏晴晴却愣了，半晌才低头闷闷地说一句：“谢谢！”

当初夏晴晴生花儿的时候，她总认为连辰不关心她，没有像别的男人那样嘘寒问暖，可是现在才发现，其实有一个人在身边料理好一切，也是一件挺幸福的事情。

“你是打的来的吧？跟我们一块儿走吧，你是回家还是去我那儿？”安彤知道夏晴晴喜欢人多热闹，刚刚连辰打了电话，家里安妈都已经把排骨汤炖上了，因此就问一声。却没得到夏晴晴的回应，安彤好奇地扭头看了一眼，便发现夏晴晴呆呆地站在原处，眼睛死死地盯住了一个人。

确切地说，是一个正坐在木椅上晒太阳的男人。那男人说不上有多帅，但是却棱角分明，很Man，古铜色的皮肤一看便是长期在阳光下暴晒的人。她心里不禁一动，难道是沈彦军？可沈彦军不是长期在外面旅行，还准备定居黎巴嫩吗？可眼前这个男人却穿着病号服，一脸病容，并且瘦得厉害。

“晴晴，你认识这人？”安彤好奇地问夏晴晴。

夏晴晴仿佛没听见安彤说什么，却激动地挺着肚子向那人跑了过去，安彤忍不住喊：“你小心点儿，跑什么呀？”

或许是被安彤的声音吵到了，男人向她们这边看了过来。

二十八、我们可以爱很多个人

如果说之前安彤有所怀疑的话，但看到那男人的眼神时，她就觉得自己错了。很明显，那男人只是很随意，或者说好奇地一瞟，并没有其他任何内容。如果他认识夏晴晴，多少会有一点情绪，哪怕是厌恶。

“这人肯定认识沈彦军，但不认识夏晴晴。”安彤笃定地说。因为虽然夏晴晴看上去大大咧咧的，但安彤知道，她心里一直没有放下沈彦军，甚至有的时候，她只是利用自己的没心没肺来安慰自己没有那个男人，也可以过得更好。

所以这男人肯定是认识沈彦军的，否则夏晴晴不可能这么激动地跑过去。

安彤这边正猜测着，那边夏晴晴却已经扑到那个男人的怀里，并且不顾大肚子，双手还紧紧地搂住了那男人的脖子。

“这也……太热情了吧？”安彤瞪大了眼睛，就算是对待自己爱人的朋友，这行为也忒大方了些。

而那男人却皱着眉，一脸的不解，似是想推开夏晴晴，又碍于修养所以强忍着。

“这位……”男人明显不知道该怎么称呼夏晴晴，所以迟疑了一下，但还是接着说，“咱们有话慢慢说，您看这……”

安彤都替夏晴晴脸红了，她不会是怀孕把脑子怀坏掉了吧，怎么随便一个男人就扑上去了呢？

“她……以前也是这么豪放吗？”安彤抬头问连辰。连辰却皱着眉盯着那男人，似乎没有听到安彤的问话。

安彤也没在意，和夏晴晴再次见面也这么长时间了，自己和连辰都快要结婚了，夏晴晴的人品她还是信得过的，那只有另外一种可能。于是她又扭头问连辰："这人是不是长得很像沈彦军？"说完还扯了扯连辰的袖子，怕他又没听见。

如果夏晴晴真的是非常非常爱沈彦军，然后相思成痴，看到个长得差不多的人一时情急，也是有可能的，甚至是可以理解的。但一直默不作声的连辰却说："他就是沈彦军。"

"就……就是？"安彤得到了连辰肯定的答复，再回头看着夏晴晴已经被沈彦军扶正了，并且眼神里掠过一丝厌恶的时候，顿时愤怒了，示意连辰推她过去，她得好好教训教训这个渣男。

对于沈彦军的这一举动，夏晴晴也不解。虽然之前她赌气要分手，但也很确定沈彦军其实是舍不得她的，所以才愤然跑出去穷游，可是现在，怎么像是不认识她似的？难道是这些日子在外面，他爱上了别人？

"彦……彦军……"夏晴晴话一说出口，喉咙便像是被堵住了似的，所有的话都变成了泪水从眼眶里漫出来了。

沈彦军看到夏晴晴这样，也有些慌，搓着手不知道该怎么办才好。

"你，是不是爱上别人啦？"夏晴晴终于问出口了，她真的很后悔当初跟沈彦军胡闹。不就是不懂做生意吗，不就是不想办婚礼吗，这有什么了不起的？连辰是会做生意，也办了一场隆重的婚礼，但又怎样？她现在才明白，其实什么都比不上那个人重要，可是现在，她似乎把沈彦军弄丢了。

沈彦军一听到夏晴晴这样问，赶紧摇头："你别乱说，我没有爱人。"

夏晴晴顿时松了一口气，可是又好难理解沈彦军现在的表现。

忽然一个想法在夏晴晴的脑海中浮现，她略带期待地问："其实你不是沈彦军，只是长得和他像是不是？”

这想法简直和安彤如出一辙，安彤也希望自己之前的想法是对的，毕竟他之前是连辰的司机，连辰那个人想想也知道，和司机不会有什么过多的交流和感情，未必能认得出来。

遗憾的是，对方却摇头：“我就是沈彦军。”

夏晴晴绝望了，既然是沈彦军，既然他没有爱人，那又为什么对自己这么冷淡？究竟出了什么事？

“那……那……”夏晴晴的泪水不要钱似的往外喷，而沈彦军只是在一旁愁眉苦脸地看着她，一句安慰都没有。

安彤觉得自己不能忍了。

“你这男人怎么回事啊？晴晴已经怀了你的孩子，你却还在这里装聋作哑，你还是不是人啊？”安彤觉得自己再不开口，夏晴晴得给欺负死，自己也会给憋死。

安彤觉得沈彦军就是传说中的那个渣男，一辈子浪迹天涯，没钱了便找份事干干，再用自己那些破经历找个单纯好看的女人谈场恋爱，之后接着流浪。女人就真的如同衣服，破了就破了，扔了就扔了。现在居然还来装失忆，真是做他的春秋大梦。

沈彦军看着安彤，又看了看夏晴晴，挺为难地问：“我们真的认识吗？”

夏晴晴忙点头，却被安彤拉到了一边，不屑地对沈彦军说：“你想不认识那就不认识好了，至于肚子里的孩子咱们也养得起。但孩子长大以后会不会找你要房要车要钱那就是孩子自己的事了，打官司也是孩子和你的事。”

安彤故意停了一下，欣赏了会儿那沈彦军变幻莫测的脸色，才对夏晴晴说：“谁的人生没遇到过几个渣男？渣男嘛，当渣子扫扫就行了，别太在意。”见夏晴晴没吭声，估计还是放不下，于是又劝解道：“走吧，不就是个男人吗？你就当他是你家里的一个物件儿，坏了就扔了，或者换新的。”话说得很爽，却丝毫没察觉到另一边连辰眼里的怒火：男人就是个物件儿？

安彤说得口干舌燥，夏晴晴好不容易才回过神来，却急急地摇头，示意安彤不要再说了，然后又扭头对沈彦军说：“你是故意跟我闹别扭的对不对？我向你道歉好不好？是我不该说那些让你伤心的话，你是个男人，我不应该那么伤害你的自尊，是我不对，我不会做女朋友。”

“晴晴……”安彤见夏晴晴刚才根本就没把她的话听进去，顿时叹了口气。这样的夏晴晴她真的是不知道该怎么说才好，而连辰却凑在安彤耳边道：“你闭嘴，回去再找你算账。”

安彤后知后觉地眨了眨眼睛，问连辰：“找我算什么账啊？”

“那个，晴晴？”沈彦军说得有些迟疑，夏晴晴赶紧连连点头。沈彦军又说：“我，真的不是故意不记得的。”

这时，连辰忽然走到沈彦军身边，问他：“那你还记得我吗？”

沈彦军上下打量了一下连辰，非常坚定地摇头，但犹豫了一下之后，还是解释了一番：“我醒来的时候就在医院里，想不起任何事情，只知道我叫沈彦军，还是医生告诉我的，因为我有身份证，其他的都不知道了。医生说我可能是因为脑部遭到重击而造成脑震荡，所以，我失忆了，你们，真的是我的朋友吗？”

连辰竟难得地扯了扯嘴角，苦笑了一下，说：“我们不是朋友。”见沈彦军有些失望，又指着夏晴晴说，“她，是你的女人，她肚子里的，也是你的孩子。”

沈彦军再一次看着夏晴晴，而夏晴晴又哭了起来。安彤再也不敢乱说了，万一沈彦军说的是真的，岂不是误会他了？

几个人都沉默了，只有夏晴晴的哭声断断续续地响起。

“我，我会对你负责任的。”

“你不相信以后可以查DNA。”

沈彦军和夏晴晴的话同时响起，夏晴晴激动得扑进了沈彦军的怀里。或许尽管失忆了，但是爱的感觉却一直在，所以沈彦军也紧紧地拥住了夏晴晴。

“夏晴晴是吗？你放心，我虽然失忆了，但我还可以工作的，我还可以挣钱养活你们的。”沈彦军说着，又觉得还没表达到位，接着又说，“谢谢你，我以为我没有亲人了，原来我有。”

“我相信你我相信你……”除了“我相信你”四个字，夏晴晴再也说不出什么别的话来。

打渣男忽然变成了夫妻相认，安彤有点儿接受不了这样剧烈起伏的剧情变化，她好不容易“孙晓俏”附体了一回，却闹了这么大个乌龙。

“你说这男人以后不会报复我吧？”安彤悄悄地问连辰。

“那，咱们就快走吧！”连辰在安彤耳边笑着说。

安彤点头，夏晴晴看来是不可能跟他们走了，而他们现在在这里也的确挺多余的。

上了车，连辰将轮椅放进后备厢里上车后，安彤忍不住说：“夏晴晴终于找到沈彦军了，虽然失忆了，但也不难看出是个大男人，她算是尘埃落定了吧。可是孙晓俏可怎么办？急死人了。”

“彤彤，咱们也生个孩子吧？”连辰仿佛没听到安彤说什么，冒出这么风马牛不相及的一句。安彤一时没注意，“啊”了一句之后，才回过神来。

“这个，我们还没办结婚证呢，再说，咱们不符合政策啊。”安彤说过之后便望着窗外。虽然优优都快幼儿园毕业了，可是安彤面对这个问题，还是觉得很羞涩。

“不怕，我接受罚款。”

“能不犯错，还是不犯错的好。”

“你不愿意为我生孩子？”

“不是……”

“那我们明天就去领结婚证。”

“明天是周日，民政局不上班的吧？”

“那后天去。”

“要不要跟我爸妈和你妈说一声？”

“晚上回去就说。”

“可是花儿，好像不大愿意呢，要不我也不至于这样。”

“她会愿意的。”

虽然不明白连辰怎么忽然这么着急，但安彤心里还是挺高兴。别的好说，但是连花儿那里，她却还是要说个明白的，于是对连辰说：“我们去你家吧。”连辰没多问，估计也是猜到安彤的心思，于是方向盘一转，便朝着自己家的方向奔过去。

医院离连辰家不远，不到半个小时便到了。

刚一下车，安彤便发现连花儿正在院子里抱着一只小狗做游戏，可看到她之后，便飞快地躲进一旁正在看报纸的连母身后。

安彤心里一沉，连花儿从来没有这样害怕过自己，她究竟是怎么啦？连母也发现了安彤的到来，于是把连花儿拉到自己胸前，在她耳边嘀咕了句什么。

“花儿！”安彤叫了一声，连花儿便忸怩地一步一步地蹭了过来，到安彤面前，才小声说：“安姨，我不是故意害你受伤的，对不起，请你原谅我。”

安彤蹲下身子，让自己的头和连花儿一般高，然后温柔地说：“安姨当然知道你不是故意的，安姨不怪你，而且安姨也没什么事，你看我都不用住院。”说完还扯了扯连花儿的辫子，辫子上扎的头花还是安彤做的，她更相信连花儿对她肯定是没有敌意的，只是在害怕着些什么。

安彤的话让连花儿松了口气，她点点头，又扭过头去冲着连母甜甜地笑了。

“花儿，你如果真的不想安姨嫁给你爸爸，安姨会尊重你的意见……”安彤的话才说一半，便被连辰轻轻地踢了一脚。她伸手拍了一下连辰的腿，又接着对花儿说，“但是，咱们可不可以聊聊天呢？就当……朋友一样地去聊天，好不好？”安彤很真诚地对连花儿说。她知道虽然孩子小，但也需要平等的对话，否则她只会把自己深深地藏起来。

连花儿低着头很认真地想了想，又看了一眼安彤，方才点点头。

“伯母，那我和花儿上楼啦？”安彤和连母打了声招呼，便带着连花儿进了她自己的房间，刚关上房门，连辰便发来短信，让她打电话给他，然后让手机保持通话状态。

虽然迟疑了一下，但安彤还是照做了。作为一个监护人和父亲，连辰有权利知道连花儿心里的纠结或者不安，她也怕有些事情是自己处理不了的。

安彤在沙发上坐下来，又让连花儿像个大人一般坐在自己的侧面，这样既不会有距离感，也不会让她感觉到压迫。

不得不说，连花儿的房间真的像是一个童话城堡一般，除了家具是纯白色的，其他的全是粉色的装饰，连窗台上的花都是粉色的，看着人心里便是暖暖的。

“花儿，你现在能告诉安姨，你为什么不愿意安姨和爸爸结婚了吗？”

安彤向前倾了倾身子，让连花儿明白她的诚意。

“我……我害怕……”连花儿绞着手指，说出这句话的时候，眼眶里竟然微微泛红。

“害怕安姨？”安彤不解。若不是，连花儿为什么要反对自己和她爸爸结婚？如果是，她真的不知道自己什么时候竟带给连花儿这样的感觉。

“不是……是……”连花儿摆手。

“那，是因为什么呢？”安彤调整了一下坐姿。连花儿比刚刚好些了，但却反问安彤：“安姨，你嫁给爸爸后会再生小宝宝吗？”

安彤没想到连花儿会问这个问题，在她看来，父母生不生下面的孩子，完全是父母的事，是没有必要去问孩子的。所以以往，安彤一看到孩子因为父母生二胎而大怒甚至自杀的消息便很愤怒，这父母究竟是怎么把孩子养得这么自私的？所以安彤从来都没问过优优，如果自己再生一个弟弟或妹妹，他同不同意的问题。

可是没想到，现在居然被连花儿问上了。

见连花儿既害怕又期待地盯着自己，安彤知道这个问题不能回避，她想了想，决定实话实说。于是握着连花儿的小手说：“可能会，也有可能不会，父母和孩子之间是讲究缘分的。那……花儿喜欢小宝宝吗？”

连花儿低着头，但却没有抽出自己的手，于是安彤耐心地等待着她的答案。

过了很久，连花儿终于抬起头，有些雀跃又有些委屈地说：“我很喜欢小宝宝，很可爱呀，可是我怕爸爸和安姨有了小宝宝就不喜欢我了。我不喜欢你们不喜欢我。”

连花儿的话有些绕，但安彤还是知道她的意思。她忍不住坐到连花儿的边上，将她拥进了自己的怀里，轻轻地说：“花儿你想多了，其实我们每一个人都可以爱很多个人。比如安姨吧，在遇上你们之前，我爱优优，也爱我自己的爸爸妈妈；但是遇到你们之后，我就爱上了你和你爸爸，可却没有因为爱你们，而减少对优优和对我自己爸爸妈妈的爱，是不是啊？”

连花儿懂事地点点头，于是安彤继续说：“花儿，你以后也会爱上别人的，你也有你的爱人和孩子，你也会很爱他们，但是同时，安姨相信，你还是会爱爸爸、爱奶奶的，是不是？”安彤尽量温和地跟连花儿讲这些道理，看到连花儿再次点头，她终于松了一口气。可没想到的是，连花儿依偎进她的怀里，诺诺地说：“安姨，我有了自己的爱人和孩子以后，我会爱爸爸奶奶，也会爱你和优优的，你不用担心！”

安彤原本想笑，听完却又想哭，她被感动了。一直以来她的确是抱着善意来对待连花儿，但是直到这一刻，她才和连花儿有了母女相通的感觉，这种感觉很温暖。

“谢谢你，宝贝！”安彤情不自禁地将拥着连花儿的手臂紧了紧，可是下一个瞬间，便发现自己和花儿都在连辰的怀里了。

“谢谢你。”连辰在安彤耳边轻轻地说，声音微微有些颤抖。安彤悄悄地抬头，第一次见连辰绽放出那么大的一个笑容，眼睛亮晶晶的。

两人又陪着连花儿玩了会儿游戏，直到阿姨上楼让下去吃晚饭，才开心地一起下楼。

三个人手牵着手从楼梯上走下来，连花儿又恢复了以前的活泼可爱，叽叽喳喳地告诉安彤和连辰，她和优优要当花童，也要给他们做漂亮的礼服，她要当小公主，优优也要当小王子。

连辰和安彤齐齐应道：“好！”三个人都开心地笑了。

不过，楼下众人的表情却可以来当电影学院的教材了，连母是开心甚至激动的，吩咐保姆赶紧摆碗筷。

“太太，早已经摆好了。”保姆也是一脸的笑意。今儿这一天，她一个下人大气儿都不敢喘。

而一直等待在楼梯口的余希希则是惊讶中掺杂着一些不解甚至哀伤，她不明白安彤究竟有什么魔力，竟然让连花儿这么快就再一次认可了她。薛姨妈则是一脸的愤愤然，好像眼前的这一幕有多违背天理人伦似的。

“饿了吧，快吃饭吃饭。”连母赶紧招呼大家都上桌。在她眼里，再没有什么比一家人开开心心的更重要了。

桌子上有连花儿喜欢的菜，她兴奋得差点儿跳上了桌。

孩子终究是孩子，没吃多少便饱了，饱了之后又开始研究连辰和安彤的婚礼，于是缠着连辰问：“爸爸，你什么时候和安姨结婚呀？拍不拍婚纱照呢？我和优优可以一起去照吗？”

安彤听了便忍不住乐了，这问题她和连辰商量过，连辰很是反感，好好的两个大活人，被摄影师摆弄得像雕塑一样拍出麻木不仁的照片，真的是浪费时间。

安彤正想告诉连花儿，她爸爸这辈子连老虎都不怕，就怕拍婚纱照，却听到薛姨妈低声斥责连花儿：“小孩子家家的，管这么多干吗？”

连花儿被薛姨妈这一吼，嘴巴一扁，便是一副马上开哭的模样。纵然连辰一向不爱惯着连花儿，可也不愿意自己的女儿被别人这样去吼，即便这个人是自己的姨妈。

在连辰的心里，他可以容忍的只有三个女人，老妈、老婆和女儿，这姨妈他早就不当是根葱了，于是没好气地说：“能不能管，我说了算。”

薛姨妈被连辰这一呛，也愤怒了，指着连辰对连母道：“姐，你看他，尊卑不分。”

安彤不好开口，连辰也不好太过分，原本以为这冤枉气是受定了，谁知连母却慢条斯理地说："没有啊，他女儿的事当然他说了算。喝汤喝汤，今天这汤炖得真不错，回头给你发奖金啊。"

连母就这样避重就轻地把这件事揭过去了，保姆则是受宠若惊，忐忑了一整天，没想到最后还有奖金，看来这马上要进门的新东家是自己的福星啊。

薛姨妈却委屈地噘了一下嘴说："姐，你，总不帮我。"说完还瞪了安彤一眼，似乎在说，都是因为你。

安彤一见这模样，忍不住抖了抖，这是多年的姐妹成母女吗？还撒起娇来了。

"我不帮你？你从小到大真的不是我帮的吗？"连母也有点儿不高兴，懒得再搭理薛姨妈，低头告诉连花儿，"还有一个月的时间你爸爸和安姨就办婚礼了，这段时间花儿可要乖哦。"

连花儿赶紧点头，眼睛闪闪发光，悄悄地问连母："奶奶，到时候，我是不是就可以对安姨叫妈妈了？"毕竟是孩子，虽然说的是悄悄话，但力度也控制不好，因此桌子边上的人都听到了。

安彤没想到连花儿对自己这么认可，连辰悄悄地在桌下握住了她的手。

正在吃排骨的余希希听了这句话，也不知怎么地牙被骨头硌了一下，痛得她眼泪都快流出来了。薛姨妈赶紧问她有没有硌坏牙，又不满地抱怨："你说你有什么用？吃根排骨都会硌到牙，还能指望你什么？"

余希希捂着嘴半晌没说话，有眼泪从眼眶里流下来。

安彤见余希希这样，忽然有些不忍心，却被连辰心电感应似的狠狠地又捏了一下手。安彤一想也是，对敌人的同情便是对自己的残忍，于是扭头不再看余希希。

薛姨妈叹了口气，不甘心地问连花儿："花儿啊，你以前不是不同意你爸结婚的吗？怎么又同意啦？是不是有人跟你说了什么呀？”说完还瞟了安彤一眼，只差没明着说安彤糊弄小孩。

连花儿听了这话有点不好意思，扭捏着说：“我……是表姨说安姨以后给爸爸生了小弟弟就不喜欢我了，可是安姨告诉我一个人可以喜欢很多很多人，不会只喜欢一个人，也不会因为喜欢这个人就不喜欢那个人。”见薛姨妈瞪着自己，以为自己说错了，便扭头看着连母。

“花儿，安姨说得没错，奶奶也爱你们所有的人。”连母摸了摸连花儿的头发，瞟了眼还在捂着嘴的余希希一眼。

连辰第一次听到这样的说法，之前他从来没时间也没精力多想，因此看着余希希的眼神便犀利如刀，而安彤在连花儿说出为什么害怕的时候就猜到了，因此倒也不稀奇，只是没想到薛姨妈竟然这样问连花儿，难道她真的这么不了解自己的女儿吗？不过看薛姨妈和连母的关系，说是姐妹其实和母女也差不多，只怕也是被惯坏了。

虽然所有的人都看着余希希，但她却没有任何回应，反而冷冷地说了句：“我吃饱了，你们慢慢吃。”便扔下筷子上楼回房了。

这样的余希希有些破罐子破摔的感觉，让安彤不禁有些发怵。

晚餐因为余希希而草草地结束。安彤告辞回家，连辰自然要送她回去。途中，安彤想了想还是对连辰说：“孩子的事，咱们顺其自然好吗？”

连辰看了安彤一眼，笑着说：“傻不傻？我想要一个咱们的孩子，只是因为是咱俩的，既然如此就是一种缘分，怎么会强求？”

安彤听到这里，也笑了，觉得自己的确太过紧张了一些。

到了小区门口，安彤正要推门下去，却发现连辰将车门锁了，不解地回头看着连辰，以为他担心自己，于是笑道：“我可以走回去的，现在好多了，筋骨又没受伤，只是有些瘀青。”

“你难道忘记了一个女朋友的责任和义务吗？”连辰看着安彤的眼睛问得很是暧昧。

“责任和义务？”安彤正蒙着，便被连辰揽进怀里，然后伏身下来吻个够，直到安彤觉得都快要窒息了才罢休。

红着脸推了连辰一下，安彤让他赶紧把车门打开，连辰却笑着下车绕到副驾驶室直接把安彤抱下来，然后在保安的注目下闲庭信步似的进了安彤家的单元楼。

“你放我下来，你也不怕被人看到？”安彤知道，别看这些保安平时看着老实，说不定在后面偷偷拍了一张照片挂网上呢。

“怕什么，咱们又不是偷情。”连辰说得理直气壮，最后安彤也只得随他去了。她早就知道，只要是连辰坚持的事，没有人可以让他放弃。

到了家门口，连辰才放下安彤。

“累不累！”安彤想着自己抱优优都累得不行，何况自己还是个大活人？但是连辰却耸耸肩道：“早练出来了。”想想认识安彤到现在，她几乎就没个好的时候，这让连辰也忍不住胡思乱想，为了安彤好，自己是不是该到庙里去拜拜？

“要不要进去坐坐？”安彤问连辰，连辰难得通情达理地摆手：“不用了，你爸妈估计都睡了，我还是不要进去打扰他们了，不过你明天记得穿件白色的衣服。”

“为什么要穿白色的？”

“明天去民政局领结婚证呀，这么重要的事情你都能忘。”

“不说了明天是周日嘛。”

“哦……对，我只想着领结婚证了。那，后天去，你记得穿白衣服。”

“为什么要穿白的？”

“衬着后面红色的背景好看。”

安彤顿时傻傻地看着连辰，她没想到连辰居然会关注到这个。难怪自己以前看着和许凉的结婚证总觉得别扭，敢情当初两人傻乎乎地都穿了红衣服，最后照片上就只有两张脸。

“别傻了，快进去吧，我看着你进去再走。”连辰站在电梯门口冲着安彤挥手。

“都家门口了。”安彤话一说出口自己都觉得矫情，如果连辰真的扭头就走，自己心里也未必就有多舒服。

打开家门，意料之外地安静。

安彤喊了几声爸妈，又叫孙晓俏，却都没人应声。

“这都是去哪儿啦?”安彤嘀咕着，拿出手机来打，安爸的手机没人接听，孙晓俏的干脆关机。

二十九、户口本不见了

周一，安彤还抱着枕头在被窝里做美梦，便被敲门的声音吵醒了。

安彤性格算是比较能忍的那一类，但唯有一件事不能忍，便是在她可以睡懒觉的时候被人吵醒。这在她看来实在是一件非常残忍的事情，除非是杀人放火或遇到重大自然灾害，否则都是不值得原谅的。

在这件事情上，没有人去挑战安彤的底线，包括优优，即使在周末想和安彤蹭一会儿，也是悄悄地打开房门钻进她的被窝，然后偎进她的怀里，是绝对不敢大声弄醒她的。

因此，安彤自然而然就以为是安妈了。除了这亲妈偶尔会“蛮不讲理”一回，她还真想不出有别人。

“妈，如果不是我爸要离婚，或者我姐未婚先孕，你别指望我能原谅你!”安彤掀开被子，披头散发地坐在床上，嚷嚷完了，又使劲儿地捶了两下被子。

站在门外的连辰听傻了，没想到安彤还有这么狂野的一面，让他忍不住想看看安彤是什么形象。

拧了一下门把，没锁！

安彤没有锁门的习惯，反正都是一家人，早晨如果真的要干吗，倒不如让人家悄悄地进来，也免得打扰自己睡觉。

总之，对于安彤来说，睡觉很重要，敲门须谨慎。

连辰推开房门，还没看清人，便听到安彤气壮山河地来了一句："妈，你干吗呀——"

"安彤，是我！"连辰赶紧开口，这状况太出乎他意料了。

安彤顶着一头乱蓬蓬的头发看着连辰，揉了半天眼睛，才回过神来，原来不是自己亲妈。

"你怎么这么早就过来啦？"安彤也没觉得自己的行为是不是不妥当，只是觉得奇怪。

连辰走到安彤床边坐下，把还在犯迷糊的安彤揽进怀里，揉了揉她鸡窝似的头发道："你是不是又忘了今天要干吗？还问我怎么这么早就过来了。"

安彤当然不会承认自己忘了什么，她更不会承认使劲儿想了想，才想起来今天要去领结婚证。

倒不是安彤不重视和连辰结婚这件事，而是她"一朝被蛇咬，十年怕井绳"。连辰对她再好，可一想到婚姻，她还是本能地有些恐惧的心理。而且连辰和许凉完全是不一样的人，她有些不知道婚后该怎么去做。但如果要拒绝连辰，那也是做不到的，只要是一个思路清晰的正常人，都不会做这样的选择。因此她也只好在心理上能逃避就逃避。

"我记着呢，只是这不是还早嘛！"安彤伸了个懒腰，反而把连辰反手压在身下了，却正好搂着她的腰，一边摩挲着，一边暧昧地说："咱们吃吃人肉早点，再去领证其实也不晚的。"

"人肉早点？"安彤不解地看了连辰一眼，但瞬间便从连辰的怀里跑了出来，跳到床下，红着脸说，"我找衣服，我起床。"

连辰摇着头也跟着下来，打横抱起安彤，又给扔回床上了，且冷声道："不看看今天是什么天气，赤着脚就下地。"然后拉开衣柜给她找衣服。

连辰拿出一件红色的高领毛衣，安彤忍不住问："你不是说要穿白色的吗？"话刚说完，连辰便又满意地拿出一件纯白的羊绒外套，配那件红毛衣亮眼得不行。

"你居然会搭衣服啊。"安彤觉得连辰就像是一个宝藏，还有待她去挖掘，没想到连辰却说："你都能有起床气，我为什么不可以会搭衣服？再说了，红配白，多么简单的理论，只有色盲才不会。"

安彤顿时泄了气，嘀咕道："一点儿都不幽默，一点儿都不好玩。"

"快点儿。"连辰瞪了安彤一眼。

"这么凶干吗？"安彤一脸的委屈。连辰想到她早晨情绪波动比较大，又过去搂着她哄孩子似的哄着。

"我不是凶你，逗你玩儿的。"连辰无奈地说。

听了这话，安彤脸色才稍微好点儿，眼睛里也出现了笑意，于是抱起床上的衣服，又冲着连辰指了指房门。

"怎么啦？不合适吗？"连辰不解地过去扯了扯安彤的那些衣服，"挺好的，你要不喜欢我现在出去给你买。"

"土豪！"安彤嘀咕了一句，一只手推着连辰道，"我是叫你出去，我要换衣服。"

连辰抱住安彤："马上都是我老婆了，还怕我看你换衣服？"

“至少现在不是。”安彤往床上一躺，拉起被子盖着脸，“你不出去我就不起床了。”

连辰无奈，只好出门把房门带上。

终于收拾好了，安妈也把早点摆上了桌，居然还有鸡汤。安彤正想添一碗，却被安妈敲了一下手，而且没好气地说：“不是给你喝的，你怀孕了吗？”

安彤撇撇嘴，这证还没领呢，居然当着连辰的面问有没有怀孕，究竟是不是亲妈？

连辰也觉得安妈今天不大对劲儿，难道是对自己不满意？看了安彤一眼，趁安妈进厨房的时候，悄悄问：“你没有跟你妈说我们要去领结婚证吗？”

安彤正要开口，安妈端着一盘葱油饼又从厨房里出来了，她只好住了嘴，这让连辰更是觉得不踏实。

“妈，今天的早餐怎么这么丰富啊？”安彤虽说是在讨好安妈，但今天的早餐的确是花样很多，有馒头、包子、葱油饼、鸡汤面、煮鸡蛋，甚至还有几个花样很漂亮的小蛋糕。

安妈瞧了安彤一眼，恨恨地说：“我今天手贱，买了这么多，浪费！”

安彤拿着包子的手顿时一抖，幸好连辰眼尖，忙给她托住了。安彤想着安妈难道进入了第二个更年期？又想着不大可能。思索再三，安彤觉得自己这脑瓜子从来都没摸透安妈的想法，除了讨好，别无他途。

“妈，早晨优优是不是特别高兴啊？我以前从来没给他弄这么多的早点。”安彤觉得自己从来没这样“奴颜婢膝”过，可安妈还是没有放过她。

“那是，你以为优优像你啊？没良心的。”安妈说着，竟然眼圈儿红了，然后把安彤面前的一碟蛋糕给挪开了。

安彤和连辰顿时面面相觑，不知道这是怎么了，究竟哪儿做得不对了。

“伯母，如果我们有什么不对的地方，您尽管说。”连辰说得很诚恳，这已经是他尽最大的可能，说得最有礼貌的话了。连辰家早年移民国外，没什么亲戚和朋友，所以这方面的教育，真的很是缺乏。

安妈摇头，说：“和你没关系。”

连辰冲着安彤挑挑眉，意思是，那就和你有关系喽。

安彤将手里的馒头差点儿都揉成了破布，也没想到自己怎么把老娘得罪了，于是放弃，将馒头扔到盘子里，叹了口气说：“妈，求您老不吝赐教，然后打不还手，骂不还口，行了吧？”

安妈一听这话，却流下泪来，吓安彤一跳。

“妈，您这是……您怎么啦？”安彤赶紧起来去搂着安妈，可是安妈却越哭声音越大。

安彤从来没有遇到过这样的事情。在她的心目中，安妈一直都是强势的，在家里谁都会听她的，不管是她喜欢的安迪，她一直忽略的安彤，还是她相伴了一辈子的老伴儿。

所以，安彤从来都没有意识到安妈也会有悲伤的时候，这让她都有些不知道该怎么去安慰才好。

这时候，安爸送优优从幼儿园回来了，身后居然还跟着安迪和小毛。

“怎么啦这是？”安爸见安妈这样，也慌了，以为出了什么大事儿。而安妈抬头看到安爸身后的安迪和小毛，更是哭得不能自抑。

安迪几步走过来，一把搂住安妈，也哭着说：“妈，我这不是回来了吗？没事了啊，没事。”然后又拿纸巾给安妈擦脸，像哄孩子似的说，“您看您，哭什么呢？我们这不都在你身边你还哭，怎么像小姑娘似的？好了好了，我们当小姑娘一样哄着你好不好？”

这一幕，一边的安彤看傻了，原来妈妈也是需要哄的。

终于好些了，安迪一边拍着安妈的后背给她顺顺气，一边轻声问：“妈，您到底为什么这么生气啊？”

安妈看了安彤一眼，叹了口气，又摇了摇头。

连辰想起了什么，把安彤拉到一边的阳台上说：“你妈是不是吃醋啦？”

“吃醋？吃什么醋啊？”安彤还是不明白连辰的意思。

连辰哭笑不得地说，他之前敲门的时候，安彤吼的那句话声音特别大，安妈估计也听到了，后来安彤知道是他后却什么也没说，估计安妈心里有些不爽快。

“不会这么小气吧？”安彤想想都觉得有些不可思议，安妈会因为自己的事情而吃醋？可万一是呢？于是她也不确定了，只好问连辰，“要真是这样……怎么办？”

连辰推着安彤说：“去哄哄你妈，老小孩嘛，哄好了咱们领证去。”安彤一听又退回来，扭捏着说：“我不会哄。”

“你就当她是优优好了。”

“可她不是优优啊。”

“那你姐不是哄得挺好的吗？”

“她从小就哄，哄习惯了。”

“那你学着她那样哄。”

“我不会。”

连辰看着安彤，她将双手交叠着放在身后靠在墙上，低着头，像是个犯了错的孩子似的。他忽然心里一软，过去抱着安彤说：“好，不哄就不哄！”

安彤在连辰的怀里窝了半天，才瓮声瓮气地说：“我知道我不好，我以前其实是装大方的，其实我挺嫉妒我姐。可是现在我才知道，我妈喜欢我姐是有理由的，我没有我姐好。”

“谁说的？你最好！”连辰拥紧了安彤，这个看上去那么坚强的女孩，其实她的心里是很脆弱的，因为脆弱所以故作坚强。

抱了一会儿，安彤直起身子说：“我，还是去跟我妈解释一下吧！”

连辰点头，笑着鼓励安彤，帮她理了一下头发说：“进去好好说，你都是孩子妈了，不是当年的那个小女孩了。”

安彤重重地点头，然后走进客厅，站到安妈面前深吸一口气道：“妈，对不起，是我不好，我不该冲您发脾气！”

安妈抬起头看着安彤，嘴巴动了动，长叹一口气说：“算了算了，你都要结第二次婚了，我还在这儿……唉，你们不是要领结婚证吗？快去吧！”

“好啊……”安彤还是觉得安妈没有原谅自己，可她也不知道该怎么解决，其实她真的不知道该怎么和安妈相处。

走了几步，安彤忽然转身说：“妈，正因为你是我妈，所以我才……我才那么口不择言的，下次我不会了。”

安彤说完便像是逃避似的拉着连辰转身回房，却听到安迪在喊：“妈，您怎么又哭啦？”安彤一听顿时慌了，又跑回了客厅，坐到安妈的另一边，学着安迪的样子一边给安妈抚胸一边小心地问：“妈，是不是我又说错了什么？”

安妈赶紧摇头，侧过身子反而搂住了安彤，抽泣着说：“都是妈不好，因为你省心，所以妈一直忽略你，等妈发现的时候，才明白……我还以为来不及了，还好，你还愿意跟妈说真话。”

安彤都不记得上一次被安妈抱是什么感觉，这种感觉让她觉得好像五脏六腑都归了位似的，一直觉得不踏实的心终于安稳下来了，稳得她都想就这样睡一觉才好。

“好了，去办你的正事儿吧，妈祝你们百年好合。”安妈拍拍安彤的背，含着泪笑了，脸上是迟到的“我家有女初长成”的欣慰。

原来这才是属于家的温暖。安彤觉得今天真好，安迪和小毛也回来了，她和安妈之间莫名其妙竖起的那块冰终于融化了。而且，她也要和连辰去领证了，即将有一个自己新家，多好啊！

“安彤安彤！”安迪忽然跑过来抓着安彤的胳膊兴奋地说：“要不你们一会儿送我和小毛回去一趟吧，我们也带上户口本，咱们一块儿去登记吧？”

安迪说完，便冲着小毛眨眨眼，小毛自然是开心得都快要疯掉了。

安爸和安妈则面面相觑。安彤的事自然让他们高兴，可安迪来这一出，究竟是喜还是忧啊？他们反对不好，不反对也不好。

“那……那小毛妈那块儿你们说了吗？”安妈忽然站起来问。小毛妈当初在门口跳起来骂的样子，她想想都气。

“我们现在就去说。”安迪说完便推着小毛出门，看得安彤眼睛瞪得溜圆。这么火急火燎的，还是她那个时时要保持女神范儿的姐姐吗？

“拿户口本去。”连辰拉着安彤进了房间，这个时候他对别人都不感兴趣，现在最重要的是拿户口本。可是当安彤拉开放证件的抽屉，却发现户口本不见了。

“我明明记得在这儿的啊。”安彤傻眼了，又把抽屉里的东西全倒出来，一件一件地拿出来整理，但还是没有。

“你会不会记错啦？”连辰心里有一种不好的预感，拉过安彤手里的抽屉重新翻找了起来，自然没有任何发现。

安彤仔细想了想，但还是摇头。前几天优优幼儿园要户口本复印件，她还拿出来过，然后明明放进来了。

“爸妈，你们进来一下。”安彤想如果真有可能，也只是安爸或安妈帮她收拾过房间，顺着放到了他们觉得更为妥当的地方。

安爸安妈听着动静都过来了，安彤张口就问：“爸妈，我户口本是不是你们收起来啦？”

“我收你户口本干吗呀？”安妈一脸的冤枉，“就算是收了也会跟你说一声的。”

“可……户口本不见了，这是……”安彤急得直跺脚，难道家里进贼啦？她心里一惊，“爸妈，你们去看看，还有没有丢别的东西。”

“啊？”安彤一句叫安爸安妈紧张得不行，活了半辈子家里也没见过贼呢，于是赶紧转身各自去查看贵重物品。只是连辰却觉得不可能，他给安彤分析，安爸安妈和孙晓俏，怎么着都会有一个人在家里，退一步说，就算真的有贼进来，不可能这么平平静静的，家里一点儿翻动的痕迹都没有，甚至连他给安彤新买的笔记本电脑都没拿，却去拿个户口本。

这时候孙晓俏也睡足起床了，见大家找东西找得一团乱，问了几次才知道是户口本不见了。

“不是你拿了吧？”安彤死马当成活马医，理所当然地被孙晓俏白了一眼，“我拿你户口本干吗？不当吃不当喝的。”不过，也觉得奇怪。

于是所有的人一起找，没贼家里也翻得都像是进了贼似的，可还是没找到。

“户口本丢了能报警吗？而且除了户口本，其他的都没丢，这是怎么回事儿啊？”孙晓俏揉了揉太阳穴。安彤赶紧挥手道：“姑奶奶你还是别想了，孕妇想多了对胎儿不好。”

正在大家一筹莫展的时候，安彤的电话响了，是许凉。

接完电话，安彤作势要将手机扔了，但最终还是没舍得。

见大家都看着自己，安彤只好实话实说："这户口本怕是找不着了，在许凉他妈那儿呢。"

"这户口本会飞吗？怎么会跑到许凉他妈那儿去？"孙晓俏觉得这件事情太莫名其妙了。安彤却忍不住苦笑，告诉大家是优优前天晚上拿过去的。刘桂芳骗优优，说只要他把户口本拿去了，她就可以站起来了，而且还得偷偷地拿过去才有效。

"我天，咱们家优优是不是也太好骗了？这傻小子也太老实了吧。"孙晓俏说完就觉得着急，这么一老实孩子，长大了以后指不定被别人怎么欺负呢。

安妈气得头发晕，她原本挺后悔早晨那么一闹的，本来是舍不得女儿，最后差点儿变成了刁难女儿。现在就指望着连辰和安彤把婚结了，可没想到那刘桂芳竟然干出这种事儿来。

"你说我本来还挺同情她的，这怎么躺床上了还干这种不着调的事儿。"安妈气得直跺脚，又低声说，"彤啊，都是妈不好，妈早晨那么一闹，兆头不好，都怪我。"

安彤被安妈说得都哭笑不得，本来心情就不好，还得抽空安慰亲妈："您别多想了，优优是前天晚上拿过去的，您早上就算笑呵呵的，这事儿也发生了。"

安妈这才好点儿，可想着刘桂芳实在也忒过分了些，于是对安爸说："安彤是小辈儿，有些话她不好说，咱们俩老家伙去，不信她不把户口本拿出来。"

安爸也点头，却叫安彤拦住了，说刘桂芳把户口本放在屁股底下坐着呢，连上厕所都带着，晚上睡觉也压在枕头低下，而且人家现在又有高血压，据说还查出了心脏病，话没说好万一犯病了，就算是天王老子，只怕也是不合适的，也得担责任。

“可真是好命，还得了这么一个欺负人的病。”安妈恨得不行，可却也没辙，只能拍着安爸道，“你快想想办法，怎么让这俩孩子把婚结了。”

“我能有什么办法？”安爸两手一摊，但见安妈眼睛一瞪，又赶紧说，“行行行，我打电话给老哥们儿，看有谁家亲戚在民政局。”

安彤一直看着安爸和安妈，看着他们为自己的事争执，竟觉得特别的窝心。

直到安爸拿出手机，安彤才说：“爸，其他的都没用，我去补办一个户口本就可以了，只不过……”她抱歉地看着连辰，“今天是领不了结婚证了。”

连辰的脸色铁青，可也没有别的办法，胡乱点了一下头。

孙晓俏也瞧出连辰心情不佳，说了句：“好事多磨，好事多磨！”便悄悄地溜出了安彤的房间，安爸安妈也心领神会地去厨房里忙活了。

“好了，你别生气了，我保证尽快办妥这件事好不好？”安彤说完便认真地竖起了手掌，却被连辰一手握了过去，无奈道：“傻不傻，这件事又不是你的错，你发什么誓？”

安彤轻叹了一声靠着连辰，幽幽地说了一句：“咱们俩上辈子会不会是冤家，所以这辈子结个婚都这么一波三折的？”

“嗯，不管是什么，只要是上辈子定好的，就跑不了。”

“也是，早晚会结的。”

“你那前婆婆肯定是你上辈子对她太好了。”

“为什么这么说啊？”

“你看她这么舍不得放手。”

“没想到你还有这幽默因子啊。”

安彤笑着滚进了连辰的怀里。

安彤的户口本补办需要一周的时间，可连辰虽然表示了不怪她，那脸色却忒不好看，因此她干脆躲家里不出去了。

那天路过孙晓俏房间，意外地发现孙晓俏竟拿着户口本坐在沙发上发呆。

“你拿着户口本干吗？不会是想帮我一把吧。这可没用，户口本这事儿借不上，拿了你的，到时候你就和连辰是夫妻了。”安彤走进去笑着抢过户口本，一打开，看到上面“离婚”两个字便有些刺眼，又扔回孙晓俏的怀里。

“嘴真是越来越贫，连辰在你看来是个宝，在我和夏晴晴看来就是根草。”孙晓俏白了安彤一眼。

这倒也是，安彤不得不承认就算连辰是一个发光的钻石，在自己这俩闺蜜这儿也没有什么吸引力了。

“不担心闺蜜撬墙角的感觉可真是好。”安彤也挤到孙晓俏旁边坐下。

孙晓俏作势踢了安彤一脚，又挪了一个让自己更舒适的姿势，沉默了一下说：“我昨天去孕检的时候，顺便看了一下夏晴晴。”

“她还好吧？咦，你孕检怎么不叫我陪你去啊？”安彤轻轻拍了一下孙晓俏，她知道一个人去孕检那滋味儿真的不好受。

安彤怀孕的时候，许凉成天不着家，也没把这当作多大一回事儿。而孕检大厅里大多女人是有人陪的，没有老公陪也有家人陪，如果连家人都没有陪的，就有些耐人寻味了，一个人孤孤单单的不说，还会被别人指指点点。所以那时候她常想，如果再来一次，她一定不嫁给许凉。没想到，还真的再结了一次。

因此，安彤总是对孙晓俏说，孕检的时候叫上她一起去，可孙晓俏也就叫过她一次。倒是这一次孙晓俏有点儿不好意思，忸怩着说：

“是……阿东陪我去的。”

“你这头倔驴终于松了口啦？”安彤也松了一口气，她真的觉得阿东不错了，哪个男人有那么完美的？连辰不也老是黑脸吗？阿东虽然是有些节省，可是这也不是个大毛病，而且他也在尽量改了。最关键的是，孙晓俏并没有她想象的那样抗拒阿东，她只是对阿东的期待太多，所以失望才越大。

可是孙晓俏却还是有些迟疑，她摸着自己的肚子说：“但我还是有些害怕，可眼看着你要结婚了，夏晴晴不用说，那个沈彦军一出院就准备去领证。你说，就我一个人单着……”

“所以俏儿，你再嫁给我一次吧！”阿东忽然出现在门口，还系着一条有小熊仔图案的围裙。

安彤忍不住拍了拍胸口道：“阿东，你就算长得好看，也不带这样突然吓人的。”

“我不是故意的，真不是故意的，只是太激动了！”阿东赶紧解释。这个时候他可不愿意得罪孙晓俏的任何一个闺蜜，风险太大。也不知道怎么的，现在的女孩子们都那么听闺蜜的，男友老公一概往旁边站，越来越没地位了。

孙晓俏瞟了阿东一眼，没再说话。她不想为了孩子而结婚，但也不想带着孩子和其他人结婚。可真的自己一个人带着孩子，孩子以后要爸爸怎么办？

“俏儿，你知道我为什么这么节省吗？”阿东忽然开口。孙晓俏忍不住看着他，她问过好几次了，阿东就是不说。

安彤知道自己再在这儿待着也不合适，因此悄悄地退出了房间。刚要带上房门的时候，孙晓俏忽然给她递了一个眼神，她迟疑了一下，便听起了墙根儿。

“我还没出生的时候，我爸就因为车祸去世了，我妈就一直带着我。我妈长得漂亮，很多人给她做媒，但她怕别人对我不好，一直拒绝。直到后来有一天，她忽然就嫁了，嫁了一个很有钱的人。有一次我听到她偷偷给别人打电话，说她一个人扛不住了，她也需要一个人依靠。我就想是不是我吃得太多，用得太多了，所以才让我妈那么伤心。自那以后我就很节省，然后……就成了习惯！”阿东的声音很平淡，但他却一直低着头。

原来是这样，阿东的心里是有阴影的。安彤很同情阿东，是男人的自尊心让他一直憋着不说吧。他一定觉得没有让他妈开心地过日子，是他的错，是他的无能。

房内，孙晓俏已经将阿东揽进怀里，像抱着一个孩子似的温柔地说：“你傻不傻啊，这和你有什么关系？就算你省下了金山银山，妈妈的快乐和幸福也不是你一个人可以给得了的，怎么就一个劲儿地往自己身上揽呢？”

“我明白了！可我的幸福和快乐只有你能给，你愿意再嫁我一次吗？”阿东的声音原本就好听得不得了，现在还带着一些孩子似的委屈。

门外的安彤一听，心里便道：完了，孙晓俏完了！这温柔的糖衣炮弹是孙晓俏的弱点。

果然，下一刻，便听到孙晓俏轻声道：“好，我再嫁给你一次！”

安彤无语地摇头，阿东长着一张天使面孔，没想到竟也是个腹黑的。可孙晓俏毕竟不是凡人，下一秒便传出了她的咆哮：“阿东，你就这样骗婚吗？连束花都没有。”

安彤正偷笑，门被拉开了。阿东冲她眨眨眼睛，然后奔向厨房，拿着一束开着黄花的红菜苔又跑进了孙晓俏的房间。

“一、二、三……”安彤原本以为她数到三，红菜苔肯定会给扔出来，然而并没有。

三十、领证啦

这是安彤第三次来民政局了，三次都有不一样的感受，第一次喜悦，第二次伤感，唯有这一次，她竟有些害怕。

“这该是……最后一次过来吧。”安彤忽然握紧了连辰的手。连辰有些意外，又觉得安彤这话太不吉利，于是拿户口本在她头上拍了一下说：“当然是最后一次，你还指望再来一次？”

“当然不想再来一次。”安彤赶紧摇头，她之所以害怕，不就是因为怕再来一次吗？！

作为一个女人，谁第一次进民政局拿结婚证的时候都是开心的，谁都以为是一辈子，谁想到的都是白头到老。可是生活总有这样那样的事情，让相爱的人不再相爱，让以为一辈子捆在一起的人就那样分开了。所以再婚的时候，这种不确定性便牢牢地横在每一个人的心上，怕再来一次。每个人想的都是“一辈子”，只不过有的人想的是一定要一辈子在一起，最后可能用力过猛，婚姻最后弄得危机四伏；也有的人不确定能不能一辈子，所以总是留有余地，最后也难得幸福。因此，“二婚”两个字总让人心生悲悯。

安彤此刻也有这样的心理，但她更多的是迷茫。不知道明天，或者说从民政局走出来的时候，她会是怎样的心情，因此握着连辰的手越来越紧。

连辰诧异地看着安彤，以为安彤紧张，连忙安慰她道：“就当是去签合同的。”

安彤忍不住白了连辰一眼，签合同更让人紧张好吗？她深吸了一口气，告诉自己要淡定，不就是结婚嘛，又不是没结过，以后的日子好好过就行了，别想得太远。

好不容易做好了心理建设，刚跨出一步，又被连辰拉住了。安彤吓一跳，结结巴巴地问连辰："怎么啦？有事？"

连辰看安彤那个样子，顿时失笑，掏出手机说："把手机关了，这样就万无一失了，你也赶紧关机。"

"有理！"安彤赶紧从包里摸出手机，手指刚落到手机上，便发现有电话进来，但因为惯性，她已经把手机关了，连是谁打的都没看清楚。

望着静悄悄的屏幕，安彤心里一抖，看着连辰。

连辰将安彤的手机拿过来，放进自己兜里，然后牵着她的手就往民政局里奔，像是后面有人在追似的。

"会不会有事啊？"安彤想着那个未接电话，还是有些不放心。

"天大的事也阻止不了咱们今天领证。"

"咱们结婚又不是天怒人怨的事，除了余希希没人会阻止了，我怕是有别的事。"

"除非人命关天，其他的事都不管。"

"那不会真的就人命关天吧，要不打开看看？"

连辰停下脚步回头瞪着安彤，眉头都结到一块儿了。

"行了行了，不开机，快走吧！"安彤哄着连辰，再也不管那未接电话，可一抬头却看到一个熟悉的身影。

"连辰，好像……"安彤刚一开口，话便被连辰截住，"你再嚷嚷，我就把你嘴塞住，然后把你扛进去。"

"你抢亲呢？"安彤笑道，不过她也不再多说。连辰有一种气质就叫不管不顾，可能不会塞住她的嘴，但把她扛进去还是有可能的。他出风头出惯了，自己可没这个胆量。

好不容易，终于，坐到了工作人员对面，面前还摆着两张表。

连辰驾轻就熟，拿起笔就开始唰唰地写。安彤忍不住嘀咕：“真的跟签合同似的。”连辰倒听见了，凑到她耳边说：“没错，很划算。”

“怎么划算啦？”安彤停住笔，想着自己又没钱，长得也不过周正罢了，还年过三十，这家伙是从哪儿看出划算来了？便想要连辰说出个所以然来，也好提升一下自己的自信心。

连辰握住安彤拿着笔的手，然后摁到纸上说：“因为我喜欢，所以很划算。”

“嘿，嘿，签字这事儿得让女方自己来，不能强迫。”工作人员对连辰虎视眈眈。连辰也斜眼盯着工作人员，长这么大，还没人冲他这么嚷嚷过。

安彤见连辰和工作人员杠上了，碰了碰他的胳膊说：“识时务者为俊杰，钢戳在人家手上。”

“我需要强迫吗？”连辰指了指自己的脸，但还是松了手，并难得地向工作人员露出了那么一点儿笑意。只是那笑，真的只有安彤这样熟悉他的人才看得出来。

终于填完表，盖完钢戳，然后两本结婚证连辰和安彤手上一人一本。只是安彤还没看明白，便被连辰拿过去了。

“干吗呀？”安彤不解地看着连辰，连辰拍拍兜，长叹一口气道：“女人都喜欢作，为了天长地久计，还是放在我这里比较稳妥。”

安彤瞪圆了眼睛，这人还真是的，刚结婚他就说自己作，信不信……安彤忽然发现，自己竟然拿连辰没办法了，婚已经结了，证都在他那儿收着。

“老婆，走，回家！”连辰冲着安彤露出一个大大的笑脸。安彤情不自禁地就陶醉在这笑容里，刚才的不忿不知道跑到哪儿去了。

走到大厅，却迎面碰到两个人。连辰小声问安彤：“你刚说的熟悉的人是他们吗?”安彤刚点头，秦晋阳便笑着走到了面前，像以往那样温柔地说，“安彤啊，好久不见！”

“秦总，好久不见！”安彤说着这话的时候，心里其实特别感慨，觉得人的一生真的是很奇怪，明明自己和秦晋阳在一起工作那么久，而且他似乎还喜欢了自己很多年，可是到现在两个人却陌生到只能说一句“好久不见”。

其实人这一辈子似乎很多时候都是如此，原本很要好的朋友，在离开之后，渐渐地便没了来往；明明关系很不错的同事，一旦辞职，可能就是一辈子的杳无音信；甚至夫妻，同床共枕之后若分道扬镳，也极有可能真的就成为了平行线……所以人到年老的时候总有那么多的回忆，因为失去了那么多，都在记忆里才有回忆。想到这儿，安彤忍不住看了连辰一眼，这个男人，她想守一辈子，她不要他成为自己的回忆。

“安彤，你们……”一旁的柳遥正要问安彤和连辰是不是来办证的，却想起他们刚从里面出来，于是改口道，“恭喜恭喜，百年好合啊！”

安彤还是第一次看到这样平和的柳遥，原来她也有温柔的时候。想想也是应该，她得偿所愿，自然愿意给周围的人一个笑脸。

“谢谢，也祝福你们，再见！”安彤说得很真诚。再见吧，她再一次为人妇，只愿平平静静的，最不想要有的便是过多的牵扯，所以连他们是不是也是来领结婚证的都不想问，给一个祝福总是没错的。

连辰见安彤这样说，自然是懒得多待，扯起安彤便走。只是快出大厅的时候，却听到柳遥在后面喊：“安彤，等等！”

安彤回过头，只见柳遥一个人跑过来，站在她面前沉默了一下，终于笑着抬头说：“安彤，谢谢你，我没想到你会救我。”说完，又扭头跑回秦晋阳的身边。

原来，她都记得！安彤原本以为柳遥记不记得自己救过她是无所谓的，可是听到她说出这样的一句话，她忽然就觉得连外面的阳光都灿烂了很多，原来自己也是一个那么俗的人。不过俗就俗吧，俗一点儿，才能安享幸福。

“幸好帮你开了个茶楼，要不然你在职场上被这种女人啃得渣都没有。”上车后连辰看安彤一脸满足，忍不住吐槽。安彤也笑，她还真是不适合在职场上待着，可是突然想到连辰说“幸好帮你开了个茶楼”，不由看着连辰：“是你帮我开的茶楼？”

连辰一说出口就知道坏事了，人的情绪果然不能太激动，一激动就容易犯错，他只能期待安彤没注意。当听到安彤这一句，心里顿时感叹，果然期待一般都是不靠谱的。

“对不起啊，老婆，我是怕你不高兴所以才瞒着你的。”连辰赶紧解释，那时候安彤还没有和他明确关系，肯定不会接受他的任何馈赠，到后来，他也懒得说。安彤连大别墅都不想住，这茶楼也未必想要，说了恐怕还会增加她的心理负担。

只是这会儿揭穿了，连辰还是有些忐忑的，毕竟刚刚才拿结婚证，他不想让安彤不开心。

不想安彤却扑过来搂着他的脖子道：“我干吗不高兴啊？你对我这么好，谢谢你！”一听这话，连辰就后悔了，原来安彤这么感动，早知道当初应该直接就告诉安彤的，说不定早就领证了。

安彤并不是那种迂腐的人，没确定关系她当然不能要，既然都嫁给他了，还要说不接受他的财物，就真的有点儿虚伪了。她一直认为爱情是，我爱你，所以接受你的一切，其中包括好和不好的地方，而不是我爱你，所以我只接受你的人。看上去似乎挺伟大，其实也很自私。若是这个人因病缺胳膊少腿了，或者因某事性情大变，已经不是当初的那个人，是不是便要立即抽身离开？

两人腻了会儿，安彤忽然想起来关机的时候似乎有个电话打进来，于是让连辰把手机还给她，一边开机一边说："看是谁打的，谁打的第一个把这消息告诉她。"她以为不是夏晴晴就是孙晓俏，谁知竟然是余希希。

难道要第一个把结婚的消息告诉余希希？这似乎恶毒了点儿。

"要打过去吗？"安彤问连辰。连辰毫不迟疑地说："不打。"话音刚落，他自己的电话却响了，是连母。

接通电话，没说两句，连辰便挂断电话，然后使劲儿地拍了一下喇叭，发动汽车飙出去了。

"你开慢点儿，这是停车场，不是高速公路。"安彤吓一跳，但见连辰脸色不大好看，又小声问，"出什么事了吗？"她现在最怕的就是"出事"这两个字了。

连辰开了一段路，平复了一下心情，才对安彤说："余希希要跳楼。"

"什……什么？跳楼？"安彤觉得不可思议，这不是在演电视剧吧？她想起了连辰兜里的结婚证，难道还没焐热，又要去离？想到这儿，她也好想死。

连辰也觉得无奈，怎么摊上这么一表妹？还是没有血缘关系的。

"这怎么办呢？"安彤心里慌得不行，见连辰开得挺慢的，又让他赶紧开快点儿。

"没事，这到底是车，又不是飞机。"连辰倒是不慌不忙。安彤觉得再怎么着也是人命关天的事，哪能没事呢？只是看着这路上的车确实也挺多的，也无可奈何。

想着余希希站在楼顶上迎风飘摇的样子，安彤就觉得前途一片黑暗，又觉得这余希希怎么就那么纠缠到死呢？她这才刚领证呢，那边就跳上楼了，总是有原因的。于是没好气地问连辰："你不会是欺骗过人家感情吧？怎么这么不依不饶的啊？"

正好红灯，连辰把车停下来，伸手拍了拍安彤的脑门，说："你不能因为嫁给我了就不动脑子了。"

"什么意思啊？"

"余希希的感情值得我去欺骗？"

"那谁的感情值得你欺骗？"

"你呗。"

"什么意思？"

"放心，我会骗一辈子的。"

安彤终于气儿顺了，脑子也稍稍恢复了一些，于是问连辰："她在哪儿跳楼啊？有没有报警啊？那个什么，充气垫拉上了吧？"

连辰咧嘴一笑："不用报警，也没有充气垫，不过没事，我妈说把花儿那蹦蹦床给铺上了。"安彤听了不大明白，花儿的蹦蹦床给铺上了，"到底是什么情况啊？"

"在我们家二楼，她房间的阳台上跳呢，房门还给锁上了。"连辰的这一句直接把安彤雷晕了，待了一会儿，全身的劲儿一泄，靠在椅背上懒懒地说，"我的个妈呀，这也算跳楼？我累了，先睡会儿，到了你再叫我下来。"

其实安彤哪睡得着？余希希这一闹，让她觉得这一次的婚姻异常珍贵，原本觉得黑暗的前路变成了光芒万丈的坦途。她太兴奋了，心底有一股什么东西在蠢蠢欲动，总想着要跟谁说点儿什么才好。

"你把结婚证拿给我再看一眼。"安彤说着便起身在连辰的兜里摸了起来，连辰只好把结婚证掏出来，再让她继续摸下去，车都开不了了。

安彤喜滋滋地打开结婚证，看着她和连辰的合影，左照照，右瞧瞧，满意地说：“都说你长得帅，其实我也不差嘛。”

连辰抿着嘴笑，没答话，由着安彤自我陶醉。

安彤掏出手机给孙晓俏打电话，她必须把这个好消息第一个告诉她。

“孙晓俏，我告诉你啊，我和连辰领证啦！”

“终于领到了？是在真的民政局领的吧？”

“死一边儿去，民政局还有假的吗？”

“那是那是，恭喜恭喜啊！那个，我和阿东昨天也领证啦。”

“什么？你……领证啦？你领证了不告诉我？”

“我这不是怕刺激你吗？我这一领就领到了，你们碰到那么多事儿是吧，万一又有什么波折，你扛不住怎么办？”

“你这乌鸦嘴，还好我已经领到手了。”

“那是，赶紧把这证拿到余希希面前亮亮，气死她。”

“不用气，她正在寻死呢。”

“什么？寻死？这是什么概念？”

“她在跳楼呢。”

“她在跳楼你还有心情给我打电话啊？安彤，你不能因为嫁给了资本家，你的本质就变了，怎么这么冷血啊？”

安彤扭头对连辰说：“孙晓俏说你是资本家。”

连辰非常配合地大声说：“回头她生宝宝咱们那大红包就不送了。”

“你们俩公婆真是……我都不知道该怎么说你们了，我都想跟你们绝交了。”

“表示你还是舍不得跟我们绝交？”

“我必须去反省一下。”

“好的，那我就不打扰你了！对了，我忘了告诉你，余希希正在连辰他们家二楼的阳台上跳楼呢。”

“啊？”

连辰不满地插嘴道：“是咱们家。”安彤点点头，冲他摆了一个“OK”的手势。

“余希希还真有创意，在二楼跳楼。”

“那就这样吧，我快到了，挂了啊。”

安彤正要挂断电话，却听到孙晓俏急道：“等等，有件事儿我还是提前跟你说了吧，免得你再受一次刺激。那个，夏晴晴也和沈彦军领证了。”

“什么？你们还有没有一点儿闺蜜的责任感啊？”安彤恨不得可以变个空气飞刀过去，给孙晓俏和夏晴晴插几刀。

孙晓俏好言好语地解释：“我们这也是有原因和理由的，一方面等不起，另外一方面谁先谁后有什么关系呢？”

“什么叫等不起啊？你那么希望嫁人啊？再说了，我是生气你们不该领证吗？我是生气你们居然不跟我说。”安彤觉得如果自己也怀孕的话，肯定得气得流产了。可是孙晓俏却说：“我和夏晴晴可都是孕妇，当然等不起了，而且你没领证谁敢跟你说？”

安彤恨恨地挂断电话，但也只能忍下这口气，谁叫人家是孕妇呢。

到连辰家，车还没进门，安彤便忍不住伸头往外看，却看到余希希坐在阳台上倒挺悠闲的样子，而连母和薛姨妈也在阳台下的露天咖啡桌坐下了，连母面前还摆着一杯咖啡。

“这是跳楼吗？”安彤疑惑了，如果余希希旁边再摆上一杯咖啡，她都觉得是一幅美景了。可连辰却说：“当然是跳楼，蹦蹦床都摆上了。”

安彤一看，还真是，不过也太小了点儿，小得让余希希的跳楼一点儿严肃性都没有。

车一停稳，安彤和连辰便一起跑到了阳台下面，连母和薛姨妈都站了起来，余希希的腰身也直了起来，但手却紧紧地抓着栏杆。

“这，怎么回事儿啊妈？”连辰问连母。连母摇了摇头，摆了摆手道：“胡闹呢，由她去，过家家似的，还以为能闹出什么结果来不成？”

听了连母这话，薛姨妈有些不高兴，小声道：“姐，希希的心思你难道还不明白？这么些年了，她就没有变过。”

“可这是两相情愿的事儿，她这样能有什么好结果？这幸好是在家里，要是在别的地方，传出去了她还要不要嫁人了？她表哥以后想帮她说话都要避避嫌！”连母说着话，又抬头看了余希希一眼，难得严厉地说，“姨妈刚刚的话你听到了吗？想明白了就赶紧下来。”

余希希面无表情地看了下面的众人一眼，冷冷地说：“姨妈，我又没说要跳楼，我坐在这儿吹吹风，你们这是干吗呢？”

安彤半张着嘴，这是个什么情况？到底是跳楼，还是被跳楼啊？

“你不跳楼，你坐那么危险的地方吓人干吗呀？”薛姨妈看了安彤一眼，又说，“还……还给……给那谁打电话。”

连辰张了张嘴，大家都以为他要训斥余希希，可他却从兜里掏出两本结婚证给连母，然后揽过安彤说：“妈，我和安彤把证领了。”

连母拿起老花镜，拿着结婚证仔仔细细看了一遍才还给连辰，嘴里念叨着：“早就该领证了。”

安彤低眉顺眼地做小媳妇，心里却在感叹，这事情一样一样接着来，哪儿有时间去领证？

薛姨妈瞟了一眼结婚证，心里酸酸的，扯起喉咙来对余希希道：“傻丫头，风吹够了吗？这么冷的天，心都吹凉了吧？快下来吧，别让风给刮跑了，除了你妈我，没人会搭理你的。”

“行，没人搭理，你明天就领着她回美国好了。”连母坐在咖啡桌边，喝了一口热乎乎的咖啡对连辰说，“我不打算回美国了，叶落归根，你回头把那边的产业处理一下吧。”

薛姨妈一听，也不管余希希了，赶紧坐到连母旁边问：“姐，你不会是要卖房子吧？那我们住哪儿啊？我在国内可住不惯。”

“你都快要做外婆的人了，还要靠我吗？刚才不还说了，没人会搭理你们的吗？”连母说着便起身往家走，让保姆晚上多准备几个菜，今天家里有喜事。

大家都看连母去了，连母今天穿着金丝绒的旗袍。安彤忍不住暗自赞叹：这才叫优雅，我老了也得这样。却听到“扑”的一声，余希希竟真的从二楼跳下来了。虽然她很轻，但也把蹦蹦床弄破了一个洞，可她却灵活地自救，竟毫发无损。

连母转身看了一眼余希希，见她没事，说了一句：“你现在也是见了生死的人，该放下的还是放下吧。”

安彤捂着嘴把头转向另一边，她差点儿笑出声来，没想到婆婆大人冷幽默的功底如此深厚，也亏得薛姨妈母女在她手底下过了这么多年。

原来安彤一直以为连母是一个懦弱好欺的老太太，要不总是被这没有血缘关系的妹妹缠着呢。到现在她才明白过来，强和弱其实真的和折腾得多少没关系，连母要搞定薛姨妈母女太容易了，也或许不在一个档次，所以也就无所谓了。

余希希呆呆地坐在蹦蹦床中，也不知道想了些什么，站起身的第一句竟是对安彤说：“可以把结婚证给我看一眼吗？”似乎是不到黄河心不死。

安彤此刻无比庆幸结婚证在连辰手上，要不她多为难啊？给吧，有风险，万一余希希撕了呢？要补办不说，还不吉利。不给吧，人家再不讨人喜欢，也是婆家的人，好歹自己也是新媳妇，不能太过分了。

而现在，安彤只需要指指连辰："在你表哥身上，他说由他保管比较稳妥。"

连辰看了余希希一眼，然后把结婚证拿出来，却只是在她面前亮了一下，又收回到兜里去了，这也算是给余希希看过了。

安彤暗自给连辰竖了个大拇指。余希希还在外面待着，在安彤听到她打了第一个喷嚏之后，方才进了屋。

安彤好像明白了为什么连辰和连母对于余希希的纠缠一点儿都不担心，因为她实在是要不出太有杀伤力的招数，一个惜命的人的确是用不着担心的。也或者，幸好余希希惜命。

晚上的晚餐倒也顺利，再没出什么幺蛾子，只是在安彤将要离开的时候，听到连花儿在楼上大叫："我的蹦蹦床是谁给弄坏的？要赔我，赔我的蹦蹦床！"

结婚证也办了，现在便只等着婚礼了。安爸安妈私下里商量了一下，在办婚礼之前还是要守在安彤这儿，在这段时间绝对不能再出纰漏了。

安爸安妈不是第一次嫁女儿了，可却第一次不知道该怎么办。两人坐在沙发上你看着我，我看着你。安妈沉默了一阵说："以前先得买几床被子……"刚说几个字便被安爸打断："你别折腾这些了，安彤能要这个？"

"哪是安彤不要，是连辰不要吧？人家那被子说都是从国外定制的，国外的被子就比咱国内的好？唉，找个有钱女婿也不好，啥事儿都没有，太闲了，没喜事的味儿。"安妈想象中的婚礼应该是至少要忙上好几个月的，可这眼瞅着就到了婚礼那一天了，还是没什么事儿。

两人一商量，没什么需要准备的，总得问问婚礼过程吧，比方说酒店那儿有没有联系好，要请哪些人，有什么要注意的，总得说说吧，于是又跑去问安彤。

可是安彤也不知道，只有一句话回复安爸安妈："连辰说了，咱们什么也不用管，到时候出人就行了。我想我是二婚了，咱家亲戚什么的也不用请了吧？"

安妈一听这话，像是打了鸡血似的："二婚怎么啦？二婚就不是喜事啦？妈这就写请帖去，大不了他们孩子结婚的时候我出双份。"

安妈拉着安爸写请帖，两人时不时地为请谁不请谁争执几句，然后又牵绊出一些陈芝麻烂谷子的琐事。她听着不禁有些出神，想象着以后自己和连辰给连花儿和优优办喜事的时候，是不是也会因为这样的事情而拌嘴，越想越觉得幸福得不得了。

"安彤，出来做面膜！"孙晓俏挺着大肚子敲着安彤的门。她虽然和阿东复婚了，可是也不搬回去。安彤甚至赶过她，她却死乞白赖地说："我就要住你这儿，住你这儿有鸡汤喝。"

倒是连辰苦着一张脸。安彤这儿住着一大家子人，他想行使一下老公的权利都没办法，安爸安妈像看贼似的看着他。在他们心中，婚礼比结婚证更重要，没办婚礼就得安分点儿。

虽然连辰让安彤什么都不用做，可是孙晓俏和夏晴晴的事儿却不少。两个大肚婆自己靠各种汤类来美容，但以前所有的美容经验都招呼在安彤身上了，使安彤抱怨得不行，觉得自己就像是她们俩的玩具似的。

安彤刚被孙晓俏贴上黄瓜片，夏晴晴便挺着肚子过来了。夏晴晴已查出怀的是双胞胎，所以肚大如箩，孙晓俏和她根本不在一个级别，但并不妨碍她们的友好合作。

安彤一见到夏晴晴就抱怨："你们俩真是的，就把我关在家里了，连报纸都不让我看，你们怎么那么闲？不办婚礼吗？有没有挑好日子？"

夏晴晴和孙晓俏对视一眼，让安彤不用管，只管好自己就行。

“我当然可以管好自己，但是你们能不能别管我啊？”安彤接着抱怨。但孙晓俏来一句：“你如果结婚当天弄得跟黄脸婆似的，被余希希抢了风头，别往我们头上撒气就好。”直接把她秒杀了。

“那余希希脸皮怎么那么厚啊？要我早飞回美国了，哪怕是因为伤心呢，她居然还要参加我和连辰的婚礼。”安彤觉得这个世界的奇葩怎么就那么多。

夏晴晴乐呵呵地说：“要不生活多无聊啊，也显得连辰没价值。”

“难道男人的价值要体现在追他的女人身上吗？”安彤扭过脸来问，黄瓜片滑下好几片儿。

“你说话就说话，能不能别动？”孙晓俏恼了，安彤只好继续做僵尸，毕竟人家一孕妇，这么伺候她，让她总觉得于心不安。

但夏晴晴和孙晓俏乐得婚姻大事定下来了，肚子里怀着宝宝，还有个人让她们俩胡闹，倒觉得生活前所未有的舒畅。不过，她们还是很期待婚礼那天的。

于是一大帮人，都盼着婚礼的那一天快点儿到，每天都有人争着抢着去翻日历。

三十一、花好月圆

二月四号，宜嫁娶、纳采、冠笄，且立春！

天还没亮，安彤便被早前定的铃声叫醒。她赤着脚走到窗边，推开窗，迎面吹来的风竟然暖暖的，立春了就是不一样。

看着远处渐渐露出的鱼肚白，安彤趴在窗台上，轻轻地说：“我今天要当新娘子了！”

终究还是有些冷，安彤缩回身子，披了件衣服去了客厅。

安爸安妈已经起床了，见安彤出来，赶紧端上了一碗鸡汤，让她趁热吃。今天的事情多着呢，别饿肚子。

“我也有资格喝鸡汤了，当新娘子就是不一样。”安彤坐在桌前，安爸安妈也都挨着桌子坐下，一边招呼她喝鸡汤吃早点，一边嗔怪道：“傻不傻，你是我们的孩子，还会亏待你不成？”

孩子？安彤觉得自己长这么大了，还能听到这样温暖的话，真好，结婚真好！

客厅里静悄悄的，只偶尔有碗筷的声音。孙晓俏前几天搬出去了，夏晴晴这几天也没怎么来，昨天晚上优优还被连母接走了，但安彤一点儿也不觉得冷清，餐厅橙黄的灯光下，有安爸安妈这样围着她，眼神里满是关心和喜悦，她觉得异常地满足。

吃过早点，安妈一边收拾碗筷一边说：“孙晓俏和夏晴晴像是约好了似的怀孕，要不这会儿也有个人来陪陪你。”

当妈的，始终觉得冷清了。结婚嘛，就应该热热闹闹地挤满一屋子的人才好。安彤却明白，这不比和许凉结婚那会儿，大学同学大多还在这个城市工作，大家来往得也勤，所以可以热闹个够，现在各有各的家庭，谁能这么早跑过来呢？

“妈，没事儿，一会儿就会有人来了。”安彤安慰着安妈，总有一些走得近的亲戚和朋友会过来的。

不过安妈倒是提醒了安彤，她没有伴娘呢，孙晓俏和夏晴晴那情况是不可能当伴娘的。前天许凉从优优那儿知道这个消息，竟给安彤推荐菲娜，安彤想想还是婉拒了。虽然自己和菲娜曾经是同事，但想着还是有些别扭。连辰倒是说，伴娘的事她不用操心。但哪能真不操心？总还是会想的。

安彤窝在沙发上想着第一次结婚的时候，从订酒店到买喜糖，从写请帖到安排桌席，全都是她一手搞定的。办完婚礼她脱口而出：“再也不办婚礼了。”把孙晓俏吓得马上就瞪她：“当然不会再办了，乱说什么呢？”可终究还是再办了一次。幸好，这一次连辰说，什么都不用她操心，于是她便真的不管了，可是心里却又没着没落的。

真是劳碌命！安彤苦笑，但心里还是暖暖的，想起连辰就暖暖的。

曾几何时，安彤想过，如果有人问她，什么话最能打动她，她肯定会说是“一切有我”。可是现在，竟然真的有个男人对她说“一切有我”，她觉得自己是这个世界上最幸运的女人。

收拾完厨房，安妈见安彤坐在沙发上发呆，忍不住问：“彤彤，接下来怎么着？”

安彤想了想，最后还是摇头。她也不知道接下来怎么办，连辰从来都没告诉她怎么办，只是让她等着。那就等着呗！

“要不，你给连辰打个电话？”安妈是个急性子，终究还是耐不住。

安彤点头，拿出手机。她其实不想打，连辰叫她等着，她有什么好急的？可是今天她想做一个乖女儿。

电话通了，可是没人接。

“那就……还是别打了，估计也忙！”安妈皱眉道。不知道为什么，对于这个女婿，她总觉得有些怵，不像以前对待许凉，想说什么便说什么。

安彤一笑，便乖乖地陪着安妈坐着。可安妈却坐不住，她一次又一次地跑到阳台上往外面看，又一次又一次地跑回来。

“妈，您就别看了，陪我好好坐会儿吧。我是新娘子，难道他还能和别人办婚礼去？”安彤瞅见安妈白了一半的头发，于是搂着她的胳膊不让她再折腾。

“呸呸呸，瞎说什么呢？”安妈瞪了安彤一眼，倒是没再起身，却又忍不住抱怨，“你姐也不知道怎么回事，让她早点儿来的，她到现在还不过来。”

说起安迪，安彤觉得她似乎是重新活了一次似的，和以前判若两人，居然都不跟两边的长辈打招呼，就和小毛偷了户口本去把结婚证领了，气得安妈好多天没给她好脸色。但好歹，也是嫁了。孙晓俏知道安迪的壮举后，决定重新看待安迪，不再与她为敌。

安爸也安慰安妈不要太着急，时间还早呢。安妈不屑地瞥了安爸一眼说：“你说得倒轻巧，你手上的报纸还拿反了呢。”

安爸讪讪地调转报纸，却听到了门铃响了，安妈“噌”地就起身跑去开门。

“妈，您慢点儿！”安彤跟在后面，但从视频里看，竟然是苏珊领着一帮子人站在楼下。

她怎么会来？安彤疑惑不解地打开防盗门，一会儿苏珊便捧着一个精美的礼盒进门了。和安爸安妈打过招呼后，就与她领来的那帮姑娘小伙子开始折腾起来了。刚刚还安静的家，瞬间热闹了起来，安爸安妈的脸上终于出现了笑容。

当苏珊从礼盒里拿出婚纱，安彤惊讶得都不知道说什么才好。

其实上周安彤去试过婚纱，只是苏珊有一个规矩，就是婚礼前新娘子只试合不合身，至于样式要等到办婚礼那天才揭晓，因为苏珊说只在结婚当天看到婚纱，那样的震撼和惊喜才可以持续到婚礼结束，才是她做的婚纱真正的价值所在。所以她是蒙着眼睛试婚纱的，只是试给苏珊看。

“天啊，这婚纱……是我的？”安彤觉得有些难以置信。这么漂亮的婚纱她一直以为只有在杂志或者电视上才可以看到，那是明星名媛们才可以穿的。

安彤想伸手去摸，可又觉得这婚纱真的太过美好了，婚纱上半身和肩部竟然都是雕花的设计，腰部位置闪烁着像是星星一般的饰品，细看，竟然都是小碎钻，而长长的裙摆像瀑布一般倾泻下来，有着别样的精致，又童话般的浪漫。

“是的，它属于你，一辈子！”苏珊很满意安彤的表情。她指挥着姑娘小伙子们说，“大家都动起来吧，时间差不多了，我要效率！”然后一群人便忙着给安彤换衣服，化妆，拍照。

安彤不解，苏珊不是设计婚纱的吗？帮她化妆的小姑娘得意地说：“我们苏总说了，只有我们的化妆水平和拍照技术，才配得上她的婚纱。”原来这也是需要搭配的。

安彤悄悄瞟了一眼苏珊：姣好的身材，精致的五官，对事业执着的追求，这个女人骄傲得让人觉得可爱。

化妆的时候苏珊不允许任何人进来打扰，包括安爸和安妈，她说新娘子任何一个情绪的波动，都会影响到妆容。因此，等到安彤化妆完毕，她才隆重地站在门口对大家说：“请大家屏住呼吸，你们是今天除了新娘子和我们之外最幸运的人，你们将看到最无与伦比的美丽！”她说的，自然是婚纱！

安彤走出房门，发现很多人已经到了，有亲戚，有老邻居，也有安爸安妈以前的同事，甚至许凉、菲娜和陆成也来了。

还有，欧野！

欧野拿着礼盒走到安彤面前道：“我很多次梦到你当新娘的样子，但都没有你今天美。”然后把礼盒递给安彤，轻轻地拥抱了她一下，“美丽的新娘，你一定要幸福！”

欧野走了，像谜一样出现在安彤的生命里，又像谜一样离开。

安彤打开礼盒，竟然是一朵纯金的玫瑰。

不知道是因为欧野的突兀，还是因为安彤的美丽，客厅虽然挤得满满当当的，但此刻都鸦雀无声。

“你后悔了吗?”菲娜捅了捅许凉，小声地问。许凉心里基本有点儿后悔，安彤今天的美丽是他从来没有见到过的，但被菲娜这样一问，赶紧立正道：“怎么可能!”

菲娜赶紧趁热打铁地催婚，许凉却嘀咕着优优到哪儿去了，把她撇到了一边。

安静之后，顿时赞声如潮，安彤都有些不好意思了，再看安妈，眼睛里竟然已经蓄满了眼泪。她过来轻轻地抱着安彤说：“彤彤，原来你这么漂亮!”

安彤还是第一次被安妈称赞漂亮，以前她都是骄傲地看着安迪的，因此，她忍不住有些激动。

“别哭，小心花了妆。”苏珊在一旁赶紧强调，然后挥手让化妆师上去补补妆。这一折腾，安彤的那点儿小情绪也彻底整没了。

上午十点，连辰的婚车及时出现在安彤家楼下，据说一整条街的人都出来看热闹，那长长的豪华车队亮瞎了所有人的眼。还有人说，幸好今天立春，吹的是春风，要不然倒吸进去的冷气都会把人冻僵。

当连辰一下车，四周赞叹声一片：“哇，新郎好帅啊，听说还是有钱人嘞。”可当安彤出现在楼道口，赞叹声更是不得了：“哇，新娘子也好漂亮，那婚纱真好看，真是好命啊，嫁了有钱人。”对于灰姑娘之类的，大家的情绪都是比较复杂的，有称赞，有感慨，还有那么一点点的羡慕嫉妒恨。

上了车，连辰紧紧地握住了安彤的手，在她耳边悄悄地说：“你简直美得让我现在就想带着你私奔。”安彤张着嘴看着连辰，瞬间又笑了，原来情话还可以这样说的。

劳斯莱斯坐着当然舒服，只是安彤忽然觉得路线不对，不是去酒店的那条路，于是问连辰怎么回事，连辰却只是朝她笑了笑。

车队直接开到了城市广场，安彤一推开车门，脚下便是长长的红地毯。连辰牵着她的手走向主舞台，一路走，红毯的两边镁光灯一路闪烁。

“怎么会有这么多记者?”安彤轻声地问连辰，连辰却在她脸上吻了一下说，“我叫来的，我要让所有的人知道你是我老婆。”

“为什么要让所有的人知道?”

“你不知道你老公很受欢迎的吗?”

安彤顿时无语。

镁光灯闪得安彤迷迷糊糊的，但为了一个安定团结的将来，她决定跟着连辰走下去。直到走到最前面才发现，今天的新娘新郎不止她和连辰，还有其他九十九对新人，其中包括孙晓俏和阿东，夏晴晴和沈彦军，甚至安迪和小毛也在。

天啊，原来是集体婚礼!

安彤原本因为太过惊讶，脑子里一片空白，可是现在看到那么多的新人，大家都笑逐颜开的，那种原本属于自己一个人的幸福，从这一刻开始发酵，然后一直在变大，大到她的泪水再也忍不住地顺腮而下。

站在安彤右边的孙晓俏小声地问安彤:“不要太激动了，后面还有呢。”

“还有什么呀?你们怎么都瞒着我?”安彤轻轻抹着眼泪说，她也想不要太激动，可是实在是忍不住。

“不瞒着你你能像现在这么开心吗?”孙晓俏觉得自己一点儿都没错，安彤应该会把今天记一辈子的吧。

安彤的确是很感动，除了对连辰，还有对孙晓俏和夏晴晴。都是结婚，她们竟然愿意把自己放在女配的位置来烘托安彤，还有什么不可以的？只是当孙晓俏知道她的想法之后，却低声说：“别做梦了，是因为你们家连辰说，每参加一对新人，他便捐赠五千块钱给贫困山区。我们觉得这样的婚礼也挺有意义的，才不是为了你。”

孙晓俏的一番话叫安彤原本有些担心太过高调张扬的心，瞬间也心甘情愿起来。

婚礼主持人是从电视台请来的，字正腔圆地说了一些喜庆吉利地话之后，突然放大音量说：“今天，我们就来揭晓名城集团新楼盘取名‘AAT’爱情公寓‘AAT’究竟是什么意思，它的意思是‘爱安彤’，安彤便是我们名城集团总裁连辰的新婚夫人的名字。”

主持人刚说完话便有人表示异议，有的人不知道安彤的名字，那不是错失了一次抽房子的机会？于是主持人又解释，只要猜中了是和爱情有关的，都可以参与抽奖，并且连总裁夫妇也将入住“AAT”爱情公寓，因此全场掌声雷动。

接着，便由连辰和安彤一起来为幸运者抽奖。当获奖号码报出来的时候，一个人尖叫着奔上台，气喘吁吁地站到安彤面前，竟然是许凉！

“我我我，我中奖啦！”许凉拿着奖券的手都有些抖。他本来只是为了优优来凑凑热闹，那答案还是进场的时候才填的，谁知道竟然中奖了。

连辰很淡定地把门钥匙递给许凉。许凉拿着钥匙却拼命地往下面招手，示意菲娜上台，然后跪在台上向菲娜求婚：“亲爱的，我有房子了，你愿意嫁给我吗？”

原来是因为没房子才不结婚的，菲娜顿时感动得不得了，她觉得像连辰这样有着N套房的人实在是看不出真心，因为他什么都有了，而像许凉这样的男人才值得珍惜，因为他一旦给你的，就是唯一的。因此，菲娜把头都快点断了。

许凉松了一口气，起身问连辰："那我和菲娜可以作为新人参加婚礼吗？"

大家都没想到许凉来这么一出。

"当然可以！"连辰自然不可能反对，许凉早结婚早好。

"我们现在有一百对新人了，大家一起祝他们百年好合好不好？"主持人的嘴像是弹簧做的，随时可以蹦出吉利话儿来。

全场的掌声再一次响起，一百对夫妻拥吻在一起。

连辰只是蜻蜓点水地在安彤脸上亲了一下，他觉得这是特别个人、特别隐私的事，没必要曝光在所有人的面前。安彤松了一口气，她也不想。另一边的孙晓俏因为肚子起来了，觉得自己身材不佳，也不想出风头，也就意思意思，扭头便把阿东抛在一边，和安彤背对着下面的人悄悄地聊起天来了。

"你们家连辰可真大方，连你们住哪儿都公布出来，不怕别人来借钱啊？"孙晓俏在安彤耳边小声嘀咕，安彤只回她一句："狡兔三窟。"

"你以后可以放心了。"

"放心什么呀？"

"你瞧这场面，以后不会有再缠着你家连辰的了，除非瞎眼了。"

"瞎眼的也来了。"另一边的夏晴晴也凑了过来。

三个人扭头齐齐向台下看过去，果然余希希站在那儿。虽然立春了，但也是大冷的天儿，新娘子们没办法，一生一辈子嘛，所以婚纱再冷也得穿。可余希希竟然也穿着一身白色的露肩礼服，只是礼服再漂亮，也赶不上安彤量身定制的婚纱，且一个人站在台下，看上去别样的孤单。

安彤的同情心刚起，便被夏晴晴拉回来了："你千万别心软，以后不要和她再来往了，她是永远不会死心的那种人。”

安彤笑笑，对于余希希，她真的不担心了。只是没想到，余希希竟然走上了舞台，不过因为大家都是白裙子，也没人注意到她。

孙晓俏和夏晴晴都挺着大肚子迅捷地拦在了安彤面前。余希希这样的人谁知道会发什么疯，万一在这种时候让安彤出丑可怎么办？

“你们以为我想干什么？”余希希讥笑地说。

“你们俩好好地站在一边，小心宝宝。”安彤拨开孙晓俏和夏晴晴，连辰也赶了过来，又挡在了安彤的前面。

“我认输了，有这么多人护着你，我还能怎样？不过，我不是输给你，我是输给了自己的执念。”余希希半仰着头看着安彤，然后又问连辰，“表哥，你为什么不早一点儿让我知道，你从来都不爱我？”余希希说完便盯着连辰，想要一个答复。

连辰大庭广众之下不好直接把余希希拉下去，可是他一直觉得已经非常明确地说过他不可能爱她，所以也不知道该怎么解释了。倒是夏晴晴来了一句：“他那时候谁都不爱，所以你才不知道他的爱是什么样的，一直在自作多情罢了。”

“自作多情。”余希希一怔，又凄凄一笑，竟转身走了。

安彤心里的石头终于落了地。

从城市广场再回到酒店办婚宴，安彤折腾个够呛，连衣服都不记得换了多少套，竟件件都那么合身。而孙晓俏和夏晴晴便好很多，她们该坐坐，该歇歇，轻松得不得了，还有时间凑在一起说话。

“我终于在五星级大酒店办婚礼了。”

“我在五星级大酒店办两次了，都是托连辰的福。”

“其实也不过如此。”

“真的不过如此。”

“你看安彤，从这头走到那头都要走这么久。”

“你瞧把她累的！”

……

于是当天晚上，某人洗漱完毕一推开新房的门，便听到若有若无的鼾声，顿时恨得牙痒痒，不知道这算不算搬起石头砸自己的脚。热闹了一整个城市的人，到头来自己却要独守空房。

连辰在房里转了几个圈，又回来盯着安彤看，最后想起安彤的起床气还是作罢，连搂着她，都只敢轻轻的。

第二天一大早，安彤是被阳光叫醒的。

新居在城市最高楼盘的最顶层，他们的主卧正好面朝着东方。昨天晚上连辰气哼哼的，又舍不得弄醒安彤，一晚上纠结得不行，哪儿有心思去拉窗帘？

反正这么高，也没人看得见，倒叫安彤以为自己在做梦。

“这阳光都是金色的呀，这个梦真美。”安彤嘀咕着，还伸手去捉阳光。

“彤彤，醒了？”连辰的一张大帅脸从安彤的肩上探过来，吓得她往床角一缩。

连辰不禁皱眉，他好不容易等到自己老婆睡到自然醒了，居然还是这表现，太伤他的自尊了。

“你怎么在我房间里？”安彤刚睡醒，还没意识到自己已经嫁了，也忘记了她原来的房间根本没这么大片的阳光。

“亲爱的，这是咱们的房间。”连辰无力地趴在床边看着安彤。

安彤看了看连辰，又四处打量了一番才意识过来，是啊，这是在新房里，并不是她原来的家，可昨天晚上……自己好像……好像睡过去了啊。

想到这儿，安彤像是做错了事的孩子似的偷瞟了一眼连辰，见他目光深深地盯着自己，脸唰地就红了，看得连辰心里怪痒痒的，正想欺身过去，却听到安彤问："我昨天晚上有没有打鼾流口水说梦话？"

"你就算是梦游，你老公我也会跟在你后面保护你的。乖，咱们现在不说这个啊，太煞风景！"连辰说着便迫不及待地要把安彤揽进怀里，可就在这个时候，安彤的手机响了，是孙晓俏。

"孙晓俏，一大早的有什么事啊？"安彤生怕连辰不高兴，想着速战速决，于是语速也快了几分。那边孙晓俏却嬉笑着问："瞧你这语气，嫌我啦？太阳都出来了，你还这么迫不及待啊？"

连辰夺过手机，直接关机，再一次挪到安彤身边，房门却又被打开，连花儿和优优一阵风似的跑进来。连花儿直接跳上床抱着安彤的脖子糯糯地问："安姨，我可以叫你妈妈吗？"

"当然可以啊！"安彤将连花儿抱进怀里，摸着她香香软软的脸，没想到连花儿又问，"那我以后可以跟你一起睡吗？"

连辰一听，无力地倒在枕头上。却听到优优蹲下身了说："连爸爸，你要是嫌挤，可以过去跟我睡啊，我是男孩子，不要跟妈妈睡。"

连辰抬起头，摸了摸优优的脑袋，欲哭无泪地抬起头说："优优真棒！"

婚礼后的第三天，连辰和安彤的蜜月旅行定在国外的一个不知名的小岛，还没有开发，据说风景美得像天堂。

头天晚上，连辰搂着安彤看小岛的画册，说这个小岛上四季如春，他已经包了一个月。这一个月里，他们可以一起出海，可以在沙滩上散步，可以坐在海边的礁石上野餐，还可以坐在房顶上看云……说得安彤恨不得马上就出发。

只是，现实总是比想象要残酷。

收拾好一切，连辰和安彤打开家门准备出发，却看到被连母接走的连花儿和优优正站在门口准备摁门铃，而且都是一副外出旅行的打扮，连母挺为难地站在门边。

“你们怎么来啦？”连辰心里涌起不好的感觉。

“我们也要去度蜜月。”连花儿和优优手牵着手异口同声道。

连母见连辰的脸色实在是不好看，于是将两个孩子揽在怀里，解释道：“是我说漏了嘴，叫他们听见了，他们哭着喊着非要跟着你们一起去……”

连辰顿时觉得头大，无奈地问连母：“妈，您觉得合适吗？”

连母自然觉得不合适，可是面对连花儿和优优她真的是没办法啊，于是一狠心说：“本来我是不想旅游的，要不这样，我也去，你们玩你们的，我负责管好他们。”

连辰和安彤傻了，正在考虑是妥协还是实行强权政策的时候，电梯门铃声一响，安迪和小毛穿得像印第安人似的从电梯里走出来。

“彤彤，你们是要出去旅行的吧？我听优优说了，要不你搭上我和小毛吧？反正是一个岛，谁也碍不着谁。”安迪说得挺溜。安彤张着嘴，很想问她，你的清高呢？你的女神范儿呢？你的不屑一顾呢？可却拒绝不了。

连辰第一次明白了什么叫民意，当五对眼睛期待地看着你的时候，那就是民意，不可抗拒的民意。

深吸一口气，连辰对安彤说：“要不把爸妈也叫上，咱们一家子一起去度蜜月。”于是小小的楼梯口出现了莫名其妙的欢呼声。

一家子人有老又有小，坐了飞机又坐船，倒也热闹得紧，只是不像度蜜月。

在岛上，连辰实在是受不了这份热闹，便把原先订的海边别墅让给大家，他和安彤去另一边租了一个小木屋住着。

只是某一天，安彤却在沙滩边上看到了身着波希米亚风长裙的余希希。她使劲儿地揉揉眼睛，但事实是揉不掉的。

“她怎么在这儿？”安彤嘟囔着，还以为她想开了呢，怎么这么紧追不舍呢？

“我来解决！”连辰抱歉地捏了捏她的手，便向余希希走过去。他正在措辞该怎么说才让余希希死心的时候，余希希却转身，亲切地挽住了之前走在她前面一个男人的手臂。

男人手臂上的文身连辰很熟悉，是他的发小，见到余希希的第一眼便惊为天人，爱得不能自拔，追得锲而不舍。

安彤不知道情况，顿时看呆了，这是什么意思？

“花好月圆！”连辰张开双臂将安彤拥进了怀里。

（完结）

图书在版编目（CIP）数据

相爱不畏伤 / 红娘子著. -- 北京：作家出版社，2019. 1（2023.2重印）
（中国少数民族文学之星丛书）
ISBN 978-7-5212-0377-6

Ⅰ. ①相… Ⅱ. ①红… Ⅲ. ①长篇小说 - 中国 - 当代
Ⅳ. ①I247.5

中国版本图书馆CIP数据核字（2019）第031554号

相爱不畏伤

作　　者： 红娘子
责任编辑： 史佳丽　李亚梓
特约编辑： 杨玉梅　郑　函
装帧设计： 孙惟静
出版发行： 作家出版社有限公司
社　　址： 北京农展馆南里10号　　**邮　　编：** 100125
电话传真： 86-10-65067186（发行中心及邮购部）
86-10-65004079（总编室）
E-mail:zuojia@zuojia.net.cn
http://www.zuojiachubanshe.com
印　　刷： 固安兰星球彩色印刷有限公司
成品尺寸： 152×230
字　　数： 210千
印　　张： 26.5
版　　次： 2019年6月第1版
印　　次： 2023年2月第2次印刷
ISBN 978-7-5212-0377-6
定　　价： 78.00元
